COLLECTION
COMPLETE
DES ŒUVRES
de Monsieur
DE VOLTAIRE,
NOUVELLE ÉDITION,

Augmentée de ses dernieres Pieces de Théâtre,
& enrichie de 61 Figures en taille-douce.

Contenant L'Antimachiavel ou examen du Prince
Machiavel, avec des notes hiftoriques & Politiques.

TOME QUATORZIEME.

A AMSTERDAM,
AUX DÉPENS DE LA COMPAGNIE.

M. DCC. LXIV.

AVIS

DE

ÉDITEUR

SUR CETTE

OUVELLE EDITION.

OICI une nouvelle édition de
L'EXAMEN DU PRINCE DE MA-
CHIAVEL, ou de L'ANTI-MA-
HIAVEL, laquelle, comme chacun pour-
s'en convaincre par soi-même, ne le
de en rien à aucune des précédentes,
pour l'impression en général, ni pour
xactitude, rien n'ayant été négligé,
pour l'une, ni pour l'autre.

On s'est servi de l'édition originale,
i disant imprimée à Londres, chez
Guillaume Meyer en 1740, & on a
rt exactement observé les diverses
eçons de toutes celles qui ont paru de-

Tome XIV.   *   puis,

puis, & qui ont été publiées par M. DE
VOLTAIRE, avec un grand nombre
de différences, quant aux matieres,
que l'on a marquées dans cette édition,
par des renvois au bas des pages, où elles se rencontrent, en forme de Notes,
& renfermées entre deux parenthè-
ses ( ).

Les différentes marques, qu'on a
employées pour servir de renvois, &
ce qu'elles désignent, sont les suivantes, savoir, les deux crochets [ ], dans
le texte, servent à renfermer l'article
dont on trouve le pareil au bas, mais
changé, & souvent fort différent : l'é-
toile, & autres marques caractéristi-
ques, servent à désigner ce qu'il faut
ajouter au discours; savoir, ce que les
éditions avouées par M. DE VOLTAIRE
portent de plus; quelquefois à faire
voir une même phrase autrement tour-
née, ou un peu changée : les chiffres,
mis après certains mots, sont pour
marquer ceux qui leur sont substituez
par M. DE VOLTAIRE : enfin, ce qui

se

se trouve dans le Texte , en caractère italique ; désigne ce qu'il a jugé à propos de retrancher dans les éditions qu'il en a données ; desorte qu'en sautant ce qui est en italique , on peut trouver la liaison du discours , tel qu'il est dans ces éditions.

De plus , on a jugé à propos de ne point priver cette édition du Recueil d'Ecrits , dont le Libraire , Jean van Duren , avoit augmenté l'édition qu'il a donnée en 1741. en 2. Volumes in-Octavo : Recueil consistant en diverses Lettres de M. de Voltaire audit J. van Duren , & plusieurs autres Piéces , écrites au sujet de l'impression de cet Ouvrage , & qui peuvent servir à en faire l'histoire.

Peu d'Ouvrages ont fait un aussi grand bruit dans le monde , & ont eu un aussi grand cours. A peine a-t-on pu suffire à l'empressement du Public par le grand nombre d'éditions successives qui en ont été faites , & absorbées presque aussi-tôt qu'achevées. C'est ce qui

* 2   a

*a engagé la Compagnie à donner cette
nouvelle édition, qu'on a rendu aussi
complette, aussi exacte, aussi nette,
& aussi portative, qu'il a été possible
de le faire. On ose se flatter, que le
Public en concevra la même idée, &
ne tardera pas à obliger la Compagnie
à lui en procurer une seconde.*

Si l'on ne s'est pas servi du PRINCE
DE MACHIAVEL, *de la Traduction de
l'Auteur de celle des cinq prémiers
Volumes; c'est que* M. DE VOLTAIRE
*aiant emploïé la Traduction de cet
Ouvrage par* Amelot de la Houssaye,
*qui est meilleure, & accompagnée de
Notes Historiques & Politiques, on
n'a pas pu se servir de l'autre, qui
ne se seroit pas trouvée conforme avec
l'*ANTI-MACHIAVEL, *ou* L'EXAMEN
DU PRINCE; *& aussi, parce que le
Public desiroit, avec empressement,
qu'on la donnât par forme de suplé-
ment aux Œuvres de* M. DE VOL-
TAIRE.

ME'MOI-

MÉMOIRE
SUR LA VIE
ET LES
OUVRAGES
DE
MACHIAVEL.

NICOLAS MACHIAVEL nâ-
quit à Florence ; mais l'on
ne sait, ni l'année, ni le
jour. Je me suis flatté inuti-
lement de trouver cette particularité
dans l'Histoire des Auteurs Florentins,
Ouvrage posthume du P. Julien Nery, imprimé en 1722. à Florence. Il
dit seulement, que son pere s'appelloit *Bernard*, d'une noble & ancienne
Maison, mais dès cette introduction
sa bile s'échauffe ; & au lieu de nous

* 3   ap-

apprendre ce que les autres Auteurs ont ignoré fur le tems de la naiſſance, fur les études , la fortune & la mort de Machiavel , il ſe répand en invectives.

NICOLAS , étant peu accommodé des biens de la fortune , fut obligé de ſervir de Copiſte auprès d'un Savant , que Paul-Jove n'indique que par ſes noms de baptême de Marcel-Virgile. Le P. Nery ajoute le nom de famille , qui étoit Adriani ; homme très-verſé dans les Langues Grecque & Latine. Aïant découvert le beau génie & la grande vivacité d'eſprit du jeune homme , il lui apprit cette dernière Langue. Il n'y fit cependant pas de fort grands progrès : ſe picquant peu de s'acquérir une Latinité fort pure , il s'appliqua avec plus de ſuccès à écrire dans ſa Langue maternelle , & ſe contenta de s'approprier les plus belles penſées des Anciens , & de les inſérer dans ſes Ouvrages.

Il réüſſit ſi bien dans cette Langue , qu'il paſſe encore aujourd'hui pour une des plus belles plumes du Païs Toſcan. On ne ſauroit avoir une preuve plus forte de ce que j'avance , que le Dictionnaire de la Cruſca , dont les Compila-

...ateurs , dans leur seconde édition ,
...ent Machiavel comme un Auteur
...assique , pour l'usage des mots.

La beauté de son génie parut sur-
...ut dans une Comédie , qu'il compo-
..., sous le titre de *Clitia* , à l'imitation
...Aristophane , où plusieurs Florentins
...rent joüés sans pitié , & avec tant
...agrément , que ceux-mêmes qui s'y
...connurent , loin de témoigner aucun
...agrin , prirent sagement le parti de
...joindre aux rieurs.

Si l'on en peut croire Varillas ,
...achiavel ressembloit à Moliére. Son
...lent , selon cet Ecrivain , n'étoit pas
...orné à la seule composition des Pié-
...es ; il savoit contre-faire les gestes &
...s demarches grotesques de quelques-
...ns des Florentins : desorte qu'un jour
...Cardinal de Médicis , le voïant fai-
...e , lui dit , que tout cela feroit enco-
...e un bien plus grand effet sur un
...héâtre. Il n'en falloit pas davanta-
...e pour l'y déterminer ; il se mit à
...omposer la Piéce que Varillas appelle
...*Sanitia* : mais il se trompe , le titre
...e cette Comédie est *Clitia* , & cette
...iéce est proprement une imitation de
...*Cazina* de Plaute , dont Bachiara a
...ême tiré & traduit plusieurs passa-

* 4 ges

ges , presque de mot à mot. L'Historien ajoûte , que le Cardinal en fut si
charmé , qu'étant devenu Pape , sous
le nom de Leon X. il fit venir de Florence à Rome les Acteurs , les habits ,
& tout l'appareil du Théâtre , pour
donner ce divertissement à sa Cour.
Paul - Jove dit , que le St. Pere assistoit
quelquefois à la Comédie , au vû & au
sû de tout le monde.

Voici un second témoignage touchant
la beauté de stile de Machiavel dans
sa propre Langue ; il est du Poëte Antoine Vacca , qui , dans l'Epitaphe
qu'il composa pour être mise sur le tom-
beau de Machiavel , le qualifie d'être
l'honneur & la gloire de la Langue
Hetrusque :

Hetrusea Machiavellus Honos & Gloria
 Lingua.

Ce furent ces beaux talens qui lui
acquirent la faveur de la Maison de
Médicis , qui lui fit avoir la Charge de
Sécrétaire de la République de Florence , & ensuite celle d'Historiographe.
Mr. Bayle dit , que les Médicis lui
procurérent ces deux emplois , avec
de bons gages , pour l'appaiser sur la
       ques-

eſtion , qu'on lui avoit fait ſouffrir ;
ais le P. Nery place ces deux faits ,
omme ſi ſon élévation à la Charge de
crétaire de la République eût précé-
é les ſoupçons où il tomba , d'avoir
é complice de la Conſpiration des So-
erins ; c'eſt-à-dire , après le fait de la
ueſtion : & il dit enſuite , que Machia-
el vécut fort pauvre , & mourut dans
ne extrême miſére.

Il eut un autre malheur , ſemblable
premier : il fut ſoupçonné d'avoir
part au complot d'Aloïſio Alaman-
, grand Poëte , de Jacques Diacet-
, & de quelques autres , qui , de
ême que Machiavel , fréquentoient
s jardins de Coſimin Ruſcellaï , où
achiavel leur lut ſes Ouvrages. On
connoiſſoit pour grand admirateur
Brutus & de Caſſius : les éloges
'il donnoit à ces deux Républiquains ,
ans ſes Diſcours , comme dans ſes
utres Ecrits , renverſérent la cervelle
cette Société du jardin , juſqu'à for-
er le deſſein , à l'imitation de ces
omains , de tuer le Cardinal Julien
e Médicis , qui fut enſuite le Pape
lément VII ; & cela , ſans aucune
aine perſonnelle ; mais ſeulement ,
arce qu'ils le regardérent com-

* 5   me

me l'oppreſſeur de la Liberté publique.

Cet attentat coûta la vie à quelques-uns de ceux qui en furent ; mais
on n'entama pour lors aucunes procé-
dures contre Machiavel. Il mourut
d'une potion, qu'il avoit coutume de
prendre comme un préſervatif contre
les maladies. Paul-Jove dit que ſa
mort arriva un peu avant que Florence fût réduite à recevoir les mêmes
Maîtres ; c'eſt-à-dire, les Médicis. Florence ſe rendit le neuvième Août mille cinq cens trente. Nery, dans ſes
Auteurs Florentins, met, avec le Poc-
cianti, ſa mort à l'année mille cinq cens
vingt-ſix.

Les Ouvrages de Machiavel ont
été traduits en Latin & en François,
quelques-uns en pluſieurs autres Langues. Ses ſept Livres *de l'Art de la
Guerre* ont été mis en François par
Jean-Morel, Pariſien. Le Duc d'Urbin, après avoir lû ce Livre, en conçût
une opinion très-haute du ſavoir-faire
de notre Machiavel, en fait de dreſſer
des Troupes & de ranger des Corps en
bataille ; mais Machiavel ſe garda bien
d'en paſſer par l'épreuve.

Ses *Diſcours ſur Tite-Live* ont été
tra-

...uits en Latin , par le même Morel.
...ome Turler a mis en Latin l'*Histoire*
...Florence , que Machiavel écrivit par
...re de la République : elle commen-
...à l'an douze cens & quinze , & finit
...l'année mille quatre cens quatre-
...gt - quatorze. Le Libraire ne publia
...bord que le premier Livre traduit ,
... fut imprimé à Venise en mille
...q cens soixante - quatre , avec une
...dicace au Pape Clement VII : mais ,
...gré le grand débit qu'eut cet essai ,
...reste ne parut que quelque - tems
...ès , & cela à Strasbourg.

...Outre *la Vie de Castruccio - Castracani* ,
...chiavel fit un Ouvrage , intitulé *Re-*
...ons , contenant les choses les plus re-
...rquables arrivées de son tems , qu'il
...sa en manuscrit à François Guic-
...rdin , qui s'en est beaucoup servi
...ur la composition de son Histoire. Il
...a aussi de lui en manuscrit un grand
...mbre de *Lettres* , écrites à ses amis ,
...s compter un gros Volume de *Let-*
... de sa façon , écrites au nom de sa
...publique.

...On trouve à Florence , dans la Bi-
...othéque Gadienne , une Dissertation
... Machiavel , en manuscrit , intitu-
...e *Discours sur la Réforme de l'Etat de*

* 6   *Tos-*

Tofcane ; qu'il compofa pour l'inftruction du Pape Leon X.

Nous avons déjà parlé d'une Comédie de fa façon ; il en a compofé deux autres, qui n'ont pas été imprimées : elles fe trouvent en manufcrit dans la Bibliothéque du Grand Duc de Tofcane. L'une, eft nommée le *Maf-chere*, Piéce fort fatyrique ; & l'autre *il Secretario*. La Comédie attribuée communément à Jean - Baptifte Gelli, intitulée *la Sporta*, Piéce fort facétieufe, appartient proprement à Machiavel, puifqu'il en a donné l'idée, & ceux des Dialogues où fe trouvent les plus jolis traits.

Il ne faut pas oublier une cinquiéme Comédie, entiérement de la façon de notre Poëte, intitulée *la Mandragola*, que la Fontaine a traveftie en Conte, fous le même titre. Machiavel a compofé plufieurs autres Piéces de Théâtre ; nous nous contentons d'indiquer ici les principales. Il eft l'Auteur auffi de quelques Contes, pareils à ceux de Bocace, dont il y en a un intitulé *Belphegor*, Piéce très - ingénieufe, que Jean Breccio avoit publiée comme étant de fon invention. Ce vol fut découvert par Jean Cinelli, qui en a fait
men-

mention dans sa Bibliothéque volante.
Monsieur le Fêvre de Saumur la fit imprimer en mille six cens soixante - quatre sur un Manuscrit de Machiavel , &
c'est la première fois que cette Piéce
parut sous le nom de son véritable Auteur. La Fontaine n'a pas manqué de
saisir encore celle - ci , & d'en faire un
de ses Contes.

J'en viens à présent au Livre de
Machiavel , qui a le plus contribué à
le faire regarder comme un Auteur
dangereux , & rempli de Maximes
pernicieuses pour la conduite des Princes ; savoir , celui qui est intitulé *le
Prince* , & dont on donne cette nouvelle édition , avec les Remarques ,
qui ont emporté si fort les suffrages ,
que deux ou trois éditions , données
coup sur coup , n'ont pû satisfaire à
l'avidité du Public. Ce n'est pas qu'il
n'ait répandu dans ses Livres d'Histoire quelques - unes de ces mêmes Maximes ; mais elles y sont sous la forme
de *Réflexions* : ce sont quelquefois des
faits , & quelquefois des conjectures ,
sur les ressorts , sur les motifs secrets,
des actions des Princes : & en cela il
n'a fait que suivre la méthode d'un
grand nombre d'Historiens anciens &
mo-

modernes. Il y a toute aparence ;
que Machiavel eût été auffi peu dé-
crié que Tacite, par exemple, s'il ne
fe fût point avifé de rédiger en Syftê-
me & en Inftitution une Politique auffi diabolique, que celle qu'il propofe
pour leçon à fon Prince, & d'en ré-
galer le Public.

C'eft en quoi Machiavel paroît
abfolument inexcufable ; & j'ofe dire
que ceux qui trouvent étrange qu'on
déchire fans miféricorde cet Auteur,
tandis qu'on fait quartier à Sallufte, à
Plutarque, à Tite-Live, & fur-tout
à Tacite, n'ont peut-être pas pris garde à cette grande différence, qui fe
trouve entre leur façon de débiter ces
fortes de chofes, & la méthode de
Machiavel. Cependant, perfonne ne
trouve à redire à des Poëtes, où des
Maximes pareilles, débitées avec une
éloquence pathétique & touchante,
font encore une plus grande impreffion ; ils fe convertiffent de-là plus aifément en Proverbes & en lieux-com-
muns, que chacun apprend par cœur.
S'il fe rencontre dans les Hiftoriens
anciens ou modernes de ces maximes
pernicieufes, loin de les donner en
forme de *Préceptes,* ou en guife de *Con-*
feils,

ils , on les trouve ordinairement avec
quelque marque de réprobation ; &
es Poëtes , dit - on, ne les mettent que
ans la bouche de perſonnages que
on repréſente en même - tems comme
rès - méchans , contre leſquels , de mê-
ne que contre les maximes qu'on
eur prête , l'on travaille à nous rem-
lir d'horreur. Machiavel les rédige
n Inſtitutions , il en fait un art , &
ropoſe le tout en forme de *Conſeils*
c de *Leçons* à ceux qui cherchent à
ſurper le pouvoir ſuprême.

On a cherché à juſtifier Machiavel
ar des probabilités : on ne pouvoit ſe
erſuader qu'un homme douïé d'un ſi
rand eſprit , Sécrétaire d'une Répu-
lique ſi jalouſe de ſa liberté , ſorti
'une Famille Noble & Patricienne ,
ût voulu débiter ſérieuſement , & tout
e bon , des choſes pareilles , comme
es Inſtructions propres pour des Prin-
es ; de - là on a prétendu , que ce Lire n'eſt qu'une ſatyre fine & enve-
ppée * , & que chaque fois qu'il dit
ſon Prince ce qu'il doit faire , quand
eſt quelque méchanceté , ce n'eſt
ue pour inſinuer ce que la plùpart

des

* Sur ceci liſez l'*Avant - Propos.*

des Princes de fon tems faifoient, &
de quelle manière ils fe conduifoient.

Deux ou trois circonftances paroiffent avoir donné fondement à cette fuppofition. Machiavel étoit très-
zèlé, & même outré Républiquain,
grand admirateur, comme nous avons
déjà dit, de Brutus & de Caffius :
comment (a-t'on conclu) étoit-il poffible, qu'il eût débité comme fes véri-
tables fentimens, des maximes fi op-
pofées à fon caractère, & à fon inclination la plus chérie, je veux dire la
liberté de fa Patrie, au gouvernement
de laquelle fa famille avoit eu part ?
Une autre circonftance eft, qu'il vivoit dans un fiécle fertile en Princes
très - méchans & très - débordés, dont
quelques-uns, par des foupçons fort
ordinaires à leurs pareils, le maltraité-
rent jufqu'au point, de le faire mettre
à la queftion. Ce furent les mêmes,
qui, l'aïant pris en affection à caufe
de fes talens, lui procurérent de l'emploi & des gages, & dont ainfi fon
bien - être & fa fortune dépendoient : je
veux dire les Médicis, qui dans ce
tems-là en furent à leurs plus grands
efforts, pour triompher, ainfi qu'ils
firent, d'une République expirante.

La

la troisiéme circonstance, qu'on rapporte pour faire croire que son Livre
n'est qu'une peinture satyrique de ceux
qui aiment à exercer une autorité sans
bornes, c'est que son humeur le portoit naturellement & fortement à la
satyre, & que tout profond Historien
& Politique qu'il étoit, il aimoit à ri-
re ; comme cela se voit par ses Contes
& par ses Comédies.

ALBERIC GENTILIS (*) entr'autres, paroit dans ce sentiment : *Sui
propositi non est Tyrannum instruere, sed
arcanis ejus palam factis, ipsum miseris
populis nudum & conspicuum exhibere. An
nim tales quales ipse describit Principes, fuisse plurimos ignoramus ?* Et il se
fonde sur ce que Machiavel étoit un
très - zélé Partisan de la Démocratie,
ennemi déclaré du Despotisme.

BOCALIN, Auteur d'ailleurs très-
Catholique, ne fait pas difficulté d'in-
nuer, quoique fort adroitement, que
le régne de quelques Papes avoit appris à Machiavel la belle Politique
qu'il enseigne à son Prince †.

Monsieur BAYLE, entre autres,
pen-

_____

(*) De Légat. Lib 3, C. 9.
† Lisez ses *Raguagli*, Cent. I. Cáp. 89.

pense exactement comme Gentilis &
Bocalin, quand, en parlant de la troisiéme édition de la traduction Françoise de ce Livre par Amelot de la
Houssaye, il dit ; » La Préface du
» Traducteur est pleine de choses qui
» frappent au but ; on y lit entr'au-
» tres choses cette pensée de Mr.
» Wicquefort : *Machiavel dit presque*
» *par tout ce que les Princes font, &*
» *non ce qu'ils dévroient faire.* Il est
» surprenant qu'il y ait si peu de per-
» sonnes qui ne croient que Machia-
» vel apprend aux Princes une dan-
» gereuse Politique : au contraire, ce
» sont les Princes qui ont appris à
» Machiavel ce qu'il a écrit. . . .
» Qu'on brûle ses Livres, qu'on les
» réfute, . . . il n'en sera ni plus
» ni moins par raport au Gouverne-
» ment. Il faut, par une malheureu-
» se & funeste nécessité, que la Politi-
» que s'éléve au - dessus de la Morale :
» elle ne l'avouë point ; mais elle
» fait pourtant comme Achille, *Jura*
» *negat sibi nata* * ». A quoi l'on
pour-

* Voïez les **ŒUVRES DIVERSES DE
BAYLE**, Tome III. *page* 740. *de la derniére
édition, in - Folio.*

urroit ajoûter, que ce Livre, à le
endre tout de bon, n'eſt dans le
nds qu'un Commentaire ſur les pa-
les d'Euripide, que Céſar avoit tou-
urs à la bouche : *Si violandum eſt*
s, regnandi gratiâ violandum eſt ; in
teris rebus pietatem colas.

Notre *Prince* a été réfuté ci-de-
nt en Italie, en France, & en Al-
magne ; mais il s'en faut bien que
la ait été fait avec autant d'eſprit,
que dans ces Réfutations on trouve
s remarques & des Réflexions
ſſi curieuſes, que celles dont le nou-
l ANTI-MACHIAVEL, OU EXA-
EN DU PRINCE DE MACHIA-
EL, eſt rempli d'un bout à l'autre.
a Réfutation par Innocent Gentillet,
i porte pour titre, *Diſcours ſur les*
ïens de bien gouverner, a paru en
76., ſans nom d'Auteur, d'Impri-
eur, ni de lieu où elle a été impri-
ée. Mr. Bayle remarque, que ce
vre aïant été cité ordinairement
us le titre d'*Anti-Machiavel*, a fait
itre le titre d'*Anti-Machiavel* dans
Public, n'y aïant point de Livre
i le porte.

Mr. Bayle dit auſſi, que ce qui
dans

dans ce tems a été fait de meilleur fur
le Prince de Machiavel, fut un Livre
imprimé en 1622. avec grand nombre
de lacunes, intitulé *Fragment de l'Exa-*
men du Prince de Machiavel, où il eſt
traité des Confidens, Miniſtres, & Con-
ſeillers des Princes, enſemble, de la for-
tune des Favoris; mais tout Fragment
qu'il ſe dit, ce Livre, ſelon Mr. Bayle
contient trois cens trente-neuf pages
in 12.

Au reſte, *le Prince* de Machiavel a été traduit d'abord dans toutes
les Langues; & on dit, qu'aïant été
traduit dans la Langue Turque, le
Sultan Amurat IV. le liſoit dans cette Langue. Gaſpard Langhenhert en
a fait, ſur la fin du dernier ſiécle, une nouvelle Traduction Latine, & y a ajoûté un Commentaire de
ſa façon, l'ancienne Traduction lui
aïant paru défectueuſe. Cet Ouvrage fut imprimé en 1699. à Am-
ſterdam.

Les curieux n'ignorent pas, que,
vers le milieu du dernier ſiécle, le
Cardinal Mazarin, comme pour eſ-
faïer s'il ne ſeroit pas poſſible de ren-
chérir ſur Machiavel, encouragea Gabriel

riël Naudé * de travailler sur un pa-
il canevas ; & il faut avoüer que Nau-
é laisse bien loin derrière lui son Pré-
écesseur. *Le Prince*, selon les con-
oisseurs, est obligé de mettre pavil-
on bas devant les *Considérations*, que
on n'a qu'à feuilleter pour convenir
ue les Maximes du Florentin, mises
n parallèle avec celles du Parisien,
aroissent quelque chose de doux ; les
Avis du Sécrétaire, quelque terrible
u'il se soit rendu dans le monde, ont
air de simples rudimens, en compa-
aison des *Coups* de l'effroïable Prieur &
Chanoine.

Nous finirons ce Mémoire, en donnant l'Epitaphe, qu'Antoine Vacca a
ait en l'honneur de Machiavel, & dont
nous avons cité un Vers au commencement :

Quisquis ades , sacro flores , &
   serta Sepulchro,
Adde puer , cineri debita dona
   ferens :

Nam

* Gabriel Naudé , natif de Paris , Prieur
d'Artige , Chanoine de Verdun , dans son Ouvrage , intitulé *Considérations Politiques sur les
Coups d'Etat*.

Nam veteris belli, & pacis, q
    reddidit Artes,
  Jam pridem ignotas Regibus &
    Populis,
Hetruscæ Machiavellus Honos &
    Gloria Linguæ
  Hic jacet, hoc Saxum, non co-
    luisse, nefas.

PREFACE

PREFACE

DE

L'EDITEUR.

J E crois rendre service aux hommes en publiant L'EXAMEN DE MACHIAVEL *. L'illustre Auteur de cette Réfutation est une ces grandes ames, que le Ciel forme ement pour ramener le genre - humain a vertu, par leurs préceptes & par rs exemples. Il mit par écrit ces Pen-il y a quelques années, dans le seul ein d'écrire des vérités que son cœur dictoit. Il étoit encore très - jeune; il loit seulement se former à la sagesse & vertu; il comptoit ne donner des leçons foi-même; mais ces leçons qu'il s'est
aon-

* ESSAI DE CRITIQUE SUR ACHIAVEL.)

données méritent d'être celles de tous les Rois,
& peuvent être la source du bonheur des
hommes. Il me fit l'honneur de m'envoyer
son Manuscrit ; je crus qu'il étoit de mon
devoir de lui demander la permission de le
publier. Le poison de Machiavel est trop
public, il falloit que l'antidote le fût aussi ;
on s'arrachoit à l'envi les copies manuscri-
tes, il en couroit déjà de très-fautives,
& l'Ouvrage alloit paroître défiguré si je n'a-
vois eu le soin de fournir cette copie exacte,
à laquelle j'espere que les Libraires * se con-
formeront.

On sera sans doute étonné quand j'ap-
prendrai aux Lecteurs que celui qui écrit
en Français d'un style si noble, si énergi-
que, & souvent si pur, est un jeune
Etranger, qui n'étoit encore jamais venu
en France. On trouvera même qu'il s'ex-
prime beaucoup mieux qu'Amelot de la
Houssaye, que je fais imprimer à côté de
la Réfutation. C'est une chose inouie, je
l'avoue ; mais c'est ainsi que celui dont je
publie l'Ouvrage a réussi dans toutes les
choses auxquelles il s'est appliqué. Qu'il
soit Anglais, Espagnol, ou Italien, il
n'importe, ce n'est pas de sa Patrie, mais
de son Livre, dont il s'agit ici. Je le
crois

(* à qui j'en ai fait present.)

ois mieux fait, & mieux écrit, que ce-
i de Machiavel ; & c'est un bonheur
ur le genre - humain qu'enfin la vertu
t été mieux ornée que le vice.

Maître de ce prétieux dépôt, j'ai lais-
exprès quelques expréssions de génie qui
sont pas tout-à-fait Françaises , mais
i méritent de l'être ; & j'ose dire que
Livre peut à la fois perfectionner notre
angue & nos mœurs. Au reste, j'a-
ertis que tous les Chapitres ne sont pas
utant de Réfutations de Machiavel ,
rce que cet Italien ne prêche pas le crime
ans tout son Livre. Il y a quelques en-
oits de l'Ouvrage que je présente , qui
nt plûtôt des réflexions sur Machiavel ,
e contre Machiavel ; voilà pourquoi j'ai
nné au Livre le titre d'Examen ∗.

L'illustre Auteur aïant pleinement
pondu à Machiavel, mon partage sera
de répondre en peu de mots à la Préfa-
d'Amelot de la Houssaïe.

Ce Traducteur a voulu se donner pour
a Politique ; mais je puis assurer que ce-
i qui combat ici Machiavel est vérita-
ement ce qu'Amelot veut paroître.

Amelot étoit un de ces Auteurs qui
omposent pour vivre , & ce qu'on
peut

(∗ d'Essai de Critique sur Machiavel.)

∗ ∗

Reliure serrée

peut dire peut-être de plus favorable pour
lui I, c'est qu'il traduisit le PRINCE DE
MACHIAVEL, & en soutint les Maximes,
plûtôt dans l'intention de débiter son Livre, que dans celle de persuader. Il parle beaucoup de Raison d'Etat dans son E-
pitre dédicatoire; mais un homme qui S n'a
pas eu le secret de se tirer de la misère,
entend mal, à mon gré, la Raison d'E-
tat.

Il veut justifier son Auteur par le témoignage de Juste-Lipse, qui avoît, dit-
il, autant de piété & de Religion que de
sçavoir & de politique. Sur quoi je re-
marquerai I., que Juste-Lipse, & tous
les Sçavans, déposeroient en vain en faveur
d'une doctrine funeste au genre-humain;
2., que la piété & la Religion, dont
on se pare ici très-mal-à-propos, enseignent tout le contraire; 3., que Juste-
Lipse, né Catholique, devenu Luthérien,
puis Calviniste, & enfin redevenu Catholique, ne passa jamais pour un homme religieux, malgré ses très-mauvais Vers pour
la Sainte Vierge; 4., que son gros Livre de Politique est le plus méprisé de ses
Ouvrages, tout dédié qu'il est aux Em-
pe-

(1. Amelot, S. aïant été Sécrétaire d'Ambas-
ade,)

pereurs , Rois , & Princes ; 5. , qu'il dit
précisément le contraire de ce qu'Amelot
lui fait dire. » Plût à Dieu, dit Juste-
» Lipse, Page 9. de l'Edition de Plan-
» tin , que Machiavel eût conduit son
» Prince au temple de la vertu & de
» l'honneur ; mais , en ne suivant que
» l'utile , il s'est trop écarté du chemin
» roïal de l'honnête. Utinàm Princi-
» pem suum rectà duxisset ad templum
» virtutis & honoris , &c. « Amelot a
supprimé exprès ces paroles. La mode de son
tems étoit encore de citer mal-à-propos ;
mais altérer un passage aussi essentiel , ce
n'est pas être pédant , ce n'est pas se
tromper , c'est calomnier. Le grand homme , dont je suis l'Editeur , ne cite point :
mais je me trompe fort , ou il sera cité à
jamais par tous ceux qui aimeront la raison & la justice.

    Amelot s'éforce de prouver que Ma-
chiavel n'est point impie ; il s'agit bien ici
de piété. Un homme donne au monde des
leçons d'assassinat & d'empoisonnement , &
son Traducteur ôse parler de sa dévotion !

    Les Lecteurs ne prennent point ainsi le
change : Amelot a beau dire que son Auteur a beaucoup loüé les Cordeliers & les
Jacobins ; il n'est point ici question de
Moines , mais de Souverains , à qui l'Au-

              ** 2   teu

teur vouloit enseigner l'Art d'être méchants, qu'on ne savoit que trop sans lui.

D'ailleurs, croiroit-on bien justifier
Miriwits, Cartouche, * ou Ravaillac,
en disant qu'ils avoient de très-bons sentimens sur la Religion ? & se servira-
t-on toûjours de ce mot 1 sacré pour § flétrir les plus honnêtes-gens, & pour justifier les plus corrompus & les plus criminels ?

César Borgia, dit encore le Traducteur, est un bon modèle pour les
Princes nouveaux ; c'est-à-dire, pour les
usurpateurs. Mais, premièrement, tout
Prince nouveau n'est point usurpateur :
les Médicis étoient nouvellement Princes,
& on ne pouvoit leur reprocher d'usurpa-
tion. Secondement, l'exemple du 2 Bâtard d'Alexandre VI., toûjours détesté &
souvent malheureux, est un très-méchant
modèle pour tout Prince.

Enfin, la Houssaïe prétend que Machiavel haïssoit la tyrannie : sans doute tout
homme la déteste ; mais il est bien lâche &
bien affreux de la détester & de l'enseigner.

Je n'en dirai pas davantage, il faut
écouter le vertueux Auteur, dont je ne
se-

(* Jâques Clément, 1. Voile § couvrir ce que
le crime a de plus monstrueux ? 2. de ce)

*rois qu'affaiblir les sentimens & les expres-
sions.* *

A Bruxelles, ce
24. Juin 1740.

V......

(* Ce qui suit est ajoûté à la Préface dans l'édition publiée par *Voltaire*.
*NB. Je soussigné ai deposé le Manuscrit original
entre les mains de Monsieur Cyrille le Petit, Des-
servant de l'Eglise Françaife à la Haye, lequel Manuscrit original est conforme en tout au Livre intitulé Essai de Critique sur Machiavel ; toute autre
édition étant défectueuse, & les Libraires devant
suivre en tout la présente Copie.*)

A la Haye, ce
12. Octobre 1740.

F. DE VOLTAIRE.

AVANT-PROPOS
DE
L'EXAMEN
DU PRINCE
DE
MACHIAVEL.†

E Prince de Machiavel eſt en ſait de Morale, ce qu'eſt l'Ouvrage de Spinoſa en matière de Foi. Spinoſa ſapoit les fondemens de la Foi, & ne tendoit pas moins qu'à renverſer l'édifice de la Religion ; Machiavel corrompit la Politique, & entreprit de détruire les préceptes de la ſaine Morale : les erreurs de l'un n'étoient que des erreurs de ſpéculation ; celles de l'autre regardoient la pra-

ratique. Cependant, il s'eſt trouvé que
es Théologiens ont ſonné le toxin & crié
ux armes contre Spinoſa, qu'on a réfuté
on Ouvrage en forme, & qu'on a conſ-
até la Divinité contre ſes attaques, tan-
is que Machiavel n'a été que harcelé par
uelques Moraliſtes, & qu'il s'eſt ſoutenu,
malgré eux & malgré ſa pernicieuſe mo-
ale, ſur la chaire de la Politique, juſ-
u'à nos jours.

J'oſe prendre la défenſe de l'humani-
é contre ce Monſtre qui veut la détrui-
e; j'oſe oppoſer la raiſon & la juſtice au
ophiſme & au crime, & j'ai hazardé mes
éflexions ſur le *Prince* de Machiavel, Cha-
itre à Chapitre, afin que l'antidote ſe
rouve immédiatement auprès du poiſon.

J'ai toujours regardé le *Prince* de Ma-
hiavel, comme un des Ouvrages les
lus dangereux qui ſe ſoient répandus
dans le monde. C'eſt un Livre qui doit
omber naturellement entre les mains
les Princes, & de ceux qui ſe ſentent du
oût pour la Politique : il n'eſt que trop
acile qu'un jeune homme ambitieux,
ont le cœur & le jugement ne ſont pas
ſſez formez pour diſtinguer ſûrement le
on du mauvais, ſoit corrompu par des
naximes qui flattent ſes paſſions.

Mais s'il eſt mauvais de ſéduire l'inno-
** 4. cence-

cence d'un particulier , qui n'influe que légèrement sur les affaires du monde , il l'est d'autant plus de pervertir des Princes qui doivent gouverner des Peuples, administrer la Justice , & en donner l'exemple à leurs sujets , être par leur bonté , par leur magnanimité & leur miséricorde , les images vivantes de la Divinité.

Les inondations qui ravagent des contrées, le feu du tonnerre qui réduit des Villes en cendres , le poison de la peste qui desole des Provinces , ne sont pas aussi funestes au monde , que la dangereuse morale & les passions effrénées des Rois. Les fléaux célestes ne durent qu'un tems, ils ne ravagent que quelques contrées , & ces pertes , quoique douloureuses , se réparent ; mais les crimes des Rois font souffrir bien long-tems des Peuples entiers.

Ainsi que les Rois ont le pouvoir de faire du bien lorsqu'ils en ont la volonté , de même dépend-t'il d'eux de faire du mal lorsqu'ils l'ont résolu ; & combien n'est point déplorable la situation des Peuples, lorsqu'ils ont tout à craindre de l'abus du pouvoir souverain, lorsque leurs biens sont en proïe à l'avarice du Prince, leur liberté à ses caprices , leur repos à son ambition , leur sûreté à sa perfidie ,

&

à leur vie à ſes cruautez ? C'eſt-là le tableau tragique d'un Etat où régneroit un
Prince , comme Machiavel prétend le
former.

Je ne dois pas finir cet Avant-Propos
ſans dire un mot à des perſonnes , qui
croient que Machiavel écrivoit plûtôt ce
que les Princes font , que ce qu'ils doivent faire ; cette penſée a plû à beaucoup
de monde , parce qu'elle eſt ſatirique.

Ceux qui ont prononcé cet arrêt déciſif contre les Souverains , ont été ſéduits
ſans doute par les exemples de quelques
mauvais Princes, contemporains de Machiavel, citez par l'Auteur, & par la vie
de quelques Tirans , qui ont été l'opro-
bre de l'humanité. Je prie ces cenſeurs
de penſer , que , comme la ſéduction du
Trône eſt très-puiſſante , il faut plus qu'u-
ne vertu commune pour y réſiſter , &
qu'ainſi il n'eſt point étonnant que dans
un ordre auſſi nombreux que celui des
Princes, il s'en trouve de mauvais parmi
les bons. Parmi les Empereurs Romains,
où l'on compte des Nérons, des Caligula, des Tibéres , l'Univers ſe reſſouvient
avec joïe des noms conſacrez par les vertus des Titus, des Trajans , & des Antonins.

Il y a ainſi une injuſtice criante d'attribuer à tout un corps ce qui ne convient

⸰ ⸰ 5   qu'à

qu'à quelques-uns de ses membres.

On ne devroit conserver dans l'Histoire que les noms des bons Princes, & laisser mourir à jamais ceux des autres, avec leur indolence, leurs injustices, & leurs crimes. Les Livres d'Histoire diminueroient à la vérité de beaucoup, mais l'humanité y profiteroit, & l'honneur de vivre dans l'Histoire, de voir son nom passer des siecles futurs jusqu'à l'éternité, ne seroit que la récompense de la vertu : le Livre de Machiavel n'infecteroit plus les Ecoles de Politique ; on mépriseroit les contradictions dans lesquelles il est toujours avec lui-même ; & le monde se persuaderoit que la véritable Politique des Rois, fondée uniquement sur la justice, la prudence, & la bonté, est préférable en tout sens au système décousu & plein d'horreur que Machiavel a eu l'impudence de présenter au Public.

AVIS

AVIS PRÉLIMINAIRE*
POUR CETTE
NOUVELLE ÉDITION
DE
L'ANTI-MACHIAVEL

LE vif empreſſement du Public pour cet Ouvrage m'eſt un juſte & puiſſant motif d'enrichir cette nouvelle Édition de tout ce qui peut la rendre plus belle, plus intéreſſante, & plus complette.

Son attention a paru pendant quelques jours partagée entre les deux éditions originales que j'ai fidèlement imprimées ſur le Manuſcrit ; ſelon mes engagemens & les deſirs de l'Auteur, & celle que M. F. DE VOLTAIRE a publiée avec les *changemens* qu'il a jugé à propos d'y faire. Son nom, & l'adoption publique qu'il a faite de cette nouvelle édition, ne pouvoient manquer d'embârraſſer d'abord ceux qui

vou-

*De JEAN VAN DUREN, pour l'édition de 1741. en 2. Vol. in-Octavo.

** 6.

vouloient diftinguer la Copie de l'Original ; il n'y a eu guères que des perfonnes d'un jugement fûr & éclairé, qui aïent été en état de faifir la vérité , & de fixer leur jugement après un examen impartial.

Quelques - uns ont pris la peine de tranfcrire les deux éditions par colonnes, pour en mieux fentir les différences. Après-tout , ce travail ne leur fervoit qu'à marquer en quoi elles varient : cette difficulté étoit aifée à lever ; il en reftoit une autre plus importante ; favoir , laquelle des deux éditions eft originale. Mais comment diffiper le doute , fans des preuves bien authentiques ? Il y a eu des gens qui fe font crû authorifés par-là à affurer bien affirmativement que les deux éditions originales , que j'ai données, étoient *fubreptices* , comme on le peut voir dans le recueil d'ECRITS, qui eft à la fuite du fecond tome de cette édition.

D'ailleurs, M. F. DE VOLTAIRE a eu pour lui ceux qui , par la charge qu'ils fe font eux - mêmes impofée , doivent informer le Public de la naiffance & du fuccès des Ouvrages qui méritent fon attention. Ils ont décidé en faveur de M. F. DE VOLTAIRE, par un jugement dont

ils

se sont dispensés de dire le fondement les preuves. Il ne seroit pas impossi-ble que ces Articles fussent des Piéces é-trangères, communiquées par l'Editeur, ou par ses Amis. Le Public, accou-tumé à ce manége, en est rarement la dupe ; mais ceux qui les admettent & les inférent, sans avertir que ce sont des morceaux d'une autre main, en devien-nent responsables, & ils doivent d'autant plus à leurs Lecteurs l'éclaircissement d'u-ne décision qu'ils s'approprient. La dé-cision ne convient qu'aux Juges : ils ne le sont point, c'est le Public ; ils ne sont tout au plus que des *Rapporteurs*, à qui rien n'est plus essentiellement nécessaire pour la fonction de leur Office, que la bonne-foi, le desintéressement, & l'in-tégrité.

Ce qui peut justifier l'erreur de ceux qui se sont trompés sur le choix des éditions originales, c'est que tout le monde n'étoit pas encore instruit de la déclaration de l'Auteur.

Un oracle si favorable pour moi, & si respectable pour M. F. DE VOL-TAIRE, ne m'a pas laissé la liberté de me conformer aux ordres que ce Poë-te donne aux Libraires, *de suivre en tout la Copie qui a servi de Manuscrit ori-*

original pour son édition. On sent bien que j'ai dû préférer l'*Original* approuvé, à la *Refonte* qu'en a fait M. F. DE VOLTAIRE. Mais, en même-tems, pour faire tout l'usage possible du travail de cet Editeur, j'ai eu soin que sous L'ANTI-MACHIAVEL *original*, on trouvât à chaque page, en forme de VARIANTES, la *Refonte* qu'il en a faite, de façon que, chaque partie étant dans un arrangement parallele, il fût aisé de les conférer, & d'en apperçevoir d'un-coup-d'œil jusqu'à la plus petite différence.

Bien qu'il ne reste aucun doute sur l'authenticité du Manuscrit que j'ai suivi, j'espére que le Lecteur verra avec plaisir les preuves que j'en avois moi-même avant que de le donner au Public. Il y trouvera des Ecrits de M. F. DE VOLTAIRE, qui peuvent servir à l'Histoire de ce Manuscrit, avec les éclaircissemens les plus nécessaires pour la plus parfaite intelligence de ces Piéces.

NOTE NOUVELLE, *ajoutée dans une Edition de la Refonte, au Chap. V. & qui se rapporte, dans la présente, à la page 54., ligne 4 & 5 : (†)* » Il faut dire 100000, & même 130000, ainsi qu'on l'a vu à la derniére guerre.

NICOLAS

NICOLAS MACHIAVEL,

Citoïen & Sécrétaire de Florence,

Au Très - Illustre

LAURENT DE MEDICIS,

Duc d'Urbin, Seigneur de Pesaro, &c. *

CEUX qui veulent gagner les bon-
nes-graces d'un Prince, ont coutume de lui offrir ce qu'ils ont de plus
rare chez eux, ou ce dont ils savent
qu'il fait son plaisir ordinaire ; d'où vient
qu'on lui presente souvent des chevaux, des
armes, des étoffes d'or, des diamans, &
autres choses semblables, qui méritent de lui
appartenir. Pour moi, après avoir cherché ce que je pourrois vous donner pour
gage de ma très-humble obéïssance, je n'ai
rien trouvé chez moi qui me fût si cher,
que la connoissance des actions des grands-
hommes, laquelle j'ai acquise par un long
usa-

* C'étoit le Pere de Catherine, Reine de France. Ce Prince mourut en 1519.

uſage des affaires modernes , & par la
lecture continuelle des anciennes. Aiant
donc ramaſſé en un petit volume les réflexions
que j'ai faites à loiſir ſur toutes ces cho-
ſes , je vous le préſente , non pas que je le
croïe digne de vous , mais parce que vôtre
bonté me fait eſpérer que vous l'agréerez,
attendu que je ne puis faire un plus grand
don , que de vous donner les moïens d'ap-
prendre en très-peu de tems tout ce que j'ai
appris en tant d'années que j'ai été à l'é-
cole de l'adverſité. Or , je n'ai point em-
belli cet Ouvrage de paroles empoulées &
magnifiques , ni de pas un autre de ces
agrémens , dont pluſieurs ont coutume de
parer leurs Ecrits , parce que je ne veux
pas que le mien plaiſe par un autre en-
droit , que par l'importance & la ſolidité
de ſon ſujet. Et que l'on n'impute point
à préſomption , ſi un homme de baſſe con-
dition oſe donner des leçons de Gouverne-
ment aux Princes ; car comme ceux qui
deſſeignent les Païs , ſe mettent en bas
dans une plaine , pour mieux découvrir la
hauteur des montagnes & la qualité des
autres lieux élevez ; & , au contraire,
montent au ſommet des montagnes , pour
conſidérer la conſtitution des lieux bas : de
même il faut être Prince , pour bien con-
noître le caractère des peuples , & popu-
laire,

re , *pour bien savoir celui des Princes.*
cevez donc ce petit Livre d'aussi bon
ur que je vous l'offre. Si vous le li-
avec attention , vous y verrez le desir
trême que j'ai , que vous parveniez à la
issance , que la fortune , & vos grandes
alitez , vous permettent. Et si , du
u éminent où vous êtes , vous regar-
z quelquefois en bas , vous connoitrez
e c'est à tort que je souffre une si
de & si longue persecution de la for-
ne *.

___

* Le Prince de Machiavel fut publié envi-
n l'an 1515 , & dédié à Laurent de Médicis
veu du Pape Léon X. Ce Pape , bien loin
punir Machiavel pour avoir fait ce Livre ,
mploïa à la composition d'un autre,
Adrien VI. & Clément VII. ne lui firent
cun tort : au contraire , ce dernier trouva
on, non-seulement qu'il lui dédiât son histoire
Florence ; mais accorda un Privilège à An-
ine Bladus pour imprimer à Rome les Ou-
ages de cet Auteur. Ce Privilège est daté du
ngt-troisième Août mille-cinq-cens-trente-&-
, & est à la tête des Œuvres de Machiavel.
Les Successeurs de Clément VII. jusqu'à
ément VIII. permirent dans toute l'Italie le
bit du *Prince* de Machiavel , dont il se faisoit
uvent des éditions & des Traductions. En-
, en mille-cinq-cens-nonante-deux , sous le
ontificat de Clément VIII , Successeur d'In-
no-

nocent IX, on condamna les Ecrits de ce Florentin, après les vacarmes que firent à Rom
le Jéfuite Poffevin & un Prêtre de l'Oratoire
nommé Thomas Boffius. Le jugement que
Poffevin a publié fur Machiavel, fans l'avoir lu
eft de l'an mille cinq-cens-nonante-deux, par
ordre d'Innocent IX.

Ainfi Machiavel fut condamné foixante-&-
dix-fept-ans après qu'il fut publié.

EPITRE
DÉDICATOIRE
D'AMELOT
E LA HOUSSAYE
AU
GRAND DUC
DE
TOSCANE.

MONSEIGNEUR,

C'EST la coutume des Auteurs, qui veulent dédier leurs Li-vres, de chercher un Patron, qui leur Ouvrage puisse plaire, ou nvenir. Pour moi, je n'ai pas besoin de délibérer à qui je de-

vois

vois préfenter le PRINCE DE MA
CHIAVEL. Dès que j'eus formé le
deffein de le traduire, le feul titre du Livre me détermina d'a-
bord à dédier ma Traduction à
Vôtre Alteffe Séréniffime, ainfi
que Machiavel en avoit dédié
l'Original au Seigneur Laurent II.
de Médicis, Pere d'*Alexandre*
premier Duc de Florence. Et cette réfolution me parut d'autant
plus raifonnable, qu'elle eft conforme à l'ordre commun de la
nature, qui veut, que toutes les
chofes retournent à leur principe.
Mais, MONSEIGNEUR, il y a cette différence entre ce que je fais aujourd'hui, & ce que Machiavel a
fait autrefois, que Machiavel ad-
dreffoit fon Livre à Laurent de
Médicis, en forme d'inftruction,
comme fait un maître à fon difci-
ple ; & que moi, j'adreffe le
mien à Vôtre Sérénité, comme à
un Prince confommé dans la
fcien-

cience du Gouvernement, (fcien-
e que chacun dit être l'ancien
atrimoine de la Sérénissime Mai-
on de Médicis), & comme à un
ge , qui difcerne parfaitement
a vraie Politique d'avec la fausse,
& qui a le fecret de tenir toujours
a balance droite entre la *Raifon
d'Etat* & la Religion, malgré l'in-
compatibilité qu'elles femblent
avoir enfemble. C'eft pourquoi,
MONSEIGNEUR, je ne crains point
d'être accufé de témérité, pour
avoir mis le glorieux nom de Vôtre Altefie Sérénissime à la tête
de ce Livre de Machiavel; car il
n'appartient qu'à des Princes,
comme Elle, d'être juges en matière de Politique, n'en étant pas
du gouvernement des Etats, comme de celui des Familles. Un Particulier, pour maintenir la fienne,
n'a qu'à régler fa dépenfe & fa
conduite; mais un Prince, pour
gouverner fon Etat, a befoin de
s'ac-

s'accommoder aux tems, aux per
fonnes, & aux affaires, qui chan
gent de jour en jour; outre qu'
y a des conjonctures fâcheufes
où les Princes font contraints d
faire plûtôt ce qu'ils peuvent, qu
ce qu'ils doivent : & c'eft en c
fens, que le Grand-Cofme de Mé
dicis, tenu pour le plus fage hom
me de fon tems, difoit au fuje
des Divifions Civiles de Florence
dont on fe plaignoit à lui, qu'*un*
Ville en defordre valoit bien mieux
qu'une Ville perdue * : parole, qu
a paffé depuis en Aphorifme-d'E
tat chez tous les Princes; ce qu
montre clairement, que les Prin
ces raifonnent & agiffent par d'au
tres principes, que les Particu
liers.

Ainfi, MONSEIGNEUR, il n
faut pas s'étonner fi Machiavel e
cen

---

* Machiavel, Livre 7. de fon Hiftoire d
Florence.

nsuré de tant de gens, puisqu'il
en a si peu qui sachent ce que
est que *Raison d'Etat* ; par con-
quent si peu qui puissent être
ges compétens de la qualité des
réceptes qu'il donne, & des ma-
imes qu'il enseigne. Et je dirai
n passant, qu'il s'est vû force Mi-
istres, & force Princes, les étu-
ier *, & même les pratiquer de
oint en point, qui les avoient
ondamnées & détestées, avant
ue de parvenir au Ministère, ou
u Trône : tant il est vrai, qu'il
aut être Prince, ou du moins
Ministre, pour connoître, je ne
is pas l'utilité, mais la nécessité
bsoluë de ces Maximes. Or,
omme Machiavel les a, pour la
lûpart, empruntées de Tacite,
e Maître & l'Oracle ordinaire des
Princes, j'ai cité les passages de
cet Auteur, pour faire toucher

au

* Voïez la Note 2. du Chapitre 18.

au doigt, que Machiavel n'eſt que
ſon Diſciple, & ſon Interprête; &
que ſi l'on a raiſon d'eſtimer tant
les Ecrits de l'un, il faut néceſſai-
rement eſtimer auſſi les Ecrits de
l'autre, qui a marché ſur les mêmes pas ; témoin ſon Hiſtoire de
Florence, dont toutes les haran-
gues ſont copiées ſur celles de Tacite.

Quoiqu'il en ſoit, Monseigneur, je croirai avoir bien emploïé mon tems, ſi cette Traduction,
où j'ai mis toute ma petite induſ-
trie, a le bonheur de ne vous pas dé-
plaire, & l'honneur d'être placée dans
les derniers rangs de Vôtre Bibliothéque, comme un témoignage
public de la vénération profonde,
avec laquelle je fais profeſſion d'ê-
tre, &c.

PREFACE

PRÉFACE
DU PRINCE
DE
MACHIAVEL,
PAR
AMELOT DE LA HOUSSAYE.

COMME *Machiavel est un Auteur, qui n'est, ni à l'usage, ni à la portée de beaucoup de gens, il ne faut pas s'étonner si le Vulgaire est si prévenu contre lui. Je dis prévenu, car de tous ceux qui le censurent, vous trouverez que les uns avoüent qu'ils ne l'ont jamais lû, & que les autres, qui disent l'avoir lû, ne l'ont jamais entendu ; comme il y paroît bien par le sens littéral qu'ils donnent à divers passages, que les Politiques savent bien interprêter autrement. Desorte qu'à dire la vérité, il n'est censuré, que parce qu'il est mal entendu ; & il n'est mal enten-*

* * *

æntendu de plufieurs , qui feroient capable
de le mieux entendre , que parce qu'ils le
lifent avec préoccupation : au lieu que s'ils
le lifoient comme juges ; c'eft - à - dire , tenant la balance égale entre lui & fes ad-
verfaires , ils verroient que les maximes
qu'il débite , font , pour la plûpart , abfolument néceffaires aux Princes , qui , au
dire du Grand Cofme de Médicis , ne peuvent pas toûjours gouverner leurs Etats
avec le chapelet en main 1. Il faut fup-
pofer, dit Wicquefort * , qu'il dit prefque par tout ce que les Princes font ,
& non ce qu'ils dévroient faire. C'eft
donc condamner ce que les Princes font,
que de condamner ce que Machiavel dit,
s'il eft vrai , qu'il dife ce qu'ils font , ou
pour

1. Che gli ftati non fi
aenevano con pater noftri.
Machiavel, au Livre 7.
de fon Hiftoire. Fran-
çois , qui fut depuis
Grand-Duc de Tofca-
ne , étant à la Cour
d'Efpagne , ne répondit
à un Gentilhomme ,
qui ne trouvoit pas juf-
te je ne fai quoi qu'il
lui commandoit , que
par ces paroles d'Ezé-
chiel :

chiel : Numquid via mea
non eft æqua , & non
magis viæ veftræ pravæ
funt? (Ezech. Chap. 18.)
pour lui apprendre qu'il
y a des chofes qui
paroiffent injuftes aux
particuliers , parce qu'ils
ne connoiffent pas les
raifons qui obligent le
Prince à les comman-
der.

* Livre 1. de fon
Ambaffadeur, Section

our parler plus juste, ce qu'ils sont quelquefois contraints de faire. Car l'homme, dit-il dans le Chapitre XV. de son Prince, qui voudra faire profession d'être parfaitement bon, parmi tant d'autres qui ne le sont pas, ne manquera jamais de périr. C'est donc une nécessité, que le Prince, qui veut se maintenir, apprenne à pouvoir n'être pas bon, quand il ne le faut pas être 2. Et dans son Chapitre XVIII, après avoir dit, que le Prince ne doit pas tenir sa parole lorsqu'elle fait tort à son intérêt, il avoue franchement, que ce précepte ne seroit pas bon à donner, si tous les hommes étoient bons ; mais qu'étant tous méchans & trompeurs, il est de la sûreté du Prince de le savoir être aussi * : sans quoi il perdroit son Etat, & par conséquent sa réputation, étant impossible que le Prince, qui a perdu l'un, conserve l'autre. Mais, puisque je suis tombé sur ce Chapitre XVIII, qui est assu-

2. Plutarque dit, s'il falloit absolument remplir tous les devoirs, & observer toutes les règles de la Justice, pour bien régner, Jupiter même n'en seroit pas capable.

* Voïez les Notes des Chapitres 15. & 18.

*** 3

affurément le plus chatouilleux & le
plus dangereux de tous fes Ecrits , il me
femble néceffaire de dire ici , par occafion,
comment il faut entendre l'inftruction qu'il
y donne à fon Prince. Il n'eft pas befoin , *lui dit-il ,* que tu aïes toutes les
qualitez que j'ai dites, mais feulement
que tu paroiffes les avoir. Tu dois pa-
roitre clément , fidèle , affable , intègre , & religieux, enforte qu'à te voir
& à t'entendre l'on croïe que tu n'es
que bonté , que fidélité , qu'intégrité,
que douceur & religion. Mais cette
dernière qualité eft celle qu'il t'importe davantage d'avoir extérieurement. *Voilà fur quoi eft fondée l'opi-*
nion qu'a la Vulgaire , que Machiavel
étoit Impie , & même un Athée. Et véritablement les apparences y font pour les
efprits fôibles. *Mais , à bien pefer le*
fens de fes paroles , il ne dit nullement ce
qu'on l'accufe de dire , qu'il ne faut point
avoir de religion : mais feulement , que
fi le Prince n'en a point , comme il peut
arriver quelquefois , il doit bien fe garder
de le montrer , la Réligion étant le plus
fort lien qu'il y ait entre lui & fes fujets , *& le manque de Réligion le plus juf-*
te , ou du moins le plus fpécieux prétexte
qu'ils puiffent avoir de lui refufer l'obéïf-
fant

nce 3. *Or il vaut incomparablement*
ieux qu'un Prince ſoit hipocrite, que
d'être manifeſtement impie, le mal caché
ſant beaucoup moindre que le mal univer-
ſellement connu. Tout le monde voit l'im-
piété, mais très-peu s'aperçoivent de l'hi-
pocriſie. Et, c'eſt, à mon avis, ce que
Machiavel veut dire, quand il ajoûte,
que tous les hommes ont la liberté de
voir, mais que très-peu ont celle de
toucher : que chacun voit ce que le
Prince paroit être, mais que preſque
perſonne ne connoit ce qu'il eſt en ef-
fet. Nous voïons bien ce qui eſt devant
nos yeux, diſoit un Chevalier Romain à
Tibère ; mais nous aurions beau faire,
nous ne verrions jamais ce que le Prince a
dans les replis de ſon cœur. 4. *D'ailleurs,*
il

---

3. *Nec toleraturos pro-*
ſani Principis imperium,
dit Tacite, Ann. 14.
C'eſt-à-dire : Que l'on
ne ſouffrira jamais d'ê-
tre gouverné par un
Prince ſans Religion.
Le Chancelier de l'Ho-
pital diſoit, que la Re-
ligion avoit plus de for-
ce.

ce ſur l'eſprit des hom-
mes, que toutes leurs
paſſions ; & que le
nœud, dont elle les
lioit tous enſemble, é-
toit incomparablement
plus fort, que tous les
autres liens de la So-
ciété Civile.

4. *Spectamus, quæ co-*
ram :

* * * 3.

il faut considérer que Machiavel raisonne en tout comme Politique ; c'est-à-dire, su l'on l'Intérêt d'Etat , qui commande aussi absolument aux Princes , que les Princes à leurs sujets 5 : jusque-là même , que les Princes, au dire d'un habile Ministre * de ce siècle , aiment mieux blesser leur conscience , que leur Etat. Et c'est tout ce que Juste-Lipse , qui avoit autant de piété & de religion , que de savoir & de politique , trouve à redire à la doctrine de Machiavel , dont il avouë franchement qu'il fait plus de cas , que de tous les autres Politiques modernes 6 ; ce qu'il se fût bien

---

ram habentur , abditos Principis sensus exquirere inlicitum , anceps ; nec ideo adsequare. (Tac. Ann. 6.)

5. Nous obéïssons au Prince , dit Cicéron , & lui au tems. Nos Principi servimus , ipse temporibus. Ep. Lib. 9.

* M. de Villeroi, Sécrétaire-d'Etat , sous Henri IV.

6. Qui nuper , aut heri id tentarunt , non me tenent , aut terrent , in quas ,

quas , si verè loquendum est , Cleobuli illud conveniat. Inscitia in plerisque , & sermonum multitudo. Nisi quod unius tamen Machiavelli ingenium non contemno , acre , subtile , igneum. Sed nimis sæpe deflexit , & dum commodi (c'est-à-dire , l'Intérêt-d'Etat) illas semitas intentè sequitur , aberravit à regia via. Dans la Préface de sa Doctrine Civile.

en gardé de dire , s'il eût tant soit peu
upçonné Machiavel d'impiété , ou d'a-
éisme. Ajoutez à cela , que Machia-
el , qui avoit besoin de la faveur de la
Maison de Médicis , n'eût jamais osé dé-
ier son Prince à Laurent de Médicis , du
vant du Pape Léon X. son oncle , si
eût été un Livre impie ; ni adresser en-
ore , quelques années après , son Histoire
e Florence au Pape Clément VII. , avec
ne Epître , où il lui dit , qu'il espére
ue Sa Sainteté le couvrira du bouclier
e son Approbation Pontificale 7 , s'il
ût passé pour un homme sans Religion.
Et je dirai en passant , que ceux qui li-
ront le Chapitre XII. du premier Livre
e ses Discours , où il montre combien il
importe de maintenir le culte divin ; & le
Chapitre premier du troisième Livre , où
il louë les Ordres de S. François & de S.
Dominique , comme les Restaurateurs de
la Religion Chrétienne , que la mauvaise
vie des Prélats avoit toute défigurée , re-
connoîtront , que tout sage mondain qu'il
étoit , il avoit de très - bons sentimens de la
Religion , & que par conséquent il faut
in-

7. Sperando , che farò dalle armate legioni del
suo santissimo giudicio aiutato & difeso.

★ ★ ★ 4

interprêter plus équitablement qu'on m
fait de certaines Maximes d'Etat , dont
la pratique est devenuë presque absolument
nécessaire , à cause de la méchanceté & de
la perfidie des hommes : joint que les Prin-
ces se sont tellement rafinez , que celui
qui voudroit aujourd'hui procéder ronde-
ment envers ses Voisins , en seroit bien-tôt
la dupe.

Je pourrois dire encore bien des choses
en faveur de Machiavel ; mais comme c'est
une Préface que je fais , & non pas une
Apologie , je laisse à défendre à ceux qui
y ont plus d'intérêt que moi , ou qui en sont
plus capables , me contentant d'ajoûter à ce
que j'ai dit ici de lui , ce qu'il est bon que
le Lecteur sache au sujet de la Traduction de
son Prince.

Elle est si fidèle , que je pourrois me van-
ter qu'il seroit assez difficile d'en faire une ,
qui le fut davantage ; & si claire , que
je ne crois pas qu'il s'y trouve rien qu'il fail-
le le lire plus d'une fois pour l'entendre ,
quoiqu'il y ait dans l'Original quelques en-
droits qui ne sont pas tout-à-fait intelligi-
bles. Dans le siècle passé il en parut une en
Latin , d'un certain Silvestre Tegli de Fo-
ligno , mais si périphrasée , que Machiavel,
qui a une expression laconique , y est à peine
reconnoissable.

Quand

Quand il adreſſe la parole à ſon Prince, il lui parle toujours par Tu, & jamais par Vous, qui eſt la manière de
parler des anciens Romains, dont je vois
qu'il a voulu garder le caractère, & dans
ſon Prince, & dans ſes Diſcours ſur Tite-Live. C'eſt pourquoi j'ai cru le devoir
imiter en cela, ſoit parce que Tu a quelque choſe de plus fort, & même de plus
noble ; ſoit auſſi parce que les meilleurs
Auteurs que nous aïons en notre Langue,
comme Amiot, & Coëffeteau, qui en valent plus de mille autres de ce ſiécle, ont
parlé de la ſorte : joint que je n'ai pas
ſû croire qu'il me fût permis d'ôter à Ma-
hiavel une façon de parler, qui lui ſied
ſi bien ; ni à ma Traduction un air de
liberté, qui la fait mieux reſſembler à ſon
Original.

Outre pluſieurs Notes, tirées des autres Œuvres de Machiavel, & des Hiſtoi-
res de Nardi & de Guichardin, j'ai mis
au-deſſous du texte divers paſſages de Tacite, qui ſervent de preuve, de confirma-
tion, ou d'exemple, à ce que Machiavel
a dit : & cela fait une eſpèce de concor-
dance de la Politique de ces deux Auteurs,
par où l'on verra, que l'on ne ſauroit, ni
approuver, ni condamner l'un ſans l'autre. Deſorte que ſi Tacite eſt bon à
                                    lire

lire pour ceux qui ont befoin d'apprendre
l'art de gouverner, Machiavel ne l'eft
guères moins ; l'un enfeignant comment les
Empereurs Romains gouvernoient, & l'autre, comment il faut gouverner aujour-
d'hui.

Quelqu'un me demandera peut - être
fi je crois que Céfar Borgia, que Machiavel propofe à imiter, foit un bon modèle.
Je répons, que ç'en eft un très - bon pour
les Princes nouveaux ; c'eft - à - dire, pour
ceux qui de particuliers font devenus
Princes par ufurpation ; mais que ç'en
eft un très-mauvais pour les Princes héréditaires. Or, il eft manifefte par deux
endroits du VII. Chapitre de ce Livre,
que Machiavel ne propofe fon Céfar Borgia pour exemple, qu'aux ufurpateurs,
qui véritablement ne fauroient conferver
l'Etat ufurpé, fans être cruels, du moins
au commencement, parce qu'ils ont pour
ennemis tous ceux qui ne trouvent pas
leur compte à ce changement, & que
ceux - mêmes qui l'ont procuré, ne leur
font pas long - tems amis, faute d'obtenir
ce qu'ils demandent : au lieu que les
Princes héréditaires, pour peu qu'ils gouvernent bien, n'ont pas befoin d'ufer de
rigueur, ni de violence, pour fe maintenir parmi des fujets, accoutumez de lon-
gue-

que-main à la domination du même sang.
Et quant au Duc de Valentinois, (c'est
le titre que portoit Borgia ; je confesse que
c'étoit un très-méchant homme, & qui méritoit mille morts 8 ; mais il faut avouër
aussi qu'il étoit, & grand Capitaine, &
grand Politique, & de qui l'on peut dire
justement ce que Patercule dit de Cinna,
qu'il fit des actions, qu'un homme de bien
n'oseroit jamais faire, mais qu'il vint à
bout de diverses entreprises, qui ne se
pouvoient exécuter que par un très-vaillant
homme 9.

Au reste, je dirai, que Machiavel,
qu'on fait passer par tout pour un maître
de tirannie, l'a détestée plus que pas un
homme de son tems, ainsi qu'il est aisé de
voir par le Chapitre X. du premier Livre
de ses Discours, où il parle très-fortement
contre les Tirans. Et Nardi *, son Contemporain, dit, qu'il fut un de ceux qui
firent des panégiriques de la Liberté & du
Cardi-

---

8. Cæsarem Borgiam, vel mille neces meritum, dit Onufre Panvini, dans la Vie du Pape Jules II.

9. De quo verè dici potest.

potest, ausum eum, quæ nemo auderet bonus ; perfecisse, quæ à nullo, nisi fortissimo, perfici possent. Hist. 2.

* Livre 3. de son His-toire de Florence.

Cardinal Jules de Médicis, qui, après la mort de Léon X., feignoit de la vouloir rendre à sa Patrie; & qu'il fut soupçonné d'être complice de la Conjuration de Jacopo da Diacetto, Zanobi Buondelmonti, Luigi Alamanni, & Cosimo Rucellai contre ce Cardinal, à cause de la liaison étroite qu'il avoit avec eux & les autres Libertins *, (c'est ainsi que les Partisans des Médicis appelloient ceux qui vouloient maintenir Florence en liberté.) Et probablement ce fut ce soupçon, qui empêcha qu'il ne fût récompensé de son Histoire de Florence, quoiqu'il l'eût composée par l'ordre du même Cardinal, comme il le marque tout au commencement de son Epitre dédicatoire. Voilà tout ce que je crois qu'il est nécessaire de savoir concernant sa personne & ses Ecrits, dont je laisse à chacun de juger tout ce qu'il lui plaira.

* Livre 3, de son Histoire de Florence.

TABLE

TABLE

DES

CHAPITRES,

Et autres Piéces , contenuës dans ce Volume.

(NB : Ce qui est renfermé entre des Crochets , à la suite de chaque Article, sont les Titres, selon l'Edition publiée par M. F. DE VOLTAIRE, tels qu'ils se trouvent à chaque Chapitre au bas de la Page.)

CHAP.

sur-

Extrait

FIN.

EXAMEN
DU PRINCE
DE
MACHIAVEL.*

****

CHAPITRE PRÉMIER.

COMBIEN IL Y A DE SORTES DE PRINCIPAUTEZ, ET COMMENT ON PEUT Y PARVENIR §.

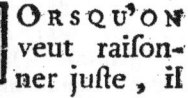

TOUS les E-
tats, & toutes
les Seigneuries,
qui ont eu, & qui
ont

LORSQU'ON
veut raifon-
ner jufte, il
faut commencer par
ap-

(* ESSAY DE CRITIQUE SUR LE
PRINCE DE MACHIAVEL.)
(§ Des différens Gouvernemens, & comment on
peut devenir Souverain.)

A

ont, autorité sur les hommes, ont été, & sont, des Républiques, ou des Principautez. 1. Les Principautez sont, ou héréditaires dans une même famille, qui

approfondir la nature du sujet dont on veut parler, il faut remonter jusqu'à l'origine des choses pour en connaitre, autant que l'on peut, les premiers principes ; il est facile alors d'en déduire les progrès, & toutes les conséquences qui peuvent s'en suivre. * Avant de marquer les différences des Etats §, Machiavel auroit dû, me 1 semble, examiner l'origine des Princes †, & discuter les raisons qui ont pû engager des hommes li-

---

1. Cette division est fondée sur la doctrine de Tacite, qui oppose la Principauté & la République comme les deux contraires. *Res dissociabiles Principatum & libertatem.* In Agricola. *Romam à principio Reges habuere, Libertatem L. Brutus instituit.* Ann. 1. C. *Marius & L. Sulla Libertatem in dominationem verterunt,* Hist. 2 *Haud facile Libertas & Domini miscentur.* Hist. 4. Toute République est bien Principauté, (*Il Serenissimo Principe fa saper,* dit la République de Venise dans ses Edits) mais, toute Principauté n'est pas République.

* *C'est ici où commence l'Ouvrage dans l'Edition publiée par Voltaire.*

(§ *Gouvernemens,* 1. ce † *examiner leur origine,*)

ui domine depuis
ng-tems 2 ; ou nou-
elles. Les nouvel-
s sont , ou toutes
ouvelles , comme
toit celle de Fran-
is Sforce à Milan ;
sont comme des
embres incorporez
l'Etat héréditaire
Prince qui les
quiert , tel qu'est
Royaume de Na-
s à l'égard du
i d'Espagne. Ces
ats , ainsi aquis ,
coutume d'avoir
Prince , ou d'ê-
en entiére liber-
té ;

. C'est en ce sens
Galba disoit à Pi-
, In gentibus , quæ
nantur , certa domi-
um domus. Tac.
tor. 1. ; & Mucien
espasien, Non con-
Caii , aut Claudii ,
Neronis , fundatam
ô imperio domum ex-
imus. Hist. 2.

libres à se donner
des maîtres.

Peut - être qu'il
n'auroit pas con-
venu dans un li-
vre , où l'on se
proposoit de dog-
matiser le crime &
la tirannie , de fai-
re mention de * ce
qui dévroit la dé-
truire ; il y auroit
eu mauvaise grace
à Machiavel de di-
re , que les peu-
ples ont trouvé né-
cessaire pour 1 leur
repos & § leur con-
servation d'avoir
des Juges pour ré-
gler leurs diffé-
rends , des pro-
tecteurs pour les
maintenir contre
leurs ennemis dans
la possession de
leurs biens , des
Sou-

(* de mettre au jour
1. à §. à)

A 2

té ; & l'on se les ac-
quiert par les armes
d'autrui, ou par les
siennes, par le bon-
heur, ou par la ver-
tu.

Souverains pou
réunir tous leur
différens intérêt
en un seul intérê
commun ; qu'ils on
d'abord choisi d'en-
tr'eux, ceux

qu'ils ont cru les plus sages, les plus
équitables, les plus desintéressés, les
plus humains, les plus vaillans, pou
les gouverner.

C'est donc la justice (auroit-on dit)
qui doit faire le principal objet d'un
Souverain 1 ; c'est donc le bien de
peuples qu'il gouverne, qu'il doit préférer à tout autre intérêt. *Que deviennent alors ces idées d'intérêt, de grandeur,
d'ambition, & de despotisme ? Il se trouv
que le Souverain, bien loin d'être l
maître absolu des peuples qui sont sou
sa domination, n'en est lui-même que l
premier domestique 2.*

*Comme je me suis proposé de réfut
ces principes pernicieux en détail, je m
réserve d'en parler à mesure que la mati
re de chaque Chapitre m'en fournira l'o
casion.*

(* choisi ceux, d'entre eux, 1. Prince; 2. Ma
gistrat.)

Je dois cependant dire en général , que
que j'ai rapporté de l'origine * des Souverains rend l'action des usurpateurs plus
atroce § qu'elle ne le seroit , en ne
considérant simplement que leur violence † [puisqu'ils contreviennent entiérement à l'intention des peuples , qui se
sont donné des Souverains , pour qu'ils
les protégent , & qui ne sont soumis
qu'à cette condition : au lieu qu'en
obéissant à l'usurpateur , ils se sacrifient
eux & tous leurs biens pour assouvir
l'avarice & tous les caprices d'un tyran.]
Il n'y a *donc* que trois maniéres légitimes pour devenir maître d'un Païs ,
ou par succession , ou par l'élection des
peuples qui en ont le pouvoir , ou lorsque , par une guerre justement entreprise , on fait la conquête de quelques
provinces sur l'Ennemi.

Je prie ceux pour qui je destine cet ou-
vrage , de ne point oublier ces remarques
sur

(* *La Phrase commence ici par* Cette origine
encore)
† *Au lieu de ce qui se trouve dans le Texte en-*
deux Crochets, il y a , dans l'Edition publiée
par Voltaire. Ils foulent aux pieds cette premiére Loi des hommes qui les réunit sous un
Gouvernement pour en être protégés , & c'est
contre les Usurpateurs que cette Loi est établie.

fur le premier Chapitre de Machiavel,
puifqu'elles font comme un § pivôt fur le-
quel rouleront *toutes* mes réflexions † fui-
vantes.

CHAPITRE II.

DES PRINCIPAUTEZ HE'RE'DITARES ‡.

E me pafferai de parler des Républiques ; dont j'ai traité ail-leurs * amplement, & je m'arrêtérai feulement à la Principauté. Je dis donc , qu'il eft bien plus facile de conferver des Etats héréditaires , que des Etats nouvellement conquis 1 , parce-qu'il

LEs homm[es] ont un ce[r]tain refpe[ct] pour tout ce qu'[eft] ancien , qui va j[u]qu'à la fuperftition & quand le dr[oit] d'héritage fe joi[nt] à ce pouvoir q[ue] l'antiquité a fur l[es] hommes , il n'y [a] point de joug pl[us] fort , & qu'on po[r]te plus aifémen[t.] Ainfi , je fuis lo[in] de contefter à M[a]chiavel ce q[ue] to[ut]

* Dàns fes *Difcours fur Tite-Live.*
 1. Tacite dit, qu'un
Em-

(§ Voilà le † dàns le cours des recherches)
(‡ *Des Etats héréditaires.*)

qu'il suffit de ne point outrepasser l'ordre établi par ses ancê-tre 2, & de s'ac-com-

Empire acquis par la violence ne se sauroit conserver par les voies de la douceur & de la modestie. *Non posse Principatum scelere quæ-situm subita modestia, & prisca gravitate re-tineri.* Hist. 1. Or, la rigueur, qu'il faut te-nir d'ordinaire pour con-server un Etat con-quis, est souvent cau-se qu'on le perd par la révolte des sujets, qui viennent à perdre la patience. *Atque illi,* dit Tacite, *quamvis servitio sueti, patientiam abrumpunt.* Ann. 12. 2. Cela revient à ce qu'on disoit à Néron, que n'étant plus en-fant, mais en âge de régner, il ne lui faloit plus d'autre Maître, ni d'autre Gouverneur, que l'exemple de ses prédécesseurs. *Finitam Ne-*

tout le monde lui accordera, que les Roïaumes hérédi-taires font les plus aisez à gouverner.

J'ajoûterai seu-lement, que les Princes héréditai-res font fortifiez dans leurs posses-sions par la liaison intime qui est en-tr'eux & les plus puissantes familles de l'Etat, dont la plûpart font rede-vables de leurs biens ou de leur grandeur à la Mai-son souveraine, & dont la fortune est si inséparable de celle du Prince, qu'ils ne peuvent la laisser tomber, sans voir que leur chûte en seroit la suite certaine & né-cessaire.

De

commoder aux tems.
En-

Neronis pueritiam , &
robur juventæ adeße ,
exueret magistrum , satis
amplis doctoribus instruc-
tus Majoribus suis. Ann.
14. Tacite dit, que Ti-
bére , au commence-
ment de son régne, se
faisoit une loi d'imiter en
tout la conduite d'Au-
guste, *Neque fas Tibe-*
rio infringere dicta ejus.
Ann. 1. ; *qui omnia fac-*
ta dictaque ejus., vice
legis observem. Ann. 4. ;
& qu'il n'osoit pas mon-
trer sa sévérité à un
peuple , qu'Auguste a-
voit traité si douce-
ment. *Populum , per*
tot annos molliter ha-
bitum , nondum aude-
bat ad duriora vertere.
Ann. 1. : Que Vononés
fut méprisé & chassé par
les Parthes, parce qu'il
tenoit une conduite
toute contraire à celle
de leurs autres Rois.
Accendebat dedignantes
& ipse , diversus à Ma-
jorum institutis. Ann.
2 : Et qu'au contraire
Italus plaisoit aux Che-
rus-

De nos jours,
les troupes nom-
breuses , & les ar-
mées puissantes,
que les Princes
tiennent sur pied
en paix comme
en guerre , con-
tribuent encore à
la sûreté des Etats;
elles contiennent
l'ambition des Prin-
ces voisins ; ce sont
des épées nües
qui tiennent celles
des autres dans le
fourreau.

Mais ce n'est
pas assez que le
Prince soit , com-
me dit Machia-
vel , ... *di ordi-*
nariâ industriâ , je
voudrois encore
qu'il songeât à ren-
dre son peuple heu-
reux. Un peuple
content ne songe-
ra pas à se révol-
ter, un peuple heu-
reux

n forte que fi un rince eft médiocre-ent habile, il fe aintiendra toûjours ns fon Etat, à oins qu'il n'y ait e force exceffive, i l'en chaffe; en-re le recouvrera-l, quelque fort que it l'ufurpateur; moin le Duc de errare, qui n'a te-u contre les Véni-ens en l'an 1484, r contre le Pape ules II. en 1510, parce qu'il étoit éta-

reux craint plus de perdre fon Prince, qui eft en même-tems fon bienfai-teur, que ce Sou-verain même ne peut appréhender pour la diminution de fa puiffance. Les Hollandais ne fe feroient jamais révoltez contre les Espagnols, fi la ti-rannie des Espa-gnols n'étoit par-venue à un excès fi énorme, que les Hollandais ne pou-voient plus deve-nir plus malheu-reux *qu'ils étoient.*

Le Royaume de Naples & celui de Sicile font 1 paffez plus d'une fois des mains des Espa-gnols à celles de l'Empereur, & de l'Em-

nces, d'autant plus, n'aïant été élevé à ome, il ne laiffoit as de s'accommoder leurs débauches, omme s'il eût toûjours té nourri parmi eux. *tus Germanis adven-us, atque eò magis, uod fæpius vinolentiam c libidines, grata barba-is, ufurparet.* Ann. 11.

(1. ont.)
A 5.

établi de longue-
main dans ce Du-
ché 3. Car, comme
le Prince naturel a
moins d'ocasions &
de raisons, d'offenser
ses sujets, il faut
qu'il en soit plus ai-
mé ; & si des vices
extraordinaires ne le
font haïr, ils ont
naturellement de l'in-
clination pour lui.
Outre que la posses-
sion ancienne, &
non interrompue, de
la domination, leur
ôte l'envie & la
commodité d'atten-
ter.

l'Empereur au
Espagnols ; la con
quête en a toujour
été très - facile
puisque l'une &
l'autre domina
tion * étoit très-ri
goureuse, & qu
ces peuples espé
roient toûjours à
trouver des libéra
teurs dans leu
nouveaux maîtres.

Quelle diffé
rence de ces Na
politains aux Lor
rains ! Lorsqu'ils
ont été obligez de
changer de domi-
nation, toute la
Lorraine étoit en
pleurs ; ils regre
toient de perdre
les rejettons de ces
Ducs, qui depuis
tant de siécles fu-
rent en possession
de ce florissant pays,
&

3. Nous ne nous sou-
levons pas contre la
Maison d'Auguste, qui
a tenu si long-tems l'Em-
pire, disoit Mucien
à Vespasien ; (Tac.
Hist. 2.). pour inférer,
qu'il ne falloit pas craindre que l'Empire re-
tournât jamais à Vitel-
lius, quand une fois
on le lui auroit ôté.

(* leur sembloit ri
goureuse,)

ter contre lui 4 , *d'autant que toute muta-
tion d'Etat laisse
toûjours de quoi en
faire d'autres* (†) 5.

4. Car , au dire de
Tacite, il y a toûjours
moins d'inconvénient
à garder le Prince que
l'on a , qu'à en cher-
cher un autre. *Minore
discrimine sumi Princi-
pem, quam quæri.* Hist. 1.
(†) (Ou) *la porte ou-
verte à d'autres.*
5. Car , au dire de
Patercule , on enché-
rit toûjours sur les
premiers exemples. *Non
enim ibi consistunt exem-
pla undè cæperunt , sed
quamlibet in tenuem
recepta tramitem latissi-
mè evagandi sibi viam
faciunt.* Hist. 1. Qu'u-
ne mutation en entraî-
ne toûjours d'autres
après soi , Tacite en
donne de beaux exem-
ples. *Libertatem & Con-
sulatum L. Brutus insti-
tuit. Dictaturæ ad tem-
pus sumebantur : neque
Decemviralis potestas
ultra biennium , nequè
Tribunorum militum*

& parmi lesquels
on en compte de
si estimables par
leur bonté , qu'ils
méritoient d'être
l'exemple des Rois.
La mémoire du
Duc Leopold étoit
encore si chére
aux Lorrains , que
quand sa veuve fut
obligée de quitter
Luneville , tout le
peuple se jetta à
genoux au-devant
du carosse , & on
arrêta les chevaux
à plusieurs repri-
ses ;

*Consulare jus diù valuit.
Non Cinnæ, non Sullæ ,
longa dominatio ; &
Pompeii Crassique poten-
tia citò in Cæsarem ;
Lepidi atque Antonii ar-
ma in Augustum cessere ,*
Ann. 1. C'est-à-dire :
[Brutus fit succeder la
Liberté & le Consulat
à la Roïauté. Et quel-
quefois on créoit un
Dic-

A 6.

ses ; on n'entendoit * & on ne voïoit
que des larmes.

Dictateur, mais son pouvoir finissoit aussi-tôt que le peuple étoit hors de danger. Les Décemvirs ne durérent pas plus de deux ans. Les Tribuns des soldats prirent la place des Consuls, mais ne la gardérent pas long-tems. La domination de Cinna, ni la Dictature de Silla, ne furent pas de longue durée. La puissance de Crassus & de Pompée fut bien-tôt réünie en la personne de César, leur Collégue ; & l'autorité de Lepidus & d'Antoine en celle d'Augufte.] Voilà un enchaînement de mutations. En voici un autre : *Sulla Dictator abolitis vel conversis prioribus : cùm plura addidisset, otium ei rei haud in longum paravit. Statim turbidis Lepidi rogationibus, neque mul-* to post Tribunis reddita licentia quoquò vellent, populum agitandi. Jamque non modò in commune, sed in singulos homines latæ quæstiones..... *Ex incontinua per viginti annos discordia, non mos, non jus.* Ann. 3. C'est-à-dire : [Le Dictateur Silla changea, ou abolit, les loix de Graccus & de Saturninus, pour établir les siennes. Mais, elles furent de peu de durée. Car, Lepidus & les Tribuns recommencérent bien-tôt à semer des brouilleries parmi le peuple, en sorte qu'on faisoit autant de réglemens, qu'il y avoit d'hommes..... Et de depuis, il n'y eut, ni droit, ni coutume, par l'espace de vingt ans que durérent les dissensions du peuple & du Sénat.]

(* que des cris,)

CHA.

CHAPITRE III.

DES PRINCIPAUTEZ MIXTES*.

MAIS, toute Principauté nouvelle a des difficultez à furmonter. Si elle n'eft pas toute nouvelle, mais feulement mixte, par l'adjonction d'un membre nouveau, les mutations naiffent premiérement d'une difficulté naturelle, qui fe rencontre dans toutes les nouvelles dominations, qui eft, que les hommes changent volontiers de Prince, dans l'efpérance d'en trouver un meil-

LE quinziéme Siécle où vivoit Machiavel tenoit encore à la Barbarie: alors on préféroit la funefte gloire des Conquérans, & ces actions frapantes qui impofent un certain refpect, par leur grandeur, à la douceur, à l'équité, à la clémence, & à toutes les vertus; à prefent je vois qu'on préfére l'humanité à toutes les qualités d'un Con-

(S. de)

(* Des Etats mixtes.)

A 7

meilleur 1. *Cette es-*
pérance leur fait
prendre les armes
contre celui qui gou-
verne , mais ils ne
tardent guére à s'en
trouver mal 2. *Il*
y

1. *Parthos præsentibus*
mobiles , absentium æ-
quos. Ann. 6. Toutes
les nations font de mê-
me, *servitii ingenio* , par
un caprice ordinaire à
la servitude, dit Taci-
te , Ann 12.

2. Croïez-vous, disoit
un Sénateur Romain ,
que la Tirannie soit
morte avec Néron ?
On l'avoit crue éteinte
par la mort de Tibére
& de Caligula, & pour-
tant nous en avons vû
un troisiéme plus cruel
qu'eux. *An Neronem*
extremum dominarum
putatis ? Idem credide-
rant , qui Tiberio , qui
Caio superstites fuerunt :
cùm interim inestabilior
& sævior exortus est.
Hist. 4. Claudius avoit
donc bien raison de
dire aux Ambassadeurs
des

Conquérant , & l'on
n'a plus guère la
démence d'encou-
rager , par des
louanges , des pas-
sions cruelles , qui
causent le boulver-
sement du mon-
de.

Je demande ce
qui peut porter un
homme à s'aggran-
dir ? & en vertu
de quoi il peut for-
mer le dessein d'é-
lever sa puissance
sur la misére & sur
la destruction d'au-
tres hommes ? &
comment il peut
croire qu'il se ren-
dra illustre en ne
faisant que des
malheureux ? Les
nouvelles conquê-
tes d'un Souverain
ne rendent pas les
Etats , qu'il posse-
doit déja , plus o-
pulents , *ni plus*

y a une autre néces-
sité des Parthes, qui é-
toient venus lui de-
mander un meilleur
Roi que le leur; que
de si fréquens change-
mens ne valoient rien,
& qu'il falloit s'accom-
moder le mieux qu'on
pouvoit aux humeurs
des Rois. *Ferenda*
Regum ingenia, neque
usui crebras mutatioues.
Ann. 12. Tous les su-
jets doivent prendre les
sentimens de ce Séna-
teur Romain, qui di-
soit, qu'il admiroit le
passé, sans condamner
le présent, & que bien
qu'il souhaitât de bons
Princes, il ne laissoit
pas de suporter patiem-
ment ceux qui ne l'é-
toient pas, se souve-
nant toûjours de la né-
cessité de vivre selon
les tems où l'on est.
Se meminisse temporum,
quibus natus sit; ulte-
riora mirari, præsentia
sequi, bonos Imperato-
res voto expetere, quales-
cumque tolerare. Hist. 4.
Paroles que Machia-
vel

riches; ses peu-
ples n'en profitent
point, & il s'abu-
se s'il s'imagine
qu'il en devien-
dra plus heureux.
Combien de Prin-
ces ont fait par
leurs Généraux
conquérir des Pro-
vinces qu'ils ne
voïent jamais? Ce
sont alors des con-
quêtes en quelque
façon imaginaires,
& qui n'ont que peu
de réalité pour les
Princes qui les ont
fait faire; c'est
rendre bien des
gens malheureux,
pour contenter la
fantaisie d'un seul
homme, qui sou-
vent ne mériteroit
pas *seulement* d'être
connu.

Mais, supposons
que ce Conqué-
rant soumette tout
le

sité naturelle & or-
dinaire , qui fait ,
que le Prince est tou-
jours contraint d'of-
fenser ses nouveaux
sujets , soit en les
chargeant de gens
de guerre , ou par
mille autres maux ,
qu'entraine après soi
une acquisition nou-
velle 3. D'où il ar-
rive , que tu as en-
fin pour ennemis tous
ceux que tu as offen-
sez en te saisissant
     de

vel a raison d'appeller
sentence d'or. *Discorsi*
lib. 3. cap. 6
 3. *Res dura, & regni*
novitas me talia cogunt.
 Moliri & latè fines
custode tueri,
 dit la Reine de Car-
thage, chez Virgile, Æ-
neid. 1. *Arma*, dit Tacite, Ann. 1. *quæ neque pa-*
rari possent, neque habe-
ri per bonas artes. C'est-à-
dire, que l'on ne sauroit
prendre les armes, & de-
meurer dans les termes
de la modestie.

le monde à sa
domination ; ce
monde bien sou-
mis, pourra-t'il le
gouverner ? Quel-
que grand Prince
qu'il soit, il n'est
qu'un être très-
borné ; à peine
pourra-t'il retenir
le nom de ses Pro-
vinces, & sa gran-
deur ne servira
qu'à mettre en évi-
dence sa véritable
petitesse.

 Ce n'est point
la grandeur du païs
que le Prince gou-
verne, qui lui don-
ne de la gloire, ce
ne sera 1. pas quel-
ques lieuës de plus
de terrain qui le
rendront illustre ;
sans quoi ceux qui
possèdent le plus d'ar-
pens de terre dé-
vroient être les plus
estimez. L'er-

  (1. feront)

la *Principauté ;* que tu ne *sau-* is conferver *l'ami-* de ceux qui n'y t aidé *, faute de* s pouvoir contenter tout ce qu'ils at-ndoient de toi *, ni* e pouvoir ufer *de* gueur envers eux *,* caufe que tu leur obligé. -Car *, quel-* ue puiffante armée ue l'on aît *, on a* ûjours befoin de la veur des gens du aïs *, pour entrer* ans une *Province.* 'eft pour cela *, que* ouïs XII. Roi de 'rance aïant pris Milan tout - à - coup *,* perdit auffi de mê-e *, parce que ce* uple *, qui lui a-* oit ouvert les por-s *, fe trouvant* uftré de fes efpé-ances *, ne mit gué-* à fe dégoûter du nou-

L'erreur de Machiavel fur la gloire des Conquérans, pouvoit être générale de fon tems, mais fa méchanceté ne l'étoit pas affurément ; il n'y a rien de plus affreux que certains moïens qu'il propofe pour conferver des conquêtes : à les bien examiner, il n'y en aura pas un qui foit raifonnable ou jufte. On doit, * dit ce méchant homme', *éteindre la race des Princes, qui régnoient avant votre conquête :* peut-on lire de pareils préceptes, fans frémir d'horreur & d'indignation ? C'eft fou-

(* dit-il, *au lieu de dit* ce méchant Homme.)

nouveau Prince 4. *Il est vrai , qu'un Païs recouvré après une révolte ne se perd pas facilement une seconde fois , d'autant que le Prince , pour se vanger de la rebellion , hésite moins à pourvoir à sa sureté par la punition des coupables , & par une surveillance rigoureuse sur les actions de ceux dont il a du soup-*

4. **Tacite** dit , que les Parthes reçurent Tiridate à bras ouverts, espérant d'en être mieux traitez que d'Artabanus , & que peu de tems après ils haïrent Tiridate autant qu'ils l'avoient aimé , & rapellérent celui qu'ils avoient tant haï. *Qui Artabanum ob sævitiam execrati come Tiridatis ingenium sperabant..... ad Artabanum vertere , &c.* Ann. 6.

fouler aux pieds tout ce qu'il y a de saint & de sacré dans le monde : c'est ouvrir à l'intérêt le chemin de tous les crimes. Quoi ! si un ambitieux s'est emparé violemment des Etats d'un Prince, il aura le droit de le faire assassiner, empoisonner ? Mais, ce même Conquérant , en agissant ainsi , introduit une pratique dans le monde qui ne peut tourner qu'à sa ruine : un autre, plus ambitieux & plus habile que lui, le punira du Talion, envahira ses Etats & le fera périr avec la même cruauté qu'il fit périr son prédécesseur. Le siécle de

soupçon 5. Si donc le Duc Louïs † n'eut qu'à faire du bruit sur les confins du Milanez, pour le faire perdre la premiére fois à la France, il falut liguer tout le monde contre elle, & chasser ses armées de l'Italie, pour le lui ôter une seconde fois. Et cela arriva par les rai-

5. Tacite dit, que Rhadamiste aïant repris l'Arménie, d'où il avoit été chassé par ses sujets, il les traita avec une rigueur extraordinaire, les regardant comme des rebelles, qui n'attendoient que l'ocasion, pour se révolter encore. *Vacuam rursus Armeniam, invasit, truculentior, quàm antea, tanquam adversùs defectores, & in tempore rebellaturos.* Ann. 12.

† *Louïs Sforce, surnommé le More.*

de Machiavel n'en fournit que trop d'exemples. Ne voit - on pas le Pape Alexandre VI. prêt d'être déposé pour ses crimes ; son abominable bâtard César Borgia dépouillé de tout ce qu'il avoit envahi, & mourant misérablement ; Galeas Sforce assassiné au - milieu de l'Eglise de Milan ; Louïs Sforce l'usurpateur 1 mort en France dans une cage de fer ; les Princes d'Yorck & de l'Encastre se détruisant tour à tour ; les Empereurs de Grece assassinez les uns par les autres ; jusqu'à ce qu'enfin les Turcs profiterent.

(1. Usurpateur.)

raiſons que j'ai dites. Il nous reſte maintenant à dire, quels remédes le Roi de France avoit, ou que pourroit avoir un Prince qui feroit en ſa place, pour mieux conſerver ſa conquête. Je dis donc, que les Etats, qui s'uniſſent à un Etat héréditaire de celui qui les acquiert, ſont de même Province & de même langue, ou n'en ſont pas. Quand ils en ſont, il eſt très-facile de les garder, ſur-tout s'ils n'étoient pas libres auparavant : & il n'y a qu'à exterminer la famille du Prince qui les dominoit. Car, du reſte, pourvû que l'on conſerve les anciennes coûtumes, & qu'il n'y ait

rent de leurs crimes, & exterminerent leur faible puiſſance ? Si aujourd'hui parmi les Chrétiens il y a moins de révolutions, c'eſt que les principes de la faine morale commencent à être plus répandus ; les hommes ont plus cultivé leur eſprit, ils en ſont moins féroces, & peut-être eſt-ce une obligation qu'on à aux gens de Lettres qui ont poli l'Europe.

La ſeconde maxime de Machiavel eſt que le Conquérant doit établir ſa réſidence dans ces nouveaux Etats. Ceci n'eſt point cruel, & parait même aſſez bon

ait point d'antipathie naturelle, les hommes vivent paisiblement ensemble ; témoin la Bourgogne, la Bretagne, la Gascogne & la Normandie, qui sont depuis si long-tems unies à la France. Car, bien qu'elles aïent un langage un peu different, leurs mœurs sont semblables, & par consequent compatibles. Et quiconque les voudroit conserver après les avoir acquises, il faudroit faire deux choses : l'une, extirper toute la race de leur ancien Prince ; l'autre, ne point changer leurs loix, ni augmenter les tailles; & par ce moïen l'Etat conquis & l'E-

bon à quelques égards ; mais, l'on doit considérer que la plûpart des Etats des grands Princes sont situez de maniére, qu'ils ne peuvent pas trop bien en abandonner le centre, sans que tout l'Etat s'en ressente ; ils sont le premier principe d'activité dans ce corps, ainsi ils n'en peuvent quitter le centre, sans que les extrémitez ne languissent.

La troisiéme maxime de Politique est, » qu'il » faut envoïer des » Colonies pour » les établir dans » les nouvelles » conquêtes, qui » serviront à en » af-

l'Etat héréditaire feront bientôt un même corps. Mais lorsqu'on acquiert des Etats, qui ont la langue, les mœurs, & les coûtumes, différentes, c'est-là qu'il y a bien des difficultez, qu'il faut beaucoup de bonheur & d'industrie pour les conserver 6. Et l'un des meilleurs expédiens seroit, que celui qui les acquiert y allât demeurer; ce qui rendroit la possession plus assurée & plus durable; témoin le Turc, qui, quoiqu'il eût pû faire, n'eût jamais conservé la Grece, s'il n'y fût allé demeurer. Car, quand on est sur les lieux, on

» asseurer la fidé-
» lité. »

L'auteur s'appuye sur la Pratique des Romains; mais il ne songe pas que si les Romains, en établissant des Colonies, n'avoient pas aussi envoïé des Légions, ils auroient bientôt perdu leurs conquêtes, il ne songe pas qu'outre ces Colonies & ces Légions, les Romains savoient encore se faire des Alliez. Les Romains dans l'heureux tems de la République étoient les plus sages brigands qui aïent jamais désolé la terre; ils conservoient avec prudence ce qu'ils aquirent avec injustice: mais en-

6. Ex diversitate morum crebra bella, dit Tacite, Hist. 5.

voit naître les
fordres, & l'on y
...t remédier fur le
...amp 7 ; au - lieu
...'étant abfent, on
... les fait, que lorf-
...'ils font grands,
... qu'il n'y a plus
... remede. De plus,
... Province n'eft pas
...llée par les Offi-
...ers ; & les fujets
...iant la commodité
... recourir prompte-
...ent au Prince, ils
... ont plus de rai-
... fon

7. De legers reme-
...es ont calmé de
...rands mouvemens,
...odicis remediis primos
...otus confediffe. Tac.
...Ann. 14. Et c'eft en
... fens qu'on difoit à
...ibére, qu'il n'avoit
...'à fe montrer aux
...utins, & qu'ils ren-
...eroient dans leur de-
...oir dès qu'ils le ver-
...oient. Iræ ipfum, &
...pponere Majeftatem Im-
...eratoriam debuiffe, cef-
...uris ubi Principem vi-
...iffent. Ann. 1.

enfin il arriva à ce
peuple ce qui arri-
ve à tout ufurpa-
teur, il fut opri-
mé à fon tour.

Examinons à
prefent fi ces Co-
lonies, pour l'éta-
bliffement defquel-
les Machiavel fait
commetre tant
d'injuftices à fon
Prince, fi ces Co-
lonies font auffi u-
tiles que l'auteur
le dit. Ou vous
envoïez dans le
païs nouvellement
conquis de puiffan-
tes Colonies, ou
vous y en envoïez
de faibles. Si ces
Colonies font for-
tes, vous dépeu-
plez votre Etat
confidérablement,
& vous chaffez un
grand nombre de vos
nouveaux fujets, ce
qui affaiblit vos
for

fon de l'aimer s'ils font bons , & de le craindre , s'ils font méchans. D'entre les Etrangers , ceux qui voudroient affaillir cet Etat , en font retenus par la difficulté qu'il y a de l'ôter à un Prince, qui y fait fa demeure. L'autre remède est, d'envoïer des Colonies dans un ou deux lieux, qui foient comme les clefs de cet Etat ; ou - bien , il faut y tenir beaucoup de Milice. Or , les Colonies coûtent peu au Prince , qui d'ailleurs n'offenfe que ceux à qui il ôte les terres & les maifons , pour les donner aux nouveaux habitans. Outre que ceux qu'il offenfe , ne faifant qu'une très - petite par-

forces. Si vous en voïez des Colonies faibles dans ce païs conquis , elles vous en garantiront ma la poffeffion; ainfi vous aurez rendu malheureux ceux que vous chaffez, fans y profiter beaucoup.

On fait donc bien mieux d'envoïer des troupes dans les païs que l'on vient de foumettre , lefquelles , moïennant la difcipline & le bon ordre , ne pourront point fouler les peuples , ni être à charge aux Villes où on les met en garnifon. Cette Politique est meilleure, mais elle ne pouvoit être connué du temps de Machiavel. Les

Sou-

partie de l'Etat, & restant pauvres & dispersez, ils ne lui peuvent jamais nuire; & que tous les autres, qui ne font point offensez, se tiennent en repos, d'autant plus volontiers, qu'ils craignent qu'il ne leur en arrivât autant qu'à ceux qui ont été dépouillez, s'ils font quelque faute. D'où je conclus, que les Colonies, outre qu'elles ne coûtent rien, font plus fidèles, & offensent moins; & que les offensez étant pauvres & dispersez, ils ne sauroient nuire. Où il est à remarquer, qu'il faut amadouër les hommes, ou s'en défaire 8, par-

8, Gli huomini grandi,

Souverains n'entretenoient point de grandes armées; ces 1 troupes n'étoient pour la plûpart qu'un amas de bandits, qui pour l'ordinaire ne vivoient que de violences & de rapines; on ne connoissoit point alors ce que c'étoit que des troupes continuellement sous le drapeau en tems de paix, des Etapes, des Casernes, & mille autres réglemens, qui assurent un Etat pendant la paix, & contre ses voisins, & même contre les soldats païez pour le deffendre.

» Un Prince doit » attirer à lui, & » pro-

(1, les)
B

parce que les offenses legéres leur laissent le moïen de se vanger, ce que ne font pas les grandes. Ainsi, l'offense doit être faite d'une maniére, que l'offensé n'en puisse tirer vengeance. Mais si, au lieu de Colónies, on emploïe de la Milice, la dépense est bien plus grande, & consume tous les revenus de cet Etat en garnisons. Si bien que l'acquisition tourne à dommage au Prince, qui, outre ce-

di, dit-il au Livre 4. de son Histoire de Florence, ô non s'hanno à toccare, ô tocchi à speggnere. C'est-à-dire : il ne faut jamais irriter les Grands, ou bien il faut leur ôter la vie après les avoir offensez.

» protéger les petits » Princes ses voi- » sins, semant la » dissention parmi » eux, afin d'élever » ou d'abaisser ceux » qu'il veut. « C'est la quatriéme maxime de Machiavel ; & c'est ainsi qu'en usa Clovis, le premier Roy Barbare qui se fit Chrétien. Il a été imité par quelques Princes, non moins cruels. Mais, quelle différence entre ces tirans & un honnête homme qui seroit le médiateur de ces petits Princes, qui termineroit leurs différends à l'amiable, qui gagneroit leur confiance par sa probité, & par les marques d'une impartialité entiére dans leurs démêlés,

cela , offense beau-
coup plus de gens ,
d'autant qu'il nuit
à tout cet Etat , où
il faut qu'il change
de tems en tems les
logemens de son ar-
mée ; incommodité
que chacun ressent ,
& qui fait que
chacun lui devient
ennemi ; & ce sont-
là ceux qui lui peu-
vent nuire davan-
tage , comme étant
ennemis domestiques.
Cette garde est donc
aussi inutile , qu'est
utile celle des Colo-
nies. Le Prince ,
qui aquiert une Pro-
vince qui a des coû-
tumes differentes de
celles de son Etat ,
doit encore se faire
chef & protecteur
des Voisins moins
puissans , & s'étu-
dier à affoiblir les
plus

lés , & d'un desin-
téressement parfait
pour sa personne !
Sa prudence le ren-
droit le pere de ses
voisins au lieu de
leur oppresseur , &
sa grandeur les pro-
tégeroit au lieu de
les abimer.

Il est vrai d'ail-
leurs que des Prin-
ces qui ont vou-
lu élever d'autres
Princes avec vio-
lence , se sont abi-
mez eux-mêmes :
notre siécle en a
fourni deux r. e-
xemples ; *l'un est*
celui de Charles dou-
ze , qui éleva Sta-
nislas sur le Trône de
Pologne , & l'autre
est plus récent. Je
conclus donc que
l'usurpateur ne mé-
ritera jamais de
gloi-

(1. des)
B 2

plus puissans ; & sur-tout empêcher absolument qu'il n'entre dans cette Province quelque Etranger aussi puissant que lui. Car il arrive toûjours qu'il y en est attiré quelqu'un par les mécontens de la Province, soit par ambition, ou par peur; témoin les Romains, qui furent introduits dans la Gréce par les Etoliens, & qui, par-tout où ils mirent le pied, y furent toûjours appellez par les Provinciaux. Et ce qui arrive d'ordinaire, c'est qu'aussi-tôt qu'un Etranger puissant entre dans une Province, tous ceux de la Province, qui sont

gloire, que les assassinâts seront toujours abhorrez du genre-humain, que les Princes qui commettent des injustices & des violences envers leurs nouveaux sujets, s'aliéneront tous les esprits au lieu de les gagner; qu'il n'est pas possible de justifier le crime, & que tous ceux qui en voudront faire l'apologie raisonneront aussi mal que Machiavel. Tourner l'art du raisonnement contre le bien de l'humanité, c'est se blesser d'une épée qui ne nous est donnée que pour nous deffendre.

moins puissans, s'unissent volontiers avec lui, par un motif de haine contre celui qui étoit
plus

plus puiſſant qu'eux. Tout ce dont il a à ſe garder, eſt, qu'ils ne deviennent trop forts, & qu'ils ne prennent trop d'autorité : &, pour cet effet, il doit emploïer ſes propres forces, & les leurs, à abaiſſer ceux qui ſont puiſſans, pour demeurer lui ſeul, arbitre de toute la Province. Et quiconque ne ſaura pas mettre cela en œuvre, perdra bien-tôt ce qu'il aura acquis, & n'aura point de repos tant qu'il le gardera. Les Romains pratiquoient admirablement ces maximes dans les Provinces conquiſes. Ils y envoïoient des Colonies ; ils entretenoient les moins puiſſans, ſans laiſſer croître leur puiſſance ; ils abaiſſoient ceux qui en avoient trop, & ne ſouffroient point que les Etrangers puiſſans ſe miſſent en crédit. La Gréce nous en fournit un bel exemple. Ils maintinrent ceux d'Achaïe & d'Etolie ; ils chaſſerent Antiochus de la Macédoine ; & puis avilirent les Macédoniens. Et quelques ſervices que rendiſſent ceux d'Achaïe & d'Etolie, ils ne leur permirent jamais d'accroître leur Etat ; quelque remontrance que fît Philippe, ils ne le voulurent point recevoir pour ami, ſans l'abaiſſer ; & Antiochus, avec toute ſa puiſſance, ne put jamais les faire conſentir à lui laiſſer aucune part dans

cette

cette Province. En quoi les Romains firent ce que doivent faire tous les Princes
fages, qui ont à pourvoir, non-feulement
aux maux prefens, mais encore aux maux
à venir. Car, en les prévoïant de loin,
il eft aifé d'y remédier ; au-lieu que, fi
l'on attend qu'ils foient proches, le remede
n'eft plus à tems, d'autant que la maladie eft devenue incurable. Les Médecins
difent, que la fiévre étique eft facile à
guérir, & difficile à connoître ; au lieu
que dans la fuite du tems elle devient facile à connoître, & difficile à guérir,
quand elle n'a pas été connue, ni traitée
dans fon commencement. Il en eft de même des affaires d'Etat. Si l'on connoît de
loin les maux qui fe forment, (ce qui
n'appartient qu'à l'homme prudent) on les
guérit bien-tôt. Mais fi, faute de les avoir
connus, ils viennent à croître à un point
que chacun les connoiffe, il n'y a plus de
remède. Comme les Romains prévoïoient
de loin les inconvéniens, ils y remédièrent
toûjours fi à propos, qu'ils n'eurent jamais
befoin d'efquiver la guerre, fachant que
de la différer, ce n'eft point l'éviter, mais
plûtôt procurer l'avantage d'autrui. Ils
la firent donc à Philippe & à Antiochus
en Gréce, pour n'avoir pas à la faire con-

tre eux en Italie 9. Et quoiqu'ils puffent
alors éviter l'une & l'autre guerre, ils ne
le voulurent pas, n'aïant jamais approuvé
ce que les fages de nôtre tems ont toû-
jours à la bouche, qu'il faut attendre le
bienfait du tems, d'autant que le tems pou-
vant amener le bien comme le mal, & le
mal comme le bien, ils croioient plus fûr
de fe prévaloir de leur tendreffe & de
leur courage. Mais, retournons à la
France, & examinons fi elle a rien fait
de tout ce que j'ai dit. Je ne parlerai
point de Charles VIII. mais feulement de
Louïs XII. comme de celui de qui l'on
a mieux vû les démarches, pour avoir do-
miné plus long-tems en Italie. Et vous ver-
rez comme il a fait tout le contraire de ce
qui fe doit faire pour conferver un Etat
dif-

9. *Fuit proprium Po-*
puli Rom. longè à domo
bellare, dit Ciceron.
Tibére garda toûjours
cette maxime, *Deftina-*
ta retinens, confiliis &
aftu res externas moliri,
arma procul habere. Tac.
Ann. 6. Les Romains
en ufoient ainfi, pour
conferver la liberté &
les richeffes de l'Italie;
au lieu que fi les Etran-
gers y euffent mis le
pied, ils euffent pû fe
fervir des armes & des
richeffes du Païs; ce
qui eût affoibli les Ro-
mains. Et c'eft pour cela
qu'Hannibal difoit à An-
tiochus, que les Romains
ne pouvoient être vain-
cus qu'en Italie.

B 4

different de mœurs & de coutumes. Louïs fut introduit en Italie par l'ambition des Vénitiens, qui vouloient, par ce moïen, gagner la moitié de la Lombardie. Je ne veux point blâmer la résolution que ce Roi prit ; car, voulant commencer de mettre le pied en Italie, & d'ailleurs n'y aïant point d'amis, ce lui étoit une nécessité d'y acquérir ceux qu'il pouvoit, d'autant plus que toutes les portes lui en étoient fermées, à cause des déportemens de son prédécesseur : & cette entreprise lui auroit réussi, s'il n'eût point fait de fautes. Après qu'il eût acquis la Lombardie, il regagna d'abord la réputation que Charles avoit perdue. Gennes fit joug, Florence, le Marquis de Mantouë, le Duc de Ferrare, les Bentivoles *, la Comtesse de Forli, les Seigneurs de Faïence, de Pesaro, de Rimini, de Camérin, & de Piombin, les Luquois, les Pisans, les Siennois, & tous les autres, recherchérent son amitié. Et ce fut alors que les Vénitiens purent s'appercevoir de la folie qu'ils avoient faite, de rendre Louïs le maître des deux tiers de l'Italie, pour acquérir seulement deux Villes en Lombardie. Voïons maintenant combien il étoit aisé à ce Roi de conserver

sa

* **Seigneurs de Bologne.**

*a réputation , s'il eût obfervé les régles ,
que j'ai dites , & maintenu la fûreté de
tous fes Confédérez , qui , pour être en
grand nombre , & tous foibles , & aiant
à craindre, les uns le Pape , & les autres
Venife , étoient contraints de fe tenir unis
avec lui ; & , par leur moïen , il pouvoit
facilement s'affûrer de ceux qui étoient
plus forts. Mais , à peine fut-il à Milan , qu'il fit le contraire , en donnant du
fecours au Pape Aléxandre , pour envahir
la Romagne , fans appercevoir qu'il s'af-
foiblifſoit lui-même en perdant fes amis , &
ceux qui s'étoient jettez entre fes bras ;
& qu'il agrandifſoit le Pape , en lui laif-
fant acquérir tant de temporel avec le fpi-
rituel , qui rend déja fon autorité fi grande. Et après cette premiére faute , il fut
obligé de continuer jufqu'à ce que , pour
mettre fin à l'ambition d'Aléxandre , &
empêcher de devenir maître de la Tofcane , il falut qu'il paffât en Italie. Or ,
ne fe contenta pas d'avoir agrandi le
Pape , & de s'être aliéné fes amis , il fit
encore la folie de partager le Roïaume de
Naples avec le Roi d'Efpagne. De forte , qu'au lieu qu'il étoit auparavant l'arbitre de l'Italie , il y prit un compagnon ,
afin que les ambitieux de cette Province ,
& ceux qui feroient mécontens de lui ,*

B 5   euf-

eussent à qui recourir : & pendant qu'il
pouvoit laisser à Naples un Roi tributai-
re , il l'en chassa pour y en mettre un
qui le pût chasser lui-même. Véritablement , le desir d'acquérir est naturel &
très-ordinaire 10 , & toutes les fois qu'il
arrive aux hommes de s'agrandir , ils en
sont louez 11 , ou du moins ils n'en sont
pas blâmez. Mais , quand ils ont le desir
d'acquérir sans en avoir les forces , c'est-
là qu'est l'erreur ; & qu'ils sont dignes de
blâme. Si donc la France pouvoit attaquer Naples avec ses forces , elle le devoit
faire ; & si elle ne le pouvoit pas , elle ne
devoit point partager ce Roïaume. Le partage qu'elle fit de la Lombardie avec les
Vénitiens étoit excusable , parce qu'il lui
servit à mettre le pied en Italie ; mais celui de Naples est à blâmer , d'autant qu'il
n'a

10. *Vetus ac jam-pri-*
dem insita mortalibus
potentiæ cupido. Hist. 2.
   11. C'est comme l'en-
tendoit Mucien , quand
il disoit à Vespasien :
Je t'apelle à l'Empire ,
tu en es le maître , si
tu veux , & ce seroit
lâcheté de le laisser à
un autre , sous qui d'ail-

leurs ta vie ne seroit
pas en sureté. Ego te
ad imperium voco, in
tua manu positum est.
Torpere ultra , & peri-
dendam rempub. relin-
quere , sopor & ignavia
videretur , etiamsi tibi
quàm inhonesta , tam
ta servitus esset. Hist.

rien ne la contraignoit à le faire. Louïs fît donc cinq fautes : il ruina les foibles; il augmenta le puiſſance d'un puiſſant en Italie ; il y introduiſit un Etranger très-puiſſant ; il n'y vint point demeurer ; il n'y envoïa point de Colonies. Cependant, il auroit encore pû réparer ces fautes, s'il n'en eût pas fait une ſixiéme, qui fut de dépouiller les Vénitiens. Il eſt bien vrai, que s'il n'eût pas agrandi le Pape, ni mis le Roi d'Eſpagne en Italie, il eût été à propos, & même néceſſaire, de les abaiſ-ſer ; mais, aïant fait les démarches que j'ai dües, il ne devoit jamais conſentir à leur ruïne : car, puiſſans comme ils étoient, ils euſſent toûjours empêché les autres d'ap-procher de la Lombardie, ſi ce n'eût été pour leur aider à en devenir les maîtres. Or, les autres ſe fuſſent bien gardez d'ô-ter cette Province à la France, pour la leur donner, ni de les attaquer tous deux. Quelqu'un me dira, que Louïs céda la Romagne au Pape Alexandre, & Na-ples à l'Eſpagne, pour éviter la guerre. Mais, je répons, que l'on ne doit jamais laiſſer arriver un déſordre, pour fuir une guerre ; parce qu'en effet on ne la fuit point, mais on la difere à ſon dommage. Et ſi d'autres m'alléguent, que Louïs

B 6   *avoit*

avoit donné sa parole au Pape de faire cette entreprise en sa faveur , pour obtenir
une dispense de mariage † pour lui , & un
chapeau pour l'Archevêque de Rouën , je
leur répondrai dans le Chapitre de la foi
des Princes *. Au reste , Louïs a perdu
la Lombardie , pour n'avoir rien observé
de tout ce qu'ont fait les autres , qui ont
pris des Provinces , & qui vouloient les
garder , ainsi que je le sus bien dire au
Cardinal de Rouën à Nantes , lorsque le
Duc de Valentinois (c'est ainsi que l'on
appelloit César Borgia , fils du Pape A-
lexandre) s'emparoit de la Romagne.
Car , ce Cardinal me disant , que les
Italiens n'entendoient rien au métier
de la guerre , je lui répondis , qu'il pa-
roissoit bien que les François n'entendoient rien aux affaires d'Etat ,
eux , qui laissoient prendre un si grand
ac-

† Avec Anne , Du-
chesse de Bretagne. Sur
quoi Nardi dit agréa-
blement , que le Pape
Alexandre & le Roi
Louïs XII. se servoient
tous deux réciproque-
ment du Spirituel pour
acquérir du Temporel ;
Aléxandre , pour pro-
curer la Romagne à
son fils ; & Louïs , pour
unir la Bretagne à sa
Couronne , Livre 4. de
son *Histoire de Florence.*

* Chap. 18.

accroiffement au Pape *. *Et l'expérien-*
ce a montré , que c'eft la France , qui a
fait le Pape & le Roi d'Efpagne fi puif-
fans en Italie , & que ce font eux qui l'y ont
ruinée. D'où je tire une conclufion générale ,
prefque infaillible , que le Prince , qui en
rend un autre puiffant , fe perd lui-même ;
car celui , qui eft devenu puiffant , fe défie
toujours de l'induftrie , ou de la force de
celui qui l'a rendu tel.

* [ou] que fi les foufrivoient pas que le
François entendoient la Pape devint fi puiffant.
Raifon d'Etat , ils ne

CHA-

CHAPITRE IV.

POURQUOI LE ROYAUME DE DARIUS NE SE SOULEVA POINT APRE'S LA MORT D'ALEXANDRE QUI L'AVOIT CONQUIS*.

VU les difficultez qu'il y a à conserver un Etat nouvellement acquis, quelqu'un pourroit s'étonner comment Alexandre le Grand étant devenu maître de l'Asie en peu d'années, & puis étant mort aussi-tôt qu'il s'en fut mis en possession, ses successeurs s'y maintinrent, sans avoir à surmonter d'autres dif-

POUR bien juger du génie des nations, il faut les comparer les unes avec les autres. Machiavel fait en ce Chapitre un Paralèle des Turcs & des Français, tres différens de coutumes, de mœurs, & d'opinions, examine les raisons qui rendent la conquête de ce premier Empire difficile

(* Comment on conserve le Trône.)

difficultez, que cel-
les que leur propre
ambition fit naître
parmi eux, au lieu
que, selon toutes les
apparences, ces peu-
ples devoient secouër
leur joug. Je dis à
cela, que tous les
Etats, dont il nous
reste quelque mémoi-
re, se trouvent gou-
vernez en deux ma-
nières differentes; ou
par un Prince abso-
lu, qui, par grace,
emploïe les Ministres
qu'il veut pour lui
aider à gouverner son
Etat; ou par un
Prince, & par les
Grands du Païs, qui
ont part au Gouver-
nement, non par la
grace & la permis-
sion du Prince, mais
à raison de leur an-
cienne origine. Ces
Grands ont des E-
tats & des sujets par-
ti-

cile à faire, mais
aisée à conserver;
de même qu'il re-
marque ce qui peut
contribuer à faire
subjuguer la Fran-
ce sans peine, &
ce qui, la remplis-
sant de troubles
continuels, mena-
ce sans cesse le re-
pos du Possesseur.

L'Auteur n'en-
visage les choses
que d'un point de
vuë, il ne s'arrê-
te qu'à la constitu-
tion des Gouver-
nemens; il paroit
croire que la puis-
sance de l'Empire
Turc & Persan n'é-
toit 1 fondée que
sur l'esclavage gé-
néral de ces na-
tions, & sur l'élé-
vation unique d'un
seul homme qui en
est le Chef; il est
dans,

(1. n'est)

ticuliers , qui les re-
connoissent pour leurs
vrais Seigneurs , &
ont une affection na-
turelle pour eux.
Dans les Etats qui
sont gouvernez par
le Prince seul , le
Prince a plus d'au-
torité , parce qu'il
n'y a que lui dans
toute l'étenduë de son
Païs , qui soit recon-
nu pour maître , &
si l'on obéït à quel-
que autre , ce n'est
point par aucune af-
fection particuliére
que l'on ait pour lui ,
mais parce que c'est
le Ministre & l'Of-
ficier du Prince. Cet-
te différence de Gou-
vernement se voit au-
jourd'hui entre la
Turquie & la Fran-
ce. La Turquie est
gouvernée par un seul
Seigneur , tous les
autres sont des es-
cla-

dans l'idée qu'un
despotisme sans res-
triction , bien éta-
bli , est le moïen
le plus sûr qu'ait
un Prince pour re-
gner sans trouble ,
& pour résister vi-
goureusement à ses
Ennemis.

Du tems de Ma-
chiavel , on regar-
doit encore en
France les Grands
& les Nobles com-
me des petits Sou-
verains , qui par-
tageoient en quel-
que maniére la
puissance du Prin-
ce ; ce-qui donnoit
lieu aux divisions,
ce-qui fortifioit les
partis , & ce-qui fo-
mentoit de fré-
quentes révoltes.
Je ne sçai cepen-
dant , si le Grand
Seigneur n'est pas
exposé plûtôt à ê-
tre

laves ; & ce Sei-
neur , qui divise sa
Monarchie en Pro-
vinces , y envoie des
Gouverneurs , qu'il
change quand & com-
me il lui plaît. Au
contraire , la France
une multitude d'an-
ciens Seigneurs , qui
ont leurs propres su-
jets , & en font ai-
mez ; & le Roi ne
leur sauroit ôter leurs
prééminences sans ris-
quer beaucoup. A
en considérer ces
deux états , on ver-
ra qu'il est très-
difficile d'acquérir ce-
lui du Turc ; mais
aussi , qu'il seroit
très-facile de le con-
server quand on
l'auroit conquis. Les
difficultés de le con-
quérir consistent en
ce que le Conquérant
ne sauroit être ap-
pelé par les grands
de

tre détrôné, qu'un
Roi de France. La
différence qu'il y
a entr'eux , c'est
qu'un Empereur
Turc est ordinaire-
ment étranglé par
les Janniſſaires , &
que les Rois de
France , qui ont
péri, ont été aſ-
saſſinez par des
Moines 1 , ou par des
monstres que des
Moines avoient for-
mez. Mais Machia-
vel parle plûtôt en
ce Chapitre de ré-
volutions généra-
les , que de cas par-
ticuliers ; il a de-
viné à la vérité
quelques ressorts
d'une machine très-
composée ; mais il
me semble qu'il n'a
pas examiné les
principaux.

La différence des
cli-

(1. Fanatiques.)

de l'Etat , ni espé-
rer que la révolte
de ceux , qui sont
dans le Ministère ,
lui en facilite jamais
la conquête ; car, é-
tant tous esclaves, &
créatures du Prin-
ce , ils en sont plus
difficiles à corrom-
pre : & quand mê-
me ils se laisseroient
corrompre , cela ser-
viroit peu , d'autant
que , pour les raisons
que j'ai dites , ils ne
pourroient attirer les
peuples à eux. Ain-
si , quiconque veut
attaquer les Turcs ,
doit s'atendre à les
trouver unis, & plus
espérer de ses pro-
pres forces, que de
leurs desordres. Mais
si une fois ils étoient
si bien défaits dans
une bataille , qu'ils
ne pussent remettre
une armée sur pied ,
il

climats , des a[...]
ments, & de l'[...]
ducation des hom[...]
mes , établissent u[...]
ne différence total[...]
le , entre leur f[...]
çon de vivre [...]
de penser; de -[...]
vient * la différen[...]
ce d'un Moine Ita[...]
lien, & d'un Chi[...]
nois lettré. Le tem[...]
pérament d'un A[...]
glais profond, ma[...]
hipocondre , [...]
tout - à - fait diffé[...]
rent du cour[...]
ge orgueilleux d'u[...]
Espagnol ; & u[...]
Français se trou[...]
avoir aussi peu d[...]
ressemblance ave[...]
un Hollandais, qu[...]
la vivacité d'un i[...]
ge en a avec l[...]
flegme d'une to[...]
tue.

O[...]

(* qu'un Moine I[...]
lien paraît d'un aut[...]
espéce qu'un Chino[...]
lettré.)

n'y auroit plus
en à craindre, que
u côté de la famil-
du Prince, qu'il
udroit exterminer ;
près quoi il ne ref-
roit perſonne de qui
n dût avoir peur,
s autres n'aïant
oint de crédit par-
i le peuple. Et
omme, avant la
ictoire, le vain-
ueur ne pouvoit rien
pérer d'eux, auſſi
en a-t'il rien à
raindre après. Il
n eſt tout autrement
es Etats gouvernez
omme la France : il
ſt aiſé d'y entrer,
n gagnant quelque
Grand du Roïaume,
arce qu'il ſe trou-
ve toûjours des mé-
ontens & des brouil-
ons. Ceux-là, dis-
e, pour les raiſons
lléguées, te peuvent
ien fraïer le che-
min

On a remarqué
de tout tems que
le génie des peu-
ples Orientaux, é-
toit 1 un eſprit de
conſtance *pour leurs
pratiques & leurs
anciennes coutu-
mes, dont ils ne ſe
départent preſque ja-
maïs.* Leur reli-
gion, différente de
celle des Euro-
peans, les oblige
encore, en quelque
façon, à ne point
favoriſer l'entre-
priſe de ceux qu'ils
appellent *les infidè-
les* au préjudice de
leurs maîtres, &
d'éviter avec ſoin,
tout ce-qui pour-
roit porter attein-
te à leur reli-
gion, & boulver-
ſer leurs Gouver-
nemens. Voilà ce
qui chez eux fait
la

(1. eſt)

min à cet Etat ; & t'en faciliter la conquête ; mais tu trouves mille difficultez à le conserver, soit de la part de ceux qui t'ont aidé, ou de ceux que tu as opprimez. Et ce n'est pas assez que tu extermines la race du Prince, parce que les Grands, qui restent se font chefs de parti ; & faute de les pouvoir contenter ou exterminer tous, tu perds cet Etat à la première occasion. Or, si l'on considère quel étoit l'Etat de Darius, on le trouvera tout semblable à celui du Turc. C'est pourquoi Aléxandre eut besoin de l'assaillir tout entier & d'ôter la Campagne à Darius ; après la défaite &
à

la sûreté du Trône, plûtôt que celle du Monarque ; car ce Monarque est souvent détrôné, mais l'Empire n'est jamais détruit.

Le génie de la nation Française tout différent des Musulmans, sur tout-à-fait, ou du moins en partie, cause des fréquentes révolutions de ce Roïaume : la légereté & l'inconstance a fait le caractére de cette aimable nation ; les Français font inquiets, libertins, & très-enclins à s'ennuïer de tout ; leur amour pour le changement s'est manifesté jusques dans les choses les plus graves. Il parait

la mort duquel il
neura paisible pos-
ur de cet Etat,
les raisons mar-
es ci-dessus. Et si
successeurs eussent
bien unis, ils l'eus-
pû garder sans
e, d'autant qu'il
arriva point d'au-
tumultes, que
qu'ils susci-
nt eux-mêmes.
is, pour les E-
gouvernez com-
la France, il est
ossible de les pos-
r si paisiblement,
in les fréquentes
ltes des Espa-
, des Gaules, &
la Gréce, contre
Romains, qui
ient toutes de ce
y avoit quanti-
de Principautez
ces Etats; car,
que cette mul-
e de Seigneurs
sta, la domina-
tion

rait que ces Cardi-
naux haïs & estimez
des Français, qui
successivement ont
gouverné cet Em-
pire, ont profité
des maximes de
Machiavel pour ra-
baisser les Grands.
& de la connois-
sance du génie de
la nation pour dé-
tourner ces orages
fréquens, dont la
legéreté des sujets
menaçoit sans cesse
les Souverains.

La Politique du
Cardinal de Riche-
lieu n'avoit pour
but que d'abaisser
les grands, pour
élever la puissance
du Roi, & pour
la faire servir de
base à toutes les
parties de l'Etat;
il y réussit si bien,
qu'aujourd'hui il
ne reste plus de ves-
tiges

tion des Romains fut toûjours chancelante ; au-lieu qu'ils devinrent paisibles possesseurs, après que, par une puissance de longue durée, ils eurent détruit ces Seigneurs. Et depuis, venant à se battre entre eux, chacun trouva moïen de s'approprier quelque partie de ces Provinces, selon l'autorité qu'il y avoit acquise, & ce d'autant plus, que, ne restant plus personne du sang de l'ancien Seigneur, on ne reconnoissoit plus que les Romains. Tout cela bien considéré, l'on ne s'étonnera point de la facilité qu'Alexandre eut à conserver l'Asie, ni des difficultez que Pirrhus & divers autres eurent à garder

tiges en France de la puissance des Seigneurs & des Nobles, & de ce pouvoir dont les Rois prétendoient que les grands abusoient.

Le Cardinal Mazarin marcha sur les traces de Richelieu : il essaya beaucoup d'opérations, mais il réussit ; il dépouilla de plus le Parlement de ses prérogatives, de sorte que cette Compagnie n'est aujourd'hui qu'un fantôme, à qui il arrive encore quelquefois de s'imaginer qu'il pourroit bien être un Corps, mais qu'on fait ordinairement

(* Grands abusoient quelquefois.)

r leurs conquêtes ; rement repentir de
qui ne vint, ni cette erreur.
peu ni du beau-
up de valeur du La même Politi-
inqueur, mais de * que qui porta les
diverſité de l'E- Miniſtres à l'éta-
t conquis 1. bliſſement d'un deſ-
potiſme abſolu en
France, leur enſei-
na l'adreſſe d'amuſer la legéreté &
nconſtance de la nation pour la ren-
re moins dangereuſe : *mille ocupations*
fri-

* (ou) ce qu'il ne Voiſins. Florence n'étoit
ut attribuer ni à la environnée que de Villes
nne, ni à la mauvai- libres, & par conſéquent
conduite du Vain- obſtinées à défendre leur
ueur, mais à, &c. liberté ; au contraire,
1. Machiavel en don- celles qui confinoient avec
un bel exemple Veniſe avoient coûtume
ns le Chapitre 11. du de vivre ſous un Prince,
ivre 3. de ſes Diſ- & conſéquemment ſans
ours. Si, dit-il, on con- liberté. Or, les peuples,
dére quels étoient les acoûtumez à la ſervitu-
oiſins de la Ville de Flo- de ; n'ont pas grange ré-
ence, & ceux de la Vil- pugnance à changer de
de Veniſe, l'on ne s'é- Maître ; car l'envie leur
nnera pas de voir, que en prendra ſouvent. Ain-
lorence bien qu'elle ait ſi, il a été plus aiſé à
lus dépenſé dans ſes la République de Veniſe
uerres, que Veniſe, a de vaincre ſes voiſins,
utefois moins acquis ; quoiqu'ils fuſſent plus
ar cela ne vient que puiſſans, que ceux de
e la diverſité de leurs Florence.
Voi-

frivoles, la bagatelle & le plaifir, donnérent le change au génie des Français ; deforte que ces mêmes homme
qui avoient fi long-tems combattu le
grand Céfar, qui fecouérent fi fouven
le joug fous les Empereurs, qui apel-
lerent les étrangers à leur fecours du
tems des Valois, qui fe liguérent contre 1 Henri quatre, qui cabalerent fous
les minorités ; des Français, dis-je, ne
font occupés de nos jours qu'à fuivre
le torrent de la mode, à changer très-
foigneufement de goûts, à méprifer
aujourd'hui ce qu'ils ont admiré hier,
à mettre l'inconftance & la legéreté
en tout ce qui dépend d'eux, à changer de maîtreffes, de lieux, † d'amu-
femens, & *de folies*. Ceci n'eft pas
tout ; car, de puiffantes armées, &
un très-grand nombre de fortereffes,
affurent à jamais la poffeffion de ce
Roïaume à fes Souverains, & ils n'ont
à prefent rien à redouter des guerres
inteftines, non plus que des entreprifes de leurs voifins.

(1. fous † &)

CHA

CHAPITRE V.

COMMENT IL FAUT GOU-
VERNER LES VILLES, OU
LES PRINCIPAUTEZ, QUI
SE GOUVERNOIENT PAR
LEURS PROPRES LOIX,
AVANT QUE D'ETRE CON-
QUISES*.

SI l'Etat conquis est accoutumé à la liberté, & à ses loix, il y a trois moïens de le conserver. Le premier est de le ruïner §; le second, d'y aller demeurer; le troisiéme, de lui laisser ses propres loix, à condition de païer un tribut, & d'obéir à un

§. C'est la Maxime des Turcs.

» IL N'EST » point, selon Machiavel, de moïen bien assuré » pour conserver un » Etat libre, qu'on » aura conquis, que » de le détruire. « C'est le moyen le plus sûr, pour ne point craindre de révolte. Un Anglais eut la démence de se tuer il y a quelques an-

(* Des Etats conquis.)

C

un petit nombre de personnes : que tu y établiras pour te le conserver 1 *: à quoi ces gens - là mettront toute leur industrie ; comme ne pouvant se maintenir , que par ta puissance & ta protection. _ Et sans doute un Prince gardera mieux une ville accoutumée à vivre en liberté , en la gouvernant par ses pro-*

1. C'est ce qu'Artabanus , Roi des Parthes , fit à Seleucie , dont il changea le gouvernement populaire en Oligarchie, comme approchant davantage de la Roïauté. *Qui plebem primoribus tradidit , ex suo usu ;* (comme il étoit de son intérêt, dit Tacite , *Nam populi imperium juxta libertatem , paucorum dominatio regiæ libini propior est.* Ann. 6,

années à Londres; on trouva un billet sur sa table , où il justifioit son action , & où il marquoit qu'il s'étoit ôté la vie pour ne jamais devenir malade. Voilà le cas d'un Prince qui ruine un Etat pour ne le point perdre. Je ne parle point d'humanité avec Machiavel , ce seroit profaner la vertu ; on peut confondre Machiavel par lui-même , par cet Intérêt , l'ame de son Livre , ce Dieu de la Politique & du Crime.

Vous dites , Machiavel , qu'un Prince doit détruire un Pays libre nouvellement conquis , pour le po...

propres citoïens, qu'en faisant autrement ; témoin les Lacédémoniens & les Romains. Les premiers établirent un Conseil Oligarchique à Athénes & à Thebes, & néanmoins ils perdirent ces deux villes. Les autres conservèrent Capouë, Carthage, & Numance, parce qu'ils ruinérent ces villes. Au-contraire, aïant voulu tenir la Gréce, comme Sparte l'avoit ténue, c'est-à-dire, en lui laissant ses loix & sa liberté, cela ne leur réüssit pas ; & ils furent contraints de détruire plusieurs villes de cette Province, pour la garder. D'où je conclus, que le meilleur moïen de con-

séder plus seurement ; mais, répondez - moi, à quelle fin a-t'il entrepris cette conquête ? Vous me direz que c'est pour augmenter sa puissance, & pour se rendre plus formidable. C'est ce que je voulois entendre, pour vous prouver qu'en suivant vos maximes, il fait tout le contraire ; car, il lui en coute beaucoup pour cette conquête, & il ruine ensuite l'unique pays qui pouvoit le dédomager de ses pertes. Vous m'avoüerez qu'un Pays saccagé, dépourvu d'habitans, ne sauroit rendre un Prince puissant par

conserver celles qu'on a conquises, est de les ruiner; & que celui qui devient maître d'une ville, auparavant libre, & ne la détruit pas, ne doit s'attendre qu'à en être ruiné lui-même, d'autant qu'elle a toûjours pour prétexte de se révolter le nom de sa liberté, & ses anciennes coutumes, que, ni le tems, ni les bienfaits, ne lui font jamais oublier. Et si l'on ne desunit, ou extermine, les habitans 2, elle re-cla-

2. *Quoties concordes agunt*, dit Tacite au même endroit, *spernitur Parthus; ubi dissensère, dum sibi quisque contra æmulos subsidium vocant, accitus in partem, adversum omnes valessit*. Et dans l'onziéme de

par sa possession. Je crois qu'un Monarque qui posséderoit les vastes deserts de la Libie & du Barca, ne seroit guéres redoutable, & qu'un million de Pantères, de Lions, & de Crocodiles, ne vaut pas un million de Sujets, des Villes riches, des Ports navigables remplis de vaisseaux, des Citoyens industrieux, des troupes, & tout ce que produit 1 un Pays bien peuplé. Tout le monde convient, que la force d'un Etat ne consiste point dans l'étenduë de ses bornes, mais dans le nombre de ses habitans. Comparez la Hollan-

(1. fournit)

clame ſa liberté dans toutes les occaſions, comme a fait Piſe, qui étoit depuis tant d'années ſous le joug des Florentins. Mais, quand ce ſont des Villes, ou des Provinces, accoutumées à vivre ſous un Prince, & qu'il ne reſte plus perſonne de ſon ſang ; comme d'un côté elles ſont faites à obéir, & que de l'autre la Maiſon de leur ancien Prince eſt éteinte, elles ne s'ac-

de ſes Annales, deditur Seleucia, ſeptimo poſt defectionem anno, non ſine dedecore Parthorum. quos una civitas tamdiu eluſerat. Une Ville avoit tenu ſept ans contre toute la puiſſance des Parthes, ſeulement parce que ſes habitans étoient bien unis : cela montre la néceſſité de les deſunir.

lande avec la Ruſſie ; vous ne voiez qu'Iſles marécageuſes & ſtériles qui s'élevent du ſein de l'Océan, une petite Répnblique qui n'a que 48. lieuës de long, ſur 40. de larges ; mais, ce petit Corps eſt tout nerf : un peuple immenſe l'habite, & ce peuple induſtrieux eſt très-puiſſant & très-riche ; il a ſecoué le joug de la domination Eſpagnole, qui étoit alors la Monarchie la plus formidable de l'Europe. Le commerce de cette République s'étend juſqu'aux extrémitez du monde, elle figure immédiatement après les

C 3

cordent pas entre el-
les à en faire un au-
tre. D'ailleurs, fau-
te de savoir se ren-
dre libres, elles sont
plus lentes à prendre
les armes, & par
conséquent il est plus
aisé à un Prince de
s'en emparer. Mais,
les Républiques ont
plus de vie, plus de
haine, plus de res-
sentiment & de ven-
geance, & le sou-
venir de l'ancienne
liberté n'y sauroit
mourir. Ainsi, le
meilleur est de les
détruire, ou d'y de-
meurer.

les Rois, elle peut
entretenir en tems
de guerre une ar-
mée de cinquante
mille combattans,
sans compter une
flotte nombreuse
& bien entrete-
nuë.

Jettez d'un au-
tre côté les yeux
sur la Russie; c'est
un Pays immense
qui se présente à
votre vuë, c'est
un monde sembla-
ble à l'univers,
lorsqu'il fut tiré du
Cahos. Ce Pays est
limitrophe d'un cô-
té de la grande
Tartarie & des In-
des, d'un autre, de la Mer noire &
de la Hongrie; ses Frontières s'éten-
dent jusqu'à la Pologne, la Lithuanie,
& la Courlande; la Suéde la 1 borne
du côté du Nord-Oüest. La Russie
peut avoir trois cent milles d'Allemagne de large sur plus de cinq cent 2 milles

(1. le 2. six cens)

les de longueur ; le Pays est fertile en bleds , & fournit toutes les denrées nécessaires à la vie , principalement aux environs de Moscou , & vers la petite Tartarie ; cependant , avec tous ces avantages , il ne contient tout au plus que quinze millions d'habitans.

Cette nation , qui commence à présent à figurer en Europe , n'est guères plus puissante que la Hollande en troupes de Mer & de Terre , & lui est beaucoup inférieure en richesses & en ressources.

La force d'un Etat ne consiste point dans l'étenduë d'un Pays , ni dans la possession d'une vaste solitude , ou d'un immense desert , mais dans la richesse des habitans , & dans leur nombre. L'intérêt d'un Prince est donc de peupler un Pays , de le rendre florissant , & non de le dévaster & de le détruire. Si la méchanceté de Machiavel fait horreur , son raisonnement fait pitié , & il auroit mieux fait d'apprendre à bien raisonner , que d'enseigner sa Politique monstrueuse.

Un Prince doit établir sa résidence dans une République nouvellement conquise ; c'est la troisiéme maxime de l'Auteur. Elle est plus modérée que

C 4   les

les autres ; mais j'ai fait voir dans le troisiéme Chapitre les difficultez qui peuvent s'y oppoſer.

Il me ſemble qu'un Prince qui auroit conquis une République , après avoir eu des raiſons juſtes de lui faire la guerre, pourroit ſe contenter de l'avoir punie , & lui rendre enſuite ſa liberté : peu de perſonnes penſeroient ainſi. Pour ceux qui auroient d'autres ſentimens , ils pourroient s'en conſerver la poſſeſſion , en établiſſant de ſortes garniſons dans les principales Places de leur nouvelle conquête , & en laiſſant d'ailleurs jouïr le peuple de toute ſa liberté.

Inſenſez que nous ſommes, nous voulons tout conquérir , comme ſi nous avions le tems de tout poſſéder , & comme ſi le terme de notre durée n'avoit aucune fin ; notre tems paſſe trop vîte, & ſouvent, lorſqu'on ne croit travailler que pour ſoi - même , on ne travaille que pour ſes ſucceſſeurs, indignes ou ingrats.

CHA-

CHAPITRE VI.

DES NOUVEAUX ETATS, QUE LE PRINCE ACQUIERT PAR SA VALEUR, ET PAR SES PROPRES ARMES*.

QUE perſonne ne trouve étrange, ſi, dans ce que je vais dire, & du nouveau Prince, & de la Principauté nouvelle, j'alléguerai de très-grands exemples; car, comme c'eſt l'ordinaire des hommes de ſuivre le chemin battu, & d'imiter les actions d'autrui : bien que l'on ne puiſſe pas te-

SI les hommes étoient ſans paſſions, Machiavel ſeroit pardonnable de leur en vouloir donner ; ce ſeroit un nouveau Prométhée qui raviroit le feu céleſte pour animer des Automates. Les choſes n'en ſont point-là effectivement, car aucun homme n'eſt ſans paſ-

(* Des Nouveaux Etats, que le Prince aquiert par ſa valeur & ſes propres armes.)

C 5

tenir entiérement la même route, ni même arriver toûjours à la perfection de ceux que l'on imite, l'homme prudent doit toûjours suivre les traces des excellens personnages, afin que s'il ne les égale pas, il leur ressemble au moins en quelque chose, de même que les bons tireurs d'arc, qui se trouvant trop éloignez du but, visent beaucoup au-dessus, non pas pour envoier leur flèche si haut, mais pour aller plus près du but, en le mirant ainsi. Je dis donc, que les Principautez nouvelles, & qui ont un nouveau Prince, sont plus ou moins difficiles à conserver, selon que ce Prince est plus.

passions. Lorsqu'elles sont modérées, elles sont l'ame de la société ; mais lorsqu'on leur lâche le frein, elles en sont la destruction.

De tous les sentimens qui tirannisent notre ame, il n'en est aucun de plus funeste pour ceux qui en sentent l'impulsion, de plus contraire à l'humanité, & de plus fatal au repos du monde, qu'une ambition déréglée, qu'un desir excessif de fausse gloire.

Un particulier, qui a le malheur d'être né avec des dispositions semblables, est plus misérable encore, que fou. Il est insensible

*plus ou moins habile.
Or , comme de Par-
ticulier être devenu
Prince , c'est une
marque de valeur ,
ou de bonheur , il
semble, que l'un ou
l'autre aide à sur-
monter beaucoup de
difficultez. Néan-
moins , celui qui
s'est le moins fié à la
fortune , s'est tou-
jours maintenu plus
longtems, & cela est
encore plus facile à
celui , qui , faute
d'avoir d'autres E-
tats , est contraint
d'aller demeurer dans
sa nouvelle Princi-
pauté. Quant à ceux
qui sont devenus
Princes par leur pro-
pre valeur , les plus
excellens sont, Moï-
se, Cirus, Romu-
lus, Théfée, &c.
Et bien que Moïse
n'ait*

ble pour le present ,
& il n'existe que
dans les tems fu-
turs ; rien dans le
monde ne peut le
satisfaire , & l'ab-
sinthe de l'ambi-
tion mêle toujours
son amertume à la
douceur de ses
plaisirs.

Un Prince am-
bitieux est plus
malheureux qu'un
particulier ; car sa
folie , étant pro-
portionnée à sa
grandeur , n'en est
que plus vague ,
plus indocile , &
plus insatiable. Si
les honneurs , si la
grandeur , servent
d'aliments à la paf-
sion des particu-
liers ; des Provin-
ces & des Ro-
yaumes nourrissent
l'ambition des Mo-
nar-

n'ait fait qu'exécuter les choses que Dieu lui avoit ordonnées, il mérite néanmoins d'être admiré, pour cette seule grace, qui le rendoit digne de parler avec Dieu. Mais, pour Cirus, & les autres, qui ont acquis ou fondé des Roïaumes, tout en est admirable; & si l'on considère leurs actions, & leurs institutions particulières, elles se trouveront peu différentes de celles de Moïse, qui avoit eu un si grand Précepteur. Car, à bien examiner leur vie, il se verra que la fortune ne leur avoit fourni que l'occasion, qui leur donna lieu d'établir la forme de Gouvernement qu'ils ju-

narques; & comme il est plus facile d'obtenir des charges & des emplois, que de conquérir des Royaumes, les particuliers peuvent encore plûtôt se satisfaire, que les Princes.

Machiavel leur propose les exemples de Moïse, de Cyrus, de Romulus, de Thésée, & d'Hiéron. On pourroit grossir facilement ce catalogue par ceux de quelques Auteurs de sectes, comme de Mahomet en Asie, de Mango Kapac en Amérique, d'Odin dans le Nord, de tant de Sectaires dans tout l'univers; & que les Jésuites du Pa-

ingérent à propos ; faute d'occasion, leur valeur eût été sans fruit, & faute de valeur, l'occasion se fut perduë. Il falloit donc que Moïse trouvât les Israëlites esclaves en Egipte, afin qu'ils fussent d'humeur à le suivre, pour sortir de servitude. Il falloit que Romulus fût enlevé d'Albe, & exposé dès sa naissance, pour qu'il devint Fondateur & Roi de Rome. Il falloit que Cirus trouvât les Perses mécontens de la domination des Médes, & les Médes abâtardis par une longue paix. Thésée ne pouvoit pas montrer son industrie, si les Athéniens n'eussent été

Paraguai me permettent de leur offrir ici une petite place, qui ne peut que leur être glorieuse, les mettant au nombre des Législateurs.

La mauvaise foy avec laquelle l'Auteur use de ces exemples mérite d'être relevée ; il est bon de découvrir toutes les finesses & toutes les ruses de ce séducteur.

Machiavel ne fait voir l'ambition que dans son beau jour, (si elle en a un) ; il ne parle que des ambitieux qui ont été secondez de la fortune, mais il garde un profond silence sur ceux qui ont été les victimes de leurs passions. Cela

été disperséz ★ 1. Ces occasions rendirent donc ces hommes heureux, & leur sagesse a fait qu'ils ont connu l'occasion, par où leur Patrie est devenuë si heureuse, & si considérable. Ceux qui deviennent Princes par la même vie, que ces anciens, rencontrent de la difficulté à le devenir, mais aussi se maintiennent facilement. Les difi-

---

★ C'est qu'il les assembla dans l'enceinte d'une ville.

1. La Discipline militaire s'étoit corrompuë, dit le Jeune-Pline à Trajan, afin que tu eusses la gloire de la rétablir. Corrupta est disciplina castrorum ut tu corrector emendatorque contingeres. Dans son Panégyrique.

la s'appelle en imposer au monde, & l'on ne sauroit disconvenir que Machiavel ★ jouë en ce Chapitre le rolle de Charlatan du Crime.

Pourquoi, en parlant du Législateur des Juifs, du premier Monarque d'Athenes, du Conquérant des Medes, du Fondateur de Rome, de qui les succès répondirent à leurs desseins, Machiavel n'ajoute-t'il ★ point l'exemple de quelques Chefs du parti malheureux, pour montrer, que si l'ambition fait parvenir quelques hommes, elle en perd

(★ne)

ficultez qu'ils ont à essuïer, viennent en partie des nouveaux usages, qu'ils sont contraints d'établir, pour fonder leur Etat, & mettre leur personne en sûreté; car, il n'y a point d'entreprise plus difficile, plus douteuse, ni plus dangereuse, que celle de vouloir introduire de nouvelles loix : parce que l'auteur a pour ennemis tous ceux qui se trouvent bien des anciennes; & pour tiédes défenseurs ceux mêmes à qui les nouvelles tourneroient à profit. Et cette tiédeur vient en partie de la peur qu'ils ont de leurs adversaires, c'est-à-dire, de ceux qui sont contens des anciennes, en partie de

perd le plus grand nombre ? N'y a-t'il pas eu un Jean de Leyde, Chef des Anabatistes, tenaillé, brulé, & pendu dans une cage de fer à Munster ? Si Cromwel a été heureux, son fils n'a-t'il pas été détrôné ? n'a-t'il pas vû porter au gibet le corps exhumé de son pere ? Trois ou quatre Juifs, qui se sont dits Messie *, n'ont-ils pas péri par le dernier supplice § ; & le dernier n'a-t'il pas fini par être valet de cuisine chez le Grand Seigneur après s'être fait Musulman ? Si Pe-

(* depuis la destruction de Jérusalem § dans les supplices.)

de l'incrédulité des hommes, qui n'ont jamais bonne opinion des nouveaux établissemens, qu'après en avoir fait une longue expérience. D'où il arrive, que toutes les fois que ceux qui sont ennemis, ont occasion de remuer, ils le font chaudement ; & que les autres ne résistent qu'avec tiédeur ; de sorte que le Prince est de part & d'autre en danger. C'est pourquoi il est besoin, pour bien entendre ce point, de voir si ces législateurs se soutiennent d'eux - mêmes, ou s'ils dépendent d'autrui ; c'est-à-dire, si, pour conduire leur entreprise, ils faut qu'ils prient, & en ce cas ils échouent toûjours ; ou,

Pepin détrôna son Roy avec l'approbation du Pape, Guise le balafré, qui vouloit détrôner le sien avec la même approbation, n'a-t'il pas été assassiné ? Ne conte-t'on pas plus de trente Chefs de secte, & plus de mille autres ambitieux, qui ont fini par des morts violentes ?

Il me semble d'ailleurs que Machiavel place assez inconsidérément Moïse avec Romulus, Cyrus & Thésée. *Ou Moïse étoit inspiré, ou il ne l'étoit point.* S'il ne l'étoit point * , (ce qu'on n'a garde de supposer) on ne pourroit le regarder alors, que

(* S'il ne l'avoit pas été.)

u, s'ils peuvent se
faire obéïr par for-
e, & pour-lors ils
ne manquent presque
amais de réüssir.
De-là vient, que
ous les Princes, que
l'ai nommez, ont
vaincu aiant les ar-
mes à la main, &
ont péri étant desar-
mez; car, outre les
raisons déduites, l'es-
prit des peuples est
changeant. Il est ai-
sé de leur persüader
une chose, mais il
est dificile de les en-
tretenir dans cette
persüasion. Il faut
donc mettre si bon
ordre, que lors qu'ils
ne croient plus, on
leur puisse faire croi-
re par force. Moï-
e 2, Cirus, Thésée,
&

2. Quiconque lira la
Bible de sens rassis, (dit
Ma-.

que comme un im-
posteur, qui se ser-
voit de Dieu à peu
près comme les
Poëtes employent
leurs Dieux pour
machine quand il
leur manque un dé-
noüement. * [Moï-
se

* Au lieu de ce qui se
trouve ici jusqu'à la
Page 68. renfermé en-
tre deux Crochets, il
y a, dans l'Edition
publiée par Voltaire:
Moïse, regardé com-
me un instrument uni-
que de la Providence,
ainsi qu'il l'étoit, n'a
rien de commun avec
les Légiflateurs qui
n'ont eu que la sagesse
humaine en partage;
mais Moïse, envisa-
gé seulement comme
homme, n'est pas com-
parable aux Cyrus, aux
Thésées, aux Hercu-
les. Il ne conduisit son
Peuple que dans un
Désert, il ne bâtit point
Ville, il ne faisoit
point de grand empi-
re,

& *Romulus , n'eus-*
sent jamais pû fai-
re observer long-tems
leurs loix , s'ils eus-
sent été desarmez ,
ainsi qu'il est arrivé
de nôtre tems au Ja-
cobin Jérome Savo-
na-

Machiavel , au 30. Cha-
pitre du Livre 3. de ses
Discours) verra , que
Moïse, pour rendre ses
loix inviolables , fut
forcé de faire mourir
une infinité d'hommes,
qui par envie s'oppo-
soient à ses desseins.
Moïse, aïant assemblé
les Israëlites , leur dit
ces paroles : *Hæc dicit*
Dominus , Deus Israel :
Ponat vir gladium super
femur suum : Ite , &
redite de porta usque ad
portam per medium cas-
trorum , & occidat unus-
quisque fratrem & ami-
cum, & proximum suum.
Feceruntque filii Levi
juxta sermonem Moysis,
cecideruntque in die il-
la quasi viginti tria mil-
lia hominum. (Exod. 32.)

se étoit d'ailleurs
si peu habile , (à
raisonner humai-
nement ,) qu'il con-
duisit le peuple Juif
pendant 40. an-
nées par un che-
min qu'ils auroient
très-commodément
fait en six semai-
nes ; il avoit très-
peu profité des lu-
mie-
re , il n'institua point
de commerce , il ne fit
point naître les Arts,
il ne rendit point sa Na-
tion florissante § : il faut
adorer en lui la Provi-
dence , & examiner la
prudence des autres.

§. Et loin de songer
à multiplier son peu-
ple , il en fit périr
vingt-trois mille par
les mains d'une de ces
Tribus. [*Ceci a été re-*
tranché dans les deux
prémieres Editions, & se
trouve au bas , par forme
de Renvoi , dans celle de
Marseille , chés les Fre-
res Colomb , 1741.]

...arole, *qui se perdit, ...ute d'avoir la for... de faire persévé-...er dans leur créan-...ce ceux qui avoient ...ru ses paroles, & ...e les faire croire ...ux incrédules* 3. *Ces ...ortes de gens rencon-...rent d'abord de ...rands obstacles, & ...ême de grands dan-...ers, sur leur route, ... il leur faut un ...rand courage pour les*

3. Machiavel dit, ...u'il avoit persuadé au ...euple de Florence, ...u'il parloit avec Dieu *(Disc. Lib. 1. Cap. XI.)* Nardi dit, que ceux du parti de Savonarole é-toient apellez à Flo-rence, *Piagnoni,* c'est-à-dire, les Pleureux, ou les Hipocrites; & ses ennemis, *arrabiati,* c'est-à-dire, les Enra-gez, ou les Indiscipli-nables. *Livre 2.* de son *Histoire de Florence.*

mieres des Egip-tiens, & il étoit en ce sens-là beau-coup inférieur à Romulus, & à Thé-sée, & à ces Hé-ros. Si Moïse é-toit inspiré de Dieu, comme il se voit sans-doute, on ne peut le regar-der que comme l'organe aveugle de la toute-puissance divine; & le con-ducteur des Juifs étoit en ce sens bien inférieur, com-me homme, au fondateur de l'Em-pire Romain, au Monarque Persan, & aux Héros qui faisoient par leur propre valeur & par leurs propres forces de plus gran-des actions, que l'autre n'en faisoit avec

les furmonter. Mais aussi, quand ils l'ont fait, & qu'ils commencent d'être en vénération par la mort de leurs envieux, ils deviennent puissans, heureux, & respectez.

A ces grands exemples, j'en veux ajouter un moindre, mais qui aura quelque rapport aux précédens, & tiendra lieu de divers autres. C'est celui d'Hiéron, qui de Particulier devint Prince de Siracuse, sans en devoir autre chose à la Fortune, que l'occasion, en ce que ceux de Siracuse étant oprimez, ils le firent leur Capitaine, par où il se rendit depuis digne de devenir leur Prince. Et les Ecrivains, qui

avec l'assistance immédiate de Dieu.

J'avouë en général & sans prévention, qu'il faut beaucoup de génie, de courage, d'adresse & de conduite, pour égaler * les hommes dont nous venons de parler ; mais je ne sai point si l'épitete de vertueux leur convient. La valeur & l'adresse se trouvent également chez les voleurs de grands chemins, & chez les Héros ; la différence qui est entr'eux, c'est que le Conquérant est un voleur illustre, & que § le voleur ordi-

(* les Thésées, les Cyrus, les Romulus, les Mahomets ; § l'autre est obscur ;)

ont parlé de lui,
ent, que dans sa
une privée il ne
manquoit rien
r régner, qu'un
iaume. Il caſſa
ncienne milice; il
créa une nouvel-
; il quitta ces an-
ns amis, & en fit
nouveaux; & a-
s qu'il ſe fut fait
amis & des ſol-
ts entiérement dé-
uez à lui, il lui
aiſe de bâtir ſur
fondemens. Si
n qu'il eut beau-
p de peine à ac-
rir, mais peu à
ſerver.

dinaire eſt un ſa-
quin obſcur; l'un
reçoit des lauriers *
pour prix de ſes
violences, & l'au-
tre la corde.

† [Il eſt vray
que toutes les fois
que l'on voudra
introduire des nou-
veautez dans le
monde, il ſe pré-
ſentera mille obſta-
cles pour les empê-
cher, & qu'un pro-
phête, à la tê-
te d'une armée,
fera plus de Pro-
ſélites, que s'il
ne combat it qu'a-
vec des argu-
ments.

Il eſt vray que la Religion Chrétien-
, ne ſe ſoutenant que par les diſpu-
tes,

(* & de l'encens)

† Ce qui ſe trouve ici entre deux Crochets eſt
nplacé dans l'Edition publiée par Voltaire,
r ceci:

Quiconque veut aſſujettir ſes égaux eſt toû-
urs ſanguinaire & fourbe. Les chefs des
Fana-

tes, fut faible & oprimée, & qu'elle ne s'étendit en Europe qu'après avoir répandu beaucoup de fang; il n'en eft pas moins vray, que l'on a pu donner cours à des opinions & à des nouveautez avec peu de peine. Que de religions, que de fectes, ont été introduites avec une facilité infinie ! Il n'y a rien de plus propre que le fanatifme pour accréditer des nouveautez, & il me femble que Machiavel a parlé d'un ton trop décifif fur cette matiére.]

Il me refte à faire quelques réflexions fur l'exemple de Hieron de Siracufe, que Machiavel propofe à ceux qui s'éleveront par le fecours de leurs amis & de leurs troupes.

Hieron fe défit de fes amis & de fes foldats, qui l'avoient aidé à l'exécu-

---

Fanatiques des Cévennes fe difoient infpirés de l'Efprit Saint, & faifoient maffacrer fur l'herbe ceux que l'Efprit avoit condamnés. Ces Scélérats, qui dans leurs montagnes fe joüoient ainfi de Dieu & des hommes, étoient très-valeureux; ils euffent été regardés comme des Dieux du tems de Fohé & de Zoroaftre.

Lorfque les hommes étoient fauvages, un Roland, un Cavalier, un Jean de Leyde, auroient été des Alcides, & des Oziris; aujourd'hui, un Oziris, un Alcide, ne trouveroient pas à fe fignaler dans le monde.

ution de ses desseins; il lia de nouvelles amitiés, & il leva d'autres troupes. Je soutiens, en dépit de Machiavel & des ingrats, que la Politique d'Hieron étoit très-mauvaise, & qu'il y a beaucoup plus de prudence à se fier à des troupes dont on a expérimenté la valeur, & a des amis dont on a éprouvé la fidélité, qu'à des inconnus, desquels l'on n'est point assuré. *Je laisse au Lecteur à pousser ce raisonnement plus loin; tous ceux qui abhorrent l'ingratitude, & qui sont assez heureux pour connaître l'amitié, ne resteront point à sec sur cette matière.*

Je dois cependant avertir *le Lecteur* de faire attention aux sens différens que Machiavel assigne aux mots. Qu'on ne s'y trompe pas lorsqu'il dit, *sans l'occasion, la vertu s'anéantit* : cela signifie chez lui, que, sans des circonstances favorables, les fourbes & les téméraires ne sauroient faire usage de leurs talens; c'est le chiffre du crime qui peut uniquement expliquer les obscurités de cet auteur. *

II

(* Les Italiens apellent la Musique, la Peinture, la Géométrie, la *virtu*; mais la *virtu* chez Machiavel, c'est la perfidie. [*Ceci est de plus à l'Edition publiée par* Voltaire.]

Il me semble en général , pour conclure ce Chapitre, que la seule occasion où un particulier peut sans crime s'élever à la Royauté , est 1 lorsqu'il est né dans un Royaume Electif, ou lorsqu'il délivre sa patrie.

Sobieski en Pologne , Gustave Vaza en Suede., les Antonins à Rome, voilà les Héros de ces deux espèces; que César Borgia soit le modèle des Machiavelistes , le mien est Marc - Aurele.

(1. c'est)

CHA-

CHAPITRE VII.

DES PRINCIPAUTEZ NOU-
VELLES, QUE L'ON AC-
QUIERT PAR LES FORCES
D'AUTRUI, OU PAR BON-
HEUR *.

 OMME ceux qui de Particuliers deviennent Princes, feulement par bonheur, ont peu de peïne à le devenir, ils en ont beaucoup à fe maintenir. Ils ne trouvent point d'achoppement en chemin, parce-qu'ils volent au Trône plûtôt qu'ils n'y vont; mais quand ils y font affis, c'eft alors qu'ils voient éclore

 OMPAREZ le Prince de Mr. de Fenelon avec celui de Machiavel, vous verrez dans l'un le caractére d'un honnête homme, de la bonté, de la juftice, de l'équité, toutes les vertus en un mot pouffées à un degré éminent; il femble que ce foit * de ces intelligences pures, dont

(* une)

(* Du Gouvernement d'un Etat nouvellement acquis.)

D

clore toutes les dif-
ficultez.

Or, ces Princes
font ceux à qui un
Etat eft donné, ou
pour de l'argent, ou
en pure grace, tels
qu'étoient ceux que
fit Darius pour fa
fûreté, & pour fa
gloire, en divers en-
droits de la Gréce
& de l'Hellefpont.
Ces Empereurs, qui
de Particuliers, par-
venoient à l'Empire
par la faveur des
foldats corrompus :
ceux-ci, dis-je, ne
fe maintiennent que
par la volonté & la
fortune de ceux qui
les ont agrandis. Or,
ce font deux chofes
très-fujettes à chan-
gement : mais, d'ail-
leurs, ils ne favent,
ni ne peuvent, con-
ferver ce rang; car,
fi ce n'eft pas un
hom-

dont on dit que la
fageffe eft prépo-
fée pour veiller au
Gouvernement du
monde ; vous ver-
rez dans l'autre
la fcélérateffe, la
fourberie, la perfi-
die, la trahifon, &
tous les crimes :
c'eft un monftre, en
un mot, que l'enfer
même auroit peine à
produire. Mais s'il
femble que notre
nature fe raproche
de celles des Anges
en lifant le Thele-
maque * ; il parait
qu'elle s'aproche
des Démons de
l'Enfer lorfqu'on lit
le Prince de Ma-
chiavel. Céfar Bor-
gia, † Duc de Va-
lentinois, eft le
modèle fur lequel
l'Auteur forme fon
Prin-

(* de Fenelon † ou le)

homme de grand ef-
prit, comment fau-
ra-t'il commander,
aïant toûjours vécu
dans une fortune pri-
vée ? Et quand il
fauroit commander,
comment le pourroit-
il, n'aïant point de
Milice, qui lui doi-
ve être amie, ni fi-
déle ? De plus, il
en eft des Etats qui
naiffent tout à coup,
comme de toutes les
autres chofes qui
naiffent & qui croif-
fent fubitement. Ils
ne peuvent avoir de
fi fortes racines, ni
de fi bonnes corref-
pondances, que la
premiére adverfité ne
les ruine, fi ceux
qui font devenus fu-
bitement Princes, de
la maniére que j'ai
dit, ne font affez ha-
biles, pour trouver
d'a-

Prince, & qu'il
a l'impudence de
propofer pour e-
xemple à ceux qui
s'élévent dans le
monde, par le fe-
cours de leurs a-
mis ou de leurs ar-
mes. Il eft donc
très - néceffaire de
connaitre quel étoit
Céfar Borgia, afin
de fe former une
idée du Héros, &
de l'Auteur qui le
célebre.

Il n'y a aucun
crime que Céfar Bor-
gia n'ait commis, il
fit affaffiner fon fre-
re, fon rival de
gloire & d'amour,
prefqu'aux yeux
de * fa propre fœur;
il fit maffacrer
les Suiffes du Pa-
pe, par vengean-
ce

(* chez)

D 2

d'abord les moïens de conserver ce que la fortune leur a mis entre les mains, & pour faire, dès qu'ils sont Princes, les fondemens, que les autres ont faits avant que de l'être. Je veux rapporter deux exemples de mon tems sur les deux manières de devenir Prince, par mérite, ou par bonheur.

L'un est de François Sforce, qui d'homme privé devint Duc de Milan par sa grande habileté, & conserva, sans peine, ce qui lui en avoit tant coûté à acquérir. L'autre est de César Borgia, appellé communément le Duc de Valentinois, qui acquît un Etat par la fortune de son pere, & le per-

ce contre quelques Suisses qui avoient offensé sa mere ; il dépoüilla des 1 Cardinaux & des hommes riches pour assouvir sa cupidité; il enleva la Romagne au Duc d'Urbin son possesseur ; & 2 fit mettre à mort le cruel Dorco son sous - Tiran, il fit assassiner 3, par * une affreuse trahison à Sinigalia, quelques Princes dont il croïoit la vie contraire à ses intérêts ; il fit noyer une Dame Vénitienne dont il avoit abusé ; mais, que de cruautés ne se commirent point par ses ordres ! & qui

(1. plusieurs 2. il 3. périr, * la plus exécrable trahison)

perdît auſſi-tôt que ſon pere fut mort, quoiqu'il eût fait tout ce qu'un homme habile & prudent devoit faire, pour s'enraciner dans un Etat, qu'il tenoit de la fortune d'autrui. Car celui qui n'a pas jetté les fondemens avant que d'être Prince, y peut ſupléer par une grande adreſſe après l'être devenu, comme je l'ai dit; mais l'architecte & l'édifice courent toûjours grand riſque.

Si l'on conſidére tous les progrès du Valentinois, on verra qu'il avoit préparé de grands fondemens à ſa future puiſſance : & je crois qu'il n'eſt pas ſuperflu d'en parler, ne trouvant point

qui pourroit compter § tout le nombre de ſes crimes ? Tel étoit l'homme que Machiavel preſére à tous les grands génies de ſon tems, & aux Héros de l'Antiquité, & dont il trouve la vie & les actions dignes de ſervir d'exemple à ceux qu'éleve la fortune.

Mais, je dois combattre Machiavel dans un plus grand détail, afin que ceux qui penſent comme lui ne trouvent plus de ſubterfuges, & qu'il ne reſte aucun retranchement à leur méchanceté.

CE'SAR BORGIA fon-

(§ tous ſes crimes ?)

point de meilleur exemple à un Prince nouveau, que le fien; car, fi les mefures, qu'il avoit prifes, ne lui réüffirent pas, ce ne fut point par fa faute, mais par une extraordinaire malignité de la Fortune. Son pere rencontra forces difficultez à le faire grand.

1. Il voioit, qu'il ne lui pouvoit donner aucun Etat, qui ne fût à l'Eglife, & que, s'il en démembroit quelques villes, le Duc de Milan, & les Vénitiens, qui tenoient déjà Faïence & Rimini fous leur protection, ne le fouffriroient pas : 2. Que les armes d'Italie, dont il eût pû fe fervir, étoient entre les mains de ceux qui devoient crain-

fonda le deffein de fa grandeur fur la diffention 1. des Princes d'Italie. Pour ufurper tous les biens de mes voifins; il faut les affaiblir, & pour les affaiblir il faut les broüiller : telle eft la logique des fcélérats.

Borgia vouloit s'affurer d'un appui, il fallut donc qu'Aléxandre VI. accordât difpenfe de mariage à Loüis douze, * pour-qu'il lui prêtât fon fecours. † [C'eft ainfi

(1. deftruction * pour en recevoir du fecours.)

(† *Au lieu de ce qui eft ici entre deux crochets, il y a dans l'Edition publiée par* Voltaire: C'eft ainfi que ceux qui doivent édifier le monde, n'ont fait fervir fouvent l'intérêt du Ciel

*craindre l'agrandis-
sement du Pape,
savoir les Ursins &
les Colones, avec
leurs adhérans ; &
qu'ainsi il ne s'y pou-
voit pas fier. Il fal-
loit donc rompre ces
obstacles, & décon-
certer les Etats d'I-
talie, pour en pou-
voir sûrement usur-
per une partie. Cela
lui fut aisé à cause
des Vénitiens ; qui,
pour d'autres rai-
sons, invitoient les
Français à repasser
en Italie ; ce qu'il
facilita lui-même, en
cassant le premier
mariage du Roi
Loüis. Ce Roi é-
tant donc venu en
Italie, à la prière des
Vénitiens, & du
consentement d'A-
lexandre VI., il fut
à peine à Milan,
que*

*si que tant de
politiques se sont
jouez du monde,
& qu'ils ne pen-
soient qu'à leurs
intérêts, lorsqu'ils
paraissoient le plus
attachés à celui
du Ciel.] Si le
mariage de Loüis
douze étoit de na-
ture à être rompu,
le Pape l'auroit
dû rompre, supposé
qu'il en eût eu le
pouvoir ; si ce ma-
riage n'étoit pas de
nature à être rom-
pu, rien n'auroit
dû y déterminer le
Chef de l'Eglise
Romaine.*

Il faloit que Bor-
gia se fit des Créa-
tures. Aussi cor-
rompit il la faction §
des

Ciel que de voile à leur
propre intérêt.)
(§ les factions)

que pour *fa réputa-*
tion il entra dans les
deffeins du Pape, &
lui donna du mon-
de, pour envahïr la
Romagne, dont le
Valentinois s'empa-
ra en effet, malgré
les Colonnes.

Mais, à la con-
ferver, & à paffer
plus avant, il trou-
voit deux obftacles:
l'un de la part des
Urfins, de qui il
s'étoit fervi, crai-
gnant qu'ils ne lui
manquaffent au be-
foin, & que non-feu-
lement ils ne l'empê-
chaffent d'acquérir,
mais encore qu'ils ne
lui ôtaffent ce qu'il
avoit acquis: l'au-
tre, de la part de
la France, de qui
il appréhendoit auf-
fi d'être abandonné.
Car, quant aux Ur-
fins, il avoit recon-
nu,

des Urbains par
des prefents. Mais,
ne cherchons point
des crimes à Bor-
gia, & paffons-lui
fes corruptions, ne
fut-ce que parce-
qu'elles ont du
moins quelque fauf-
fe reffemblance a-
vec les bienfaits.
Borgia vouloit ce
défaire de quelques
Princes de la Mai-
fon d'Urbain, de
Vitelotzo, d'Oli-
veto di fermo, &c.
& Machiavel dit
qu'il eut la pruden-
ce de les faire ve-
nir à Sinigalia, où
il les fit périr par
trahifon.

Abufer de la
bonne-foi des hom-
mes, ufer de ru-
fes infames, tra-
hir, fe parjurer,
affaffiner, voilà ce
que le Doêteur de
la

n , qu'après la pri-
ſe de Faïence , ils
étoient emportez
mollement au ſiége
de Bologne. Et com-
me , après s'être em-
paré du Duché d'Ur-
bin , le Roi le fit dé-
ſiſter de l'invaſion de
la Toſcane , il jugea
ſi bien des intentions
de la France , qu'il
réſolut de ne plus dé-
pendre de la fortu-
ne , ni des armes
d'autrui.

La premiére cho-
ſe qu'il fit , fut d'af-
foiblir les Urſins &
les Colonnes , en at-
tirant à ſon ſervice
ceux de leurs adhé-
rans qui étoient gen-
tils-hommes , auxquels
il donna de gros a-
pointemens , des em-
plois , des Gouver-
nemens , ſelon leur
qualité. De ſorte
qu'en

la ſcélérateſſe apel-
le prudence. Mais
je demande s'il y
a de la prudence
aux hommes , de 1
montrer *comme on*
peut manquer de foi,
& comme on peut
ſe parjurer ? Si
vous renverſez la
bonne-foi & le ſer-
ment , quels ſeront
les garants que
vous aurez de la
fidélité des hom-
mes? Donnéz-vous
des exemples de
trahiſon ? craignéz
d'être trahi ; en
donnez-vous d'aſ-
ſaſſinat ? craignez
la main de vos diſ-
ciples.

Borgia établit le
cruel Doreo Gou-
verneur de la Ro-
magne, pour repri-
mer

(1. à)

D 5

qu'en peu de mois ils *tournérent* vers lui toute l'*affection* qu'ils portoient au parti contraire. Après ce-la , aïant *difperfé* les *Colonnes* , il at-tendit l'occafion de perdre les *Urfins* , la-quelle lui vint tout à point, & fut par lui heureufement mé-nagée. C'eft que les *Urfins* s'étant apper-çus trop tard , que la grandeur du *Duc* & du *Pontificat* fai-foit leur ruine , ils tinrent une *Diéte* à la Magione *dans le territoire de Pérou-fe.*

Cette *Diéte* pro-duifit la révolte d'*Ur-bin* , & les troubles de la *Romagne* , & expofa le *Duc* à mil-le dangers, d'où il fortit heureufement avec l'aide des *Fran-çois.*

mer quelques def-fordres ; *Borgia* pu-nit avec barbarie en 1. d'autres de moindres vices que les fiens ; le plus violent des ufur-pateurs , le plus faux des parju-res , le plus cruel des affaffins , & * des empoifon-neurs , condamne aux plus affreux fu-plices quelques fi-loux, quelques ef-prits remuants qui copioient le carac-tére de leur nou-veau maître en mi-gnature & felon leur petite capaci-té. Ce *Roy* de *Pologne* , dont la mort vient de cau-fer tant de trou-bles en *Europe* , a-

(1. dans * le plus lâ-che)

çois. Mais, après qu'il eut rétabli ses affaires, bien loin de se fier, ni à eux, ni aux autres étrangers, à la discrétion de qui il ne vouloit plus être, il mit tout son esprit à les tromper; ce qui lui réussit si bien auprès des Ursins, qu'ils se réconcilièrent avec lui, par l'entreprise du Seigneur Paul, qu'il gagna à force de presens : & ils furent si fous, que de se mettre entre ses mains à Sinigaille. A'iant donc exterminé ces chefs, & fait leurs adhérans ses amis, sa puissance avoit des fondemens; d'autant meilleurs, qu'il tenoit toute la Romagne & le Duché d'Urbain, & que ces

agissoit bien plus conséquemment, & plus noblement, envers ses Sujets Saxons.

Les loix de Saxe condamnoient tout Adultére à avoir la tête tranchée : je n'aprofondis point l'origine de cette Loy barbare, qui parait plus convenable à la jalousie Italienne, qu'à la patience Allemande.

Un malheureux transgresseur de cette Loy est condamné ; Auguste devoit signer l'arrêt de mort : mais Auguste étoit sensible à l'amour & à l'humanité, il donna sa grace au criminel, & il abrogea une Loy qui le

ces peuples se trou-
voient bien de lui.
Or, comme il méri-
te d'être imité en ce
point, j'en veux di-
re quelque chose.

Quand il eut
pris la Romagne,
considérant qu'elle a-
voit eu des Seigneurs
avares, qui avoient
plûtôt dépouillé que
policé leurs sujets,
& que le vol, les
factions, les meur-
tres régnoient dans
la Province, il ju-
gea, que, pour la
pacifier, & la ren-
dre obéissante au
Bras - Roïal, il y
falloit établir un bon
Gouvernement. Il
choisit pour cela
un Remiro d'Orco,
homme cruel & ac-
tif, à qui il donna
tout pouvoir. En
peu de tems, ce Gou-
verneur remit tout
en

le condamnoit ta-
citement lui - mê-
me.

La conduite de
ce Roy étoit d'un
homme sensible &
humain ; César Bor-
gia ne punissoit
qu'en Tiran féroce ;
Borgia fait mettre
ensuite en piéces le
cruel Dorco qui a-
voit si parfaitement
rempli ses inten-
tions, afin de se
rendre agréable au
peuple en punissant
l'organe 1 de sa bar-
barie. Le poids de
la Tirannie ne s'ap-
pesantit jamais da-
vantage que lors-
que le Tiran veut
revêtir les dehors
de l'innocence, &
que l'oppression se
fait à l'ombre des
Loix.

Bor-

(1 l'instrument)

n bon état , & s'ac-
uit une très-grande
éputation. Mais
epuis , le Duc crai-
nant qu'une auto-
ité si excessive ne
evint odieuse 1 , il
rigea , au milieu de
a Province , une
hambre Civile , où
haque ville avoit
n Avocat ; & com-
ne il voïoit que les
igueurs du passé lui
voient attiré de là
aine , il s'avisa ,
n matin , de faire
ourfendre Remiro ,
r de faire exposer
ur la Place de Ce-
ene les piéces de son
orps , plantées sur
n pieu , avec un cou-
au ensanglanté à
ôté , pour montrer
au

1 Nec unquam satis
da potentia , ubi nimia
ſ, dit Tacite , Hist. 2,

Borgia , poussant
la prévoyance juſ-
qu'au-delà de * la
mort du Pape son
Pere , commençoit
par exterminer tous
ceux qu'il avoit dé-
pouillé de leurs
biens , afin que le
nouveau Pape ne
s'en pût servir con-
tre luy. Voyez la
cascade du crime :
pour fournir aux
dépenses , il faut
avoir des biens ;
pour en avoir , il
faut en dépouiller
les possesseurs ; &
pour en joüir avec
seureté , il faut les
exterminer : raison-
nement des voleurs
de grand chemin.

Borgia , pour
empoisonner quel-
ques Cardinaux ,
les.

(* juſqu'après)

au peuple , que les cruautez commiſes ne venoient point de lui, mais du naturel violent de ſon Miniſtre 2 ; ce qui en effet ſurprit & contenta tout enſemble les eſprits.

Mais , retournons à notre ſujet. Le Duc ſe voïant très-puiſſant , & preſque à couvert de tous les dangers preſens , pour s'être armé à ſa mode , & s'être défait de la plûpart de

2. C'eſt l'ordinaire des Princes, de ſacrifier, tôt ou tard, les inſtrumens de leur cruauté. Scilerum miniſtros, dit Tacite de Tibére, ut perverti ab aliis nolebat , ita plerumque ſatiatus, veteres & prægraves adflixit. Ann. 4. Levi poſt admiſſum ſcelus gratia , dein graviore odio. Ann. 14.

les * prie à ſouper chez 1 ſon Pere : le Pape & lui prennent par mégarde d'un breuvage empoiſonné ; Alexandre VI. en meurt; Borgia en réchape , pour traîner une vie malheureuſe , digne ſalaire d'empoiſonneurs & d'aſſaſſins.

Voilà la prudence , l'habileté, & les vertus que Machiavel ne ſçauroit ſe laſſer de loüer : le fameux Evêque de Meaux , le célebre Evêque de Nîmes , l'éloquent Panégyriſte de Trajan, n'en euſſent dit pas plus pour

(* fait prier 1. avec § Boſſuet , Flechier , Pline , n'auroient pas mieux dit)

de ceux qui lui pou-
voient nuire de près,
n'avoit plus à crain-
dre que du côté de
la France, sachant
bien que ce Roi, qui
s'étoit apperçu trop
tard de sa faute, ne
souffriroit pas qu'il
s'agrandit davanta-
ge. C'est pourquoi, il
commença de cher-
cher de nouveaux
amis, & de biaiser
avec les François,
lorsqu'ils entrérent
dans le Roïaume de
Naples, pour chas-
ser les Espagnols, qui
assiegeoient Caïete.
Et la résolution,
qu'il avoit prise, de
s'assurer d'eux, lui
eût bien-tôt réüssi,
si son pere eût vécu
encore quelque-tems.
Telle fut sa con-
duite à l'égard
des affaires presentes.
Mais, quant à cel-
les

pour leur Hé-
ros, que Machia-
vel pour César Bor-
gia. Si l'éloge qu'il
en fait n'étoit qu'u-
ne Ode, ou une
figure de Réthori-
que, on pourroit
louër sa subtilité
en détestant son
choix ; mais c'est
tout le contraire :
c'est un traité de
politique qui doit
passer à la postéri-
té : c'est un ouvra-
ge très - sérieux,
dans lequel Ma-
chiavel est si im-
prudent que d'ac-
corder des loüan-
ges au monstre
le plus abominable
que l'enfer ait vo-
mi sur la terre ;
c'est s'exposer de
sang-froid à la hai-
ne du genre-hu-
main.

les de l'avenir ; comme il avoit à crain-
dre qu'un nouveau Pape ne voulût lui ô-
ter ce qu'Alexandre lui avoit donné , il
tâcha d'y obvier par quatre moïens ; I. en
exterminant toute la race des Seigneurs
qu'il avoit dépouillez 3 , pour ôter au Pa-
pe toute occasion de les rétablir ; II. en se
conciliant tous les Gentils - hommes Ro-
mains , pour pouvoir tenir le Pape en bri-
de par leur moïen ; III. en se faisant le
plus de créatures qu'il pouvoit dans le Sa-
cré - Collége ; IV. en se rendant si grand
Seigneur , avant que le Pape mourut , qu'il
pût de lui - même résister à un premier
assaut.

De ces quatre choses , il en avoit exé-
cuté trois avant la mort d'Alexandre , &
la quatrième étoit presque faite. Car, des
Seigneurs dépouillez , il lui en échapa très-
peu ;

3. Mucien , Premier
Ministre de Vespasien,
fit mourir le fils de Vi-
tellius , pour étouffer ,
disoit-il , toutes les semences de guerre. *Mu-*
cianus Vitellii filium in-
terfici jubet , mansuram
discordiam obtendens , ni
semina belli restinxisset.
Hist.

4. Il y a du dan-
ger à laisser la vie à
ceux que l'on a dé-
pouillez. *Periculum ex*
misericordia . . . . Ubi
Vespasianus Imperium
invaserit , non amicit
ejus , non exercitibus se-
curitatem , nisi extinc-
to æmulatu redituram.
Hist. 3.

eu ; toute la Noblesse Romaine était dans
es intérêts , & la plûpart des Cardinaux
dans sa dépendance. Quant à l'accroisse-
ment de son Etat , il pensoit à se rendre
maître de la Toscane , où il possedoit dé-
à Pérouse & Piombin , outre Pise , qui
s'étoit mise sous sa protection , & qu'il ne
enoit plus qu'à lui d'envahir , comme
s'aïant plus à ménager les Français , chas-
ez du Royaume de Naples par les Espa-
mols ; & d'ailleurs les uns & les autres
aïant besoin de son amitié. Après - quoi ,
Luques & Sienne faisoient joug , soit en
haine des Florentins , ou par crainte ; &
es Florentins n'y pouvoient remédier. Et
si cela eût réüssi , comme il fût arrivé sans
doute l'année même qu'Alexandre mourut ,
il devenoit si puissant & si accrédité , qu'il
eût pu se soutenir lui-même , sans dépendre nullement d'autrui. Mais , cinq ans
après qu'il avoit commencé de tirer l'épée ,
Alexandre le laissa malade à mourir , en-
vironné des armées de deux grands Rois-
ennemis , & n'aïant point d'autre Etat
effectif, que la Romagne , & tout le reste
en l'air. Or , il étoit si brave , & si habile à connoître quand il falloit gagner
u ruiner les hommes ; & les fondemens ,
qu'il avoit jettez en si peu de tems , é-
toient

toient si bons , que s'il eût été en santé
ou qu'il n'eût pas eu deux puissantes ar-
mées à des , il eût surmonté toutes les dif-
ficultez.

Ce qui montre , que ses fondemens
étoient bons , c'est que la Romagne l'aten-
dit plus d'un mois ; & que bien que les
Baglioni , les Vitelli , & les Ursins , fussent venus à Rome , ils n'y pûrent rien
faire contre lui , tout moribond qu'il étoit.
Et s'il ne pût pas faire élire Pape celui
qu'il vouloit , du moins il fit exclure ceux
qu'il ne vouloit pas. Mais , tout lui étoit
aisé , s'il n'eût pas été malade quand
Alexandre mourut. Dans le tems que Jules II. fut élu , il me dit , qu'il avoit
pensé à tout ce qui pouvoit arriver après
la mort d'Alexandre , & mis reméde
à tout ; mais qu'il n'avoit pas deviné,
qu'il dût être en danger de mort au
tems même que mourroit son pere.
Tout cela bien considéré , je ne sai que re-
prendre dans la conduite du Duc ; au
contraire , il me semble le devoir proposer
à tous ceux qui monteront au Trône par la
fortune , & par les armes d'autrui ;
d'autant qu'aïant un grand courage ,
& de grands desseins , il ne pouvoit
pas gouverner autrement. Car , ses pro-
                                        jets

us n'ont échoué, que par sa maladie, &
ar la briéveté du Pontificat d'Aléxan-
re. C'est pourquoi, le Prince nouveau,
ui veut s'assurer de ses ennemis, doit se
aire des amis, vaincre par la force, ou
ar la ruse; être aimé & craint des peu-
les; respecté & obéi des soldats; se dé-
aire de ceux, qui peuvent, ou qui doient lui nuire; introduire des nouveaux
sages; être grave & sevére, magnani-
ne & libéral; détruire une milice infidè-
e, & en faire une à sa mode; entrete-
ir l'amitié & l'estime des Princes, afin
u'ils lui fassent du bien, ou du moins
u'ils craignent de lui faire du mal; celui-
à, dis-je, ne sauroit trouver des exemples
lus récens, que les actions du Valentinois.
Tout ce qu'on lui peut reprocher, c'est
e mauvais choix qu'il fit en la personne
de Jules II; car s'il ne pouvoit pas faire un Pape à sa mode, il étoit maître de
l'exclusion de tous ceux qu'il ne vouloit
point. Or, il ne devoit jamais consentir
à l'exaltation des Cardinaux, qu'il avoit
offensez, ou qui, devenant Papes, avoient
lieu de le craindre; car, les hommes
vous offensent, ou par crainte 4, ou par haine.

Il

4. Néron déposa qua-   tre Tribuns, seulement
            tre   parce

Il avoit offensé les Cardinaux Saint-
Pierre-aux-liens 5, Colonne a, Saint-Geor-
ge b, & Ascagne c. Tous les autres, ex-
cepté le Cardinal de Rouën, & les sujets
Espagnols, qui étoient liez d'intérêts ou
de parenté avec lui, venant à être Papes,
le devoient apréhender. Ainsi, la pru-
dence vouloit, qu'il essaïât premiérement
de faire élire un Espagnol, &, ne le pou-
vant pas, qu'il acceptât le Cardinal de
Rouën, & non Saint-Pierre-aux-liens,
qui fut cause de sa ruine : tant se trom-
pent ceux, qui croient que les bienfaits
non-

parce qu'il les craignoit.
Exuti tribunatu, qua-
si Principem non qui-
dem odissent, sed ta-
men extimorentur. Ann.
15. Il fit mourir Osto-
rius, parce qu'il avoit
peur de sa force-de-
corps, & de sa ré-
putation. *Causa festi-*
nandi (cædem) ex eo
oriebatur, quod Osto-
rius ingenii corporis ro-
bore, armorumque scien-
tia, metum Neroni fe-
cerat, ne invaderet pa-
vidum

vidum semper. Ann. 16.
Car, *satis clarus est a-*
pud timentem, quisquis
timetur. Hist. 2.
5. *Alexandro Pontifi-*
ce, qui cum veteres &
privatas simultates ha-
bebat, perpetuis decem
annis urbe obfuit.
Onuphr. in Vita Ju-
lii II.
a. Jean Colonne.
b. Rafaël Riari, Ca-
merlingue.
c. Ascagne Sforce,
fils de Galéas, Duc de
Milan.

ouveaux font oublier aux Grands les an-
ennes offenfes 6.

6. *Quarum apud præ-*
tentes in longum me-
oria eft. Tac. Ann. 5.
oint que les bienfaits
pénétrent jamais fi
vant que les injures,
arce que la reconnoif-
                    fan-

fance fe fait à nos dé-
pens, & la vengeance
aux dépens de ceux que
nous haïffons. *Tanto pro-*
clivius eft injuriæ, quàm
beneficio vicem exfolvere,
quia gratia oneri, ultio
in quæftu habetur. Hift. 4.

CHA-

CHAPITRE VIII.

DE CEUX QUI SONT DEVE NUS PRINCES PAR DES CRIMES.

OMME un Particulier peut encore de-venir Prince en deux manières, sans que ce-la se puisse attribuer en-tiérement à la fortu-ne, ni à la valeur, il me semble à propos d'en traiter. L'une est, quand on mon-te au trône par quel-que scélératesse; l'au-tre, quand un ci-toïen particulier de-vient Prince de sa patrie par la faveur de ses Concitoyens.

Quant à la pre-mière, sans entrer au-

E ne me ser que des pro-pres parole de Machiavel, pour le confondre. Que pourrais - je dire de lui de plus atroce, sinon qu'il donne ici des régles pour ceux que leurs cri-mes élevent à la grandeur suprême? C'est le titre de ce Chapitre.

Si Machiavel en-seignoit le crime * s'il dogmatisoit la per-

(* dans un Séminai-re de Scélérats,)

urement dans le mérite de la Cause, alléguerai deux exemples, l'un ancien, l'autre moderne, qui, à mon avis, serviront à ceux qui auroient besoin de les imiter. Agatocle, Sicilien, de fils d'un misérable potier de terre, devint Roi de Siracuse. Il fut scélérat dans tous les divers états de sa fortune, mais toûjours homme de cœur & d'esprit. Etant parvenu par les dégrez de la milice à la dignité de Préteur de Siracuse, il forma le dessein de s'en rendre Prince, & de tenir, indépendamment d'autrui, ce qu'on lui avoit accordé de plein gré.

Après en avoir conféré avec Hamilcar,

perfidie dans une université de traîtres, il ne seroit pas étonnant qu'il traitât des matiéres de cette nature, mais il parle à tous les hommes ; *car un auteur qui se fait imprimer, se communique à l'univers :* il 1 s'adresse principalement à ceux d'entre les hommes qui doivent être les plus vertueux, puisqu'ils sont destinez à gouverner les autres. Qu'y a-t'il de plus infame, de plus insolent, que de leur enseigner *la trahison,* la perfidie, & le meurtre ? Il seroit plûtôt à souhaiter pour le bien † des hommes

(1 & † de l'Univers)

car , qui comman-
doit l'armée des Car-
taginois en Sicile , un
matin il assembla
le peuple & le Sénat
de Siracuse , comme
pour délibérer des
affaires publiques ,
& donnant un signal
à ses soldats , il fit
tuer tous les Séna-
teurs , & puis s'em-
para , sans peine , de
la Principauté de la
la ville. Quoique
les Cartaginois l'eus-
sent défait deux fois ,
& puis l'eussent as-
siégé , non - seulement
il pût défendre sa
ville , mais y aïant
laissé une partie de
ses gens , pour la gar-
der , il assaillit l'Af-
frique avec l'autre ,
& en peu de tems
fit lever le siége de
Siracuse , & mit les
Cartaginois si bas ,
qu'ils furent con-
trains

mes que des e
xemples pareils
ceux d'Agatocles
& d'Oliveto di Fer
mo , que Machia
vel se fait un plai
sir de citer , fussen
à jamais ignorez.

La vie d'un A-
gatocles ou d'un
Oliveto di Fermo
sont capables de
developer , en 1 un
homme que son ins
tinct porte à
scélératesse , ce ger
me dangereux qu'il
renferme en so
sans le bien con-
naitre. Combien de
jeunes gens qui se
sont gâtez l'esprit
par la lecture des
Romans , qui ne
voyoient & ne pen-
soient plus que
comme Gandalin
ou Medor ? Il

(1.dans)

...aints de s'accorder avec lui, en lui laissant la Sicile.

Quiconque considérera tout cela, n'y verra rien, ou du moins peu de chose, qui se puisse attribuer à la fortune, puisqu'il parvint à la Principauté, non par la faveur d'autrui, mais par sa valeur militaire, & qu'il se maintint depuis par des conseils également généreux & périlleux. Véritablement, on ne peut pas dire que ce soit vertu de tuer ses citoyens, de trahir ses amis, d'être sans foi, sans religion, sans humanité; moyens, qui peuvent bien faire acquérir un Empire, mais non une vraie gloire.

Mais

a quelque chose d'épidémique dans la façon de penser, s'il m'est permis de m'exprimer ainsi, qui se communique d'un esprit à l'autre. Cet homme extraordinaire, ce Roi *avanturier*, digne de l'ancienne *Chevalerie*, ce *Héros vagabond*, dont toutes les vertus *, poussées à un certain excès, dégénèrent 1 en vices, Charles-douze, en un mot, portoit † depuis 2 sa plus tendre enfance la Vie d'Aléxandre le Grand sur soi; & bien des personnes, qui ont connu particulièrement ment

(* outrées 1. dégénéroient † avec lui 2. dès)

E

Mais si je con-sidére l'intrépidité d'Agatocle dans les dangers, & sa cons-tance invincible dans les adversitez, je ne vois pas qu'il doi-ve être estimé infé-rieur à pas-un des plus grands Capitai-nes, quoique d'ail-leurs il ne mérite pas de tenir rang parmi les grands hommes, vû ses cruautez hor-ribles, & mille au-tres crimes. On ne peut donc pas attri-buer à la Fortune, ni à la Vertu, des choses qu'il a fai-tes sans l'une & sans l'autre.

De notre tems, Oliverotto da Fer-mo étant demeuré orfelin dès son enfan-ce, Jean Fogliani*, *son*

Guichardin l'appelle Frangiani.

ment cet Alexan-dre du Nord, as-surent que c'étoit Quint - Curce qui ravagea la Pologne, que Stanislas devint Roi d'après Abdo-lomine, & que la bataille d'Arbelles accasionna la dé-faite de Pultava.

§ [Me seroit-il permis de descen-dre d'un aussi grand exemple à de moin-dres?

§ *Ce qui se trouve ici jusqu'à la Page 101, entre deux Crochets est remplacé, dans l'É-dition publiée par Vol-taire, par ce qui suit : Mais, plût au Ciel que Machiavel n'eut cité que des Aléxan-dres ! Il donne Agato-cles & Fermo pour des modèles de prudence & de bonheur. Ils se font soutenus dans leurs petits Etats, si on l'en croit, parce qu'ils ont commis des cruautez à propos.*)

son oncle maternel, l'éleva, puis le donna tout jeune à Paul Vitelli, pour aprendre le Métier de la Guerre. Paul étant mort depuis, il servit sous Vitellozzo, *son frère; & comme il étoit spirituel, adroit, & alerte †, il ne mit guéres à devenir un des premiers hommes de guerre. Mais, d'autant qu'il lui sembloit lâche de rester comme les autres, il résolut, avec l'appui des* Vitelli, *de se saisir de* Fermo, *par le moïen de quelques citoiens, qui aimoient mieux voir leur patrie en servitude, qu'en liberté. Il écrivit donc à son*

† [Ou] *vigoureux de corps & d'esprit.*

dres ? Il me semble que lorsqu'il s'agit de l'histoire de l'esprit humain, que la différence des Conditions & des Etats disparaissant, les Rois ne sont que des hommes, & tous les hommes sont égaux, il ne s'agit que des impressions ou des modifications en général, qu'ont produit de certaines causes extérieures sur l'esprit humain.

Toute l'Angleterre sait ce qui arriva à Londres il y a quelques années. On y représenta une assez médiocre Comédie, sous le titre des voleurs & des tours de gueux. Le sujet de cette piéce étoit Pi-

son oncle, qu'après avoir été plusieurs années hors de la maison, il desiroit de revoir sa Patrie & de reconnoitre un peu son patrimoine, ne s'étant encore mêlé d'autre chose, que d'acquérir de la réputation; & que, pour montrer à ses compatriotes qu'il n'avoit pas perdu son tems, il vouloit entrer avec pompe, accompagné de cent de ses amis, ou serviteurs, à cheval. Qu'à cet effet, il le prioit de disposer les habitans à le recevoir honorablement; honneur qui rejailliroit sur lui-même, qui avoit pris soin de son éducation.

L'oncle fit tout ce que l'autre desiroit. Oliverotto fut re-

l'imitation de quelques tours de souplesses & de filouteries de voleurs. Il se trouva que beaucoup de personnes s'aperçurent, au sortir de ces représentations, de la perte de leurs bagues, de leurs tabatieres, & de leurs montres, & l'Auteur se fit si promptement des disciples, qu'ils pratiquoient ces leçons dans le Parterre même. Ceci prouve assez, ce me semble, combien il est pernicieux de citer de mauvais exemples.

La premiére réflexion de Machiavel sur Agatocles, & sur Fermo, roule sur les raisons qui les soutinrent dans

reçu en cérémonie dans la Ville, où il fut quelques jours à concerter ce qui étoit nécessaire pour la réuffite de fon méchant deffein. Il fit un feftin folemnel, où il invita Fogliani & tous les premiers de la Ville; & puis, à la fin du repas & des réjouiffances ordinaires en ces rencontres, il ouvrit à deffein un entretien ferieux de la grandeur du Pape Alexandre, & des exploits de fon fils.

Quand il vit fon oncle, & les autres conviez, entrer en raifonnement, il fe leva en furfaut, difant, qu'il falloit un lieu plus fecret pour parler de telles affaires; & entra, avec

dans leurs petits Etats malgré leurs cruautez. L'Auteur l'atribue à ce qu'ils avoient commis ces cruautez à propos :] or, être prudemment barbare, & exercer la tirannie conféquemment, fignifie, felon ce Politique, exécuter tout d'un coup & à la fois toutes les violences & tous les crimes que l'on juge utiles à fes intérêts.

Faites affaffiner ceux qui vous font fufpects & dont vous vous méfiez, & ceux qui fe déclarent vos ennemis; mais ne faites point traîner votre vengeance. Machiavel approuve

E 3

avec eux , dans une chambre , où étoient cachez des soldats , qui les égorgérent tous dès qu'ils furent assis. Après-quoi O-liverotto monta à cheval , & alla as-siéger le Palais du Magistrat , qui fut enfin contraint de le reconnoitre pour Prince : dignité , où il sçût si bien se maintenir , soit en ôtant la vie à tous ceux , qui , étant mé-contens , lui pouvoient nuire , soit en fai-sant de nouvelles loix civiles & militaires , qu'il étoit non-seule-ment en sûreté dans sa ville , mais mê-me redoutable à tous ses voisins , & qu'il eût été aussi difficile de le détrôner qu'A-gatocle , si au bout d'un an il ne se fût pas

ve des actions sem-blables aux Vêpres Siciliennes , à l'af-freux Massacre de la St. Barthelemi , où * des cruautez se commirent qui font frémir l'huma-nité. Ce monstre † ne compte pour rien l'horreur de ces crimes , pourvû qu'on les commette d'une maniére qui en impose aux peu-ples , qui effraye au moment où ils font récents ; & il en donne pour raison , que les idées s'en éva-nouissent plus faci-lement dans le pu-blic , que celles des cruautez successi-ves & continuës 2 des

(* se commirent des cruautez † II 1. qu'ils 2. continuées)

pas laissé tromper par le *Valentinois*, qui le prit avec les *Ursins* de *Sinigaille*, où il fut étranglé avec Vitellozzo, son Maître de guerre & de scélératesse.

On pourroit s'étonner comment *Agatocle*, & *d'autres de même trempe*, après mille trahisons & cruautez, ont vécu si long-tems dans leur patrie, sans voir jamais aucune conspiration contre eux, & ont pû se défendre des ennemis du dehors; atendu que plusieurs autres, à cause de leur cruauté, n'ont pû conserver leur Etat, même en tems de paix, bien loin de tenir bon en tems de guerre.

Je

des *Princes*: comme s'il n'étoit pas également mauvais, de faire périr mille personnes en un jour, ou de les faire assassiner par intervalles.

Ce n'est pas tout, que de confondre l'affreuse morale de Machiavel, il faut encore le convaincre de fausseté & de mauvaise foy.

Il est premiérement faux, *comme le rapporte Machiavel*, qu'Agatocles ait joui en paix du fruit de ses crimes; il a été presque toujours en guerre contre les Carthaginois, il fut même obligé d'abandonner * son armée

(* en Afrique son armée.)

E 4

Je crois que cela vient du bon ou mauvais usage que l'on fait de la cruauté. On la peut appeller bien emploiée, s'il est jamais permis de dire, qu'un mal est un bien, quand elle ne se fait qu'une fois, & encore par nécessité de se mettre en sûreté, & qu'elle tourne enfin au bien des sujets. Elle est mal exercée, quand on l'augmente dans la suite du tems, au lieu de la faire entièrement cesser.

Ceux qui feront le premier usage, peuvent, avec l'aide de Dieu & des hommes, trouver quelque remede à leurs affaires, comme fit Agatocle. Pour les autres, il est impossi-

mée en Afrique qui massacra ses enfans après son départ, & il mourut lui-même d'un breuvage empoisonné que son petit-fils lui fit prendre. § [Oliveto di Fer.

(*Voici ce qu'il y a, dans l'Edition publiée par* Voltaire, *au lieu de ce qui est ici jusqu'à la* pag. 106. *entre deux Crochets :* Oliviero † di Fermo périt par la perfidie de Borgia, une année après son élévation ; ainsi un Scélérat en punit un autre, & prévint par sa haine particulière ce que préparoit à Oliviero la haine publique. Quand même le crime pourroit se commettre avec sécurité.)

† *Ce nom se trouve ainsi dans toute l'Edition publiée par* Voltaire ; *au lieu que dans celle-ci il le nomme* Oliveto.

ble qu'ils se main-
tiennent : d'où je
conclus, que l'Usur-
pateur d'un Etat doit
faire toutes ses cruau-
tés à la fois, pour
n'avoir pas à les
recommencer tous les
jours, & pouvoir
s'assurer & gagner
les esprits par des
bienfaits 1. Le Prin-
ce, qui fait autre-
ment, par timidi-
té, ou par mauvais
conseil, est forcé de
tenir toûjours le cou-
teau en main, &
ne sauroit jamais se
fier à ses sujets,
d'autant que les of-
fen-

1. Comme fit Augus-
te, qui, *posito triumvi-
ri nomine, militem do-
nis, populum annona,
cunctos dulcedine otii pel-
lexit.* Ann. 1. &, *quæ
triumviratu gesserat, a-
bolevit.* Ann. 3.

Fermo périt par la
perfidie de Borgia,
digne salaire de ses
crimes; & comme
ce fut une année
après son usurpa-
tion, sa chûte pa-
raît si accélérée,
qu'elle semble a-
voir prévenu, par
sa punition, ce que
lui préparoit la hai-
ne publique.

L'exemple d'O-
liveto di Fermo ne
devoit donc point
être cité par l'Au-
teur, puisqu'il ne
prouve rien. Ma-
chiavel voudroit
que le crime fût
heureux, & il se
flatte par-là d'avoir
quelque bonne rai-
son de l'accréditer,
ou du moins un ar-
gument passable à
produire.

Mais suppposons
que

E 5

fenſes continuelles, qu'il leur fait, les empêchent de ſe fier à lui.

Ainſi, le mal ſe doit faire tout à la fois, afin que ceux à qui on le fait, n'aient pas le tems de le ſavourer ; au contraire, les bienſ-faits ſe doivent fai-re peu-à-peu, afin qu'on les ſavoure mieux. Enfin, le Prince doit vivre de telle ſorte avec ſes ſujets, que nul ac-cident, bon ou mau-vais, ne le puiſſe faire varier. Car, quand la néceſſité te preſſe, tu n'es plus à tems de te van-ger ; & le bien que tu fais, ne te ſert de rien, parce que l'on ne t'en ſait point de gré, perſuadé que l'on

que le crime puiſ ſe ſe commetre avec ſécurité, & qu'un tyran puiſ ſe exercer impuné-ment la ſcéleratef ſe ;] quand même il 1 ne craindroi point une mort tra-gique, il ſera éga-lement malheureux de ſe voir l'oppro-bre du genre-hu-main ; il ne pour-ra point étouffer ce témoignage in-térieur de ſa conſ-cience qui dépoſe contre lui ; † [il ne pour-

(1. le Tyran)
† Dans l'Edition pu-bliée par Voltaire il y a au lieu de ce qui eſt entre deux Crochets ſupplice réel, ſupplice inſupportable, qu'il por-te toujours dans le fond du cœur. Non, il n'eſt point dans la na-

on eft, que tu y es forcé 2.

2. C'eft pour cela qu'Oton difoit à fon neveu, que Vitellius ne feroit pas affez méchant, pour ôter la vie, ni les biens, au neveu d'un Empereur, qui lui avoit confervé toute fa famille, & qui lui quittoit l'Empire, quoiqu'il le pût garder long-tems, & que toute fon Armée brûlât d'envie de donner bataille à celle de Vitellius. *An Vitellium tam immitis animi fore, ut pro incolumi tota domo, ne hanc quidem fibi granam redderet? Non enim ultima defperatione, fed pofcente prælium exercitu remififfe Reip. noviffimum cafum.* Après avoir dit aux foldats, *quanto plus fpei oftendi- tis, fi vivere placeret, tanto pulchrior mors erit:* plus vous montrez de zèle à me fervir, & à mourir tous pour moi, plus il m'eft glorieux de mourir, pour ne pas expofer tant de braves gens à de nouveaux dangers. *Tacite, Hift.* 1.

pourra point impofer filence à cette voix puiffante qui fe fait entendre fur les trônes des Rois, il ne pourra point éviter cette funefte mélancolie qui frapera fon imagination, qui fera fon bourreau en ce monde.]

Qu'on life la Vie d'un Denis, d'un Tibére, d'un Neron, d'un Loüis onze, d'un * Tyran Bafilewits, &c. l'on verra que ces monftres, *également infenfez & furieux,* finirent de la maniére du monde la plus

nature de notre être qu'un Scélérat foit heureux.)

(* Jean Bafilowitz, & l'on verra que ces hommes méchans)

E 6

plus malheureuse. L'homme cruel est d'un tempérament misantrope & atrabilaire ; si dès son jeune âge il ne combat pas cette malheureuse disposition de son corps, il ne sauroit manquer de devenir aussi furieux qu'insensé. Quand même donc il n'y auroit point de Justice sur la terre, & point de Divinité au Ciel, il faudroit d'autant plus que les hommes fussent vertueux, puisque la vertu * les unit, & leur est absolument nécessaire pour leur conservation, & que le crime ne peut que les rendre infortunez & les détruire.

(* seule).

CHA-

CHAPITRE IX.

DE LA PRINCIPAUTE' CIVILE.

MAIS, lors qu'un citoïen devient Prince de sa patrie, non par un crime ni par aucune violence ; mais par la faveur de ses concitoïens ; ce qui se peut appeller Principauté Civile : pour y parvenir, il ne lui faut, ni un mérite, ni un bonheur extraordinaire, mais seulement une finesse heureuse. Or, il y parvient, ou par la bienveillance du peuple, ou par la faveur des Grands ;

IL n'y a point de sentiment plus inséparable de notre être, que celui de la liberté ; depuis l'homme le plus policé jusqu'au plus barbare, tous en sont pénétrez également ; car comme nous naissons sans chaînes, nous prétendons vivre sans contrainte. C'est cet esprit d'indépendance & de fierté, qui a produit tant de grands hommes dans le monde, & qui

Grands ; car , toutes les villes font partagées en ces deux factions , qui naissent de ce que le peuple craint d'être opprimé par les Grands , & que ceux-ci le veulent opprimer 1 : contrariété , qui fait toujours éclore , ou la Principauté , ou la Liberté , ou la Licence 2.

La

1. Car l'avarice & l'insolence font les vices ordinaires des Grands. *Avaritiam & arrogantiam præcipua validiorum vitia.* Tacit. Hist. 1. *Naturalem nobilitatis superbiam.* Paterc. Hist. 2.

2. *Postquam exui æqualitas , & pro modestia ac pudore ambitio & vis incedebat, provenere dominationes.* Voilà la Principauté. *Postquam Regum pertæsum , leges maluerunt.* Ann. 3. Voilà la Liberté. *Tribunis redd-*

qui a donné lieu aux Gouvernemens républicains , lesquels établissent une espèce d'égalité entre les hommes , & les raprochent d'un état naturel.

Machiavel donne en ce chapitre de bonnes maximes de Politique à ceux qui s'élèvent à la puissance suprême , par le consentement * des Chefs d'une République ; voilà presque le seul cas où il permette d'être honnête - homme ; mais malheureusement ce cas n'arrive *presque* jamais. L'esprit républicain, jaloux à l'excès de sa liberté, prend

(* libre)

La Principauté est introduite par le peuple, ou par les Grands, selon que l'un ou l'autre parti en trouve l'occasion; car, lorsque les Grands se voient hors d'état de résister au peuple, ils commencent à jetter les yeux sur un d'entre eux, & le font Prince, pour pouvoir mieux exercer leurs animositez sous son nom 3.

De reddita *licentia, quoquò vellent populum agitandi..... Exin continua per viginti annos discordia, non mos, non jus, deterrima quæque impunè.* Voilà la Licence, qui entraîne toûjours après soi la confusion. *Inter Patres plebemque certamina exercere; modò turbulenti Tribuni, modò Consules prævalidi.* Hist. z.

3. Comme firent ceux d'Hé-

prend ombrage de tout ce qui peut lui donner des entraves & se révolte contre la seule idée d'un maître. On connaît dans l'Europe des peuples qui ont secoüé le Joug de leurs Tirans, pour joüir de l'indépendance; mais on n'en connaît point, qui, de libres qu'ils étoient, se soient assujettis à un esclavage volontaire.

Plusieurs Républiques sont retombées, par la suite des tems, sous le despotisme; il paraît même que ce soit un malheur inévitable, qui les attend toutes.

Car, comment une République résisteroit-elle éternel-

De même, quand le peuple voit qu'il ne sauroit résister aux Grands, il céde son autorité à un seul, & le fait Prince, pour en être défendu.

Celui qui monte à la Principauté par la faveur des Grands, a plus de peine à se maintenir, que celui qui est fait Prince par le peuple, d'autant qu'il a à ses côtez beaucoup de gens, qui croient être autant que lui; & à qui par conséquent il ne sauroit commander à sa

d'Héraclée, qui pour se vanger du peuple, qui étoit le plus fort, rapellérent Cléarque de son exil, & le firent leur Prince, malgré le peuple. *Machiavel, au Chap.* 16. *du Livre* 1. *de ses Discours.*

nellement à toutes les causes qui minent sa liberté? Comment pourroit-elle contenir toujours l'ambition des Grands qu'elle nourrit dans son sein? Comment pourroit-elle à la longue veiller sur les séductions & les sourdes pratiques de ses voisins, & sur la corruption de ses membres, tant que l'intérêt sera tout puissant chez les hommes? Comment peut-elle espérer de sortir toujours heureusement des guerres qu'elle aura à soutenir? Comment pourra-t-elle prévenir ces conjonctures fâcheuses pour sa 1 liberté, ces mo-

(1. là)

mode 4 ; au - lieu
de celui , que le
peuple éleve à la Prin-
cipauté , commande
seul , & ne trouve
personne qui ne soit
prêt de lui obéir 5 ,
ou du moins très - peu
de gens.

De

4. Ce qui força Cléar-
que de les extermi-
nus, pour se délivrer
de leur insolence , &
contenter en partie le
peuple d'Héraclée , en
se vangeant de ceux
qui lui avoient ôté sa
liberté. Machiavel au
même endroit , où il
conclut, que, de quel-
que maniére qu'on soit
devenu Prince , tôt ou
tard il faut toûjours
gagner l'affection du
peuple , sans laquelle
on ne sauroit être en
sûreté : joint, que plus
le Prince est cruel en-
vers la multitude , &
plus il devient foible.
5. Cosme de Médi-
cis l'emportoit sur le
parti des Nobles de
Flo-

moments critiques
& décisifs , & ces
hazards qui fa-
vorisent les cor-
rompus & les au-
dacieux ? Si les r
troupes sont com-
mandées par des
Chefs lâches & ti-
mides, elle devien-
dra la proye de ses
ennemis ; & si el-
les ont à leur tête
des hommes vail-
lans & hardis, ils se-
ront dangereux dans
la paix ; après avoir
servi dans la guerre.

Les Républiques
se font presque
toutes élevées de
l'abime de la Ti-
rannie 2 au com-
ble de la Liberté ,
& elles sont pres-
que toutes retom-
bées de cette liber-
té dans l'esclavage.

Ces

(1. ses. 2. servitude)

De plus , on ne peut pas honnête-ment , ni sans faire tort à autrui , con-tenter les Grands , mais bien le peuple , qui est plus raison-nable que les Grands , ceux - ci le voulant opprimer , & lui ne le voulant pas souf-frir. Ajoûtez enco-re à cela , que le Prince ne se sauroit jamais assûrer d'un peuple ennemi , aïant affaire à trop de tê-tes , au - lieu qu'y aïant

Florence , parce que , (dit Nardi , au Livre 1. de son Histoire) ces Nobles étans tous é-gaux , ils ne s'accor-doient pas si bien en-semble , que les parti-sans de Cosme , qui , éblouïs de la splendeur & de la réputation de sa Maison , ne tenoient point à deshonneur de dépendre de lui , ni de lui obéïr.

Ces mêmes Athé-niens , qui du tem de Demosthène ou trageoient Philip-pe de Macédoine rampérent deva Alexandre. Ce mêmes Romains qui abhorroient l Royauté , aprè l'expulsion des Rois souffrirent patiem-ment , après la ré volution de quel-ques Siécles , tou-tes les cruautez d leurs Empereurs & ces mêmes An-glais , qui mirent à mort Charles I. parce qu'il * em-piétoit sur leur droits , pliérent l roideur de leur courage sous la puissance altiére d leu

(*avoit usurpé quel-ques faibles droits , tyrannie fiére & droite)

ant peu de *Grands* est facile d'en ve- ir à bout.

Tout le pis qu'un rince puisse atten- re d'un peuple en- mi, est d'en être bandonné ; mais il a pas seulement ce- à craindre des rands, les aiant our ennemis, mais ncore qu'ils ne vien- ent fondre sur i, d'autant qu'a- ant plus de péné- ration d'esprit, ils nticipent toûjours, our se mettre en reté, & cherchent gagner l'affection e celui qu'ils espé- ent qui vaincra.

Enfin, c'est une écessité, que le Prince vive toûjours vec le même peuple, mais non pas avec les mêmes Grands, les- quels il peut accré- di-

leur Protecteur. Ce ne sont donc point ces Républiques qui se font données des maîtres par leur choix ; mais 1 des hommes entrepre- nans, qui, aidez de quelques conjonc- tures favorables, les ont soumises con- tre leur volonté.

De même que les hommes nais- sent, vivent un tems, & meurent par maladies ou par l'âge ; de même les Républiques se for- ment, fleurissent quelques Siécles, & périssent enfin par l'audace d'un cito- yen, ou par les ar- mes de leurs en- nemis. Tout a son période, tous les *Empires*, & les plus

(1. ce sont)

diter , ou décrédi-
ter , conferver ou
détruire , quand il
lui plaît. Pour mieux
débrouiller cette ma-
tière , il faut confi-
dérer la conduite que
tiennent les Grands.

Ceux qui s'at-
tachent entièrement
à la Fortune du
Prince , doivent ê-
tre honorez & ani-
mez , pourvu qu'ils
ne foient point gens
de rapine. Ceux qui
ne s'obligent pas au
Prince, le font man-
que de courage , ou
par fineffe. Si c'eft
par crainte , c'eft a-
lors que tu te dois
fervir d'eux , & fur-
tout de ceux qui font
de bon confeil , par-
ce que tu t'en fais
hon-

plus grandes Mo-
narchies même
n'ont qu'un tems
les Républiques fen-
tent toutes que ce
tems arrivera , &
elles regardent tou-
te famille trop puif-
fante , comme le
germe de la mala-
die qui doit leur
donner le coup de
la mort.

On ne perfuade-
ra jamais à des ré-
publicains vraye-
ment libres, de fe
donner un maître ;
je dis le meilleur
maître : car , ils
vous diront tou-
jours, il vaut mieux
dépendre des Loix,
que du caprice d'un
feul homme. *

(* Ce qui fuit fe trouve de plus dans l'Edition
publiée par Voltaire : Les Loix font juftes de
leur nature , & l'homme eft né injufte ; elles
font

nneur dans la profpérité, & que tu n'as
n à craindre d'eux dans l'adverfité. Mais,
c'eft par ménagement, & par ambition,
ft figne qu'ils penfent plus à eux, qu'à
, & par conféquent tu t'en dois autant
rder, que s'ils étoient tes ennemis déclarez
, attendu que fi tu tombes dans l'adverfité,
aideront toûjours à te ruiner.

Celui donc qui devient Prince par la
veur du peuple, fe le doit conferver a-
i; & cela eft facile, le peuple ne de-
andant rien, fi-non de n'être pas oppri-
é. Mais celui, qui, malgré le peuple,
fait Prince par les Grands, doit, avant
utes chofes, effaïer de le gagner; ce qui
lui

(6) Un Valerius Fef-
as, qui parloit en fa-
eur de Vitellius dans
es lettres, & donnoit
Vefpafien des avis
crets de l'un & de
l'au-
l'autre, & avoit toû-
jours pour ami celui
qui refteroit Empereur,
devint juftement fufpect
à tous les deux. Ta-
cite, Hift. 2.

ont le reméde à nos maux, & ce reméde peut
rop aifément fe tourner en poifon mortel entre
es mains de celui qui n'a qu'à vouloir. Enfin,
a liberté eft un bien qu'on apporte en naiffant;
ar quelles raifons, diront les Républicains,
ous dépouillerons-nous de notre bien? Autant
lonc qu'il eft criminel de fe révolter contre un
Souverain établi par les Loix, autant l'eft-il de
vouloir affervir une République.)

lui fera aifé , s'il le prend en fa protection.

Comme les hommes , quand ils reçoivent
du bien de celui de qui ils n'attendoient
que du mal , en deviennent plus obligés
à leur bienfaiteur , le Prince devient plus
agréable au peuple , que s'il tenoit de lui
fa Principauté. Or , la bienveillance du
peuple fe peut gagner par divers moïens,
dont je ne parlerai point , comme n'en
voulant pas donner de régle certaine,
à caufe de la néceffité d'en changer félon
les tems.

Je dirai feulement , qu'un Prince a befoin de l'affeétion du peuple , faute de quoi
il n'a point de reffource dans l'adverfité.
Quand Nabis , Prince de Sparte , fut
attaqué de toute la Gréce & de l'Armée
viétorieufe des Romains , il n'eût qu'à s'affûrer de quelques Nobles pour fe tirer du
danger ; ce qui ne lui eût pas fufi , s'il
eût été haï du peuple.

Que l'on ne m'objeéte point le commun
proverbe , qui dit , que de faire fond fur
le peuple , c'eft bâtir fur la bouë ; car
cela n'eft vrai , qu'à l'égard du citoïen
particulier , qui s'attend que le peuple le
tirera des mains de fes ennemis * , ou des
Ma-

* [Ou] le protégera contre l'oppreffion de fes, &c

Magiſtrats : en quoi il pourroit ſouvent ſe trouver déçu , comme il arriva aux Grac-ques 7 à Rome , & à George Scali 8 à Florence. Mais , lorſque c'eſt un Prince , qui ſait commander , & qui ne manque point de cœur dans l'adverſité , ni de ce qu'il faut pour entretenir l'eſprit du peu-ple , il ne ſe trouvera jamais mal d'avoir fait fond ſur ſon affection.

D'ordinaire , les Principautez Civiles pé-riclitent , quand il s'agit d'établir une do-mination abſoluë ; car , ces Princes com-mandent par eux - mêmes , ou par des Magiſtrats : ſi c'eſt par autrui , le dan-ger eſt plus grand , d'autant qu'ils dépen-dent de la volonté des citoiens qui ſont en charge , leſquels , au premier remuëment qui arrive , leur peuvent très - facilement
ôter

7. Tiberius Gracchus fut aſſailli & tué par le peuple, ſur ce ſeul mot de Scipion Naſica, *Qui ſalvam vellent Remp. ſe ſequerentur.* C'eſt-à-dire : Que tous ceux qui vouloient mainte-nir la Liberté publique, euſſent à le ſuivre. *Pa-terc. Hiſt.* 2. Et Cajus, ſon frére , fut tué en-ſuite.

8. Décapité , (dit Machiavel au 3. Livre de ſon Hiſt.) devant un peuple , qui peu aupa-ravant l'adoroit. D'où eſt venu ce proverbe Florentin, qui dit, *fon-darſi come meſſer Gior-gio Scali.* L'affection du peuple , ajoute-t-il , ſe perd auſſi aiſément qu'elle ſe gagne.

ôter leur Etat, soit en ne voulant pas leur obéïr, ou en se soulevant contre eux; & alors le Prince n'est plus à tems de se rendre maître absolu, parce qu'il ne sait à qui se fier, & que les sujets, qui ont accoutumé d'obéïr aux Magistrats, ne lui veulent point obéïr. Joint qu'il ne sauroit se régler sur ce qu'il voit, lorsqu'il est en paix, & que les citoïens ont besoin de l'Etat; car alors chacun court, chacun promet, chacun veut mourir pour lui, parce que la mort est éloignée. Mais, lorsque l'Etat a besoin des citoïens, il s'en trouve peu qui servent 9; & l'expérience est d'autant plus dangereuse, qu'on ne la peut faire qu'une fois.

Ainsi, un Prince sage doit faire en-sorte que ses sujets aïent besoin de lui en tout tems, moïennant quoi ils lui seront toûjours fidèles.

---

9. Prosperis Vitelli rebus certaturi ad obsequium, adversam ejus fortunam ex æquo detrectabant, dit Tacite, Hist. 2.

Hist. 2. languentibus omnium studiis, qui primò alacres fidem atque animum ostentaverant. Hist. 1.

CHA-

CHAPITRE X.

COMMENT IL FAUT MESU-RER LES FORCES DE TOU-TES LES PRINCIPAUTEZ*.

*M*AINTE-*NANT* il *eſt bon d'e-xaminer la qualité du Prince, c'eſt-à-dire, s'il a un ſi grand Etat, qu'il puiſſe de lui-mê-me ſe ſoutenir dans le beſoin, ou-bien, s'il ne ſauroit ſe paſſer de l'aſſiſtance d'autrui. Pour débrouiller ce point, je dis, que comme, à mon avis, ceux-là peuvent ſe ſoutenir d'eux-mê-mes, qui ont aſſez d'hommes ou d'ar-gent*

Epuis le tems où Ma-chiavel écri-voit † ſon Prince Politique, le Mon-de eſt ſi fort changé, qu'il n'eſt preſque plus reconnoiſſable. Si quelque habile Capitaine de Louïs douze repa oiſſoit de nos jours, il ſeroit entiérement deſo-rienté ; il verroit qu'on fait la guer-re

(† Depuis que Machia-vel écrivit)

(* Des forces des Etats.)

F

gent pour mettre une bonne Armée sur pied, & donner bataille à qui que ce soit qui les vienne assaillir : au contraire, ceux-là ont toujours besoin d'autrui, qui sont contraints de se tenir enfermez dans leurs villes, faute de pouvoir paraître en campagne. Nous avons discouru du premier cas, & nous en dirons encore dans la suite ce qui viendra à point.

Quant au second, il suffit d'avertir les Princes, de munir & fortifier la ville de leur résidence, sans se mettre nullement en peine du reste ; car quand le Prince aura bien fortifié sa ville, & qu'il se sera

re avec des armées 1 innombrables, que l'on peut à peine faire subsister en Campagne, entretenues pendant la 2 paix comme dans la 3 guerre, au-lieu que de son tems, pour frapper les grands coups, & pour exécuter les grandes entreprises, une poignée de monde suffisoit, & les troupes étoient congédiées après la guerre finie : au-lieu de ces vêtemens de fer, de ces lances, de ces arquebuses à rouet, il trouveroit des habits d'ordonnance, des fusils & 4 des bayonnettes, des

(1. troupes 2. en 3. 6à 4. avec)

ra ménagé envers ses autres sujets, comme je l'ai dit ci-dessus, & le dirai ci-après, il ne sera jamais attaqué de gaîté de cœur 1, les hommes craignant toûjours de s'embarquer dans les entreprises difficiles 2. Or, il

des méthodes nouvelles pour camper, pour assieger, pour donner bataille, & * l'art de faire subsister des troupes, *tout* aussi nécessaire à présent que le pouvoit être autrefois celui de battre l'ennemi.

Mais, que ne diroit pas Machiavel lui-même, s'il pouvoit voir la nouvelle forme du Corps politique de l'Europe, & tant de grands Princes qui figurent à présent dans le monde, qui n'y étoient pour rien alors; la puissance des Rois solidement établie; la maniére de négocier des Souverains,

1. C'est pour cela que Tacite reprend Bardanées de s'être embarrassé au siége d'une ville forte, & pourvue de toutes sortes de munitions; où il entra, dit-il, plus de passion de se vanger, que de prudence. *Solis Seleusensibus dominationem ejus abnuentibus, in quos, ut paris sui quoque defectores, ira magis, quàm ex usu præsenti, accensus, implicatur obsidione urbis validæ, muroque & commeatibus firmata. Ann. I I.*

2. *Omnes, qui magnarum*

(*sur-tout)

Il ne fait jamais bon
à attaquer un Prin-
ce, qui tient sa pla-
ce en état de se bien
défendre, & qui n'est
point haï du peuple.

Les Villes d'Al-
lemagne sont très-
libres, ont peu de
territoire, & n'o-
béïssant qu'à leur
mode à l'Empereur,
qu'elles ne craignent
point, ni pas - un au-
tre voisin puissant.
Car, comme elles ont
toutes de fortes mu-
railles, de grands
fossez, & autant
d'ar-

rum rerum consilia sus-
cipiunt, æstimare debent
an quod inchoatur prom-
ptum effectu, aut certe
non arduum sit. Hist. 2.
Ceux qui font une gran-
de entreprise, dit Ta-
cite, doivent bien exa-
miner si l'exécution
en sera aisée, ou diffi-
cile.

rains, & cette ba-
lance qu'établit en
Europe l'Alliance
de quelques Prin-
ces considérables
pour s'opposer aux
ambitieux, & qui
n'a pour but que le
repos du monde?

Toutes ces cho-
ses ont produit un
changement si gé-
néral & si univer-
sel, qu'elles ren-
dent la plûpart des
maximes de Ma-
chiavel inaplicables
à notre politique
Moderne. C'est ce
que fait voir prin-
cipalement ce Cha-
pitre. Je dois en
rapporter quelques
exemples.

Machiavel supo-
se » qu'un Prince
» dont le Pays est
» étendu, qui avec
» cela a beaucoup
» d'ar-

d'artillerie qu'il leur en faut, & qu'il y a toûjours dans leurs magazins des provisions de vivres & de bois pour un an, chacun voit, que le siége de ses villes seroit long & pénible. Joint que, pour nourrir le menu-peuple, sans qu'il soit à charge au Public, elles ont toûjours dequoi lui donner à travailler, pour un an, à ces sortes d'ouvrages, qui sont les nerfs & le soutien de la ville. Outre cela, elles tiennent la Discipline & les Exercices militaires en vigueur.

Ainsi donc, un Prince, qui a une ville forte, & qui n'y est pas haï, ne peut pas être assailli,

» d'argent & de » troupes, peut se » soutenir par ses » propres forces, » sans l'assistance » d'aucun Allié, » contre les atta- » ques de ses en- » nemis. »

C'est ce que j'ôse contredire : je dis même plus, & j'avance, qu'un Prince, quelque redouté qu'il soit, ne sauroit lui seul résister à des ennemis puissans, & qu'il lui faut nécessairement le secours de quelques Alliez. Si le plus formidable, le plus puissant Prince de l'Europe, si Louïs XIV. fut sur le point de succomber

(r des)

F 3

li, & ceux qui l'at-
taqueroient en for-
tiroient à leur des-
honneur, parce que
les choses du monde
font si sujettes au
changement, qu'il est
presque impossible de
tenir un an durant
le siége devant une
Place.

Mais, me dira
quelqu'un, si le peu-
ple a ses biens au-
dehors, & voit fac-
cager ses terres, il
perdra patience; &
l'amour-propre, ou-
tre les incommoditez
d'un long siége, lui
fera abandonner le
Prince.

Je répons, qu'un
Prince puissant &
courageux surmonte-
ra toûjours ces diffi-
cultez, soit en fai-
fant espérer au peu-
ple que le mal ne
durera pas; soit en
lui

ber dans la guerre
de la succession
d'Espagne, & que,
faute d'Alliances, il
ne put presque plus
résister à la Ligue
de tant de Rois &
de Princes. * qui
pensa l'accabler, à
plus forte raison
tout Souverain qui
lui est inférieur
ne peut-il, sans ha-
zarder beaucoup,
demeurer isolé, &
privé de fortes Al-
liances.

On dit, & cela
se répete sans beau-
coup de réflexion,
que les Traitez
font inutiles, puis-
qu'on n'en rem-
plit presque jamais
tous les points, &
qu'on n'est pas plus
scrupuleux là-dessus
dans notre Siécle
qu'en

(* prête à l'accabler.)

lui faisant peur de la cruauté de l'ennemi, ou en s'assurant finement de ceux qui lui paroîtront trop remuans. Ajoutez à cela, que comme d'ordinaire l'ennemi fait le dégât d'abord qu'il entre, parce que c'est le tems que les esprits sont bouillans, & mieux résolus à la défense; le Prince en doit tenir plus ferme: car, après que la première chaleur est passée, ses sujets considerant que tout le mal est déja fait, & qu'il n'y a plus de remede, ils s'unissent d'autant plus étroitement avec lui, qu'ils se le croient plus obligé, étant pour l'amour de lui que leurs terres ont été.

qu'en tout autre. Je réponds à ceux qui pensent ainsi, que je ne doute nullement qu'ils ne trouvent des exemples anciens, & même très-récents, de Princes qui n'ont point remplis exactement leurs engagemens, mais cependant qu'il est toujours très-avantageux de faire des Traitez. Les Alliez que vous vous faites seront autant d'Enemis que vous aurez de moins; & s'ils ne vous sont d'aucun secours, vous les réduirez toujours certainement à observer * une exacte neutralité.

Ma-

(* au moins quelque tems la.)

F 4

été saccagée ; outre que c'est la coutume des hommes, d'aimer autant pour le bien qu'ils font, que pour celui qu'ils reçoivent.

Tout cela bien considéré, il ne sera pas difficile à un Prince prudent de faire résoudre la Bourgeoisie à soutenir un long siége, pourvu que la Ville ait de quoi vivre & de quoi se défendre 3.

3. Conforme à ce que Tacite dit, qu'Agricola renouvelloit tous les ans les garnisons & les munitions des Places, afin qu'elles pussent soutenir un long siége. *Dans sa Vie.*

Machiavel parle ensuite des *Principini*, de ces Souverains en mignature, qui, n'ayant que de petits Etats, ne peuvent *point* mettre d'Armée en Campagne. L'Auteur appuye beaucoup sur ce qu'ils doivent fortifier leur Capitale, afin de s'y renfermer avec leurs troupes en tems de guerre.

Les Princes *Italiens*, dont parle Machiavel, ne sont proprement que des Hermafroïdites de * Souverains, & des Particuliers ; § [ils ne joüent le rôle de grands Seigneurs qu'avec leurs domestiques. Ce qu'on

(* Souverain & de Particulier ;)
(§ *Au lieu de ce qui est ici, jusqu'à la Page* 131.; ren-

qu'on pourroit leur conseiller de meilleur, seroit, ce me semble, de di-
minuer en quelque chose l'opinion
infinie qu'ils ont de leur grandeur,
de la vénération extrême qu'ils ont
pour leur ancienne & illustre Race,
& du zèle inviolable qu'ils ont pour
leurs Armoiries. Les personnes sen-
sées disent, qu'ils feroient mieux de
ne figurer dans le monde que comme
des Seigneurs qui sont bien à leur aise, de quitter une bonne fois les é-
chasses sur lesquels leur orgueil les
monte, de n'entretenir tout au plus
qu'une garde suffisante pour chasser les
vo-

_renfermé entre deux Crochets, **il y a**, dans l'Edi-
tion publiée par_ Voltaire : ils ne jouent le rôle de
Souverain, que sur un trop petit Théâtre. S'ils
ne sont entourés que de Princes aussi foibles
qu'eux, ils ont raison de fortifier leurs petites
places ; deux bastions, & deux cens soldats,
sont pour eux, & pour leurs Voisins, ce que
sont de vraïes forteresses, & cent mille hommes
pour de grands Rois.
Mais, si ces Seigneurs sont dans la situation
où étoient les Barons de France ou d'Angleterre, si ce sont des Seigneurs de l'Empire, je
crois que des troupes & des forteresses peuvent
les ruiner, & ne peuvent les agrandir. Le faste
de la Souveraineté est dangereux quand le pouvoir de la Souveraineté manque : on ruine sou-

vent

voleurs de leur Château en cas qu'il
y en eut d'assez affamez pour y chercher subsistance , & de raser les rem-
parts , les murailles , & tout ce qui peut
donner l'air d'une Place forte à leur résidence.

En voici les raisons : la plûpart des
petits Princes , & nommément ceux
d'Allemagne , se ruinent par la dépense excessive , à proportion de leurs revenus , que leur fait faire l'yvresse de
leur vaine grandeur ; ils s'abîment pour
soutenir l'honneur de leur Maison , &
ils prennent par vanité le chemin de
la misére & de l'hôpital ; il n'y a pas
jusqu'au Cadet du Cadet d'une Ligne
appanagée , qui ne s'imagine d'être quelque chose de semblable à Louis XIV ; il
bâtit son Versailles , il a ses maîtresses,
il entretient ses armées.

Il y a actuellement un certain Prince , appanagé d'une grande Maison,
                                          qui,

vent sa maison pour en soutenir trop la grandeur ; plus d'un Prince apanagé en a fait la triste
expérience. Avoir une espéce d'armée quand
on ne doit avoir qu'une foible garde , entretenir une garde quand on doit s'en tenir à des domestiques , ce n'est point là de l'ambition , ce n'est
que de la vanité , & cette vanité conduit bien-
tôt à l'indigence.

Pourquoi auroient-ils des places ?)

qui , par un rafinement de Grandeur ,
entretient exactement à fon fervice
tous les Corps de Troupes qui compo-
fent la Maifon d'un grand Roi , & cela fi fort en diminutif , qu'il faut un
microfcôpe pour appercevoir chacun
de ces Corps en particulier ; fon armée feroit peut - être affez forte pour
reprefenter une bataille fur le Théâtre
de Véronne.

J'ai dit en fecond lieu , que les petits
Princes faifoient mal de fortifier leur
réfidence , [& la raifon en eft toute fim-
ple ;] ils ne font pas dans le cas de
pouvoir être affiégez par leurs fem-
blables , puifque des voifins plus puiffans qu'eux fe mêlent d'abord de leur
démêlé , & leur offre une médiation
qu'il ne dépend pas d'eux de refufer :
ainfi , au lieu de fang répandu , deux
coups de plume terminent leurs petites querelles.

A quoi leur ferviroient donc leurs
fortereffes ? Quand même elles feroient
en état de foutenir un fiége de la longueur de celui de Troye contre leurs
petits Ennemis , elles n'en foutien-
droient pas un comme celui de Jérico
devant les armées d'un Monarque puiffant. Si d'ailleurs de grandes guerres

se font dans leur 1 voisinage, il ne dépend
pas d'eux de rester neutres, ou ils sont
totalement ruinez ; & s'ils embrassent
le parti d'une des Puissances belliqueu-
ses 2, leur Capital devient la place de
guerre de ce Prince.

L'idée que Machiavel nous donne
des Villes Impériales d'Allemagne est
toute différente de ce qu'elles sont à
present ; un petard suffiroit, & même 3
un Mandement de l'Empereur, pour
le rendre maître de ces Villes. Elles
sont toutes mal fortifiées, la plûpart
avec des anciennes 4 murailles, flan-
quées en quelques endroits par de gros-
ses Tours, & entourées par des 5 sos-
sez, que des terres écroulées ont pres-
qu'entiérement comblez 6. Elles ont
peu de Troupes, & celles qu'elles en-
tretiennent sont mal disciplinées ; leurs
Officiers sont, *ou le rebut de l'Allemagne* pour la plûpart, * ou de vieilles
gens qui ne sont plus en état de servir. Quelques-unes des Villes Impériales ont une assez bonne artillerie ;
mais cela ne suffiroit point pour s'opposer

(1. le 2. belligérantes, 3. & au défaut de cela, 4. d'anciennes 5. de 6. refermés. * des
Vieillards hors d'état de servir.)

ofer à l'Empereur , qui a coutume de
eur faire fentir affez fouvent leur faibleffe. En un mot , faire la guerre ,
ivrer des batailles , attaquer ou défendre des fortereffes , eft uniquement l'a-
faire des grands Souverains 1 , & ceux
qui veulent les imiter , fans en avoir la
puiffance , reffemble à celui qui contre-
faifoit le bruit du tonnerre & fe croïoit
Jupiter.

(1. Princes.)

CHA-

CHAPITRE XI.
DES PRINCIPAUTEZ ECCLESIASTIQUES §.

IL ne me reste plus à parler que des Principautez Eccléfiastiques, qui font difficiles à acquérir, mais faciles à conferver, parce qu'elles font appuiées fur de vieilles coutumes de Religion, qui font toutes fi puiffantes, que, de quelque maniére qu'on fe gouverne, l'on s'y maintient toûjours.

Il n'y a que ces Princes, qui ont un Etat, & qui ne le défendent point, qui ont des fujets, & qui

JE ne vois guéres dans l'Antiquitéde Prêtres devenus Souverains. Il me femble que de tous les peuples dont il nous eft resté quelque faible connoiffance, il n'y a que les Juifs qui ayent eu une fuite de Pontifes defpotiques. Il n'eft pas étonnant que dans la plus fuperftitieufe & la plus ignorante de toutes les nations barbares, ceux qui étoient à la tête de la

(§. Des Etats Eccléfiaftiques.)

qui ne les gouvernent point ; il n'y a qu'eux qui ne font point dépouillez de leurs Etats , quoiqu'ils les laissent sans défense, & qui ont des sujets , qui n'ont , ni la pensée , ni le pouvoir de s'aliéner d'eux. Ce font donc là les seules Principautez assurées & heureuses. Mais , comme elles font régies & soutenuës par des causes supérieures, où l'esprit humain ne sauroit atteindre , ce seroit présomption & témérité à moi d'en discourir.

Néanmoins si quelqu'un me demande , d'où vient que l'Eglise est devenue si puissante dans le temporel , qu'un Roi

la Religion ayent enfin ufurpé le maniment des affaires ; mais par-tout ailleurs il * me femble que les Prêtres ne fe mêloient que de leurs fonctions. Ils facrifioient , ils recevoient un falaire , ils avoient quelques 1 prérogatives : mais ils $ n'inftruifoient ni ne gouvernoient ; & c'est , je croi , parce qu'ils n'avoient , ni dogmes pour 2 divifer les peuples , ni † puiffance pour en abuser, qu'il n'y eut jamais chez eux

(* paroit que les Chefs de la Religion 1. des $ inftruifoient rarement, & ne gouvernoient jamais : 2 qui peuvent † autorité dont on peut abufer,)

Roi de France en tremble aujourd'hui & qu'elle l'a pû chasser de l'Italie, & ruiner les Vénitiens; au-lieu qu'avant le Pontificat d'Alexandre, non-seulement les Potentats d'Italie, mais même les moindres Barons & Seigneurs Italiens la craignoient peu à l'égard du temporel : il ne me paroît pas inutile de le rémémorer en partie, bien que cela soit assez connu.

Avant que Charles, Roi de France, passât en Italie, cette Province étoit sous l'Empire du Pape, des Vénitiens, du Roi de Naples, du Duc de Milan, & des Florentins. Ces Potentats avoient deux

eux 1 aucune 2 guerre de Religion.

Lorsque l'Europe, dans la décadence de l'Empire Romain, fut une Anarchie de barbares, tout fut divisé en mille petites Souverainetez; beaucoup d'Evêques se firent Princes, & ce fut l'Evêque de Rome qui donna l'exemple. Il semble que sous ces Gouvernemens Ecclésiastiques les peuples dussent vivre assez heureux, car ces Princes électifs, des Princes élevez à la Souveraineté dans un âge avancé, des Princes enfin dont les Etats sont très-bornez, tels que ceux des

(1. les Anciens 2. de)

eux principaux fou-
is; l'un, d'empêcher
ue les armes étran-
ères n'entraffent en
talie; l'autre, que
as-un d'eux ne s'a-
randît davantage.

Ceux, de qui l'on
renoit le plus d'om-
brage, étoient le Pa-
e & les Vénitiens.
Pour contenir ceux-
i, il falloit une li-
ue de tous les au-
res, comme l'on a-
voit fait pour la dé-
fenfe de Ferrare.
Pour humilier le
Pape, l'on fe fer-
voit de Barons Ro-
mains, qui, étant
partagez en deux
factions, les Urfins
& les Colonnes, a-
voient toûjours les
armes à la main
our vanger leurs
querelles, jufques fous
es yeux du Pape; ce
qui

des Eccléfiaftiques,
doivent ménager
leurs fujets, finon
par Religion, du-
moins par Politi-
que.

Il eft certain ce-
pendant qu'aucun
Pays ne fourmille
plus de mendiants,
que ceux des Prê-
tres 1; c'eft-là qu'on
peut voir un ta-
bleau *touchant* de
toutes les miféres
humaines, non pas
de ces pauvres que
la libéralité & les
aumônes des Sou-
verains y atirent,
de ces infectes qui
s'attachent aux ri-
ches & qui ram-
pent à la fuite de
l'opulence; § [mais
de

(1. Eccléfiaftiques;)
(§. Ce qui fe trouve ici,
juf

qui énervoit le Ponti-
ficat.

Quoiqu'il y ait eu
quelquefois un Pa-
pe courageux, tel que
fut Sixte IV., il ne
pouvoit jamais se ti-
rer d'embarras, à
cause de la courte
durée du Pontificat ;
car une dixaine d'an-
nées, que vivoit un
Pape, suffisoit à
peine pour abaisser
l'une des factions.

Si, par-exemple,
celle des Colonnes é-
toit presque éteinte
sous un Pape, elle
ressuscitoit sous un au-
tre, qui en vouloit
aux Ursins : cela fai-
soit que les forces
temporelles du Pape
étoient méprisées en
Italie.

Il vint enfin un
Alexandre VI., qui
montra, mieux que
tous

de ces gueux fa-
méliques, que
cha

jusqu'à la Page 144., en-
tre deux Crochets, e
remplacé, dans l'Editio
publiée par Voltaire
par ce qui suit : mai
de ces Faméliques, pri
vés du nécessaire & de
moïens de se le procu
rer. On diroit que le
peuples de ces Païs vi
vent sous les Loix de
Sparte, qui défendoien
l'or & l'argent ; il n'y
a guéres que leurs Sou
verains exceptés de la
Loi.

La raison générale
en est, que, parvenu
tard au Gouvernement,
aïant peu d'années à
joüir, & des héritier
à enrichir, ils ont ra
rement la volonté, &
jamais le tems, d'exé
cuter des entreprise
longues & utiles. Les
grands établissemens,
le Commerce, tout ce
qui exige des commen
cemens lents & péni
bles, ne sont point
faits pour eux ; ils se
re

nous ses prédécesseurs, que qu'un Pape est capable de faire avec de l'argent & des armes ; témoin tout ce que j'ai dit qu'il fit par le moien du Duc de Valentinois & des François. Quoique son intention ne fût par d'agrandir l'Eglise, mais son fils ; néanmoins, après sa mort, & celle de ce Duc, elle profita de toutes leurs acquisitions.

Jules, successeur d'Alexandre, trouvant l'Etat Ecclésiastique accru de toute la Romagne, les factions des Barons Romains éteintes par les rigueurs de son prédécesseur, &, avec cela, un chemin ouvert aux moiens de thesauriser, (de quoi nul Pape ne s'étoit en-

charité de leur Souverain prive du né-
cef-

regardent comme des Passagers reçus dans une maison d'emprunt. Leur Trône leur est étranger, ils ne l'ont point reçu de leurs Peres, ils ne le laissent point à leur postérité. Ils ne peuvent avoir ni les sentimens d'un Roi, Pere de Famille, qui travaille pour les siens, ni d'un Républicain qui immole tout à sa Patrie, ou si quelqu'un d'eux pense en Pere du peuple, il meurt avant de fertiliser le champ que ses prédécesseurs ont laissé couvrir de ronces & d'épines.

Voilà pourquoi on a murmuré long-tems contre quelques Souverains Ecclésiastiques, qui engraissoient, de la substance des peuples, leurs maitresses, leurs neveux, ou leurs bâtards.

L'histoire des Chefs de l'Eglise ne dévroit fournir que des monu-
mens

encore avisé avant
Alexandre,) non-seu-
lement il suivit ces
traces, mais, enché-
rissant même par-
dessus, il se mit en
tête d'acquérir Bo-
logne, de ruiner les
Vénitiens, & de
chasser les François
de l'Italie ; ce qui
lui réussit, avec d'au-
tant plus de gloire,
qu'il fit tout cela,
pour agrandir l'Egli-
se, & non point
pour avancer les
siens.

Il laissa les Ur-
sins & les Colonnes
au même état qu'il
les trouva, & bien
qu'il y eût quelque
sujet d'altération en-
tre eux, néanmoins,
deux choses les retin-
rent dans le devoir ;
l'une, la grandeur
de l'Eglise, qui les
abaissoit ; l'autre, de
n'a-

cessaire, pour pré-
venir la corrup-
tion,
mens de vertu. On sait
ce qu'on y trouve, on
sait combien ce qui de-
vroit être si pur, a été
quelquefois corrompu.
Ceux qui réfléchis-
sent, s'étonnent que les
peuples aïent souffert
avec tant de patience
l'oppression de cette
espéce de Souverain ;
qu'ils aïent enduré d'un
front prosterné à l'Au-
tel ce qu'ils ne souffri-
roient point d'un front
couronné de lauriers.
Machiavel attribue
cette docilité du peu-
ple à la grande habileté
de ses Maîtres, qui
étoient à la fois sages
& méchans ; pour moi,
je pense que la Reli-
gion a beaucoup contri-
bué à retenir les peu-
ples sous le joug. Un
mauvais Pape étoit haï,
mais son caractère étoit
révéré ; le respect, at-
taché à sa place, alloit
jusques à sa personne.
Il est venu cent fois
dans l'esprit des nou-
veaux

avoir point de Car-
dinaux de leur Mai-
son * ; d'où font ve-
nues toutes leurs dif-
fensions & querelles ,
qui ne cefferont ja-
mais , tant qu'elles
auront des Cardi-
naux , d'autant que
ces fujets fomentent
au-dedans & au-de-
hors des querelles ,
que les Seigneurs de
l'une & de l'autre
faction font con-
traints d'époufer. En-
forte que la difcor-
de , qui eft entre les
Barons, vient de l'am-
bition des Prélats.
Ainfi

* Les Urfins & les Co-
lonnes fûrent encore a-
baiffez par la création
que Sixte V. fit de plu-
fieurs Ducs & Princes ,
qui , étant devenus leurs
égaux par ce nouveau ti-
tre, devinrent auffi leurs
ennemis par la prétention
de la préfeance.

tion, & les abus ,
que le peuple a
coutume de faire
de la fuperfluité.

Ce font fans dou-
te les Loix de Spar-
te , où l'argent étoit
défendu , fur lef-
quelles fe fondent
les principes de
la plûpart de fes
Gouvernemens Ec-
cléfiaftiques ; à la
différence près ,
que les Prélats fe
réfervent l'ufage
des

veaux Romains de
changer de Maître ;
mais il portoit entre
fes mains une arme
facrée qui les arrêtoit.
On s'eft révolté quel-
quefois contre les Pa-
pes ; mais il n'y a ja-
mais eu , dans Rome
foumife à la Thiare , la
centiéme partie des ré-
volutions de Rome
Païenne ; tant les mœurs
des hommes peuvent
changer !)

Ainsi, Léon X. a trouvé le Pontificat à un très-haut degré de puissance, & il y a lieu d'espérer, que comme Alexandre & Jules l'ont agrandi par les armes, il le rendra encore plus grand, & plus vénérable, par sa bonté, & par mille autres bonnes qualitez, dont il est doüé.

des biens dont les sujets sont privés. Heureux ! disent-ils, sont les pauvres, car ils hériteront le Royaume des Cieux; & comme ils veulent que tout le monde se sauve, ils ont soin de rendre tout le monde indigent.

Rien ne dévroit être plus édifiant que l'histoire des Chefs de l'Eglise & des Vicaires de Jesus-Christ; on se persuade d'y trouver des exemples de mœurs irréconciliables & saintes; cependant c'est tout le contraire : ce ne sont que des obsénitez, des abominations, & des sources de scandale, & l'on ne sauroit lire la Vie des Papes sans détester plus d'une fois leurs cruautez & leurs perfidies.

On y voit en gros, leur ambition appliquée à augmenter leur puissance temporelle & spirituelle, leur avarice occupée à faire passer la substance des peuples dans leurs familles, pour enrichir

ir leurs neveux, leurs maîtresses, ou
urs bâtards.

Ceux qui réfléchissent peu, trou-
ent singulier, que les peuples souf-
ent avec tant de docilité & de pa-
ence l'oppression de cette espéce de
ouverains, qu'ils n'ouvrent point les
eux sur les vices & sur les excès des
cclésiastiques, & qu'ils endurent d'un
ont tondu ce qu'ils ne souffriroient
oint d'un front couronné de lauriers.
e Phénomene parait moins étrange à
eux qui connaissent le pouvoir de la
perstition sur les idiots, & du phana-
isme sur l'esprit humain; ils savent que
a Religion est une ancienne machine,
ui ne s'usera jamais, dont on s'est ser-
i de tout tems pour s'assurer de la
idélité des peuples, & pour mettre
n frein à l'indocilité de la raison humaine; ils savent que l'erreur peut
veugler les hommes les plus péné-
rans, & qu'il n'y a rien de plus triom-
hant que la Politique de ceux qui
mettent le Ciel & l'Enfer, Dieu & les
Damnés, en œuvre, pour parvenir à
eurs desseins : tant il est vrai que la
Religion même, cette source la plus
ure de tous nos biens, devient souvent, par un trop déplorable abus,

l'oril'origine & le principe de nos maux.

L'Auteur remarque *très - judicieusement* ce qui contribua le plus à l'élévation du St. Siége. Il en attribue la raison principale à l'habile conduite d'Alexandre VI. , de ce Pontife qui poussoit sa cruauté & son ambition à un excès énorme , & qui ne connoissoit de justice que son intérêt. Or , s'il est vrai qu'un des plus méchans hommes qui ait jamais porté la thiare, soit celui qui ait le plus affermi la Puissance Papale, que doit - on * penser des Héros de Machiavel ?

L'éloge de Léon X. fait la conclusion de ce Chapitre , † [dont l'ambition les débauches & l'irréligion , sont assez connues.] Machiavel ne le loüe pas précisément par ces qualitez - là , mais il lui fait sa Cour : ‡ de tels Princes méritoient de tels Courtisans. ¶ [S'il ne loüoit Léon X. que comme un Prince magnifique & un restaurateur des Arts, il auroit raison ; mais il le loüe comme Politique.]

(§ la cruauté & l'ambition * naturellement en conclure ? † Il avoit des talens, mais je ne sais s'il avoit des vertus : ses débauches, son irréligion , sa mauvaise foi, ses caprices, sont assez connus. ‡ & ¶ Machiavel loüe Léon X. & refuse des éloges à Loüis XII. , le Pere de son Peuple.)

CHA:

CHAPITRE XII.

COMBIEN IL Y A DE SORTES
DE MILICE, ET CE QUE VAUT
LA SOLDATESQUE MER-
CENAIRE*.

AIANT trai-
té en détail de
toutes les for-
tes de Principautez ,
& montré les moïens
par où plusieurs les
ont acquises & con-
servées , & à peu
près les difficultez
qu'il y a à les ac-
quérir , ou à s'y
maintenir , il ne me
reste plus qu'à dis-
courir en général
de ce qui concerne
l'offensive , ou la dé-
fensive.

Nous avons dit ,
que

Tout est va-
rié dans l'uni-
vers : les tem-
péraments des hom-
mes sont différents ;
& la nature éta-
blit la même va-
riété , si j'ose m'ex-
primer ainsi , dans
le tempérament des
Etats. J'entends en
général par le tem-
pérament d'un E-
tat , sa situation ,
son étendue , le
nombre , le génie
de ses peuples , son
commerce , ses
cou-

(* Des Milices.)

G

que le Prince a be-
foin de jetter de bons
fondemens ; faute de
quoi , il faut qu'il
périffe. Les prin-
cipaux fondemens ,
qu'aient les Etats
nouveaux , anciens ,
ou mixtes , font les
bonnes loix , & les
bonnes armes 1. Or ,
comme les bonnes
loix ne peuvent rien
où il n'y a pas de
bonnes armes , &
qu'où il y a de bon-
nes armes il faut
qu'il y ait de bonnes
loix , je ne parlerai
que des armes.

           Je

1. *Imperatoriam maje-
ftatem* , dit Juftinien
dans la Préface de fes
Inftitutes , *non folùm
armis decoratam , fed
etiam legibus oportet effe
armatam , ut utrumque
tempus , & bellorum &
pacis rectè poffit guber-
nari.*

coutumes , fes loix,
fon fort , fon fai-
ble , fes richeffes
& fes reffources.

Cette différen-
ce de gouverne-
ment eft très-fen-
fible , & elle eft
infinie , lorfque l'on
veut defcendre juf-
ques dans les dé-
tails : & de même
que les Médecins
ne poffédent aucun
fecret qui convien-
ne à toutes les ma-
ladies & à toutes
les compléxions, de
même les Politi-
ques ne fauroient-
ils prefcrire des
régles générales ,
dont l'application
foit à l'ufage de
toutes les formes
de Gouvernement.

Cette réflexion
me conduit à exa-
miner le fentiment
de Machiavel fur
les

Je dis donc, que les armes avec lesquelles un Prince défend son Etat, font propres, ou mercenaires, auxiliaires, ou mixtes. Les mercenaires & les auxiliaires font inutiles & dangereuses, & le Prince qui fera fond fur les soldats mercenaires, ne fera jamais en fûreté, d'autant qu'ils font desunis, ambitieux, & fans discipline, infidèles, braves parmi les amis, lâches parmi les ennemis, & qu'ils n'ont, ni crainte de Dieu, ni bonne-foi envers les hommes; si bien que la ruine ne se diffère, qu'autant que se diffère l'assaut. Ils te dépouillent durant la paix, au lieu que les en-

les troupes étrangéres & mercenaires. L'Auteur en rejette entiérement l'usage, s'appuïant fur des exemples, par lesquels il prétend que ses troupes ont été plus * préjudiciables aux Etats qui s'en font servis, qu'elles ne leur ont été de quelques secours.

Il est sûr, & l'expérience a fait voir en général, que les meilleures troupes d'un Etat font les nationales. On pourroit appuïer ce sentiment, par les exemples de la valeureuse résistance de Leonidas

(* dangereuses que secourables aux Etats qui s'en font servis.)

G 2

ennemis ne le font que durant la guerre ; car ils n'ont point d'autre amour , ni d'autre motif , qui les lie à ton service , que leur païe , qui d'ailleurs n'est pas suffisante pour leur donner envie de mourir pour toi. Ils veulent bien être tes soldats , tant que tu ne fais point la guerre , mais aussi-tôt qu'elle vient , ils s'enfuïent , ou veulent s'en aller *.

Je

das aux Thermopiles , & sur-tout par les 1 progrès étonnans de l'Empire Romain & des Arabes. Cette maxime de Machiavel peut donc convenir à tous les peuples 2 , assez riches d'habitans , pour qu'ils puissent fournir un nombre suffisant de Soldats pour leur desfense. Je suis persuadé comme l'Auteur , † [que l'Etat est mal servi par des mercenaires , & que la fidélité & le courage

*H dit la même chose dans le Chap 43. du Livre 1. de ses Discours ; & puis il ajoute: la Milice , qui n'a point d'affection pour celui qui l'emploie , n'aura jamais assez de courage pour pouvoir résister à des ennemis , qui en auront tant soit peu. Or , puisqu'il n'y sauroit avoir d'affection , ni d'émulation

(1. ces 2. Pays † qu'un Etat est mal servi par des Mercenaires , & que les Compatriotes sentent redoubler leur courage par les liens qui les attachent.)

Je n'aurois pas la peine à prouver cela, puisque la ruine de l'Italie ne vient aujourd'hui, que de s'être reposée si long-tems ¡sur les soldats mercenaires, qui d'abord firent quelque progrès, & sembloient être de braves gens entr'eux, mais montrèrent ce qu'ils étoient quand les Etrangers parurent; ensorte que Charles, Roi de France, prit l'Italie avec de la craie a. Et ceux qui

tion, que dans tes propres sujets, il est donc nécessaire que tu ne te serves que d'eux, si tu veux conserver ton Etat.

a. *Mot d'Aléxandre VI., qui comparoit Charles à un Maréchal des Logis, qui passe par tout, & ne reste nulle part.*

ge de Soldats possessionnez dans le Païs, les surpasse de beaucoup.] Il est principalement dangereux de laisser languir dans l'inaction, *& de laisser effeminer ses sujets par la mollesse*, dans le tems que les fatigues de la Guerre, & les Combats, aguerrissent ses voisins.

On a remarqué plus d'une fois, que les Etats qui sortoient des guerres civiles, ont été infiniment 1 supérieurs à leurs ennemis, parce que 2 tout est soldat dans une guerre civile, * [que le mérite

(1. très 2. car)
(* *Ce qui est ici, jusqu'à la Page 153, entre*
G 3. *deux*

qui *difoient , que nos péchez en étoient la caufe , difoient vrai , bien que ce ne fuffent pas les péchez qu'ils croïoient , mais ceux que j'ai racontez* b *, c'eft = à - dire , l'ambition & la cupidité des Princes , qui auffi en ont porté la peine* 2.

Mais

b. *Au Chapitre III.*

2. Guichardin , au Livre 1. de fon Hiftoire d'Italie , dit , que Pierre de Médicis difant à Loüis Sforce , Duc de Milan, qu'il avoit été au-devant de lui, mais en vain, parce que Loüis avoit manqué le droit chemin ; le Duc lui répondit en ces termes : *Il eft vrai qu'un de nous deux a manqué le chemin , mais c'eft peut-être vous ,* pour lui reprocher obliquement de s'être engagé fi mal-à-propos avec la France.

rite s'y diftingue in
dé

deux Crochets , *fe trouve remplacé , dans l'Edition publiée par Voltaire , par ceci :* Le génie s'y diftingue indépendamment de la faveur, & quiconque mérite de joüer un rôle , & le veut, en vient à bout. Il fe forme des hommes en tout genre , & ces hommes raniment la Nation; trifte, mais fûre manière de s'aguerrir ! Un Roi fage entretient autrement l'efprit guerrier de fon peuple , tantôt en fecourant fes Alliés , tantôt par des démarches & des revûes fréquentes.

Ce n'eft que dans un Etat menacé & prefque dépeuplé , qu'on doit abfolument prendre à fa folde des troupes étrangéres.

On trouve alors des expédiens qui corrigent ce qu'il y a de vicieux dans cette efpéce de Milice ; on mêle foigneufement les Etrangers avec les Nationaux,

Mais (pour rentrer

ce. Mais, la suite a bien montré, (ajoûte Guichardin,) qu'ils avoient tous deux manqué leur chemin, & principalement le Duc, qui se piquoit d'être le guide de tous les autres, par son habileté & par sa prudence ; à raison de quoi ses flatteurs n'avoient pas honte de dire, ni lui de leur entendre dire, *qu'il n'y avoit que Jesus-Christ au Ciel, & Loüis-le-More au monde, qui sussent où se termineroit la guerre de France;* Nardi, au Liv. 3 de son *Histoire de Florence*, où il ajoute, que ce Duc raillant un jour avec un Gentilhomme Florentin, & lui montrant un grand tableau de l'Italie, où étoit représenté un More, qui sembloit en chasser, avec un balai à la main, beaucoup de coqs, & des petits poussins de toutes les sortes, il lui de-

dépendamment de la faveur, que tous les talens s'y dévelopent, & que les hommes y prennent l'habitude de déploïer ce qu'ils ont d'art & de courage.

Cependant il y a des cas qui semblent demander exemption de cette régle. Si des Roïaumes ou des Empires ne produisent pas une aussi grande multitude d'hommes, qu'il en faut pour

naux, pour les empêcher de faire bande à part ; on les façonne à la même discipline ; on leur inspire peu-à-peu la même fidélité ; l'on porte sa principale attention sur ce que le nombre d'Etrangers n'approche pas du nombre des Nationaux.)

G 4

trer dans mon sujet,)
les Capitaines merce-
naires sont d'excel-
lens hommes, ou non;
si ce sont de braves-
gens, tu ne saurois
t'y fier, car ils ten-
dent toûjours à leur
propre grandeur, soit
en t'oprimant, toi,
qui es leur maître;
ou en oprimant les
autres, contre ton in-
tention : s'ils ne le
font pas, d'ordinai-
re ils perdent tes af-
faires.

Si l'on me répond,
que tout autre Ca-
pitaine, qui aura les
ar-

demanda, *Que dites-*
vous de ce dessein ? Que
vôtre More, répondit
le Florentin, *voulant*
balaïer & nétoïer l'Ita-
lie, se remplit lui-même
de poussiére & d'ordure;
par où il lui prédisoit
ce qui lui arriva bien-
tôt après.

pour les Armées,
& qu'en consume
la guerre, la né-
cessité oblige de re-
courir aux merce-
naires, comme l'u-
nique moïen de
suppléer aux défauts
de l'Etat.

On trouve alors
des expédiens qui
levent la plûpart
des difficultez ; &
ce que Machiavel
trouve de vicieux
dans cette espece
de milice, on mê-
le soigneusement
les étrangers avec
les nationaux, pour
les empêcher de
faire bande à part,
& pour les façon-
ner à la même dis-
cipline & à la mê-
me fidélité ; & l'on
porte sa principale
attention sur ce que
le nombre d'étran-
gers n'excéde point
le

armes à la main, fera de même, je répliquerai, que c'est un Prince, ou une République, qui a à prendre les armes. Le Prince doit faire lui-même la charge de Capitaine; la République la doit donner à quelqu'un de ses citoyens; & s'il arrive que celui-là n'y soit pas propre, elle le doit changer; & s'il est bon pour cet emploi, le tenir si dépendant, qu'il ne puisse contrevenir aux loix.

L'expérience montre, que les Princes sont seuls, & les Républiques armées, font de grands progrès, & que la Milice mercenaire ne fait jamais que du dommage, joint qu'une

le nombre des nationaux.]

Il y a un Roi du Nord, dont l'Armée est composée de cette sorte de mixtes, & qui n'en est pas moins puissant & formidable. La plûpart des troupes Européennes sont composées de nationaux & de mercenaires; ceux qui cultivent les terres, ceux qui habitent les villes, moïennant une certaine taxe qu'ils païent pour l'entretien des troupes qui doivent les deffendre, ne vont plus à la guerre. Les soldats ne sont composez que de la plus vile

(x ni moins)

ne République , armée de ses propres armes , se garantit mieux de l'oppression de son citoïen , que ne fait une, qui se sert d'armes étrangéres. Rome & Sparte se sont maintenues libres , plusieurs siécles, avec leurs armes ; & les Suisses, avec les leurs, sont aujourd'hui très - libres.

Pour exemples de l'ançienne Milice mercenaire , nous avons les Cartaginois , qui , quoi qu'ils eussent leurs propres citoïens pour Capitaines , faillirent à être opprimez des armes mercenaires, au sortir de la première guerre qu'ils eurent contre les Romains. Philippe de Macédoine , devenu Ca-

vile partie des peuples 1 , de fainéans qui aiment mieux l'oisiveté que le travail, de débauchez qui cherchent la licence & l'impunité dans les troupes , de jeunes écervelez indociles à leurs parents , qui s'enrolent par legereté : tous ceux - là ont aussi peu d'inclination & d'attachement pour leur maître , que les Etrangers. Que ces troupes sont différentes de ces 2 Romains qui conquirent le monde! Ces desertions , si fréquentes de nos jours dans toutes les Armées , étoient quelque chose d'inconnu chez les

(1. du peuple 2. des)

Capitaine des Thébains, après la mort d'Epaminondas, leur ôta la liberté, après qu'il eut vaincu leurs ennemis.

Sforce abandonna tout-à-coup Jeanne II, Reine de Naples, qu'il servoit ; ce qui la contraignit de se jetter entre les bras du Roi d'Arragon *, pour sauver son Etat. François Sforce, son fils, aïant battu les Vénitiens à Caravas, s'unit avec eux, pour opprimer les Milanois, qui l'avoient fait leur Capitaine après la mort de leur Duc Philippe.

Si

* Alfonse, qu'elle adopta, & puis rejetta, pour adopter Loüis, Duc d'Anjou.

les Romains ; ces hommes qui combattoient pour leur famille, pour leurs Penates, pour la Bourgeoisie Romaine, & pour tout ce qu'ils avoient de plus cher dans cette vie, ne pensoient pas à trahir tant d'intérêts à la fois par une lâche desertion.

Ce qui fait la sureté des grands Princes de l'Europe, c'est que leurs troupes sont à-peuprès * semblables, & qu'ils n'ont de ce côté-là aucuns avantages les uns sur les autres. Il n'y a que les troupes Suédoises, qui soient bourgeois, paï

(* toutes)

G 6

Si l'on me dit, que les Vénitiens, & les Florentins, n'ont accru leur Empire que par cette Milice, & que leurs Capitaines ne sont pourtant jamais devenus leurs Princes, mais au contraire les ont bien défendus : Je répons, que les Florentins ont eu beaucoup de bonheur, d'autant que de divers Capitaines, qu'ils avoient à craindre, les uns n'ont point vaincu, les autres ont rencontré des obstacles, ou ont porté leur ambition ailleurs. Jean d'Acut * fut celui qui

* Capitaine Anglois, qui commandoit quatre mille Anglois au secours des Gibelins de la Toscane. Mach. Liv. 1. de son Histoire.

païsans, & soldats, en même-tems ; mais aussi lorsqu'ils sont 1 à la guerre, presque personne ne reste dans l'intérieur du Païs pour labourer la terre. Ainsi leur puissance n'est aucunement formidable, puisqu'ils ne peuvent rien à la longue, sans se ruiner eux-mêmes plus que leurs ennemis.

Voilà pour les mercenaires. Quant à la maniére dont un grand Prince doit faire la guerre, je me range entiérement du sentiment de Machiavel. Effectivement, un grand Prince doit prendre sur lui la

(1. vont)

qui ne vainquit point, & de qui par conséquent on ne put pas reconnoître la fidélité ; mais chacun m'avouëra, que, s'il eut vaincu, les Florentins restoient à sa discrétion.

Sforce eut toûjours les Braces à dos, & ils se servoient réciproquement de surveillans. Son fils tourna son ambition contre la Lombardie a, Brace contre l'Etat Ecclésiastique b & le Roïaume de Naples c. Mais, venons à ce que nous avons vu de nos jours.

Les

a. *Et devint Duc de Milan.*

b. *Où il s'empara de Perouse & de Montone.*

c. *Contre la Reine Jeanne II.*

la conduite de ses troupes, rester dans son Armée comme dans sa résidence * ; son intérêt, son devoir, sa gloire, tout l'y engage : comme il est *le chef de la Justice distributive,* il est également *le protecteur & le défenseur de ses peuples ; il doit regarder la deffense de ses sujets, comme un des objets les plus importans de son ministére, qu'il ne doit par cette raison ne* 1 *confier qu'à lui-même.*

Son intérêt semble requérir nécessairement qu'il se trouve en personne à son Ar-

(* Son Armée est sa résidence ; § c'est 1. le)

Les Florentins prirent pour Capitaine Paul Vitelli, personnage très - prudent, & qui d'une fortune privée, étoit parvenu à une très-haute réputation. S'il eût pris Pise, les Florentins eussent été contraints de lui obéir; car ils étoient perdus; s'il fût passé au service de leurs ennemis.

Si l'on considére les progrès des Vénitiens, on verra qu'ils ont fait des merveilles, lorsqu'ils ont fait eux - mêmes la guerre; je veux dire, lorsqu'ils se sont contentez de combattre en Mer; & qu'ils n'ont perdu leur valeur, que depuis qu'ils ont commencé à combattre par Terre, & à prendre les coutumes

Armée, puisque tous les ordres émanent de sa personne, & qu'alors le conseil & l'exécution se suivent avec une rapidité extrême. Sa présence met fin d'ailleurs à la mésintelligence des Généraux, si funeste aux Armées, & si préjudiciable aux intérêts du maître; elle met plus d'ordre pour ce qui regarde les magazins, les munitions & les provisions de guerre, sans lesquelles un César à la tête de cent mille combatans ne fera jamais rien.

Comme c'est le Prince qui fait livrer les batailles, il semble que ce seroit aussi à lui d'en diriger l'exécution, &

mes & les mœurs I-
taliennes.

Dans les com-
mencemens de leur é-
tablissement en Ter-
re-Ferme, ils n'a-
voient pas lieu de
craindre beaucoup
leurs Capitaines, par-
ce qu'ils n'y posse-
doient pas un grand
Etat, & que d'ail-
leurs ils étoient enco-
re dans une haute
réputation; mais,
ils s'apperçurent de
leur faute, quand ils
se furent étendus;
& qu'ils eurent bat-
tu le Duc de Milan,
sous la conduite de
Carmignole : car,
voïant, d'un côté,
que c'étoit un très-
brave homme, &, de
l'autre, qu'il com-
mençoit d'aller len-
tement, pour faire
durer la guerre, ils
jugérent bien, qu'ils
ne

& de communi-
quer par sa presen-
ce l'esprit de va-
leur & d'assurance
à ses troupes; il
n'est à leur tête que
pour donner l'e-
xemple.

Mais, dira-t'on,
tout le monde n'est
pas né soldat, &
beaucoup de Prin-
ces n'ont, ni le
talent 1, ni l'ex-
périence, ni le
courage nécessaire,
pour commander
une Armée. Cela
est vrai, je l'a-
voüe; cependant cet-
te objection ne doit pas
m'embarrasser beau-
coup; car il se trou-
ve * toujours des
Généraux assez en-
tendus dans une
Armée, & le Prin-
ce n'a qu'a suivre
leurs

(1. l'esprit, * mais ne
se trouve-t-il pas.)

ne devoient plus s'attendre à vaincre, puisque ce Général ne le vouloit pas, comme aussi, qu'ils ne le pouvoient pas licentier, sans perdre ce qu'il leur avoit acquis; ainsi, pour s'en assurer, ils furent contraints de le faire sortir de ce monde.

Ils eurent depuis pour Capitaines Barthelemi Coléoné *, Robert de Saint Severin, le Comte de Pitillan †, & d'autres, de qui ils n'avoient pas à craindre les victoires, mais les pertes, ainsi qu'il leur arriva depuis à Vaïla, où ils perdirent, dans une bataill-

* Bergamasque.
† De la maison des Ursins.

leurs conseils ; la Guerre s'en fera toujours mieux, que lorsque le Général est sous la tutelle du ministère, qui, n'étant point à l'Armée, est hors d'état 1 de juger des choses, & qui met souvent le plus habile Général hors d'état de donner des marques de sa capacité.

Je finirai ce Chapitre, après avoir relevé une phrase de Machiavel, qui m'a parue très-singuliére. » Les Vé- » nitiens, dit-il, » se défiant du Duc » de Carmagnole, » qui commandoit » leurs troupes, » furent obligez » de le faire sor- » tir.

(1, de portée).

taille , tout ce qu'ils avoient acquis avec tant de peines en 800. ans ; parce que ces fortes de gens ne font que de foibles & lentes acquifitions , mais de promptes & prodigieufes pertes.

Puifque ces exemples m'ont mis en train de parler de l'Italie , qui fe fert depuis long-tems d'armes mercenaires , il est bon de remonter jufqu'à l'origine de ces armes , & d'en voir les progrès. Il faut favoir , qu'auffitôt que l'Empire eut commencé de n'avoir plus de pouvoir en Italie , & le Pontificat d'y être en plus grande réputation , l'Italie fe divifa en plufieurs Etats.

La plûpart des grandes Villes prirent

» tir de ce mon- » de. «

Je n'entens point, je l'avoüe , ce que c'eft que d'être obligé de faire fortir quelqu'un de ce monde ; à moins que ce ne foit le trahir , l'empoifonner , l'affaffiner. C'eft ainfi que le Docteur du Crime croit rendre * les actions les plus noires & les plus coupables , innocentes , en adouciffant les termes.

Les Grecs avoient coûtume de fe fervir de périphrafes , lorfqu'ils parloient de la mort , parce qu'ils ne pouvoient pas foutenir , fans une fecrette horreur , tout

(* innocentes).

rent les armes contre la Noblesse, qui, appuïée de la faveur de l'Empereur, les tenoit dans la servitude ; & le Pape les seconda, pour devenir puissant dans le temporel.

Quelques autres tombèrent sous la domination de leurs citoïens : par où l'Italie devint presque toute sujette de l'Eglise, & de quelques Républiques.

Si-bien, que les uns étant Ecclésiastiques, & les autres des Bourgeois, qui ne savoient pas manier les armes, ils commencèrent à se servir des Etrangers. Le premier, qui mit cette Milice en crédit, fut un Albéric da Coniô, Gentilhomme de la Romagne *, de qui furent

tout ce que le trépas a d'épouventable : * Machiavel périphrase les crimes, parce que son cœur, révolté contre son esprit, ne sauroit digérer toute cruë l'exécrable morale qu'il enseigne:

Quelle triste situation, lorsqu'on rougit de se montrer à d'autres tel que l'on est, & lorsque l'on fuit le moment de s'examiner soi-même.

(* &)

élevés

---

* Un autre da Conio, que Machiavel appellé Louis, remit la Milice Italienne en crédit, en instituant

élèves Brace & Sforce, qui, en leur tems, furent les arbitres de l'Italie. A ceux-cī ont succédé tous les autres qui ont commandé les armes en Italie, jusqu'à nos jours.

Tout ce qu'ils y ont fait s'est terminé à la voir envahir par Charles VIII., ravager par Louïs XII., opprimer par Ferdinand, & insulter par les Suisses. L'ordre qu'ils tinrent, fut, premiérement, d'ôter la réputation à l'Infanterie, pour se mettre eux-mêmes en crédit; car, n'aïant point d'Etats, & ne subsistant que de leur industrie, ils ne pouvoient pas aquérir de l'autorité avec un petit nombre de fantassins, ni aussi en nourrir beaucoup: desorte qu'ils trouvoient mieux leur compte à la Cavalerie, dont un nombre médiocre les faisoit vivre avec honneur.

Les choses étoient réduites à ce point, que, dans une Armée de 20000. hommes, il y avoit à peine 2000. fantassins. Outre cela, ils avoient trouvé le secret de s'exempter de toute fatigue, eux & leurs soldats, & de les guérir de toute peur, en introduisant l'usage de ne point tuer dans les escarmouches, mais seulement de faire

sifuant une Compagnie de Soldats Italiens, appellée la Ligue de St. George. Hist. liv. 1.

faire des prisonniers , & de les renvoïer sans rançon.

Ils ne tiroient point la nuit sur les terres , ni pareillement les habitans de ces terres sur leurs tentes ; ils ne faisoient point de retranchemens dans leur Camp ★ ; ils ne campoient jamais l'hiver : discipline inventée, pour éviter , comme j'ai dit , & le travail & les dangers , & qui rendit l'Italie esclave & méprisable.

★[Ou] Ils ne savoient ce que c'étoit de clôture de Camp, ni de fortification.

CHA-

CHAPITRE XIII.

DES TROUPES AUXILIAIRES, MIXTES, ET PROPRES*.

LES autres armes inutiles font les auxiliaires, c'eft-à-dire, telles que tu appelles pour te fecourir & te défendre, comme fit, il y a quelques années, le Pape Jules II., qui, aïaut fait une malheureufe expérience des armes mercenaires dans l'entreprife de Ferrare, en emploïa d'auxiliaires, que Ferdinand, Roi d'Efpagne, lui envoïa.

Cette Milice peut être

ACHIAVEL poufse l'hiperbole à un point extrême, en foutenant qu'un Prince prudent aimeroit mieux périr avec fes propres troupes, que de vaincre avec des fecours étrangers.

Je penfe qu'un homme en danger de fe noïer ne prêteroit pas l'oreille aux difcours de ceux qui lui diroient, qu'il feroit indigne de lui de de-

(* Des Troupes Auxiliaires.)

être utile à celui qui l'envoie, mais elle est toûjours pernicieuse à celui qui s'en sert 1; car, si elle a du pire, tu restes défait, & si elle a l'avantage, tu deviens son prisonnier. 2. Les anciennes Histoires sont pleines de ces exemples; mais je veux m'arrêter à celui de Jules II., qui, voulant avoir Ferrare, ne pouvoit faire pis, que de se mettre entre

1. *Ambiguus auxiliorum animus*, dit Tacite, Hist. 4; & ensuite il l'appelle, *Militia sine affectu.*

2. *Et acciti auxilio Germani*, dit Tacite, Ibid., *sociis pariter atque hostibus servitutem imposuerunt.* Les Allemans appellez au secours opprimérent également les amis & les ennemis.

devoir la vie à d'autres qu'à lui-même, & qu'ainsi il dévroit plûtôt périr, que d'embrasser la corde *ou le bâton* que d'autres lui tendent * pour le sauver. *L'expérience nous fait voir que le premier soin des hommes est celui de leur conservation, & le second, celui de leur bien être, ce qui détruit entiérement le paralogisme emphatique de l'Auteur.*

† [En aprofondissant

(* qu'on lui tend)

(† *Voici ce que porte l'Edition publiée par Voltaire, au lieu de ce qui est renfermé ici, jusqu'à la Page 168. entre deux Crochets.*

En approfondissant cette maxime de Machiavel, on trouvera peut-être que ce n'est qu'une jalousie travestie qu'il s'efforce d'inspirer aux Princes. Il veut qu'il

tre les mains d'un Etranger.

Mais sa bonne fortune fit naître un accident, qui fut cause qu'il ne porta pas la peine de son mauvais choix. C'est qu'après que ses troupes auxiliaires furent défaites à Ravenne, il vint les Suisses, qui, par un bonheur, auquel ni lui, ni des siens, ne s'attendoient pas, mirent en fuite les vainqueurs; desorte qu'il ne resta prisonnier, ni de ses ennemis, parce qu'ils s'étoient enfuis, ni de ses soldats auxiliaires, d'autant qu'ils n'avoient vaincu que par les armes d'autrui.

Les Florentins, étant entiérement sans armes, appellérent dix

sant cette maxime de Machiavel, on trouvera peut-être que ce n'est qu'une jalousie extrême, qu'il suffira d'inspirer aux Princes : c'est cependant la jalousie de ces mêmes Princes envers leurs Généraux, ou envers des auxiliaires, qu'ils ne vouloient pas attendre, crainte de partager leur gloire, qui de tout tems fut très-préjudiciable à leurs intérêts.
Une

qu'ils se défient de leurs Sujets, à plus forte raison de leurs Généraux, & des troupes auxiliaires. Cette défiance a été souvent bien funeste, & plus d'un Prince a perdu des batailles pour n'en avoir pas voulu partager la gloire avec des Alliez.)

dix mille François à leur service, pour réduire la ville de Pise; faute, qui leur attira plus de maux, qu'il ne leur en étoit jamais arrivé. L'Empereur de Constantinople, pour s'opposer à ses voisins, fit entrer en Gréce dix mille Turcs, qui n'en voulurent pas sortir la guerre finie *; par où commença la servitude de la Gréce sous les Infidèles.

Ce-

* Andronic Paleologue fut contraint de laisser Trebisonde aux Turcs, qu'il avoit apellez à la défense de Constantinople.

Et Jean Paléologue I. perdit toute la Thrace, qu'Amurat I. voulut avoir pour récompense du secours qu'il lui avoit fourni contre les Serviens.

Une infinité de batailles ont été perduës par cette raison, & des petites jalousies ont souvent plus fait de tort aux Princes, que le nombre supérieur, & les avantages de leurs ennemis.]

Un Prince ne doit pas, sans doute, faire la guerre uniquement avec des troupes auxiliaires; mais il doit être auxiliaire lui-même, & se mettre en état de donner autant de secours qu'il en reçoit. Voilà ce que dicte la prudence; mets-toi en état de ne craindre pas tes ennemis ni tes amis; mais quand tu

Celui donc, qui résolu de ne jamais vaincre, n'a qu'à se servir de ces armes, qui sont bien plus dangereuses, que les mercenaires, comme étant toutes unies, & toutes sous l'obéissance d'un autre, que toi; au lieu qu'il faut plus de tems, & plus de précaution, aux troupes mercenaires, pour t'offenser après qu'elles ont vaincu, parce qu'elles ne font pas un Corps, & que c'est toi qui les as levées, & qui les paie; de sorte qu'un troisiéme, que tu en fais chef, ne peut se rendre tout-à-coup si puissant, qu'il lui soit aisé de t'offenser. Enfin, tu as à craindre également la lâcheté des mer-

as 1 fait un traité, il faut y être fidelle. Tant que l'Empire, l'Angleterre, & la Hollande, ont été de concert contre Louïs quatorze, tant que le Prince Eugène & Marlborough ont été bien unis, ils ont été Vainqueurs; mais dès que l'Angleterre a abandonné ses Alliez, * Louïs XIV. s'est relevé dans l'instant.

Les Puissances qui peuvent se passer de troupes mixtes ou d'auxiliaires, font bien de les exclure de leurs Armées; mais comme peu de Princes de l'Europe sont dans une pareille situa-

*   tion,

(1. on a * &)

H

mercenaires , & la valeur des auxiliaires*.

C'est pourquoi, un Prince sage se passera toûjours des uns & des autres ; aimant mieux être vaincu , en combattant avec ses propres armes , que de vaincre par celles d'autrui ; & d'autant plus , que ce n'est pas une vraie victoire , que celle qu'on gagne par d'autres armes , que les siennes.

Je ne me lasserai jamais de proposer l'exemple de César Borgia. Il prit Imola & Forli avec des troupes auxiliaires ,

tion, je croi qu'ils ne risquent rien avec les auxiliaires, tant que le nombre des Nationaux leur est supérieur.

Machiavel n'écrivoit que pour des petits Princes, & j'avouë que je ne vois guères que des petites idées dans lui ; il n'a rien de grand , ni de vrai, parce qu'il n'est pas honnête homme.

Qui ne fait la guerre que pour 1 autrui , n'est que faible ; qui la fait conjointement avec autrui , est très-fort.

Sans parler de la guerre de 1701. des Alliez contre la France , l'entreprise

*[Ou] tu as à te défier des mercenaires à cause de leur lâcheté, & des auxiliaires à cause de leur bravoure.

(1 par)

s, *toutes Françoi-*
s; mais depuis, n'y
rouvant pas de fû-
té, il en emploia
e mercenaires, qu'il
geoit être moins
angereuses, savoir,
elles des Ursins &
es Vitelli ; & puis,
aiant reconnu de
infidélité, il s'en
éfit, & ne se ser-
it plus que de ses
ropres soldats.

Or, pour connoi-
e la différence qu'il
a entre l'une &
autre Milice, il
y a qu'à voir com-
en la réputation du
Duc, pendant qu'il
ut entre les mains
es François, ou cel-
s des Ursins & des
Vitelli, fut differen-
e de celle qu'il ac-
uit, quand il com-
attit indépendam-
ent d'autrui. Car,
on

se par laquelle trois
Rois du Nord dé-
pouillérent Charles
douze d'une partie
de ses Etats d'Al-
lemagne, fut exé-
cutée pareillement
avec des troupes
de différens Maî-
tres, réünis par
des alliances ; & la
guerre de l'année
1734, que la Fran-
ce commença *sous
prétexte de soutenir
les Droits de ce Roi
de Pologne toujours
détrôné*, fut faite
par les Français &
les Espagnols joints
aux Savoyards.

Que reste - t'il
à Machiavel après
tant d'exemples,
& à quoi se réduit
l'allégorie des ar-
mes de Saül, que
David refusa à cau-
se de leur pesan-
teur,

on ne connut jamais ce qu'il valoit, que lorsqu'il fut le maître absolu de ses armes.

Je voulois m'en tenir aux exemples modernes d'Italie, mais je ne dois pas omettre celui d'Hiéron de Siracuse, de qui j'ai déja parlé. Aussi-tôt que sa ville lui eut donné le commandement de son Armée, il reconnut l'inutilité de la Milice mercenaire, dont les chefs se gouvernoient dès-lors, comme font aujourd'hui nos Italiens. Mais, voïant qu'il ne la pouvoit, ni garder, ni laisser, il la fit toute tailler en piéces, & puis il fit la guerre avec ses propres armes, toutes seules.

teur, lorsqu'il devoit combattre Goliath? * [Ce n'est que de la crême fouettée;] j'avoüe que les auxiliaires incommodent quelques-fois les Princes; mais je demande si l'on ne s'incommode pas volontiers, lorsqu'on y gagne des Villes & des Provinces?

§ [Au sujet de ces auxiliaires, il cherche à jetter son venin sur les Suisses qui sont au service de France;] je dois dire un petit mot sur le su-

(* Comparaison n'est pas preuve)

(§ A l'occasion de ces Auxiliaires, Machiavel parle des Suisses qui sont au service de France.

Je

Je veux encore rappeller en mémoire une figure du Vieux Testament, qui fait à mon sujet. David, offrant à Saül d'aller combattre Goliath, ce redoutable Philistin, Saül, pour l'encourager, l'arma de sa cuirasse, de son casque, & de son épée : mais David lui dit, qu'il ne se pouvoit manier avec ces armes, & qu'il ne vouloit combattre son ennemi qu'avec sa fronde & son bâton 3. a.

En-

3. *Induit Saül David vestimentis suis, & imposuit galeam æream super caput ejus, & vestivit eum lorica. Accinctus ergo David gladio ejus super vestem suam, cœpit tentare, si armatus posset incedere, dixitque ad-*

jet de ces braves troupes, car il est indubitable que les Français ont gagné plus d'une bataille par leurs secours, qu'ils ont rendus des services signalez à cet Empire, & que si la France congédioit les Suisses & les Allemands qui servent dans son infanterie, * [ses Armées seroient beaucoup moins redoutables qu'elles ne le sont à présent.]

Voici 1 pour les erreurs de jugement : voïons à présent celles de morale. Les mauvais exemples que Machiavel propose aux

(* ses armées en seroient affoiblies.)
(1. Voilà)
H 3

Enfin il arrive toujours que les armes d'autrui, ou te pesent, ou te serrent, ou te manquent au besoin b. *Charles VII, Roi de France, après avoir chassé les Anglois, connoissant la nécessité de s'armer de ses propres armes, établit par tout le Roïaume des Compagnies*

aux Princes, son des 1 méchancete * qu'on ne sauro lui passer; il allé gue *en ce Chapitre* Hiéron *de Siracuse* qui considérant qu ses 2 troupes auxi liaires étoient éga lement dangereu ses à garder, ou congédier, les s toutes tailler en piè ces. § [Des faits pareils révoltent, lor

ad Saül, non possum sic incidere, quia non usum habeo, & deposuit ea, & tulit baculum suum, & elegit sibi quinque limpidissimos lapides, & fundam manu tulit. 1. Reg. 17.

a. *Machiavel dit, son couteau; mais l'Ecriture dit qu'il n'en porta point, & qu'il prit celui de Goliat, pour lui couper la tête.*

b. *L'Auteur dit, te tombent des épaules; ce qui n'a, ni grace, ni sens, en notre Langue.*

(1. de ces * que l saine politique & l morale réprouvent éga lement. 2 les)

(§ *Au lieu de ce qu est renfermé ici, jusqu'a la pag.* 176, *entre deux Crochets, il y a, dans l'Edition publiée par* Voltaire : Je ne vou drois pas garantir l'His toire de ces tems recu lés; mais si ce qu'on ra conte d'Hiéron II. de Siracuse est vrai, je ne conseille à personne de l'imiter. On prétend que

nies d'ordonnance de Cavalerie & d'Infanterie.

Louïs X I. son Fils, cessa depuis les Compagnies d'Infanterie, en la place desquelles il prit les Suisses. Cette faute, que firent aussi ses successeurs, est la source de tous les maux de ce Roïaume, ainsi qu'il se voit bien aujourd'hui ; car ces Rois, en accréditant les Suisses, ont avili leurs propres sujets, qui, accoutumez qu'ils sont d'avoir les Suisses pour compagnons d'armes, ne croient pas pouvoir vaincre sans eux ; ce qui fait que les François ne suffisent pas pour tenir tête aux Suisses, & sans eux ne font rien qui vail-

lorsqu'on les trouve dans l'histoire ; mais on se sent indigné de les voir rapportez dans un Livre qui doit être fait pour l'instruction des Princes.

La cruauté & la barbarie sont souvent fatales aux par-

que dans une bataille contre les Mamertins, il partagea son Armée en deux Corps, l'un des auxiliaires, l'autre des troupes nationales ; il laissa exterminer les premiéres, pour remporter la victoire avec les autres. Je suppose que dans la derniére guerre de 1701. l'Empereur eut sacrifié ainsi les Anglois, auroit-ce été un moïen bien assûré de vaincre la France ? Se couper le bras gauche pour mieux combattre avec le droit, est, ce me semble, une folie bien cruelle, ou bien dangereuse.)

vaille contre les au-
tres.

*Les Armées de
France font donc,
partie mercenaires,
partie propres, &
ces armes, toutes en-
femble, font bien
meilleures, que les
fimples mercenaires,
ou les fimples auxi-
liaires, mais auffi de
beaucoup inférieures
aux armes propres,
comme je l'ai mon-
tré* ***.

*La France feroit
invincible, fi l'on y
eût gardé l'ordre éta-
bli par Charles VII;
mais c'eft un effet du
manque de prudence*
des hommes, de commencer une chofe, parce qu'ils y trouvent un avantage prefent,
qui les empêche de voir le mal caché def-
fous, comme je l'ai dit ci - deffus de la
Fiévre étique. Ainfi, le Prince, qui ne
connoit les maux, que lorfqu'ils font nez,
n'eft

particuliers, ainf
ils en ont horreu
pour la plûpart
mais les Princes
que la Providence
a placez fi loin des
deftinées vulgai-
res, en ont d'au-
tant moins d'aver-
fion, qu'ils ne les
ont pas à craindre:
ce feroit donc à
tous ceux qui doi-
vent gouverner les
hommes, que l'on
dévroit inculquer
le plus d'éloigne-
ment pour tous les
abus qu'ils peuvent
faire d'une puiffan-
ce illimitée.]

___

* Par l'exemple du Valentinois.

'eſt pas vraïement ſage ; mais il arrive
très-peu de gens de les prévoir & de les
détourner.

Si l'on cherche la première origine de
la décadence de l'Empire Romain , on
trouvera que ç'a été d'avoir appellé les
Goths ; ce qui commença d'énerver les forces
des Romains , & de tranſmettre leur valeur
aux Goths †.

Je conclus donc , que tout Prince , qui
n'a point d'armes propres , n'eſt point en
ſûreté ; qu'au-contraire , il eſt à la merci
de la Fortune , faute d'avoir de quoi ſe
défendre dans l'adverſité. Le ſentiment
des Sages a toûjours été , qu'il n'y a rien
de ſi foible , ni de ſi fragile , que la puiſſance qui n'eſt pas appuïée ſur ſes propres
fondemens 4. La Milice propre eſt celle
qui eſt compoſée de tes ſujets , de tes citoïens ,
ou de tes créatures ; toutes les autres armes ſont mercenaires , ou auxiliaires. Il
ſera aiſé de mettre ſur pied une Milice
domeſtique , ſi l'on ſe ſert des moïens que
j'ai

---

† [Ou] Car dès-lors les forces de l'Empire
commencérent à s'énerver , & celle des Goths à
s'augmenter.

4. Nihil rerum mortalium tam inſtabile ac flu-
xum eſt , quàm fama potentiæ , non ſua vi nixæ.
Tac. Ann. 13.

H 5

j'ai marquez , & sur - tout de ceux , qu
Philippe , Pere d'Alexandre - le - Grand , &
plusieurs autres Princes & Républiques
ont emploïez , auxquels je me remets entiérement.

CHA-

CHAPITRE XIV.

INSTRUCTION POUR LE PRINCE, CONCERNANT LA MILICE *.

E Prince doit appliquer tout son esprit, & toute son étude, au Métier de la Guerre, qui est le seul qu'il lui importe d'apprendre 1 ; car

1. Un Roi de Trace disoit, qu'il ne différoit en rien de son palfrenier, lorsqu'il ne faisoit pas la guerre. Néron, faisant le plan de son régne futur, dit, qu'il ne se mêleroit d'autre chose, que de commander les Armées. *Tac. Ann.* 13. Domitien haïssoit Agricola,

IL y a une espéce de pédanterie commune à tous les métiers, qui ne vient que de l'avarice & de l'intempérance de ceux qui les pratiquent. Un Soldat est pédant lorsqu'il s'attache trop à la minutie ; ou lorsqu'il est fanfaron & qu'il donne dans le Donquichotisme.

L'Entousiasme de Machiavel expose ici son Prince

(* S'il ne faut s'appliquer qu'à la guerre.)
Digression sur la Chasse.

H 6

car c'est par cette science, que se maintien-

cola, à cause qu'il étoit plus Grand Capitaine que lui, enrageant d'être surpassé par un Sujet en la gloire des armes, qui, à son avis, devoit être l'apanage des Princes. *Id sibi maximè formidolosum, si militarem gloriam alius occuparet; cetera utcumque faciliùs dissimulari; ducis boni imperatoriam virtutem esse.* In Agricolâ. Qui sont les Princes, dit Gracian, dont les noms sont écrits dans le catalogue de la Renommée, si-non les guerriers ? C'est à eux que le surnom de Grands appartient en propre. Les Histoires sont pleines de leurs exploits, & les entretiens du monde en font un perpétuel éloge, parce que le métier de la guerre tient plus du grand & du glorieux, que celui de la paix. *Chap. 8. de son Héros.*

ce à être ridicule : il exagére si fort la matiére, qu'il veut que son Prince ne soit uniquement que Soldat : il en fait un Don Quichotte complet, qui n'a l'imagination remplie que de champs de bataille, de retranchemens, de la manière d'investir des places, de faire des lignes & des attaques.

Mais † un Prince ne remplit que la moitié de sa vocation, s'il ne s'applique qu'au métier de la guerre : il est évidemment faux, qu'il ne doit être

† *Ce n'est qu'ici où commence ce Chapitre dans l'Edition publiée par Voltaire ; tout ce qui précéde en étant retranché.*

tiennent ceux qui sont nez *Princes* 2, *& que souvent même les Particuliers le deviennent. Au contraire, il se voit, que les Princes, qui se sont plus adonnez au repos, qu'aux armes, ont perdu leur Etat. Et véritablement, la première chose qui te le fait perdre, c'est de négliger cet art; comme*

2. Tiridate, Roi d'Arménie, dit, que les Etats ne se maintiennent pas par la lâcheté, mais par les armes; que les Particuliers, n'ont pour but, que de conserver leur bien, au lieu que les Princes font vanité de conquérir celui d'autrui. *Non ignavia magna imperia contineri; & sua retinere, privatæ domus; de alienis certare, regiam laudem esse.* Tac. Ann. 15.

être que Soldat; & l'on peut se souvenir de ce que j'ai dit sur l'origine des Princes au premier Chapitre de cet Ouvrage. Ils sont Juges d'institution; & ils sont Généraux, c'est un accessoire. Le Prince de Machiavel est comme les Dieux d'Homére, que l'on dépaignoit très-robustes & puissants, mais jamais équitables. § [Cet Auteur ignore

§ *Au lieu de ce qui est ici entre deux Crochets, il y a dans l'Edition publiée par* Voltaire : Louïs-Sforce avoit raison de n'être que Guerrier, parce qu'il n'étoit qu'un Usurpateur.

Machiavel, ailleurs violent, me paroit ici fort foible. Quelle est sa raison de recommander

me de le professer, c'est le meilleur moïen de parvenir à la domination.

François Sforce, de Particulier, devint Duc de Milan, parce qu'il étoit armé ; & ses enfans, pour avoir renoncé aux armes, de Ducs devinrent des Particuliers. Car, un des maux qui t'arrivent d'être desarmé, c'est que tu deviens méprisable. 3 ; *qui*

3. Tacite en donne deux exemples en la personne de Tibére ; l'un d'un Gouverneur de Province, qui osa bien lui écrire des lettres de menaces de se soulever, si on lui donnoit un Successeur. *Quia res Tibérii, magis famâ, quàm vi, stabant,* dit Tacite, Ann. 6 ; l'autre, d'un Roi des Parthes, qui eut l'audace de

nore jusqu'au caté chisme de la justice, il ne connait que l'intérêt & la violence.

L'auteur ne représente jamais que de petites idées : son génie redresse n'embrasse que des sujets propres pour la Politique des petits Princes ; rien de plus faible que les raisons dont il se sert pour recommander la Chasse aux Princes :] il est dans l'opinion que les Princes apprendront par ce moïen à connaitre les situations & les passages de leur Païs.

Si un Roi de France, si un Empe-

der la Chasse aux Princes ?

qui eſt une des in-
famies qu'un Prince
doit éviter, ainſi que
je le dirai ci-après.

Comme il n'y a
point de proportion
entre un qui eſt ar-
mé, & un qui eſt
déſarmé, la raiſon
ne veut pas, que
celui qui eſt armé,
obéiſſe volontiers à
celui qui eſt déſar-
mé ; ni que le Sei-
gneur déſarmé ſoit
en ſûreté parmi des
ſer-

de lui envoier des Am-
baſſadeurs, pour lui
faire des demandes in-
ſolentes, & le menacer
de guerre, s'il ne les ac-
cordoit : & la raiſon,
que Tacite en rend, eſt,
que ce Roi mépriſoit
la vieilleſſe de Tibére,
& la vie voluptueuſe
qu'il menoit alors ; par
où il étoit incapable de
penſer à la guerre. Se-
nectutem Tiberii ut iner-
mem deſpiciens. Ibid.

pereur prétendoit
acquérir de cette
manière la connaiſ-
ſance de ſes Etats,
il leur faudroit au-
tant de tems dans
le cours de leur
chaſſe, qu'en em-
ploïe tout l'Uni-
vers dans la gran-
de révolution des
aſtres.

Qu'on me permet-
te d'entrer dans 1
un plus grand dé-
tail, ſur une 2 ma-
tière qui 3 ſera com-
me une eſpéce de
digreſſion à l'occa-
ſion de la Chaſſe ;
& puiſque ce plai-
ſir eſt la paſſion
preſque générale
des Nobles, des
grands Seigneurs,
& des Rois, ſur-
tout en Allemagne,
il me ſemble quel-
le

(1. en 2. cette 3. ; ce)

serviteurs armez 4 ;
car.

4. *Inter impotentes &
validos falsò quiescas.
Ubi manu agitur, mo-
destia ac probitas nomina
superioris sunt.* Tac. in
Germ. Ceux qui sont
les plus forts, sont toû-
jours les plus estimez.
Patercule dit, que Ma-
roboduus., Roi des
Marcomans, aïant con-
çû le dessein de se faire
Prince absolu, entiére-
ment indépendant des
Romains, tenoit ses
troupes en haleine par
de continuels exercices,
& qu'à force de faire
la guerre à ses voisins,
il aguerrit si bien ses
sujets, qu'il devint
formidable à l'Empire
Romain. *Certum im-
perium vimque regiam
complexus animo . . . .
imperium perpetuis exer-
citiis brevi in eminens &
nostro quoque imperio ti-
mendum perduxit fasti-
gium . . . . exercitum-
que assiduis adversus fi-
nitimos bellis exercendo
majori operi prapara-
bat.* Hist. 8.

le mérite quelque
discution.

La chasse est un
de ces plaisirs sen-
suels, qui agitent
beaucoup le corps,
*& qui ne disent rien
à l'esprit ; c'est un
desir ardent de pour-
suivre quelque bête,
& une satisfaction
cruelle de la tuer ;
c'est un amusement
qui rend le corps ro-
buste & dispos, &
qui laisse* 1 *l'esprit en
friche & sans cultu-
re.*

† [Les Chasseurs
me

(1. laissent)
† *Au lieu de ce qui est
ici entre deux Crochets,
jusqu'à la Page* 187. *il
y a dans l'Edition pu-
bliée par* Voltaire:

Les Chasseurs me di-
ront d'abord, que la
Chasse est le plaisir le
plus noble & le plus
ancien des hommes ;
que des Héros ont été
Chas-

tar il eft impoffible que ceux-là s'enten-dent bien enfemble, dont l'un a du mé-pris, & l'autre du foupçon; & par con-féquent, un Prince, qui ne fait point l'Art militaire, ne peut jamais être efti-mé des foldats, ni fe fier à eux.

C'eft donc une néceffité au Prince de fe donner tout en-tier aux exercices de la guerre, & il y doit même être plus affidu en tems de paix, que durant la guer-re ; ; ce qu'il peut fai-

5. Comme faifoit ce Caffius, Gouverneur de Syrie, qui, quoi-que l'on fût en paix, ne laiffoit pas d'exer-cer fes légions, & de rétablir l'ancienne dif-cipline, avec autant de foin, que s'il eût été en

me reprocheront, fans doute, que je prends les chofes fur un ton trop fé-rieux, que je fais le critique févére, & que je fuis dans le cas des Prê-tres, qui, aïant le privilége de parler feuls dans les chai-res, ont la facili-té de prononcer tout ce que bon leur femble, fans ap-préhender d'oppo-fition.

Je ne me pré-vaudrai point de cet avantage ; j'al-léguerai de bon-ne-foi les raifons fpécieufes qu'allé-guent

Chaffeurs. Cela peut-être, & je ne condam-ne que l'excès ; ce qui fait aujourd'hui un plai-fir de quelques heures, étoit une occupation férieufe de tous les jours dans les tems barbares.)

faire en deux manié-
res, l'une, par les
actions, l'autre, par
l'esprit.

Quant à la pre-
miére, il doit, ou-
tre le soin de tenir
ses gens en haleine,
s'exercer ordinaire-
ment à la Chasse 6,
pour

en pleine guerre. *Quan-*
tum sine bello dabatur,
revocare priscum morem,
exercitare legiones, cura,
provisu, perinde agere,
ac si hostis ingrueret.
Ann. 12. Senéque dit;
que la Milice, durant
la paix, marche en ba-
taille, travaille aux tran-
chées, & se fatigue à
des exercices, dont el-
le se pourroit passer,
pour y être toute ac-
coutumée, quand il en
sera besoin. *Ep.* 18.
6. Comme faisoient
les Romains. *Romanis*
solenne viris opus, utile
famæ, vitæque & mem-
bris, dit Horace, dans
la 18. Epitre du Livre 1,
de ces Epitres. Vono-
nus

guent les ama-
teurs de la Chasse
Ils me diront d'a-
bord que la Chasse
est le plaisir le plus
noble & le plus an-
cien des hommes;
que des Patriar-
ches, & même
beaucoup de grands
hommes ont été
Chasseurs; & qu'en
chassant, les hom-
mes continuent à
exercer ce même
droit sur les bêtes,
que Dieu daigna
lui-même donner à
Adam.

Mais, ce qui est
vieux n'en est pas
meilleur, sur-tout
quand il est outré.
Des grands hom-
mes ont été pas-
sionnés pour la
Chasse, je l'avoüe:
ils ont eu leurs dé-
fauts comme leurs
faiblesses; imitons
ce

pour se faire à la fatigue, & d'ailleurs, pour connoître l'assiette des lieux, la pente des montagnes, les entrées & les issues des valées, la largeur des plaines, la nature des fleuves & des marais 7 ; ce qui sert

nus fut méprisé des Parthes, qui étoient grands guerriers, parce qu'il n'aimoit pas la chasse. *Accendebat dedignantes & ipse, diversus à majorum institutis, raro venatu. Tac. Ann. 2.*

7. Cette connoissance, (dit Machiavel, au Chap. 39. du 3 Livre de ses Discours,) s'acquiert mieux par la Chasse, que par tout autre exercice ; &, outre cette connoissance, la Chasse t'enseigne mille choses, qu'il faut savoir à la guerre. Et Cyrus, au raport de Xénophon, allant à la guerre contre le Roi d'Ar-

ce qu'ils ont eu de grand, & ne copions point leurs minuties.

Les Patriarches ont chassé ; c'est une vérité ; j'avoüe encore qu'ils ont épousé leurs sœurs, que la poligamie étoit en usage de leur tems : mais ces bons Patriarches, en chassant ainsi, se ressentirent des siécles barbares dans lesquels ils vivoient ; ils étoient très-grossiers & très - ignorants ; c'étoient des gens oisifs, qui, ne sachant point s'occuper, & pour tuer le tems, qui leur paraissoit toujours trop long,] * promenoient leurs en-

(* Nos Ancêtres ne savoient pas s'occuper, ils)

*fert à deux choſes,
(I) à connoître ſon
Païs, & comment on
le peut défendre ; (II)
à comprendre plus
facilement comment
ſont faits les autres
lieux*

d'Arménie, diſoit à ſes
gens, que cette entre-
priſe n'étoit rien autre
choſe, qu'une de ces
Chaſſes, où il les avoit
déjà menez tant de fois ;
comparant ceux qu'il
mettoit en embuſcade
ſur les montagnes, à
ceux qui faiſoient ſor-
tir les bêtes fauves de
leur gîte, pour les en-
velopper dans les filets.
Ce qui montre, ainſi
que Xénophon en con-
vient, que la Chaſſe
eſt une repréſentation
de la guerre ; à raiſon
de quoi l'on dit com-
munément, que l'hom-
me-de-guerre doit a-
voir l'aſſaut du lévrier,
la fuite du loup, qui
ſe retire en montrant
les dents, & la défen-
ſe du ſanglier.

ennuis à la Chaſſe ;
ils perdoient dans
les bois, à la pour-
ſuite des bêtes, les
moments qu'ils n'a-
voient, ni la capa-
cité, ni l'eſprit de
paſſer en compa-
gnie de perſonnes
raiſonnables.

Je demande ſi
ce ſont des exem-
ples à imiter ? Si
la groſſiereté doit
inſtruire la politeſ-
ſe ? Ou, ſi ce n'eſt
pas plûtôt aux Sié-
cles éclairés à ſer-
vir de modèle aux
autres ?

*Qu'Adam ait re-
çu l'empire ſur les
bêtes, ou non, c'eſt
ce que je ne recherche
pas ; mais je ſçai
bien que nous ſom-
mes plus cruels &
plus rapaces que les
bêtes mêmes, & que
nous uſons très-tyran-
ni-*

lieux que l'on a be-
soin de connoître ; car
les collines , les val-
lées & les plaines ,
les rivières & les
marécages , qui , par
exemple , sont en Tos-
cane , ont une cer-
taine ressemblance a-
vec les autres : de-
sorte que de la con-
noissance de l'assiet-
te d'une Province ,
l'on peut venir aise-
ment à la connoissan-
ce des autres.

Quand cette par-
tie manque au Prin-
ce , il manque de la
première condition re-
quise à un Capitai-
ne ; car c'est celle
qui lui apprend à
trouver l'ennemi , à
se bien camper , à con-
duire les Armées 8 ,
à

8. Qui sont les qua-
litez que Tacite attri-
bue

niquement de ce pré-
tendu empire ; si
quelque chose de-
voit nous donner
de l'avantage sur
les animaux *, c'est
assurément notre rai-
son , & ceux pour
l'ordinaire qui font
profession de la
chasse , n'ont leur
cervelle meublée
que de chevaux § ,
de chiens, & de tou-
te sorte d'animaux.
Ils sont quelques-
fois très - grossiers ,
& il est à craindre
qu'ils deviennent
aussi inhumains en-
vers les hommes ,
qu'ils le sont à l'é-
gard

(* que nous poursui-
vons ,)
(§ mais ceux qui font
leur profession unique
de la Chasse , ont sou-
vent la tête trop rem-
plie de chevaux ,)

à donner les batail-
les , à assiéger les
villes. Philopémen ,
Prince d'Achaïe , est
loué par les anciens
Ecrivains , de ce qu'en
tems de paix il pen-
soit toûjours à la
guerre , & que dans
des voïages qu'il fai-
soit avec ses amis ,
il s'arrêtoit souvent ,
pour leur demander ,
Si les ennemis é-
toient sur cette col-
line , & que nô-
tre Armée fût ici ,
qui auroit l'avan-
tage ? Comment
pourions - nous al-
ler

bue à son beau-pere.
Loca castris ipse capere,
æstuaria ac silvas ipse
prætentare; disjectos coër-
cere. Et une page a-
près, *Adnotabant peri-*
ti , non alium ducem op-
portunitates locorum sa-
pientiùs legisse. In A-
gricola.

gard des bêtes, ou
que du moins la
cruelle coutume de
faire souffrir avec
indifférence ne les
rende moins com-
patissants aux mal-
heurs de leurs sem-
blables. Est-ce-là
ce plaisir dont on
nous vante tant la
noblesse ? Est-ce-là
cette occupation si
digne d'un Etre
pensant ? On m'ob-
jectera , que la
Chasse est salutaire
à la santé, que l'ex-
périence a fait voir
que ceux qui chas-
sent , deviennent
vieux, que c'est un
plaisir innocent &
qui convient aux
grands Seigneurs,
puisqu'il étale leur
magnificence, *puis-*
qu'il dissipe leurs
chagrins , & qu'en
tems de paix il leur
pré-

fer à eux, & les attaquer dans les formes ? Et si nous voulions nous retirer, comment serions-nous ? Et s'ils se retiroient, comment les poursuivrions-nous ? *En leur proposant ainsi tous les cas qui peuvent arriver à la Guerre, il écoutoit leurs avis & puis leur disoit le sien, & ses raisons ; si bien que, lorsqu'il étoit à la Guerre, il ne lui arrivoit jamais rien qu'il n'eût prévu.*

Mais, quant à l'exercice de l'esprit, le Prince doit lire des Histoires, pour y considérer les actions des Grands Capitaines, & les causes de leurs victoires, ou de leur défaite ; mais surtout il doit faire ce qu'ont

présente les images de la guerre.

Je suis bien éloigné * de condamner un exercice modéré, mais qu'on y prenne garde, l'exercice n'est nécessaire qu'aux intempérants. Il n'y a point de Prince qui ait vécu plus que le Cardinal de Fleuri, *ou* le Cardinal de Ximenès, & le dernier Pape § ; cependant ces trois hommes n'étoient point Chasseurs. *Faut-il d'ailleurs choisir la profession qui n'a de mérite que celui de promet-*

(* Je suis loin § *Il y a*, dans l'*Edition publiée* par Voltaire, le présent Pape ; & au bas, en guise de Notte, Cela étoit écrit en 1737.)

qu'ont fait quelques excellens hommes, qui ont pris à tâche d'en imiter quelque autre, dont la vie avoit été glorieuse, ainsi qu'il est raconté, qu'A-lexandre le Grand imitoit Achille; Cé-sar Alexandre; & Scipion Cyrus. Car, quiconque lira la vie de Cyrus, écrite par Xénophon, verra que Scipion * a pratiqué de point en point tou-tes les vertus que cet Historien attribue à Cyrus 9. §.

Voi-

* [Ou] *lira la Vie de Scipion, reconnoîtra, qu'il a pris pour modèle celle de Cyrus, composée par Xénophon.*

9. Tous les Princes ont à imiter Scipion l'Affricain, qui, au té-moignage de Patercu-le, partageoit tout son tems entre les exerci-ces de la paix & de la guer-

mettre une longue vie? Les Moines vi-vent d'ordinaire plus long-tems que les au-tres hommes; faut-il pour cela se faire Moine.

Il ne s'agit point* qu'un homme trai-ne jusqu'à l'âge de Mathusalem le fil indolent & inutile de ses jours; mais plus il aura réfle-chi, plus il aura fait d'actions bel-les & utiles, & plus il aura vécu.

§ [D'ailleurs, la Chasse est de tous les amusemens ce-lui

(* De plus, importe-t-il tant)

§ *Au lieu de ce qui est ici entre deux Crochets, il y a, dans l'Edition pu-bliée par* Voltaire:

La Chasse, il est vrai, a un air de magnificen-ce,

Voilà comme un Prince sage doit gouverner, sans jamais se tenir oisif en tems de paix, afin que, si la fortune vient à changer, il soit toûjours prêt de lui résister.

guerre, toûjours parmi les armes, ou parmi les livres, abandonnant son corps aux dangers, & son esprit aux sciences. *Neque quisquam hoc Scipione elegantiùs intervalla negotiorum otio dispunxit, semperque aut belli, aut pacis serviit artibus; semper inter arma ac studia versatus, aut corpus periculis, aut animum disciplinis exercuit.*

§ Dont Scipion avoit toûjours la vie entre les mains.

lui qui convient le moins aux Princes; ils peuvent manifester leur magnificence de cent maniéres, beaucoup plus utiles pour leurs sujets,] & s'il se trouvoit que l'abondance du gibier ruinât les gens de la campagne, le soin de détruire ces 1 animaux pourroit très-bien se commettre aux Chasseurs, païez pour cela. Les Princes ne dévroient proprement être occupez que du soin de s'instruire & de gouverner, afin d'acquérir d'autant plus de connois-fances, & de pouvoir d'autant plus *

fe

te, & il en faut aux Princes : mais en combien de maniéres plus utiles peuvent-ils faire voir leur grandeur?)

(1. les * combiner d'idées. Leur profession est de penser bien, & d'agir en conséquence.)

I

se former une idée de leur profession pour agir bien en conséquence.

Je dois *ajouter*, sur-tout *pour* répondre à Machiavel, qu'il n'est point nécessaire d'être Chasseur pour être grand Capitaine. Gustave-Adolphe, Turenne, Marlborough, *le Prince* Eugène, à qui on ne disputera pas la qualité d'hommes illustres & d'habiles Généraux, n'ont point été Chasseurs ; nous ne lisons point que César, Alexandre, *ou* Scipion, l'aïent été.

On peut en se promenant faire des réflexions plus judicieuses & plus solides sur les différentes situations d'un Païs, relativement à l'art de la guerre, que lorsque des perdrix, des chiens couchans, des cerfs, *une meute de* toutes sortes d'animaux, & l'ardeur de la Chasse vous distraïent : un grand Prince, qui a fait la 1 seconde Campagne en Hongrie, a risqué d'être fait prisonnier des Turcs pour s'être égaré à la Chasse : On dévroit même défendre la Chasse dans les Armées, car elle cause 2 beaucoup de desordre dans les marches.

Je conclus donc qu'il est * pardonnable aux Princes d'aller à la Chasse,

pour-

(1. sa 2. a causé. * très)

pourvû que ce ne ſoit que rarement ,
& pour les diſtraire de leurs ocupations
ſérieuſes , & quelquesfois fort triſtes. Je
ne veux interdire encore une fois aucun
plaiſir honnête ; mais le ſoin de bien
gouverner , de rendre ſon Etat floriſ-
ſant , de protéger , de voir les ſuccès
de tous les arts , eſt ſans doute le plus
grand plaiſir ; & malheureux celui 1 à
qui il en faut d'autres.

(1. l'homme)

I 2　　*CHA-*

CHAPITRE XV.

CE QUI FAIT LOUER OU BLAMER LES HOMMES, ET SUR-TOUT LES PRINCES.

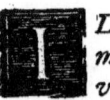 *L nous reste maintenant de voir comment un Prince doit se gouverner envers ses sujets & ses amis. Et comme je sai que plusieurs ont traité cette matiére, je crains de passer pour un présomptueux, si je la traite autrement qu'eux. Mais, mon dessein étant d'écrire pour ceux qui savent ce que c'est, il vaut mieux, à mon avis, parler selon la vérité de la chose, que se*

 E s Peintres & les Historiens ont cela de commun entr'eux, qu'ils doivent copier la Nature. Les premiers peignent les traits & les coloris des hommes; les seconds leurs caractéres & leurs actions : il se trouve des Peintres singuliers, qui n'ont peint que des Monstres & des Diables.

Machiavel * repré-

(* est un Peintre de ce genre. Il)

selon ce que le *Vul-*
gaire s'en imagine.

Plusieurs se sont
figuré des Républi-
ques & des Princi-
pautez, qui n'ont ja-
mais été, & qui ne
seront jamais 1. *Mais*
il

1. *Cunctas nationes &*
urbes populus, aut pri-
mores, aut singuli re-
gunt. Delecta ex his &
constituta Reip. forma,
laudari facilius, quàm
evenire, vel, si evenit,
haud diuturna esse potest.
Tac. Ann. 4. » L'Au-
»teur du Livre, *dit*
» *un de ses Traducteurs,*
»ne traite d'autre pro-
»pos, que d'acquérir
»& garder le sien ;
»en quoi il constitue
»entiérement la fin du
»Prince, qu'il nous
»veut proposer ; n'a-
»ïant voulu suivre en
»cela la tradition de
»ceux qui ont écrit
»devant lui sur sem-
»blable argument, les-
»quels ont figuré en
» leurs

présente l'univers
comme un enfer,
& tous les hommes
comme des dam-
nés 1 ; on diroit que
ce Politique a vou-
lu calomnier *tout*
le genre - humain *
par une haine par-
ticulière, & qu'il
ait pris à tâche
d'anéantir la ver-
tu, *peut - être* pour
rendre tous les ha-
bitans de ce Con-
tinent ses sembla-
bles.

Machiavel a-
vance qu'il n'est
pas possible d'être
tout à fait bon dans
ce 2 monde, aussi
scélérat & aussi
corrompu *que l'est*
le genre - humain,
sans

(1. Démons ; * par
haine pour l'espèce en-
tière, 2. un)

I 3

il y a si loin de la
manière dont on vit,
à celle dont on dé-
vroit vivre, que ce-
lui qui laisse ce qui
se fait pour ce qui se
dévroit faire, cher-
che

» leurs écrits je ne sai
» qu'elle perfection du
» Prince, non imita-
» ble à tous les hu-
» mains, pour la fra-
» gile condition de cet-
» te nature. Ou, au
» contraire, celui-ci a
» voulu accommoder
» la forme de ses pré-
» ceptes, seulement à
» ce qui est sujet à
» l'expérience & à la
» plus commune mode
» de faire, dont les
» Princes sages ont u-
» sé : estimant être cho-
» se fort inepte, mon-
» trer un chemin par
» où l'on ne va point,
» pour laisser celui qui
» est battu de tout le
» monde. » *Gaspar*
d'Auvergne, dans la 2.
Epitre dédicatoire de sa
traduction du Prince.

sans que l'on § pé-
risse. Et moi je
dis, que pour ne
point 1 périr, il faut
être bon & pru-
dent. † Les Hom-
mes ‡ ne sont d'or-
dinaire, ni tout à fait
bons, ni tout à fait
méchants ; mais,
& méchants, &
bons, & médio-
cres, s'accorderont
tous à ménager un
Prince puissant, jus-
te, & habile. J'ai-
merai 2 mieux faire
la guerre à un Ti-
ran qu'à un bon
Roi, a un Louïs
onze qu'à un Louïs
douze, à un Domi-
tien qu'à un Tra-
jan ; car le bon Roi
se

(§ sans qu'on 1. pas
† ; alors les Scélérats
vous craindront & vous
respecteront, ‡ & les
Rois, comme les au-
tres, 2. J'aimerois)

che à se perdre plutôt qu'à se conserver : & par conséquent, il faut qu'un homme, qui veut faire profession d'être tout-à-fait bon parmi tant d'autres, qui ne le font pas, périsse tôt ou tard *. Il est donc de nécessité absolue, que le Prince, qui veut se maintenir, apprenne à pouvoir n'être pas bon, pour en faire usage, selon le besoin de ses afaires.

Ainsi, laissant à part les choses qui ne sont qu'en imagination, & ne m'arrêtant qu'à celles qui sont vraies & réelles, je dis que tous les

sera bien servi, & les sujets du Tiran se joindront à mes troupes. Que j'aille en Italie avec dix mille hommes contre un Alexandre VI., la moitié de l'Italie sera pour moi ; que j'y entre avec quarante mille hommes contre un Innocent onze 1, toute l'Italie se soulevera pour me faire périr. Jamais Roi bon & sage n'a été détrôné en Angleterre par de grandes Armées, & tous leurs mauvais Rois ont succombé sous des compétiteurs, qui n'ont 2 pas commencé la guerre avec

* Voïez l'exemple de Pertinax, dans le Chapitre 19.

(1 Innocent II. 2. n'a voient)

I 4

les hommes, particulièrement les Princes, de qui l'on parle davantage, parce que leur haute élévation les met plus en vuë, ont tous quelque surnom de louange, ou de blâme. L'un est appellé libéral, l'autre ménager† ; & l'un grand donneur, l'autre grand voleur ; l'un cruel, l'autre clément ; l'un homme de parole, l'autre sans foi ; l'un effeminé & imbécille, l'autre hardi & courageux ; l'un humain & affable, l'autre superbe ; l'un lascif, l'autre chaste ; l'un homme de bonne-foi, l'autre fourbe ; l'un rude & revéche, l'autre facile ; l'un grave, l'autre étourdi ; l'un religieux, l'autre impie.

vec quatre mille hommes de troupes réglées. Ne sois donc point méchant avec les méchants, mais sois vertueux & intrépide avec eux ; tu rendras ton peuple vertueux comme toi, tes voisins voudront t'imiter, & les méchants trembleront.

Cha-

† Machiavel use de mot misero, qui est un mot Florentin, parce que, dit-il, avaro, en notre langue, signifie aussi un homme qui s'enrichit de rapines, au lieu que nous ap-

appellons misero, celui qui épargne trop le sien. Parenthèse qui rompt le fil du discours, & que pour cela j'ai trouvé mieux de mettre à la marge.

Chacun me dira, que ce seroit un tre-
sor, qu'un Prince, qui, de toutes les qualitez, que je viens de nommer, n'en auroit que les bonnes. Mais, d'autant qu'on
ne les peut pas avoir toutes, ni aussi les
mettre toutes en usage, la condition humaine ne le souffrant pas 2, le Prince a
besoin d'être si prudent, qu'il sache éviter l'infamie des vices qui lui seroient
perdre son Etat, & se garantir des autres, si cela se peut; mais, s'il n'y a pas
moïen, il ne s'en doit pas trop embarrasser, ni même se soucier d'encourir l'infamie de ces vices, sans quoi il est difficile
de sauver son Etat. Car, tout bien considéré, telle chose, qui paroit une vertu,
le ruineroit, s'il la pratiquoit; & telle
autre, qui paroit un vice, se trouvera ê-
tre cause de sa felicité 3.

---

2. *Adhuc nemo exti-
tit*, dit le jeune Pline
dans son Panégirique,
*cujus virtutes nullo vi-
tiorum consortio læderen-
tur.*

3. Il y a des vices,
qui n'empêchent point
de bien régner, ni que
le Prince, qui les a,
ne

ne soit un bon Prince.
Salomon étoit sujet aux
femmes, Trajan aux
garçons & au vin. *Vi-
cio es de hombre, no de
Principe*, disoit le Com-
te de Pennaranda à un
Ambassadeur de l'Em-
pereur, qui lui disoit,
que c'étoit dommage,
que

I 5

que Philippe IV. Roi d'Espagne fût si adonné aux femmes. Il faut distinguer dans les Princes la vie domestique d'avec la vie publique, les vertus Roïales d'avec les vertus particuliéres. Et c'est comme Tacite l'entend, quand il dit, *Palam laudares, secreta malè audiebant.* Hist. 1. Il est toûjours louable de bien faire; mais il n'y fait pas toûjours bon; telle chose est conforme à la raison, qui ne l'est pas à l'expérience; & par conséquent il faut que le Prince, pour faire bien sa fonction, s'accommode au besoin des affaires, & fasse, à cause de son Etat, ce qu'il ne feroit pas, ou ne dévroit pas faire, s'il n'étoit que particulier. *Morem accommodari, prout conducat.*

ducat. Ann. 12. Il suffit qu'il soit bon, quand il importe de l'être. *Quoties expedierat, magnæ virtutes.* Hist. 1. Il faut qu'il sache tout le bien, mais il n'est pas toûjours à propos qu'il le fasse. *Omnia scire, non omnia exequi;* dans la vie d'Agricola. Catherine de Médicis, Reine de France, voïant que le Pape, & le *Roi d'Espagne, la blâmoient d'avoir* fait la paix avec les Huguenots, après avoir emploïé en vain le fer & le feu contr'eux pour les ramener à leur devoir, disoit fort à propos, que le *Roïaume de France ne se gouvernoit pas comme Aliffe & Torbia,* (ce sont deux petites villes d'Italie toutes desertes) & que ce qui réüssissoit dans un petit modèle, ne réüssissoit pas toûjours dans un grand.

CHA-

CHAPITRE XVI.

DE LA LIBE'RALITE' ET DE L'ECONOMIE.

OMMEN-CANT par *les deux pre-mières qualitez, je dis qu'il est bon d'être crû libéral, mais que si tu exerces ta libérali-té, de façon que tu sois craint, tu t'en trouves mal. Car, si tu n'est libéral, que comme il le faut ê-tre ***, ta libéralité ne sera point connuë, & l'on t'accusera du vi-ce contraire.*

Pour avoir le re-nom

D E u x Sculp-teursfameux, Phidias & Al-camene, firent cha-cun une statuë de Minerve, dont les Athéniens voulu-rent [1] choisir la plus belle, pour être placée sur le haut d'une colonne. On les présenta toutes les deux au Pu-blic : celle d'Alca-mene remporta les suffrages ; l'autre, disoit-on, étoit trop grossiérement tra-

*** C'est-à-dire, avec choix & mesure.*

(1. devoient)
I 6

nom de libéral , il ne faut éviter aucune forte de dépenfe. Or , il arrive de-là que le Prince venant à s'épuifer , il eft enfin contraint , (s'il veut conferver ce renom ,) de charger extraordinairement fon peuple 1 , & de recourir aux confifcations , & à tous les autres moïens d'avoir de l'argent ; par où il commence à devenir odieux à fes fujets , & à perdre fon crédit , à caufe de fa pauvreté ; ce qui fait , qu'au premier revers de Fortune

1. Si nous épuifons le Tréfor-public, dit Tibére chez Tacite, il faudra le remplir par des moïens injuftes. Si ærarium ambitione exhauferimus, per fcelera fupplendum erit. Ann. 2.

travaillée. Phidias ne fe déconcerta point par le jugement du vulgaire, & demanda , que comme les ftatues avoient 1 été faites pour être placées fur une colonne, qu'on les * élevât toutes les deux ; alors celle de Phidias remporta le prix.

Phidias devoit fon fuccès à l'étude de l'Optique & des proportions. Cette régle de proportion doit être obfervée dans la Politique ; les differences des lieux font les différences des maximes ; vouloir en appliquer une généralement, ce feroit la ren-

(1. aïant * y)

tune, il est en dan-
ger de périr ; sa li-
béralité lui aïant fait
beaucoup d'ennemis,
& peu d'amis 2. A-
près

2. Ciceron dit, que
le Prince libéral perd
plus de cœurs, qu'il
n'en gagne, & que la
haine de ceux à qui
il ôte, est bien plus
grande, que la recon-
noissance de ceux à qui
il donne. *Nec tanta
studia assequuntur eorum,
quibus dederunt, quanta
odia eorum, quibus ade-
merunt.* Off. Lib. 2. Que
le Prince, dit le jeune
Pline, ne donne rien,
pourvû qu'il n'ôte rien.
*Nihil largiatur Prin-
ceps, dùm nihil auferat.*
Paneg. Tacite, en par-
lant d'Otton, dit un beau
mot, *perdere aste sciet ;
donare nesciet.* Hist. 1.
Il saura dissiper, mais
non donner. *Falluntur,*
ajoute-t'il, *quibus luxuria specie liberalitatis im-
ponit.* Ceux-là se trom-
pent fort, qui prennent
la

rendre vicieuse : ce
qui seroit admirable
pour un grand Roïau-
me, ne conviendroit.
point à un petit Etat.
Le luxe, qui naît
de l'abondance, &
qui fait circuler les
richesses par tou-
tes les veines d'un
Etat, fait fleurir
un grand Roïau-
me ; c'est lui qui
entretient l'indus-
trie ; c'est lui qui
multiplie les be-
soins des riches,
pour les lier par
ces mêmes besoins.
avec les pauvres.

Si quelque Poli-
tique habile 1 s'avi-
soit de bannir le
luxe d'un grand
Empire, cet Em-
pire tomberoit en
lan-

(1 mal habile.)

près-quoi , s'il veut changer de conduite , il encourt aussi-tôt le reproche d'avaricieux.

Si donc un Prince ne sauroit faire connoître sa libéralité , sans se faire tort * , il ne doit pas , s'il est prudent , se soucier d'être appellé chiche ; car lorsqu'on verra dans la suite que ses revenus lui suffisent , qu'il peut

la prodigalité pour la libéralité. Le jeune Pline ne veut point qu'on appelle libéraux ceux qui ôtent à l'un pour donner à l'autre , & dit , que c'est acquérir le renom de libéralité par une véritable avarice. *Qui quod huic dabant , auferunt illi , famam liberalitatis avaritia petunt.* Ep. 30. Lib. 9.

*[Ou] qu'à son dommage.

langueur : le luxe tout au contraire feroit périr un petit Etat ; l'argent sortant en plus grande abondance du Païs , qu'il n'y rentreroit à proportion , feroit tomber ce corps délicat en consomption , & il ne manqueroit pas de mourir éthique. C'est donc une régle indispensable à tout Politique , de ne jamais confondre les petits Etats avec les grands , & c'est en quoi Machiavel péche grièvement en ce Chapitre.

La première faute , que je dois lui reprocher , est qu'il prend le mot de libéralité dans un sens trop vague ; il ne distingue pas assez

peut réfifter aux armes de fes ennemis, & faire même des entreprifes fans charger fon peuple, il fera tenu libéral de tous ceux à qui il n'ôte rien †, dont le nombre eft infini ; au lieu que ceux qui le croient avaricieux, à caufe qu'il ne leur donne pas ce qu'ils dé-

† *Tu es mon Dieu*, dit David à Dieu, *parce que tu n'as pas befoin de mes biens. Dixi Domine Deus meus es tu, quoniam bonorum meorum non eges.* Pfalmo 15. Tous les fujets ont les mêmes fentimens pour les Princes qui les laiffent jouïr paifiblement de leurs biens. Ils font toûjours bien affectionnez, *dit Mezeray dans la Vie de Charles VI.*, quand ils font bien traitez ; c'eft-à-dire, quand on ne leur ôte rien.

affez la libéralité de la prodigalité. » Un Prince, dit-» il, pour faire de » grandes chofes, » doit paffer pour * » libéral, & il 1 doit » l'être. Je ne connais aucun 2 Héros qui ne l'ait été. Afficher l'avarice, c'eft dire aux hommes, n'attendez rien de moi, je paierai toujours mal vos fervices ; c'eft éteindre l'ardeur que tout fujet a naturellement de fervir fon Prince.

Sans doute, il n'y a que l'homme économe qui puiffe être libéral, il n'y a que celui qui gou-

(* avare : moi, je foutiens qu'il doit paffer pour 1. qu'il 2. point de)

demandent, sont en petit nonbre.

De nôtre tems, nous n'avons vû faire de grandes choses, qu'à ceux qui ont passé pour ménagers; tous les autres ont péri. Jules II. se servit du renom de libéral, pour parvenir au Pontificat; mais il ne se soucia plus de l'être, quand il fut Pape. Sa longue épargne lui a si bien suffi dans toutes ses guerres, qu'il n'a jamais mis d'impôt extraordinaire. Le Roi d'Espagne régnant aujourd'hui * ne fût pas venu à bout de tant d'entreprises, s'il eût été libéral.

C'est pourquoi, un

(* Il parle de Ferdinand, Roi de Castille & d'Arragon.

gouverne prudemment ses biens qui puisse faire du bien aux autres.

On connait l'exemple de François premier, Roi de France, dont les dépenses excessives furent en partie la cause de ces malheurs. Les plaisirs de François premier absorboient les ressources de sa gloire: ce Roi n'étoit pas libéral, mais prodigue, & sur la fin de sa vie il devint un peu avare: au lieu d'être bon ménager, il mit des trésors dans ces coffres; mais ce n'est pas des trésors sans circulation qu'il faut avoir, c'est un ample revenu *.

Tout

(* & un trésor.)

un Prince, qui ne veut pas devenir pauvre, ni méprisable, ni se voir contraint de piller ses sujets, pour se deffendre contre ses ennemis, se doit peu soucier du reproche d'avarice, ce vice étant un de ceux qui le font régner.

Mais, me dira quelqu'un, c'est par la libéralité que César est parvenu à l'Empire, & beaucoup d'autres aux plus hautes dignitez. Je répons, ou tu es Prince, ou tu prétends le devenir : au premier cas, la libéralité porte dommage 3 ; au second, il

3. *Liberalitas, ni adsit modus, in exitium vertitur*, dit Tacite, Hist. 3. Au contraire, la frugalité du Prince lui

Tout particulier & tout Roi qui ne fait qu'entasser, enterrer § de l'argent, n'y entend rien : il faut le faire circuler pour être vraiment riche. Les Médicis n'obtinrent ɪ la Souveraineté de Florence, que parce que le Grand Cosme, pere de la Patrie, simple marchand, fut habile & libéral. Tout avare est un petit génie, & je crois que le Cardinal de Retz a raison quand il dit, que dans les grandes affaires, il ne faut jamais regarder à l'argent. Que le Souverain se mette donc en état d'en

(§ seulement ɪ. n'ont eu).

il est besoin d'être es-
ti-
lui tient lieu d'un re-
venu, qui suffit à tou-
tes les dépenses néces-
saires. *Tantas vires ha-*
bet frugalitas Principis,
dit le jeune Pline, *ut*
tot impendiis, tot eroga-
tionibus sola sufficiat. In
Paneg.

Quant à ce que Ma-
chiavel dit, que pour
devenir Prince il faut
être libéral, mais ces-
ser de l'être lorsqu'on
est Prince effectif (*Prin-*
cipe fatto), cela est conforme à ce que Tacite
raconte d'Otton, qui,
n'étant encore que par-
ticulier, faisoit une dé-
pense, qui eût été mê-
me à charge à un Prin-
ce; *luxuria etiam Prin-*
cipi onerosa. Hist. 1. &
qui, toutes les fois que
Galba mangeoit chez
lui, distribuoit de l'ar-
gent à chaque soldat de
cohorte qui étoit de
garde, comme pour
païer leur dîner. Mais,
lorsqu'il fut Prince, il
devint ménager à tel
point, qu'à sa mort il
distribua son argent à
ses

d'en acquérir 1 beau-
coup †, en favori-
sant le commerce
& les manufactu-
res 2 de ses sujets,
afin qu'il puisse en
dépenser beaucoup
à propos. Il sera
aimé & estimé.

Machiavel dit
que la libéralité le
rendra méprisable:
voilà ce que pour-
roit dire un usurier;
mais est-ce ainsi
que doit parler un
homme qui se mêle
de donner des le-
çons aux Prin-
ces ? §

(1. avoir † à propos,
2. l'industrie.

(§ *Ce qui suit se trouve*
de plus dans l'Edition
publiée par Voltaire.

Un Prince, si je l'ose
dire, est comme le Ciel
qui répand chaque jour
ses rosées & ses pluies,
& qui en a toujours un
fonds inépuisable, desti-
né à la fertilité de la
terre.)

mé libéral , & César s'étudioit à passer
pour tel , comme voulant arriver à la
Principauté. Mais si après y être parvenu , il eut vécu plus long-tems , & qu'il
n'eût pas modéré sa dépense , il eut ruiné
l'Empire.

Si l'on me replique , que plusieurs Princes très - libéraux ont fait de grandes choses en guerre ; je répons : ou le Prince
dépense le sien , & celui de ses sujets ,
ou celui d'autrui. Quant au sien , il en
doit être ménager 4 ; mais de l'autre , il
en doit être prodigue , autrement il ne seroit pas suivi des soldats. D'ailleurs , il
n'y a point d'inconvénient à donner large-
ment ce qui n'est , ni à toi , ni à tes sujets , comme faisoient Cirus , César , & A-
lexandre ; au contraire , cela te rend plus
formidable.

Rien

ses domestiques , non pas en homme qui al-loit mourir, mais comme s'il eût eu encore long-tems à vivre. *Eò progressus est, ut per speciem convivii , quoties Galba apud Othonem epularetur, cohorti excubias agenti , viritim centenos nummos divideret.* Hist. 1. Voilà Otton qui veut devenir Empereur. *Pecunias distribuit parcè , nec ut periturus.* Hist. 2. Alors il étoit Prince.

4. Tacite loue Galba d'avoir été ménager de son bien , & avare de celui du Public ; *pecuniæ suæ parcus, publicæ avarus.* Hist. 1. Henri IV. , Roi de France, étoit de ce caractère.

Rien ne te nuit , que de dépenser le
tien , & à mesure que tu es libéral , tu
perds la commodité de l'être 5 , & tu te
rends pauvre , & méprisable ; ou , si tu
veux te garantir de la pauvreté , tu de-
viens voleur , & par conséquent odieux 6.
Or , entre toutes les choses dont le Prin-
ce se doit garder , l'un est , d'être haï &
méprisé ; à quoi la libéralité t'expose toû-
jours. Il vaut donc mieux avoir le renom
d'être trop ménager , défaut qui ne te rend
pas odieux , que de tomber , par une af-
fectation de libéralité , dans la nécessité de
prendre à toutes mains ; ce qui , outre le
deshonneur , te fait encore haïr.

5. *Liberalitas enim ni-*
miâ profusione inarescit.
Plin. Ep. 4. Lib. 2.
6. Comme Néron ,
qui par son luxe consu-
moit les richesses de
l'Empire , sur l'espéran-
ce d'un trésor imaginai-
re , qui devoit fournir
à toutes ses dépenses ,
attente qui fut cause
de la pauvreté publique,
& le rendit d'autant
plus ridicule à tout le
monde , que ses flat-
teurs

teurs avoient fait son-
ner haut la félicité de
son régne. *Nova uber-*
tate provenire terras , &
obvias opes deferre Deos
. . . . *Gliscebat interim*
luxuria spe inani , con-
sumebanturque veteres
opes , quasi oblatis , quas
multos per annos prodi-
geret. Quin & inde jam
largiebatur , & divitia-
rum expectatio inter cau-
sas paupertatis publicæ
erat. Ann. 16.

CHA·

CHAPITRE XVII.

DE LA CRUAUTE' ET DE LA CLE'MENCE : ET S'IL VAUT MIEUX ETRE AIME' QUE CRAINT*.

J'AVOUE que tous les Princes doivent desirer d'avoir le renom de clémence, mais aussi ils doivent prendre garde à l'usage qu'ils font de cette vertu. César Borgia passoit pour cruel, & néanmoins sa cruauté avoit réuni, pacifié, & réformé toute la Romagne. Et, cela bien considéré, l'on avouëra, qu'il a été beaucoup plus clément, que le peuple

L E dépôt le plus prétieux qui soit confié † entre les mains des Princes, c'est la vie de leurs sujets. Leur Charge leur donne le pouvoir de condamner à mort, ou 1 de pardonner aux coupables ; *ils sont les arbitres suprêmes de la Justice.*

Les bons Princes regardent ce pouvoir

(† aux Princes, 1. &)

(* *De la cruauté & de la clémence : & s'il vaut mieux être craint qu'aimé.*)

ple de Florence, qui, pour éviter le reproche de cruel, laissa détruire Pistoie*.

Quand il s'agit de contenir ses sujets dans le devoir, le Prince ne se doit point soucier du reproche de cruauté, d'autant qu'à la fin il se trouvera qu'il aura été plus humain en punissant de mort quelques brouillons, que ceux, qui, par trop d'indulgence, laissent arriver des desordres, d'où naissent

* Faute d'avoir voulu exterminer deux familles, les Panciatiques & les Cancelliers, qui partageoient cette ville en deux factions, & la mettoient toute en combustion par leurs quérelles. Machiavel, Chap. 27. du Livre 3. de ses Discours.

voir tant vanté sur la vie de leurs Sujets, comme le poids le plus pesant de leur Couronne. Ils savent qu'ils font hommes, comme ceux * sur lesquels ils doivent juger; ils savent que des torts, des injustices, des injures, peuvent se réparer dans ce monde, mais qu'un arrêt de mort précipité est un mal irréparable : ils ne se portent à la sévérité que pour éviter une rigueur plus fâcheuse, qu'ils prévoient s'ils se conduisent autrement; † [ils ne prennent de

(* qu'ils doivent juger; 1. d'autres.)
(† Au lieu de ce qu...

sent des massacres & des saccagemens 1. Car ces tumultes bouleversent toute une Ville, au lieu que les punitions que le Prince fait, ne tombent que sur quelques Particuliers.

Au reste, il est impossible qu'un Prince nouveau s'exempte

1. Cela revient à ce que Tacite dit de Corbulon, que l'on se trouva mieux de sa sévérité, qui tenoit la Discipline militaire en vigueur, que de l'indulgence des autres Généraux, qui, à force de pardonner aux déserteurs, ruinoient leurs Armées. *Quia duritatem cæli militiæque multi abnuebant, deserebantque, remedium severitate quæsitum est... Idque usu salubre, & misericordiâ melius apparuit; quippe pauciores illa castra deseruere, quam ea, in quibus ignoscebatur. Ann. 13.*

de ces tristes résolutions, que dans des cas désespérez, & pareils à ceux où un homme se sentant un membre gangrené, malgré la tendresse qu'il a pour lui-même, se résoudroit à le laisser retrancher, pour garantir & pour sauver du moins, par cette opération douloureuse, le reste du corps.]

Machiavel traite de bagatelles des choses aussi graves, aussi sérieuses, aussi importantes *. Chez lui la

est ici entre deux Crochets, il y a dans l'Edition publiée par Voltaire: *semblable à un homme qui se laisse retrancher un membre cangrené.*)

(* Machiavel traite des choses aussi importantes de bagatelles.)

pte d'être cruel, toute domination nouvelle étant pleine de dangers 2, comme Virgile

2. Tout Prince nouveau, dit Tacite, est chancelant & exposé à mille accidens fâcheux. *Novum & nutantem Principem.* Ann. 1. *ad omnes principatûs novi eventus casusve.* Hist. 5. Il ajoute, que l'on se souleve souvent contre le Prince nouveau, quoique même il n'en donne point de sujet, seulement parce que le changement de Prince donne une plus belle occasion de brouiller, & fait concevoir aux brouillons l'espérance de faire mieux leurs affaires dans une Guerre-Civile. *Seditio incessit, nullis novis caussis, nisi quod mutatus Princeps licentiam turbarum, & ex civili bello spem præmiorum ostendebat* Ann. 1. C'est pourquoi Louis XI. disoit, que s'il n'eût usé

de

la vie des hommes n'est comptée pour rien : l'intérêt, ce seul Dieu qu'il adore, est compté pour tout : il préfére la cruauté à la clémence, & il conseille à ceux qui sont nouvellement élevez à la Souveraineté, de mépriser, plus que les autres, la réputation d'être cruels.

Ce sont des bourreaux, qui placent les Héros de Machiavel sur le trône, & qui les y maintiennent. César Borgia est le refuge de ce Politique, lorsqu'il cherche des exemples de cruauté.

Machiavel cite encore quelques Vers, que Virgile met dans la bouche

gile le fait dire à Didon :

Res
de rigueur au commencement de son régne, il eût été du nombre des *Nobles malheureux*, dont il est parlé dans Bocace. Et ce qui fait encore qu'un Prince nouveau a bien de la peine à s'abstenir d'être cruel, c'est que les sujets prennent d'ordinaire trop de liberté, parce qu'ils ne le croïent pas encore assez fort pour rien entreprendre. *Usurpata statim libertate, licentiùs, ut erga Principem novum.* Hist. 1. Le Duc de Valentinois disoit, que la maxime, *Oderint, dùm metuant,* étoit absolument nécessaire à ceux, qui d'une condition privée étoient montez à la Principauté ; témoin César qui ne jouït que cinq mois de la sienne, pour avoir négligé le bon conseil que Pansa & Hirtius lui donnoient, de conserver par les armes la domination que les armes

che de Didon : mais cette citation est entiérement déplacée ; car Virgile fait parler Didon, comme quelqu'un r fait parler Jocaste dans *la Tragédie* d'Oedipe. Le Poëte fait tenir à ces personnages un langage qui convient à leur caractère. Ce n'est donc point l'autorité de Didon, ce n'est donc point l'autorité de Jocaste, qu'on doit emprunter

(1. un Auteur moderne (1).)

a *Et il y a de plus dans l'Edition publiée par* Voltaire, *Edit. de Marseille,* 1741., *au bas, par Note,* Monsieur de Voltaire. (Ceci a été retranché dans les deux Editions.)

K

Res dura, & regni
novitas, me talia
cogunt
Moliri, & latè fines
cuftode tueri *.

*Cependant, il ne faut
pas qu'il ait peur de
fon ombre, mais il
doit être lent à croi-
re,*

mes lui avoient acquife.
Laudandum, dit Pater-
cule. Hift. 2. *experientiâ
confilium eft Panfæ atque
Hirtii, qui femper præ-
dixerant Cæfari, ut prin-
cipatum, armis quæfi-
tum, armis teneret. Ille
dictitans mori fe, quam
timeri malle; dum cle-
mentiam, quam præfti-
terat, expectat, incautus
ab ingratis occupatus eft.*
Il faut donc conclure,
avec Salufte, que les mê-
mes moïens qui ont fervi
à acquérir la Souverai-
neté, fervent à la conferver.
*Imperium iifdem artibus
retinetur, quibus partum
eft.*

* *Æneid, 1.*

ter dans un Traité
de Politique; il
faut l'exemple des
*grands hommes, &
d'hommes* * ver-
tueux.

Le Politique re-
commande fur-tout
la rigueur envers
les troupes, il op-
pofe l'indulgence
de Scipion à la fé-
vérité d'Annibal, il
préfére le Cartha-
ginois au Romain,
& conclut tout de
fuite, que la ri-
gueur 1 eft le mobi-
le de l'ordre & de
la difcipline, &
par conféquent du
triomphe d'une Ar-
mée. Machiavel
n'en agit pas de
bonne - foi! *en cette
occafion,* car il choi-
fit Scipion, le plus
moû

(* habiles & 1. cruau-
té)

re, & à se remuer, & mêler si bien la prudence avec la douceur, que le trop de confiance ne l'empêche pas de se tenir sur ses gardes, ni le trop de défiance d'être traitable †.

A ce propos, il est question de savoir lequel vaut mieux, d'être aimé, ou d'être craint. Je répons, qu'il faudroit être l'un & l'autre, mais d'autant que cela est difficile, & que par conséquent il faut choisir, il est plus sûr d'être craint. Car il est vrai de dire, que tous les hommes sont ingrats, in-

moû de tous les Généraux quant à la discipline, pour l'opposer à Annibal, & pour favoriser la sévérité 1.

J'avoüe que l'ordre d'une 2 Armée ne peut subsister sans sévérité ; car comment contenir dans leur devoir des libertins, des débauchés, des scélérats, des poltrons, des téméraires, des animaux grossiers & méchaniques, si la peur des châtimens ne les arrête en partie ?

Tout ce que je demande sur ce sujet à Machiavel, c'est de la modération. Qu'il sache donc

† [Ou] que le trop de confiance ne le rende pas mal-avisé, ni le trop de défiance insupportable.

(1. cruauté. 2. dans une)

K 2

inconſtans , diſſimulez , timides , intéreſſez. Tandis que tu leur fais du bien , & que tu n'as pas beſoin d'eux , s'ils t'offrent leurs biens , leurs vies , leurs enfans , & tout eſt à toi ; mais quand la Fortune te tourne le dos , ils te le tournent auſſi 3 , & tu péris , pour avoir fait fond ſur leurs paroles , & n'avoir pas pris de meilleures aſſûrances.

Car , pour ceux que

3. *Proſperis Vitellii rebus certaturi ad obſequium , adverſam ejus fortunam ex æquo detrectabant. Hiſt. 2. Languentibus omnium ſtudiis , qui primò alacres fidem atque animum oſtentaverant. Hiſt. 1. Cæteris aliena pericula deſerentibus, Ann. 13.*

donc que ſi la clémence d'un honnête homme le porte à la bonté, la 1 ſageſſe auſſi ne le porte 2 pas moins à la rigueur. Mais il en eſt de * ſa rigueur , comme de celle d'un habile pilote : on ne lui voit pas couper les mâts ni les cordages de ſon vaiſſeau , que lorſqu'il y eſt forcé par le danger éminent où l'expoſe l'orage & la tempête.

Il y a des occaſions où il faut être ſévère , mais jamais cruel. † J'aimerois mieux , un jour de bataille , être aimé que craint de mes ſoldats.

§ J'en

(ſa 2. force * lu
† &)

que l'on gagne à force de bienfaits, & non par une vraïe grandeur de courage, l'on mérite plûtôt de les avoir pour amis, qu'on ne les a 4 ; & par conséquent on ne sauroit compter sur eux dans le besoin *. Outre que les hommes craignent moins d'offenser

4. *Amicitias, dum magnitudine munerum, non constantia morum continere putat, meruit magis, quàm habuit.* Hist. 3. L'amitié, que l'intérêt a liée, dit un Ancien, l'intérêt la délie.

* [Ou] Car on ne sauroit emploïer dans le besoin ceux que l'on a gagnez par des bienfaits & non par son propre mérite, & l'on est plûtôt digne de les avoir, que l'on ne les a en effet pour amis.

§ J'en viens r à present à son argument le plus captieux. Il dit qu'un Prince trouve mieux son compte en se faisant craindre, qu'en se faisant aimer, puisque la plûpart du monde est porté à l'ingratitude, au changement, † à la dissimulation, à la lâcheté, & à l'avarice ; que l'amour est un lien d'obligation, que la malice & la bassesse du genre-humain ont rendu très-fragile : au lieu que la crainte du châtiment assure bien plus fort du devoir des gens, que les hommes

(§ Mais Machiavel ne s'est pas épuisé encore. 1. suis † &c.

K 3

ser celui qui se fait aimer, que celui qui se fait craindre, parce que l'amour n'est retenu que par un certain lien de bienséance 5, que les hommes, qui sont tous méchans, rompent toutes les fois qu'ils trouvent leur avantage ailleurs 6; au lieu que la crainte est entretenue par la peur de la peine, qui ne cesse jamais.

Cependant, il faut que le Prince se fasse craindre de manière, que, s'il n'est pas

5. *Infirma vincula caritatis.* In Agricola. *Timetur à pluribus, quod plerumque fortius amore est*, dit le jeune Pline, dans la 5. Lettre du Livre 1. de ses Epitres.

6. *Amicos tempore, fortuna, cupidinibus aliquando, imminui, desivere*, Hist. 4.

mes sont maîtres de leur bienveillance, mais qu'ils ne le sont pas de leur crainte; ainsi qu'un Prince prudent dépendra plûtôt de lui que des autres.

Je ne nie point qu'il n'y ait des hommes ingrats & dissimulés dans le monde; je ne nie point que la sévérité 1 ne soit dans quelques momens très-utiles 2, mais j'avance, que tout Roi, dont la politique n'aura pour but que de se faire craindre, régnera sur des lâches & sur des 3. esclaves; qu'il ne pourra point s'attendre à de grandes actions de ses

(1. crainte 2. puissante; 3. de vils.)

pas aimé, du moins il ne soit pas haï ; car il lui sera aisé d'accorder l'un & l'autre ensemble, s'il s'abstient de toucher aux biens & aux femmes de ses sujets. Si quelquefois il est contraint de faire mourir quelqu'un, ce ne doit être qu'après en avoir justifié les raisons, & sur-tout, sans profiter de la dépouille, d'autant que les hommes oublient plus volontiers la mort de leur Pere, que la perte de leur Patrimoine. D'ailleurs, les raisons d'ôter les biens ne manquent jamais ; & lorsqu'une fois on commence à vivre de rapine, l'on trouve assez d'occasions de prendre le bien d'autrui ;

ses sujets ; car 1 tout ce qui s'est fait par crainte, & par timidité, en a toujours porté le caractère. Je dis qu'un Prince, qui aura le don de se faire aimer, régnera sur les cœurs, puisque ses sujets trouvent leur propre intérêt à l'avoir pour maître, & qu'il y a un grand nombre d'exemples dans l'Histoire de grandes & belles actions qui se sont faites par amour & par attachement 2. Je dis encore, que la mode des séditions & des révolutions parait être entièrement

(1 que 2 fidélité.)

K 4

rui ; au lieu que celles de verfer le fang font plus rares a.

Mais quand le Prince commande une bonne Armée, c'eſt alors qu'il ne doit nullement ſe ſoucier d'être réputé cruel b, parce que faute de cela ſon Armée ne ſera jamais bien u-nie,

a. Quand le Prince n'a pas l'humeur portée à la rapine (ajoûte Machiavel, Chap. 19. du Livre 3. de ſes Diſcours); car, quand il eſt affamé d'argent, il trouve toûjours des occaſions de verfer le ſang, pour avoir enſuite la confiſcation.

b. Sur-tout, s'il a une grande réputation, dit Machiavel, au Chapitre 21. du Livre 3. de ſes Diſcours, d'autant que cette réputation efface toutes les fautes que ſa rigueur lui fait commettre.

ment finie de nos jours. On ne voit aucun Roïaume, excepté l'Angleterre, où le Roi ait le moindre ſujet * d'apréhender de ſes peuples : encore le Roi en Angleterre† n'a rien à craindre, ſi ce n'eſt lui qui ſouleve la tempête.

Je conclus donc, qu'un Prince cruel s'expoſe plûtôt à être trahi, qu'un Prince débonnaire, puiſque la cruauté eſt inſuportable, & qu'on eſt bientôt las de craindre; & après-tout, parce que la bonté eſt toujours aimable, &

(* de craindre ſes peuples, † & qu'encore en Angleterre le Roi.)

nie, ni en état de rien entreprendre.

Entre les merveilleufes actions d'Hannibal, on raconte, qu'aïant mené en Païs étranger une groffe Armée, compofée de mille fortes de gens, il ne s'y éleva jamais le moindre bruit, ni entre eux, ni contre lui, ni dans la bonne ni dans la mauvaife fortune c; ce qui ne fe peut attribuer qu'à fon extrême rigueur, qui, jointe à fes autres vertus, le rendoit vénérable & formidable à fes foldats, & fans qui tout le refte ne lui fuffifoit pas pour faire cet effet.

Cependant, des Ecrivains peu judicieux admirent d'un côté fes actions, & de l'autre en condamne la principale caufe. Mais ce qui montre que fes autres vertus ne lui euffent pas fuffi, c'eft que les Armées fe révoltérent en Efpagne contre Scipion, Capitaine fi fameux, non-feulement

& qu'on ne fe laffe point de l'aimer.

Il feroit donc à fouhaiter pour le bonheur du monde, que les Princes fuffent bons, fans être trop indulgens; afin que la bonté fût en eux toujours une vertu, & jamais une faibleffe.

c. Il dit la même chofe dans le même Chapître du Livre 3.

K 5

lement de *son tems* , mais dans la *mémoi-*
re de tous les *siécles* ; ce qui ne vint que
de *sa* trop grande douceur d , qui *avoit*
donné plus de licence aux *soldats* , que ne
vouloit la *Discipline* militaire , à *raison*
de quoi Fabius Maximus l'appella *en*
plein Sénat corrupteur de la Milice - *Ro-*
maine 7.

Ceux de Locres *aïant* été *tirannisez*
par un Lieutenant de Scipion e , il *n'en*
fit point de châtiment , tant il étoit *indul-*
gent. Pour l'excuser , un Sénateur f dit , qu'il
y *avoit* beaucoup de gens qui *savoient*
mieux ne pas faillir , que corriger les fautes d'autrui. Or il est certain *qu'avec*
se tems Scipion eût flétri *sa* réputation &
sa gloire , s'il eût tenu la même conduite
dans la Principauté ; au lieu que *son* défaut , non - feulement ne parut point , mais
lui tourna même à gloire , à cause *qu'il*
vivoit *sous* un Gouvernement de République.

D'où je conclus , que les hommes *ai-*
mant

---

d. *Qu'il fut depuis con-*
traint d'aissaisonner d'un
peu de cruauté, dit Ma-
chiavel ; ibid.

7. *Natum eum ad cor-*
rumpendam disciplinam
militarem arguebat. Tit.
Liv. Dec. 3. Lib. 2.

e. *Plutarque l'appelle*
Pleminius. Ce fut à l'oca-
sion des plaintes faites con-
tre ce Lieutenant , qu'on
voulut ôter le Gouverne-
ment de Sicile à Scipion,
& lui faire *son* procès.

f. *Quintus Metellus.*

mant à leur fantaifie, & craignant, felon
que le Prince veut être craint, un Prin-
ce fage doit compter fur ce qui dépend ab-
folument de lui, & non fur ce qui dépend
du caprice d'autrui; mais fe ménager fi
bien, qu'il fe garantiffe de la haine 8.

8. Plutarque dit dans la Vie de Licurgue, qu'Eurition, Roi de Sparte, aïant un peu trop relâché l'Autorité Roïale pour complaire au peuple, le peuple fe fentant la bride lâchée, en devint infolent & licentieux, & que cela fut caufe que quelques-uns de fes fucceffeurs furent haïs à mort, parce qu'ils voulurent reprendre l'autorité qu'Eurition avoit laiffé aliéner.

CHA-

CHAPITRE XVIII.

SI LES PRINCES DOIVENT TENIR LEUR PAROLE* ?

 HACUN fait combien il est louable dans un Prince de garder la foi, & de procéder rondement, & sans finesse ; mais l'expérience de ces tems-ci montre qu'il n'est arrivé de faire de grandes choses, qu'aux Princes qui ont fait peu de cas de leur parole, & qui ont sû tromper les autres ; au lieu que ceux qui ont procédé loüablement, s'en sont toûjours mal

LE Précepteur des Tirans ose assurer, que les Princes peuvent abuser le monde par leur dissimulation : c'est par où je dois commencer à le confondre.

On sait jusqu'à quel point le Public est curieux ; c'est un animal qui voit tout, qui entend tout, & qui divulgue tout ce qu'il a vû & ce qu'il a entendu. Si la curiosité de ce Public exa-

(* *Comme les Princes doivent tenir leur parole.*)

mal trouvez à la fin.

Il est donc à savoir qu'il y a deux manières de combattre ; l'une avec les loix, l'autre avec la force. La première est celle des hommes, & la seconde celle des bêtes. Mais comme très-souvent la première ne suffit pas, il est besoin de recourir à la seconde. Il est donc nécessaire aux Princes de savoir bien faire l'homme & la bête. Et c'est ce que les Anciens leur enseignent figurément, quand ils racontent, qu'Achille, & divers autres Princes, furent donnez à élever au Centaure Chiron, pour signifier, que, comme le Pré-

examine la conduite des particuliers, c'est pour divertir son oisiveté ; mais lorsqu'il juge du caractère des Princes, c'est pour son propre intérêt. Aussi les Princes sont-ils exposés, plus que tous les autres hommes, *aux raisonnemens &* aux jugemens du monde ; ils sont comme les astres, * [contre lesquels un peuple d'astronomes a braqué ses secteurs à lunettes, & ses astrolabes : les courtisans qui les observent font chaque jour leurs re-

(* que les Astronomes observent. La Cour fait chaque jour ses remarques.)

Précepteur étoit demi-homme & demi-bête, ses disciples devoient tenir des deux natures, l'une ne pouvant pas durer long-tems sans l'autre.

Or le Prince aïant besoin de savoir bien contrefaire la bête, il doit revêtir le renard & le lion ; parce que le lion ne se défend point des filets, ni le renard des loups. Il faut donc être renard, pour connoître les filets ; & lion, pour faire peur aux loups. Ceux-là ne l'entendent pas, qui ne contrefont que le lion : & par conséquent un Prince prudent ne doit point tenir sa parole, quand cela lui tourne à dommage, & que

remarques,] un geste, un coup d'œil, un regard, les trahit, & les peuples se rapprochent d'eux par des conjectures ; en un mot, aussi peu que le soleil peut couvrir ses taches, aussi peu les grands Princes peuvent-ils cacher leurs vices, & le fond de leur caractère aux yeux de tant d'observateurs.

Quand même le masque de la dissimulation couvriroit pour un tems la difformité naturelle d'un Prince, il ne se pourroit pourtant point qu'il gardât * ce masque continuellement, & qu'il

(* il ne peut garder)

que les occasions, qui la lui ont fait engager, ne sont plus.

Cette maxime ne vaudroit rien, si tous les hommes étoient bons ; mais comme ils sont tous méchans, qu'ils ne te tiendroient pas leur parole, tu ne dois pas non plus la leur tenir : & tu ne manqueras jamais de prétextes pour en colorer l'inobservation. J'en pourrois donner mille exemples modernes, & montrer combien de promesses, combien de Traitez, ont échoüé par l'infidélité des Princes, entre qui celui qui a le mieux sû faire le renard, a le mieux réüssi dans ses affaires. Mais il faut savoir bien

qu'il ne le levât § quelquesfois, ne fût - ce que pour respirer ; & une occasion seule peut suffire † pour contenter ses curieux.

L'artifice donc & la dissimulation habiteront 1 en vain sur les lévres de ce Prince ; la ruse dans ses discours & dans ses actions lui sera inutile ; on ne juge pas les hommes sur leur parole, ce seroit le moïen de se tromper toujours ; mais on compare leurs actions ensemble, & puis leurs actions & leurs discours : c'est contre cet examen réïtéré que * la faus-

(§ Il le leve † suffit 1. habitera * & c'est contre quoi.)

bien déguiser cet esprit de renard, il faut être propre à feindre & à dissimuler ; car les hommes sont si simples, & si accoutumez à céder au tems, que celui qui trompe en trouvera toûjours qui se laisseront tromper.

De tous les exemples récens, je n'en saurois oublier un. Le Pape Aléxandre VI., ne fit jamais autre chose, que tromper ; jamais homme ne fut plus persuasif ; jamais personne ne promit rien avec de plus grands sermens, ni ne tint moins sa parole 1, & néan-

1. On disoit d'Aléxandre VI. & du Duc de Valentinois, son fils, que le pere ne faisoit jamais ce qu'il disoit ; que

fausseté & la dissimulation ne pourront rien jamais.

On ne joüe bien que son propre personnage ; § il faut avoir effectivement le caractère que l'on veut que le monde vous suppose : sans quoi, celui qui pense abuser le Public, est lui-même la dupe.

Sixte - Quint, Philippe second, Cromwel, passèrent dans le monde pour des hommes *hypocrites & entreprenants, mais jamais pour vertueux. Un Prince, quelque habile qu'il soit, ne peut, quand même il suivroit toutes les maximes de* Ma-

(§ &.)

néanmoins ses trom-
peries lui réüssirent
toûjours, tant il sa-
voit bien par où il
falloit prendre les
hommes.

Il n'est donc pas né-
cessaire qu'un Prin-
ce ait toutes les qua-
litez que j'ai mar-
quées ; mais seule-
ment qu'il paroisse
les avoir 2. J'ose mê-
que le fils ne disoit ja-
mais ce qu'il faisoit : &
que l'un & l'autre avoient
pour maxime fondamen-
tale, qu'il falloit donner
sa parole à tout le mon-
de, mais ne la tenir à
personne; disant à ceux
qui leur reprochoient
leur mauvaise-foi, qu'ils
avoient bien juré, mais
non promis, de tenir
leur serment.

2. Maxime, qui veut
dire proprement,

Il faut sembler hom-
me de bien,
Et cependant ne va-
loir rien.

　　　　Char-

Machiavel, donner
le caractère de la
vertu, qu'il n'a pas,
aux crimes qui lui
sont propres.

Machiavel ne rai-
sonne pas mieux
sur les raisons 1 qui
doivent porter les
Princes à la fourbe
& à l'hipocrisie :
l'application ingé-
nieuse & fausse de
la fable du Cen-
taure ne conclut
rien ; car, que ce
Centaure ait eu
moitié * figure hu-
maine & moitié
celle d'un cheval,
s'ensuit-il que les
Princes doivent ê-
tre rusés & féro-
ces ? Il faut avoir
bien envie de dog-
matiser le crime,
lorsqu'on emploie
　　　　　　des

(1. motifs * la.)

même avancer , qu'il lui feroit dangereux de les avoir & de les mettre en pratique , au lieu qu'il lui est utile de paroî-

Charle-Quint juroit toûjours *à fé de hombre de bien ,* & faifoit toûjours le contraire de ce qu'il juroit. Auffi avoit-il bien étudié le Prince de Machiavel, qui, felon un hiftorien moderne , étoit un des *trois livres qu'il affectionnoit , & qu'il avoit fait traduire pour fon instruction.* (Heiff. Hiftoire de l'Empire , Livre 3. Chapitre 4.) ; ce qui fe marque ici à caufe d'un Miniftre de l'Empereur , qui, un jour, me vouloit foutenir en bonne compagnie , où étoit entre autres un Internonce du Pape , que la Maifon d'Autriche avoit toûjours détefté la doctrine & les maximes de Machiavel.

des argumens auffi faibles , & * qu'on les cherche d'auffi loin.

Mais voici un raifonnement plus faux que tout ce que nous avons vû. Le 1 Politique dit , qu'un Prince doit avoir les qualités du Lion & du Renard ; *du Lion pour fe défaire des Loups , du Renard pour être rufé :* & il conclut » ce » qui fait voir qu' » un Prince n'eft » pas obligé de gar- » der fa parole. « †[Voilà une conclufion fans prémices: le

(* tirées de fi loin. 1. Ce)

(† Voilà une étrange conclufion. Il y a des renards & des loups dans les Fôrets, donc il faut qu'une Prince foit fourbe.)

roitre les avoir. *Tu dois paroître clément, fidèle, courtois, intègre, & religieux ; mais avec cela tu dois être si bien ton maître, qu'au besoin tu saches & tu puisses faire tout le contraire.*

Je pose en fait, qu'un Prince, & particuliérement un Prince nouveau, ne peut pas observer toutes les choses qui font passer les hommes pour bons, parce que les besoins de son Etat l'obligent souvent de violer la foi, & d'agir contre la charité, l'humanité, & la Religion. Il faut donc qu'il tourne & manie son esprit, selon que soufflent les vents de la Fortune, sans s'écarter du

le Docteur du crime n'a-t'il pas honte de bégaïer ainsi les leçons d'impiété ?]

Si l'on vouloit prêter la probité & le bon-sens aux pensées embrouillées de Machiavel, voici à peu près * comme on pourroit les tourner. Le monde est comme une partie de jeu, où il se trouve des joüeurs honnêtes, mais aussi des fourbes qui trichent : pour qu'un Prince donc, qui doit joüer à cette partie, n'y soit pas trompé, il faut qu'il sache de quelle manière l'on triche 1 au jeu, non pas pour 2 qu'il pra-

(* peut-être 1. trompe 2. afin.)

du bien, tant qu'il le
peut ; mais aussi sans
faire scrupule d'entrer
dans le mal , quand
il le faut 3.

Au-

» 3. Encore que son
» langage semble être un
» peu trop licentieux, &
» n'avoir du tout sui-
» vi la plus vertueuse
» voïe , pour autoriser
» en quelques endroits ce
» qui a apparence de
» vice ; si n'en a-t-il pu
» parler autrement, vou-
» lant obéïr au naturel
» de son sujet , & sui-
» vre les fins qu'il se
» propose. Car il est
» bien difficile que le
» Prince puisse se main-
» tenir entre tant de
» puissans & ambitieux
» Voisins , entre tant de
» mauvais & infidèles
» sujets , s'il ne veut ja-
» mais lâcher la bride à
» la sévérité des régles
» de la conscience. Et
» telle est la loi du mon-
» de , qui est naturelle-
» ment vicieux , de n'y
» pouvoir longuement
» prospérer , même dans
» les

pratique jamais de
pareilles leçons ,
mais pour qu'il ne
soit pas la dupe des
autres.

Retournons aux
chûtes de notre
Politique. » Parce
» que tous les hom-
» mes , dit-il, sont
» des scélérats , &
» qu'ils vous man-
» quent à tous mo-
» mens de parole ,
» vous n'êtes point
» obligé non plus
» de leur garder la
» votre. « Voici
premièrement une
contradiction ; car
l'Auteur dit un mo-
ment après , que
les hommes dissi-
mulez trouveront
toujours des hom-
mes assez simples
pour les abuser :
comment cela s'ac-
corde-t'il ? Tous les
hommes sont des
scé-

Au reste, le Prince doit s'étudier à ne dire jamais rien, qui ne sente les cinq qualitez que j'ai marquées ; ensorte qu'à le voir & à l'entendre, l'on croïe que c'est la bonté, la fidélité, l'intégrité, la civilité, & la Religion même. Mais cette dernière qualité est celle qu'il lui im-

»les souveraines dignitez, sans se savoir aider, au besoin, du »vice, pour, l'occasion »cessée, retourner in-»continent à la vertu. « (Ce sont les paroles de Gaspar d'Auvergne, cité dans les Notes du Chap. 15., lesquelles j'ai cru devoir rapporter ici, pour montrer, que la doctrine de Machiavel est fondée en raison, & par conséquent, ne doit pas être condamnée sur la simple étiquette du sac.)

scélérats, & vous trouverez les hommes assez simples pour les abuser.

Il est encore très-faux que le monde ne soit composé que de scélérats. Il faut être bien misantrope, pour ne point voir que dans toute société il y a beaucoup d'honnêtes - gens, & que le grand nombre n'est ni bon ni mauvais. Mais si Machiavel n'avoit pas supposé le monde scélérat, sur quoi auroit - il fondé son abominable maxime ? Quand même nous supposerions les hommes aussi méchans que le veut Machiavel, il ne s'ensuivroit pourtant point que nous

importe davantage d'avoir extérieurement, d'autant que les hommes en général jugent plus par les yeux que par les mains; chacun aïant la liberté de voir, mais très-peu aïant celle de toucher. Chacun voit ce que tu parois être, mais presque personne ne connoit ce que tu es, & le petit nombre n'ose pas contredire la multitude, qui a la majesté de l'Etat pour bouclier. Or dans les actions de tous les hommes, & sur-tout des Princes, contre qui il n'y a point de Juges à reclamer, on ne regarde qu'à l'issuë qu'elles ont.

Un Prince n'a donc qu'à maintenir son Etat; tous les moïens dont il se fera

nous devons 1 les imiter. Que Cartouche vole, pille, assassine; j'en conclus que Cartouche est un malheureux qu'on doit punir, & non pas que je dois régler ma conduite sur la sienne. S'il n'y avoit plus d'honneur & de vertu dans le monde, disoit Charles le sage, ce seroit chez les Princes qu'on en devroit retrouver les traces.

Après que l'Auteur a prouvé la nécessité du crime, il veut encourager ses disciples par la facilité de le commettre. » Ceux qui » entendent bien » l'art

(1. dussions)

sera servi seront toûjours trouvez honnêtes 4 , & chacun le loüera ; car le vulgaire ne se prend qu'aux apparences , & ne juge que par les événemens. Or il n'y a presque dans le monde que le vulgaire ; & le petit nombre n'a lieu , que lorsque la multitude ne sait à quoi se déterminer.

Un Prince de ce tems

4. *Nihil gloriosum, nisi tutum , & omnia retinendæ dominationis honesta. Saluste. Viro aut Urbi principi*, dit Thucidide , *nihil injustum quod fructuosum. Et* Tacite dit , qu'Agrippine, mere de Néron, ne trouvoit rien qu'on ne dût sacrifier pour une Couronne. *Decus, pudorem, corpus, cuncta regno viliora habere.* Ann. 12.

» l'art de dissimuler, dit-il, trouveront toujours » des hommes assez simples pour » être dupés « ; ce qui se réduit à ceci : Votre voisin est un sot , & vous avez de l'esprit ; donc il faut que vous le dupiez, parce qu'il est un sot. Ce sont des syllogismes pour lesquels des écoliers de Machiavel ont été pendus & roüez en grêve.

Le Politique , non content d'avoir démontré , selon sa façon de raisonner , la facilité du crime , releve ensuite le bonheur de la perfidie ; mais, ce qu'il y a de fâcheux , c'est que ce César Borgia, le plus

tems - ci , qu'il n'eſt pas à propos de nommer , ne nous prêche rien que la paix & la bonne-foi ; mais , s'il eût gardé lui-même l'une & l'autre , il eût perdu bien des fois ſa réputation & ſes Etats 5.

5. Il veut parler de Ferdinand , Roi de Caſtille & d'Arragon , qui ne devoit la conquête des Roïaumes de Naples & de Navarre , qu'à ſa mauvaiſe - foi , & à ſa perfidie. Surquoi un Prince d'Italie contemporain diſoit plaiſamment : Je voudrois que Ferdinand jurât par un Dieu en qui il crut , avant que de me fier à ſes ſermens.

plus grand ſcélérat, le plus perfide des hommes , que ce Céſar Borgia , le Héros de Machiavel, a été effectivement très - malheureux. Machiavel 1 ſe garde bien de parler de lui à cette occaſion , il lui faloit des exemples ; mais d'où les auroit-il pris , que du regiſtre des procès - criminels , ou de l'Hiſtoire des mauvais Papes & des Nerons * ? il aſſure qu'Alexandre VI., l'homme le plus faux , le plus impie , de ſon temps , reüſſit toujours dans ſes fourberies , puiſqu'il connaiſſoit parfaitement la faibleſſe des hommes ſur la crédulité.

J'oſe aſſurer que ce n'étoient pas tant

(1. Il * & de leurs ſemblables?)

tant la crédulité des hommes , que de
certains événemens , & de certaines
circonſtances , qui firent réüſſir quelquefois les deſſeins de ce Pape : fur-
tout 1 le contraſte de l'ambition Françaiſe & Eſpagnole , * la déſunion &
la haine des Familles d'Italie , *les paſſions* & la faibleſſe de Louïs douze ,
n'y contribuérent pas moins.

La fourberie eſt même un défaut en
ſtyle de Politique , lorſqu'on la pouſſe
trop loin. Je cite l'autorité d'un grand
Politique 2 ; c'eſt Don Louïs de Haro ,
qui diſoit du Cardinal Mazarin , qu'il
avoit un grand défaut en Politique ,
c'eſt qu'il étoit toujours fourbe. Ce
même Mazarin voulant emploïer Monſieur de Faber à une négociation ſca-
breuſe , le Maréchal de Faber lui dit :
» Souffrez , Monſeigneur, que je refuſe
» de tromper le Duc de Savoye , d'au-
» tant plus qu'il n'y va que d'une baga-
» telle ; on fait dans le monde que je
» fuis honnête-homme, réſervez-donc ma
» probité pour une occaſion où il s'agira
» du falut de la France.

Je ne parle point dans ce moment
de l'honnêteté ni de la vertu ; mais ,
ne

ne considérant simplement que l'intérêt des Princes, je dis que c'est une
très-mauvaise Politique de leur part,
d'être fourbes & de duper le monde;
ils ne dupent qu'une fois, ce qui leur
fait perdre la confiance de tous les
Princes.

Une certaine Puissance, en dernier
lieu, déclara dans un Manifeste les
raisons de sa conduite & agit * ensuite d'une manière directement oppo-
sée. J'avoüe que des traits aussi frap-
pans que ceux-là aliénent entiérement
la confiance; car plus la contradiction
se suit de près, & plus elle est grossière. L'Eglise Romaine, pour éviter
une contradiction pareille, a très-sagement fixé à ceux qu'elle place au
nombre des Saints, le Noviciat de
cent années après leur mort; moïennant quoi la mémoire *de leurs défauts
& de leurs extravagances* 1 périt avec
eux; les témoins de leur vie, *& ceux
qui pourroient déposer contre eux*, ne
subsistent 2 plus, rien ne s'oppose à §
l'a-

***

(** On voit quelquefois des Puissances déclarer dans un Manifeste les raisons de leur conduite, & agir 1. foiblesses 2. subsistant § l'a-
pothéose.)

l'idée de Sainteté qu'on veut donner au Public.

Mais qu'on me pardonne cette digreſ-ſion. J'avoüe d'ailleurs qu'il y a des néceſſités fâcheuſes, où un Prince ne ſauroit s'empêcher de rompre ſes Trai-tez & ſes Alliances, mais il doit s'en ſé-parer en honnête-homme, en avertiſſant les Alliez à tems, & ſur-tout n'en ve-nir jamais à ces extrémitez, ſans que le ſalut de ſes peuples, & une *très*-grande néceſſité, l'y oblige 1.

Je finirai ce Chapitre par une ſeule Réflexion. Qu'on remarque la fécon-dité dont les vices ſe propagent 2 en-tre les mains de Machiavel. Il veut qu'un Roi incrédule couronne ſon in-crédulité de l'hipocriſie; il penſe que les Peuples ſeront plus touchés de la dévotion d'un Prince, que révoltez des mauvais traitemens qu'ils ſouffri-ront de lui. Il y a des perſonnes qui ſont de ſon ſentiment; pour moi, il me ſemble qu'on a toujours de l'indul-gence * pour des erreurs de ſpécula-tion, lorſqu'elles n'entraînent point la

cor-

(1 obligent 2. propagent * qu'on doit avoir quelque indulgence)

L 2

corruption du cœur à leur suite, &
que le peuple aimera § plus un Prince
incrédule 1, mais honnête-homme, &
qui fait leur bonheur, qu'un orthodoxe
scélérat & mal-faisant. Ce ne font pas
les pensées des Princes, ce font 2 leurs
actions, qui rendent les hommes heureux.

(§ & que les peuples aimeront 1. sceptique
2. mais)

CHA

CHAPITRE XIX.

QU'IL FAUT E'VITER D'ETRE ME'PRISE' ET HAÏ.

APRE'S avoir parlé séparément des plus importantes qualitez du Prince, je veux, pour être court, comprendre les autres sous ce titre général ; Que le Prince doit se garder de toutes les choses qui le peuvent rendre odieux, ou méprisable ; moïennant quoi il sera à couvert de tous les dangers.

Rien ne le rend plus odieux, comme je l'ai dit, que de pren-

LA rage des systêmes n'a pas été la folie privilégiée des Philosophes, elle l'est aussi devenue des Politiques. Machiavel en est infecté plus que personne : il veut prouver qu'un Prince doit être méchant & fourbe ; ce sont-là les paroles sacramentales de sa Religion. Machiavel a toute la méchanceté des Monstres que terrassa Hercule, mais il n'en a pas la force ;

L 3

prendre le bien & les femmes de ses sujets ; au contraire, ils vivent contens de lui, quand il s'en abstient : & pour lors il n'a plus à combattre, que l'ambition de quelques brouillons, dont il vient facilement à bout.

Il devient méprisable, quand il passe pour changeant, leger, efféminé, pusillanime, irrésolu 1; défauts, dont il se doit garder, comme d'autant d'écueils, en s'étudiant à montrer de la grandeur, du courage, de la force, & de la gravi-

1. *Vitellium subitis offensis, aut intempestivis blanditiis, mutabilem contemnebant, metuebantque,* Tac. Hist. 2.

ce ; aussi ne faut-il pas avoir la massue d'Hercule pour l'abattre : car, qu'y a-t'il de plus simple, de plus naturel, & de plus convenable, aux Princes, que la justice & la bonté ? Je ne pense pas qu'il soit nécessaire de s'épuiser en argumens pour le prouver. Le Politique doit donc perdre nécessairement * en soutenant le contraire. Car, s'il soutient qu'un Prince affermi sur le trône doit être cruel, fourbe, traître, &c., il le fera méchant à pure perte ; & s'il veut revêtir de tous ces vices un Prince

(* Le Politique est confondu.)

vité, dans ses actions.
Quand il pren-
dra connoissance des
affaires particulières
de ses sujets, il faut
qu'il en juge de ma-
nière, que ce qu'il
aura prononcé soit
irrévocable, afin que
personne n'ose entre-
prendre, ni espérer
de le tromper, ni de
le faire changer d'a-
vis. Le Prince, qui
se met sur ce pied,
est toûjours très-es-
timé, & cette esti-
me fait que l'on ne
conspire pas facile-
ment contre lui, &
que les Etrangers
ne risquent pas vo-
lontiers de l'atta-
quer, sur-tout, s'ils
savent qu'il est
révéré de ses su-
jets. Car un Prin-
ce a toûjours deux
craintes; l'une, du
côté

ce qui s'éleve sur le
trône pour affer-
mir son usurpation,
l'Auteur lui don-
ne des conseils, qui
souleveront tous les
Souverains, & tou-
tes les Républi-
ques, contre lui.
Car, comment un
particulier peut-il
s'élever à la Souve-
raineté, si ce n'est
en dépossédant un
Prince Souverain de
ses Etats, ou en usur-
pant l'autorité d'u-
ne République? Ce
n'est pas assuré-
ment ainsi que l'en-
tendent les Princes
de l'Europe. Si Ma-
chiavel avoit com-
posé un recueil de
fourberies à l'usage
des voleurs, il n'au-
roit pas fait un ou-
vrage plus blama-
ble que celui-ci.
Je

L 4

côté de ses sujets ; l'autre, du côté des Etrangers. De ceux-ci, il s'en défend a-vec de bonnes armes & de bons amis ; & quand il aura de bonnes armes, il au-ra toûjours de bons amis.

Ajoutez à cela, que les affaires du dedans seront toû-jours tranquiles, à moins que quelque Conspiration ne les brouille, tandis que celles du dehors de-meureront paisibles : & quand même les Etrangers se remuë-roient ; si le Prince se gouverne, comme j'ai dit, & qu'il ne vienne point à se re-lâcher, il leur résis-tera toûjours, com-me j'ai montré que fit Nobis, Tiran de Sparte.

Mais,

Je dois cepen-dant rendre comp-te de quelques faux raisonnemens qui se trouvent dans ce Chapitre. Machia-vel prétend que ce qui rend un Prince odieux, c'est lors-qu'il s'empare in-justement du bien de ses sujets, & qu'il attente à la pudicité de leurs femmes. Il est sûr qu'un Prince inté-ressé, injuste, vio-lent, & cruel, * [ne pourra point man-quer d'être haï, & de se rendre odieux à ses peuples ;] mais il n'en est pas tou-tefois de même de la galanterie. Ju-les-César, que l'on appelloit à Rome, le mari de toutes les

(* sera détesté ;)

Mais , quant aux sujets , lorsque le dehors ne branle point ; comme il est à craindre qu'ils ne conspirent secrettement , le Prince y pourvoit assez , en fuïant ce qui le peut rendre odieux & méprisable : chose absolument nécessaire , ainsi qu'il a été déjà dit amplement.

L'un des meilleurs remédes que le Prince ait contre les Conjurations , c'est de n'être , ni haï , ni méprisé de son peuple : car d'ordinaire , ceux qui conspirent contre lui , croient que le peuple sera bien aise de sa mort ; au lieu que , s'ils croïoient qu'il en dût être fâché , ils n'oseroient jamais prendre une ré-

les femmes , & la femme de tous les maris , Louïs quatorze , qui aimoit beaucoup les femmes , Auguste premier , Roi de Pologne , qui les avoit en commun avec ses sujets , ces Princes ne furent point haïs à cause de leurs amours ; & si César fut assassiné , si la Liberté Romaine enfonça tant de poignards dans son flanc ; ce fut parce que César étoit *un usurpateur* , & non pas à cause que César étoit galant.

† [On m'objecte-
.ra

(† On m'objectera , peut-être , pour soutenir le sentiment de Machiavel , l'expulsion des Rois de Rome , au sujet

L 5

résolution si. dange-
reuse.

Nous voïons qu'il
y a eu beaucoup de
Conjurations , mais
très - peu qui aïent eu
une bonne issuë ; car
celui qui conspire ne
sauroit être seul ; &
s'il prend des compa-
gnons , ce sont toû-
jours des gens qu'il
croit être mécon-
tens *. Or, d'abord*
que tu as découvert
ta pensée à un mé-
content, tu lui don-
nes de quoi se con-
ten-

(* [Ou] *Témoin ce*
Volusius Proculus, qui ,
étant mécontent de n'a-
voir pas été récompensé
du meurtre d'Agrippine ,
témoignoit un grand desir
de se venger, & néan-
moins alla dénoncer à
Néron la femme , à qui
il faisoit auparavant con-
fidence de tous les sujets
de ressentiment qu'il a-
voit contre le Prince.

ra peut - être l'ex-
pulsion des Rois de
Rome , au sujet de
l'attentat commis
contre la pudicité
de Lucrece , pour
soutenir le senti-
ment de Machia-
vel ;] *mais je re-*
ponds, que non 1 pas
l'amour du jeune
Tarquin pour Lu-
crece , mais la ma-
nière violente de
faire cet amour ,
* donna lieu au sou-
levement de Ro-
me ; & *que , comme*
cette violence ré-
veilloit dans la mé-
moire du peuple
l'idée d'autres vio-
lences commises
par les Tarquins ,
ils songérent alors
sé-

jet de l'attentât com-
mis contre la pudicité
de Lucrece. 1. ce n'est
*qui)

tenter , je veux dire un moïen de tirer u- ne groſſe récompen- ſe 2.

Si-

2. Tacite en donne un bel exemple , dans le Livre 15. de ſes An- nales , où il parle d'un Voluſius Proculus, qui alla dénoncer à Néron une femme , qui le ſol- licitoit de ſe vanger du Prince, dont elle ſavoit, par lui-même , qu'il étoit très-mécontent , pour avoir été mal ré- compenſé du meurtre d'Agrippine. *Is mulieri, dum merita erga Nero- nem ſua , & quàm in ir- ritum cecidiſſent aperit, adjecitque queſtus , & deſtinationem vindictæ, ſi facultas oriretur, ſpem dedit poſſe impelli. Ergo Epicharis omnia ſcelera Principis orditur ; accin- geretur modò , navaret operam, & militum acer- rimos duceret in partes , at digna pretia expec- taret. Proculus ea, quæ audierat, ad Nero- nem*

ſérieuſement à s'en vanger ; ſi pourtant l'avanture de Lu- crece n'eſt pas un Roman.

Je ne dis point ceci pour excuſer la galanterie des Princes , elle peut être moralement mauvaiſe ; je ne me ſuis *ici* attaché à autre choſe , qu'à montrer qu'elle ne rendoit point o- dieux les Souve- rains. On regarde l'amour dans les bons Princes com- me une foibleſſe par- donnable , pourvû qu'elle ne ſoit point accompagnée d'in- juſtices. On peut faire l'amour com- me Louïs quator- ze , comme Char- les ſecond , Roi d'Angleterre , com- me

L 6

Si - bien que, voïant d'un côté une fortune toute acquise, & de l'autre seulement du danger, il faut, ou que ce soit un ennemi irréconciliable du Prince, ou un ami tout extraordinaire, pour vouloir bien te garder le secret 3.

Mais, pour trancher court, je dis, que du côté des Conju-

nem detulit. Celui à qui vous dites votre secret, devient maître de votre liberté, dit très-bien Mr. de la Rochefoucault dans ses Mémoires.

3. Il faut que l'affection du complice soit bien grande, si le danger où il s'expose ne lui paroit pas encore plus grand, dit Machiavel, dans le Chap. 6. du Livre 3. de ses Discours.

me le Roi Auguste; mais il ne faut imiter, ni Néron, ni David *.

Voici ce me semble une contradiction en forme. Le Politique veut »» qu'un Prince se »» fasse aimer de »» ses sujets, pour »» éviter les cons- »» pirations ; « & dans le Chapitre dix - sept, il dit, »» qu'un Prince doit »» songer principa- »» lement à se faire »» craindre, puis- »» qu'il peut comp- »» ter sur une cho- »» se qui dépend »» de lui, & qu'il »» n'en est pas de »» même de l'a- »» mour

(* mais il ne faut ni violer Lucrece, ni tuer Pompée, ni faire périr Urie.)

jurez , *il n'y a que de l'incertitude , de la jalousie , & de la crainte d'être punis ; ce qui leur ôte tout courage* 4. *Au contrai-*

4. Tacite marque, dans le 15. Livre de ses Annales , tout ce qui fait avorter une Conspiration. 1. L'espérance de l'impunité , toujours contraire aux grands desseins. *Impunitatis cupido , magnis semper conatibus adversa ; & , promissa impunitas.* 2. L'espérance & la crainte, *Spes ac metus.* 3. La lenteur , *Accendere conjuratos , lentitudinis earum pertæsa.* 4. La crainte d'être trahi , *Metus proditionis.* 5. La jalousie ; car il dit , que Pison refusa de tuer Néron dans sa maison de campagne, où Néron venoit souvent, de peur que Silanus ne fut mis sur le Trône, ou que le Consul Vestinus ne voulût rétablir la Li-

» mour des peu- » ples. « Lequel des deux est le véritable sentiment de l'Auteur ? Il parle le langage des oracles, on peut l'interpréter comme on le veut ; mais ce langage des oracles , soit dit en passant , est celui des fourbes.

Je dois dire en général à cette occasion, que les conjurations & les assassinats ne se commettent plus guères dans le monde ; les Princes sont en sureté de ce côté-là ; ces crimes sont usez, ils sont sortis de mode, & les raisons qu'en allégue Machiavel sont trèsbonnes : il n'y a tout au plus que le fana-tis-

traire, le Prince a de

Liberté, ou faire un Empereur à sa mode. 6. *Proditio.* La trahison, qui arrive souvent sur le point de l'exécution, *Pridie insidiarum.* 7. *Præmia perfidiæ, immensa pecunia & potentia*; L'espoir de la récompense; comme aussi la crainte de la laisser aller à un autre, en se laissant prévenir. *Multos adstitisse, qui eadem viderint; nihil profuturum unius silentium; at præmia pænes unum fore, qui indicio prævenisset.* Il y a encore une autre sorte de trahison, qui est celle du visage & de la contenance, qui découvre quelquefois ce qui est caché dans le cœur d'un conjuré; *Ipse mæstus, & magnæ cogitationis manifestus erat.* 8. L'imprudence, par exemple, de faire de certains préparatifs devant des valets, de leur faire éguiser un poignard; *Pugionem asperari saxo,*

tisme de quelques Ecclésiastiques, qui puisse *lui* faire commettre un crime aussi épouventable; *par pur fanatisme.* Parmi les bonnes choses que Machiavel dit à l'occasion des conspirations, il y en a une très-bonne, mais qui devient mauvaise dans sa bouche : la voici. » Un conjura- » teur, dit-il, est » troublé par l'ap- » préhension des » châtimens qui le » menacent, & les » Rois sont soute- » nus par la Ma- » jesté de l'Empi- » re & par l'auto- » rité des Loix. « Il me semble que l'Auteur politique n'a pas bonne grace à parler des Loix,

de son côté la majesté de l'Etat, les Loix, ses Amis, & ses Alliez, 5. De-sor-

& in mucronem ardescere jussit ; ce qui leur donne du soupçon : arreptis suspicionibus de consequentibus. 9. La vûë des tourmens, Tormentorum aspectus, ac minæ. 10. La créance, que l'on a, que quelqu'un de ses compagnons a·ont dit, & qu'il est inutile de garder le silence, Cuncta jam patefacta credens, nec ullum silentii emolumentum edidit cæteros. A-joûtez à cela le hazard, qui domine assez souvent dans ses affaires. Le Comte de Licestre manqua l'entreprise de Leiden, sur ce qu'un des Conjurez aïant été arrêté pour dettes, la plûpart des autres s'enfûirent, croïant que quelqu'un d'entr'eux les avoit trahis.

5. Illum quidem, dit Germanicus aux légions

Loix, lui qui n'insi-nue que l'intérêt, la cruauté, le despo-tisme, & l'usurpa-tion. *Machiavel fait comme les Protes-tans, ils se servent des argumens des in-crédules pour com-battre la Transub-stantiation des Ca-tholiques, & ils se servent des mêmes ar-gumens dont les Ca-tholiques soutiennent la Transubstantiation, pour combattre les in-crédules.*

Machiavel con-seille donc aux Prin-ces de se faire ai-mer, de se ménager pour cette raison, & de gagner égale-ment la bienveillan-ce des Grands & des Peuples, il a raison de leur con-seiller de se déchar-ger sur d'autres de

forte que s'il a encore l'affection du Peuple, il est impossible que personne soit assez téméraire pour conjurer contre lui; car, au lieu que d'ordinaire les Conjurez ont fort à craindre avant que d'en venir au fait, pour lors ils ont encore plus à craindre après, d'autant qu'ils ont le peuple à dos, & par conséquent point de refuge.

J'en

mutinées contre Tibére, *sua majestas, Imperium Romanum cæteri exercitus defendent;* après leur avoir remontré auparavant, que l'Italie & les Gaules étoient fidèles à Tibére, & que tout le reste de l'Empire étoit tranquile. *Italiæ consensum, Galliarum fidem extollit, nil usquam turbidum aut discors.* Ann. I.

ce qui pourroit leur attirer la haine d'un de ces deux Etats, & d'établir pour cet effet des Magistrats juges entre le Peuple & les Grands. Il allégue le Gouvernement de France pour modèle. Cet ami, outré du despotisme & de l'usurpation d'autorité, approuve la puissance que les Parlemens de France avoient autrefois : il me semble *à moi*, que s'il y a un Gouvernement dont on pourroit de nos jours proposer * pour modèle la sagesse, c'est celui d'Angleterre.

(* la sagesse pour modèle, sans blâmer les autres.)

J'en pourrois donner mille exemples, mais je me contenterai d'un seul, arrivé de notre tems. Hannibal Bentivole, aïeul de celui d'aujourd'hui, lequel étoit Prince de Bologne, aïant été tué par les Cannesques*, le Peuple se souleva aussi-tôt, & massacra toute la famille des meurtriers; tant les Bentivoles étoient alors aimez à Bologne. Et comme il n'en restoit aucun qui pût gouverner l'Etat, le fils, qu'Hannibal laissoit, étant au maillot a, Bologne

* Famille rivale des Bentivoles, (en 1445.) a. Au livre 6. de son Histoire, il dit que cet enfant, qui s'appelloit Jean, avoit six ans.

terre; là le Parlement est l'arbitre du Peuple & du Roi, & le Roi a tout le pouvoir de faire du bien, mais il n'en a point pour faire le mal.

Machiavel entre ensuite dans une grande discussion sur la vie des Empereurs Romains, depuis Marc - Aurele, jusqu'aux deux Gordiens. Il attribue la cause de ces changemens fréquens à la vénalité de l'Empire; mais ce n'en est pas la seule cause. Caligula, Claude, Néron, Galba, Othon, Vitellius, firent une fin funeste, sans avoir acheté Rome, comme Didius Julianus. La vénalité fut enfin une raison de plus,

gne en envoïa de-
mander un , qu'elle
avoit appris qui étoit
à Florence , & qui
jusque-là avoit passé
pour le fils d'un ar-
tisan b , & lui don-
na la direction des
affaires , jusqu'à ce
que le fils d'Ha-
nibal fût en âge de
gouverner.

D'où je conclus ,
que le Prince doit
peu appréhender les
Conjurations , quand
le

b. Il étoit fils naturel
d'un Hercule Bentivole ,
cousin d'Hannibal ; &
s'appelloit Santi, & pas-
soit à Florence pour le
fils d'un Agnolo da Caf-
cese, Cardeur. Machia-
vel , ibid., où il ajoûte ,
que la conduite de Santi
fut si prudente , qu'au
lieu que ses Ancêtres a-
voient tous été tuez par
leurs ennemis , il vécut
en paix , & mourut très-
glorieusement.

plus , pour assassi-
ner les Empereurs ;
mais le fond véri-
table de ces révolu-
tions étoit la for-
me du Gouverne-
ment. Les Gardes
Prétoriennes de-
vinrent ce qu'ont
été depuis les Ma-
meloucs en Egyp-
te , les Janissaires
en Turquie , les
Strelits en Mos-
covie. Constantin
cassa les Gardes
Prétoriennes habi-
lement * ; mais en-
fin , les malheurs de
l'Empire exposé-
rent encore les
maitres à l'assassi-
nât & à l'empoi-
sonnement. Je re-
marquerai seule-
ment que les mau-
vais

(* Constantin cassa
habilement les Gardes
Prétoriennes.)

le peuple lui est affectionné ; mais aussi il doit avoir peur de tout, quand il en est haï. Et ç'a toûjours été le principal souci des Princes sages, & des Etats bien ordonnez, de contenter le peuple, & de ne pas désespérer les Grands.

Entre les Roïaumes bien policez, la France est le premier c; & de mille excellentes choses, qui s'y trouvent établies pour la sûreté du Roi & la liberté des sujets, la meilleure est, sans doute, l'autorité du Parlement * : car celui

c. Ce Roïaume, dit-il, obéït plus aux Loix, que pas un autre. Lib. 3. Disc. Chap. 1.
* Il ne parle que de celui

vais Empereurs périrent de morts violentes ; mais un Théodose mourut dans son lit, & Justinien vécut heureux quatre-vingt-quatre ans. Voilà sur quoi j'insiste : il n'y a presque point de méchans Princes heureux, & Auguste ne fut paisible que quand il devint vertueux. Le Tiran Commode, successeur du divin Marc-Aurele, fut mis à mort malgré le respect qu'on avoit pour son Pere. Caracalla ne put se soutenir à cause de sa cruauté. Alexandre Sévére fut tué par la trahison de ce Maximin de Thrace, qui passe. *

lui qui a policé ce Roïaume, connoissant l'ambition & l'insolence des Grands, & par conséquent la nécessité de les tenir en bride; mais aussi voulant les mettre à couvert de la haine du peuple, qui les redoutoit: il ne trouva pas à propos que le Roi s'en mêlât, de peur de l'exposer à la haine des Grands, s'il favorisoit le peuple; ou à celle du peuple, s'il favorisoit les Grands. Pour cet effet, il établit un Juge tiers, pour réprimer les Grands, & défendre les petits, sans que le Prin-

celui de Paris, qui donne le branle à tous les autres, & qu'il dit être l'exécuteur inviolable des Loix. Ibidem.

se * un géant, & Maximin aïant soulevé tout le monde par ses barbaries, fut assassiné à son tour. Machiavel prétend que celui-là périt par le mépris qu'on faisoit de sa basse naissance. Machiavel a grand tort: un homme élevé à l'Empire par son courage, n'a plus de parents; on songe à son pouvoir, & non à son extraction. Puppien étoit fils d'un Maréchal de village, Probus d'un Jardinier, Dioclétien d'un Esclave, Valentinien d'un Cordier; ils furent tous respectez. Le Sforce qui conquit Milan

(* pour)

Prince fût chargé de l'envie des uns, ni des autres : ce qui apprend aux Princes à se réserver la distribution de toutes les graces, & à laisser aux Magistrats la disposition des peines 6, & de toutes les choses qui sont sujettes à l'envie.

Je dis encore, que le Prince doit considérer les Grands, mais sans se faire haïr du peuple. Plusieurs diront peut-être, que les accidens arrivez à divers Empereurs Romains, sont des exemples, qui infirment mon

Ian étoit un païsan, Cromwel, qui assujettit l'Angleterre & fit trembler l'Europe, étoit * fils d'un marchand. Le grand Mahomet, fondateur de la Religion la plus florissante de l'Univers, étoit un garçon marchand § ; Samon, premier Roi d'Esclavonie, étoit un marchand Français. Le fameux Piast, dont le nom est encore 1 révéré en Pologne, fut élu Roi aïant encore aux pieds ses sabots ; &

il

6. *Viro Principi, ubi pœnarum res est, aliis id delegandum, ubi præmiorum, aut munerum, ipsi obeundum.* Xenophon.

(* un simple Citoïen ; § le grand Mahomet, Fondateur de l'Empire le plus florissant de l'Univers, avoit été un Garçon Marchand ; 1. si)

mon opinion, y en aïant quelques-uns qui ont perdu l'Empire, où la vie, quoiqu'ils se fussent toujours très-bien comportez.

Pour répondre à cette objection, j'examinerai les qualitez des Empereurs Marc le Philosophe, Commode son fils, Pertinax, Julien, Sévére, Antonin, Caracalla son fils, Macrin, Héliogabale, Alexandre, & Maximin; par où l'on verra, que ce que j'ai dit revient assez à ce qui leur est arrivé : & par occasion, je ferai des réflexions sur les choses qui sont à remarquer dans leurs actions.

Il faut premièrement observer, qu'au lieu

Il vécut respecté † longues années. Que de Généraux d'Armée, que de Ministres & de Chanceliers roturiers ! L'Europe en est pleine & n'en est que plus heureuse ; car ces places sont données au mérite. Je ne dis pas cela pour méprifer le sang des Vitikins 1, des Charlemagnes, & des Ottomans ; je dois, au contraire, par plus d'une raison, aimer le sang des Héros, mais j'aime encore plus le mérite.

On ne doit pas ici oublier que Machiavel se trompe beaucoup, lorsqu'il croit

(† jusqu'à cent ans 1. Witikinds,)

lieu que les autres Princes n'ont à combattre que l'ambition des Grands, & l'insolence du menu peuple, les Empereurs Romains avoient une troisième difficulté à surmonter, savoir, la cruauté & l'avarice des soldats ; d'où vint la ruine de plusieurs de ces Princes, étant très-difficiles de contenter la Milice & les Bourgeois : car ceux-ci aiment le repos, &, pour cet effet, veulent un Prince modeste, mäis les soldats en veulent un d'humeur guerrière, & qui soit insolent, cruel, & enclin au pillage, 7.

C'est

7. Erant, quos memoria Neronis, ac desiderium prioris licentiæ accen-

croit que du tems de Sévére il suffisoit de ménager les soldats pour se soutenir, l'histoire des Empereurs le contredit. Plus on ménageoit les Prétoriens. indisciplinables, plus ils sentoient leurs forces ; & il étoit également dangereux de les flatter, & de les vouloir réprimer. Les troupes aujourd'hui ne sont pas à craindre, parce qu'elles sont toutes divisées en petits corps, qui veillent les uns sur les autres, parce que les Rois nomment à tous les emplois, & que la force des Loix est plus établie. Les Empereurs Turcs ne sont si exposez

au

C'est comme le vouloient les Légions Ro- tenderet. Hist. 1. *Neque exercitus, aut legatos ac duces, magna ex parte luxus, egestatis, scelerum sibi conscios, nisi pollutum obstrictumque meritis suis Principem passuros.* Hist. 2. Galba perdit l'Empire & la vie, pour avoir dit, qu'il ne prétendoit point acheter l'affection des soldats, *legi à se militem, non emi;* Hist. 1., & pour avoir usé de trop de sévérité envers des gens, qui avoient oublié l'ancienne Discipline, & que Néron avoit accoutumez à la licence. *Nocuit antiquus rigor, & nimia severitas, cui jam pares non sumus :* Et dans un autre endroit, *Severitas ejus angebat coaspernantes veterem disciplinam, atque ita 14. annis à Nerone assuefactos, ut haud minus vitia Principum amarent, quàm olim virtutis verebantur.* Hist. 1.

au cordeau, que parce qu'ils n'ont pas sçu encore se servir de cette Politique. Les Turcs sont esclaves du Sultan, & le Sultan est esclave des Janissaires. Dans l'Europe chrétienne, il faut qu'un Prince traite également bien tous les ordres de ceux à qui il commande, sans faire de différence, qui causent des jalousies funestes à ses intérêts.

Le modèle de Sévére, proposé par Machiavel à ceux qui s'élèveront à l'Empire, est donc tout aussi mauvais, que celui de Marc-Aurele leur peut être avantageux. Mais com-

Romaines, pour a-
voir double paie,
& de quoi assouvir
leur avarice & leur
cruauté ; ce qui fut
cause que les Em-
pereurs, qui n'a-
voient pas assez de
crédit, ou d'adresse,
pour tenir les uns &
les autres en bride,
périrent tous. Et
comme la plûpart de
ces Princes, & prin-
cipalement ceux qui
d'une condition pri-
vée étoient montez
au Trône, connois-
soient cette difficul-
té, ils prenoient le
parti des soldats,
sans se soucier beau-
coup d'offenser le
peuple. Ce leur é-
toit une nécessité d'en

comment peut-on
proposer ensemble
Severe, César Bor-
gia, & Marc-Au-
rele, pour modè-
les ? C'est vouloir
réünir la sagesse &
la vertu la plus pu-
re, avec la plus af-
freuse scélératesse.
Je ne puis finir
sans insister enco-
re, que César Bor-
gia, avec sa cruau-
té, si habile, fit
une fin très-mal-
heureuse, & que
Marc-Aurele, ce
Philosophe couron-
né, toujours bon,
toujours vertueux,
n'éprouva jusqu'à
sa mort aucun re-
vers de fortune.

user ainsi ; car, comme les Princes ne
manquent jamais d'être haïs de quelqu'un,
ils doivent tâcher de ne l'être pas de la
multitude ; &, lorsque cela ne se peut, il
faut, à quelque prix que ce soit, qu'ils

M   évi-

évitent la haine du parti qui est le plus fort.

Or, les Empereurs, dont la fortune étoit nouvelle, aïant besoin d'une faveur extraordinaire pour se maintenir, adhéroient plus volontiers à la Milice, qu'au Peuple ; ce qui néanmoins leur tournoit à profit, ou à dommage, selon qu'ils savoient se tenir en crédit auprès d'elle.

Pertinax & Alexandre périrent tous deux, parce qu'ils étoient modérez, clémens, amateurs de la justice, & ennemis de la violence. Marc vécut & mourut très-honoré, parce qu'étant venu à l'Empire par succession, il n'en devoit point de reconnoissance aux soldats, ni au peuple. Outre qu'aïant des vertus, qui le rendoient vénérable, il sût si bien faire, que l'un & l'autre parti se tinrent toûjours dans le devoir, & qu'il ne sût jamais haï, ni méprisé. Mais Pertinax périt dans les premiers commencemens de son régne *, parce que la Milice, accoutumée à vivre licentieusement sous Commode, ne pût s'assujettir à cette vie reglée qu'il vouloit introduire : d'ailleurs, aïant été fait Empereur malgré eux, & étant vieux, ils le

* Dans le troisiéme mois.

le méprisoient 8 encore autant qu'ils le haïssoient.

Il est à remarquer, que l'on encourt aussi-bien la haine en faisant bien qu'en faisant mal 9. C'est pour cela qu'un Prince, qui veut maintenir son Etat, est souvent contraint de n'être pas bon ; car, lorsque le parti, dont tu crois avoir besoin,

8. L'âge rend les Princes méprisables, *Ipsa ætas Galbæ & irrisui, & fastidio erat assuetis juventæ Neronis* ; Hist. 1. soit parce qu'ils sont alors moins entreprenans ; *reputante Tiberio extremam ætatem* ; Ann. 6. ou parce que leurs ennemis ne les croïent pas en état de se défendre ; *Artabanus senectutem Tiberii, ut inermem despiciens* ; Ann. 6. , ou que l'on croit que leur esprit décline ; *fluxam senio mentem objectando.* Ibidem. Outre que la vieillesse est souvent cause qu'ils se laissent gouverner ; *Invalidum senem, odio flagitiorum*

rum oneratum, contemptu inertiæ destruebant. Hist. 1. , & que ceux qui entrent dans le Ministère, sur la fin de leur règne, se hâtent de s'enrichir par toutes sortes de rapines.... *Afferebant venalia cuncta præpotentes liberti ; servorum manus subitis avidæ, & tanquam apud senem festinantes.* Et ce, d'autant plus que l'on ne craint guéres un Maître caduc, *Cùm apud infirmum & credulum minore metu, & majore præmio peccaretur.* Hist. 1.

9. *Et quia moribus ipsorum aliena, perinde odium pravis & honestis.* Ann. 2.

M 2

foin, eft corrompu, foit le Peuple, la
Milice, ou les Grands, il faut le contenter, & pour lors tu n'as pas la liberté de
bien faire.

Mais, parlons d'Alexandre, de qui,
entre les autres louanges qu'on lui donne,
il eft raconté, qu'en quatorze ans qu'il
régna, il ne fit jamais mourir perfonne,
que dans toutes les formes de la Juftice,
néanmoins, il tomba dans le mépris, fous
couleur qu'il étoit efféminé, & qu'il fe
laiffoit gouverner à fa mere ; & puis il
fut tué * par fes foldats.

Au contraire, Commode, Sévére,
Caracalla, & Maximin, furent très-
cruels, & firent toutes les violences &
tous les outrages imaginables au peuple,
pour contenter les foldats, & pourtant ils
périrent tous malheureufement, excepté
Sévére, dont le régne fut heureux, quoiqu'il opprimât les peuples, parce qu'il avoit
des qualitez excellentes, qui le faifoient
admirer des peuples, & révérer & aimer
des foldats. Or, comme fes actions, pour
un Prince nouveau, ont été grandes, je
veux dire en peu de mots comment il fût
contrefaire le renard & le lion, qui font
les deux natures, que j'ai dit, & que je
dis

---

* Avec fa mere, à Maïence.

dis encore, que les Princes ont befoin d'i-
miter.

Sévére, aïant reconnu la lâcheté de
l'Empereur Julien, perfuada à l'Armée,
qu'il commandoit en Illyrie, qu'il falloit
aller à Rome vanger la mort de Pertinax,
qui avoit été tué par les foldats Prétoriens ;
& , fous cette couleur, fans montrer nullement qu'il prétendoit à l'Empire, il prit
le chemin de Rome, avec-tant de diligence, qu'il fut en Italie avec fon Armée,
avant qu'on fût fon départ.

Quand il fut à Rome, il fit mourir
Julien 10, & fe fit élire Empereur les
ar-

10. *Scelus, cujus ul-*
tor eft, quifquis fucceffit.
Hift. 1. *Omnes conquiri*
& interfici juffit, non
honore Galbæ, fed tra-
dito Principibus more
munimentum ad præfens,
in pofterùm ultionem.
Ibid. C'eft la coutume
des Princes de vanger
la mort de leur Prédé-
ceffeur, non pas pour
l'amour de lui, mais
pour affûrer leur pro-
pre vie. Claudius fit
mourir Chereas & Lu-
pus, qui avoient tué
Ca-

Caligula, quoique cet
attentat l'eût fait mon-
ter au Trône ; Vitellius
punit de mort tous les
coupables du meurtre
de Galba & de Pifon ;
& Domitien fit mourir
Epaphrodite, pour a-
voir aidé Néron à fe
tuer, quoique Néron
eût été condamné par
un Arrêt du Sénat. Fer-
dinand, Grand-Duc de
Tofcane, punit de mort
Bianca Capella, fa belle-
fœur, qui avoit empoi-
fonné le Grand-Duc
François, fon mari.

M 3

armes à la main. Mais il avoit encore deux obstacles à se saisir de tout l'Empire ; l'un en Asie, où Pescennius Niger, qui commandoit les Légions, avoit pris le titre d'Empereur ; l'autre en Occident *, où il avoit un compétiteur, nommé Clodius Albinus. Mais, y aïant du danger à les attaquer tous deux à la fois, il résolut de tromper l'un, & de combattre l'autre. Il écrivit donc à Albinus, que le Sénat l'aïant fait Empereur, il vouloit l'avoir pour collègue, ce qu'il fit, en lui donnant le titre de César ; & l'autre l'accepta sans façon.

Mais, après que Sévére eut vaincu & fait tuer Niger, & qu'il eut pacifié l'Orient, étant de retour à Rome, il se plaignit de l'ingratitude d'Albinus, qui, disoit-il, avoit attenté à sa vie ; ce qui l'obligeoit d'aller en France pour le punir, comme il fit ensuite, en lui ôtant son Etat & la vie.

Si l'on examine de près ce procédé, l'on y trouvera la férocité du lion, & la ruse du renard ; on verra, que Sévére fut craint & respecté du peuple, sans être haï des soldats : & l'on ne s'étonnera plus comment un homme nouveau pût garder un si

grand

* En France.

grand Empire, attendu que sa haute réputation lui servit toûjours de bouclier contre la haine que ses rapines lui pouvoient
avoir attirée.

Caracaïla, son fils, avoit aussi de très-
excellentes parties, qui le rendoient admirable au peuple, & agréable aux soldats.
Il étoit homme de guerre, infatigable, ennemi de la mollesse & de la bonne-chére ;
ce qui le faisoit aimer dans toutes les Armées. Mais il fut si feroce & si cruel,
qu'il fit comme une boucherie du peuple
d'Alexandrie, & de celui de Rome ; par
où il devint odieux à tout monde, & jusques à ses propres Officiers : desorte qu'à
la fin un Centenier le tua au milieu de son
Armée.

Il est à observer, que ces sortes d'attentats, qui viennent d'un courage obsti-
né, ne se sauroient éviter par les Princes ; tous ceux qui ne se soucient point de
leur vie, étant maîtres de la leur 11. Mais,
com-

11. *Quisquis vitam suam contempsit, tuæ dominus est.* Seneca, Ep. 4. *Periculum ex singulis,* disoit Vespa-sien à ceux qui l'ex-hortoient à se saisir de l'Em- l'Empire ; *quid enim profuturas cohortes, si unus alterque, præsenti facinore, paratum ex diverso præmium petat? Facilius universos impel-li quàm singulos vitari.* Hist. 2.

M 4

comme ces attentats sont très - rares , aussi le Prince ne s'en doit pas tant mettre en peine. Il doit seulement se garder d'offenser grièvement aucun de ceux qui le servent dans sa maison , ou dans les afaires de son Etat, qui est la faute que fit Caracalla , qui retint parmi ses Gardes - du - Corps un Centenier , dont il avoit fait mourir le frere d'une mort ignominieuse , & à qui il faisoit tous les jours des menaces * ; ce qui lui coûta la vie.

Quant à Commode , pour tenir l'Empire , à la satisfaction du peuple & des soldats , il n'avoit qu'à suivre les traces de son pere ; mais comme il étoit cruel & brutal , & qu'il vouloit vivre de rapines , il donna toute sorte de licence à ses soldats. D'ailleurs , oubliant son rang , jusqu'à descendre dans l'arène , & à faire mille autres bassesses indignes de la Majesté , il devint méprisable aux soldats ;

&

Hist. 2. C'est-à-dire: chaque soldat est à craindre ; car à quoi me serviront des Légions contre un ou deux hommes bien résolus, à qui l'on offrira une grosse récompense pour m'assassi-saffiner sur le champ? Certes, il est plus facile de faire révolter toute une Armée , que d'éviter le coup d'un traître.

* Menacer , c'est fournir des armes à celui qu'on menace.

& ce mépris, joint à la haine du peuple, fut cause de la conspiration où il perdit la vie. Il ne nous reste plus qu'à parler de Maximin.

La Milice aïant tué Alexandre, qu'elle trouvoit efféminé, comme je l'ai déja dit, elle mit en sa place Maximin, qui étoit grand guerrier; mais il ne garda pas long-tems l'Empire *, parce qu'il devint odieux & méprisable. La bassesse de sa naissance l'exposa au mépris universel, chacun sachant qu'il avoit été berger en Thrace. Les cruautez que ses Lieutenans exercérent à Rome, & dans tous les autres lieux de l'Empire, avant qu'il en fût venu prendre possession, le firent passer lui-même pour très-cruel. Desorte que, de la peur & du mépris, l'Afrique, Rome, & toute l'Italie, passerent à la conspiration, où ils furent secondez par ses propres soldats, qui, harassez de la longueur du siége d'Aquilée, & las de ses cruautez, le tuérent, d'autant plus hardiment, qu'ils le voïoient haï de tout le monde †.

Je

---

* Guéres plus de deux ans.

† Ils tuérent aussi son fils, encore enfant; disant, que d'une si méchante race, il n'en falloit rien garder.

M 5

Je ne parlerai point d'Héliogabale, de Macrin, ni de Julien, qui, n'aïant rien que de méprisable, furent promptement exterminez. Mais, pour conclusion, je dirai, que les Princes de notre tems n'ont pas si grand besoin de ménager les soldats, pas un d'eux n'aïant des Armées en corps, qui soient enracinez dans les Provinces, comme l'étoient celles des Romains, à qui il importoit davantage de contenter les soldats, que les peuples, parce que ceux-ci n'avoient pas tant de pouvoir que les autres 12.

Mais aujourd'hui tous les Princes ont plus besoin de contenter les peuples, que les soldats, parce que les peuples sont les plus forts. J'excepte le Grand-Seigneur & le Sultan d'Egypte; le premier, à cause qu'il entretient toûjours environ douze mille hommes d'Infanterie, & quinze mille de Cavalerie, desquels dépend la sûreté & la force de son Etat, & dont, par con-

---

12. Témoin les Légions d'Allemagne, qui se vantoient d'avoir l'Empire entre leurs mains. *Sua in manu sitam rem Romanam, suis victoriis augeri Remp. in* *suum cognomentum adscisci Imperatores.* Ann. 1. *Evulgato Imperii arcano, posse Principem alibi, quàm Româ fieri.* Hist. 1. *& posse ab exercitu Principem fieri.* Hist. 2.

conféquent, il est néceſſaire de conſerver l'affection. Le ſecond, d'autant que ſon Etat
étant tout entre les mains des ſoldats, il faut,
de néceſſité, qu'il ſe les conſerve amis, ſans
ſe ſoucier du peuple.

Vous remarquerez, que l'Etat du Sultan eſt différent de toutes les autres Principautez, & ſemblable au Pontificat Romain ;
car ce ne ſont pas les enfans du Prince mort,
qui ſuccédent, mais celui qui eſt élu par
les Grands. Cette coutume étant très - ancienne, cette Principauté ne peut pas être
appellée nouvelle, non plus que la Papauté,
puiſqu'il ne s'y rencontre aucune difficultez qui ſont dans les Etats nouveaux. Car,
bien que le Prince ſoit nouveau, il eſt
reçu comme s'il étoit héréditaire, d'autant que la forme du Gouvernement eſt ancienne.

Mais pour retourner à mon ſujet, je
dis, que, ſi l'on peſe tout ce diſcours, on
verra que la ruine des Empereurs, que
j'ai nommez, n'eſt venuë que de la haine, ou du mépris ; & l'on reconnoitra
pourquoi les uns procédant d'une façon, &
les autres d'une autre, de part & d'autre quelqu'un a fini heureuſement, & quelqu'un malheureuſement. Car il fut inutile, & même pernicieux, à Pertinax, &
à Alexandre, qui étoient des Princes nou-

M 6   veaux,

veaux, de vouloir imiter *Marc*, qui étoit un héréditaire ; & pareillement à *Cara-calla*, *Commode* & *Maximin*, de marcher sur les traces de *Sévére*, faute d'en avoir eu l'habileté.

Donc un Prince, établi de nouveau dans un Etat, ne sauroit imiter les actions de *Marc*, ni aussi n'a pas besoin d'imiter celles de *Sévére* ; mais doit emprunter de celui-ci les qualitez nécessaires pour devenir Prince ; & de l'autre, celles qui le sont pour se maintenir avec honneur dans un Etat où l'on se trouve déja bien établi.

CHA.

CHAPITRE XX.

SI LES FORTERESSES, ET PLUSIEURS AUTRES CHOSES, QUE LES PRINCES FONT SOUVENT, SONT UTILES, OU NUISIBLES.*

 QUELQUES Princes, pour s'assurer de leur Etat, ont desarmé leurs sujets; d'autres ont entretenu la division dans leurs Villes; quelques-uns se sont fait des ennemis à dessein; quelques-autres se sont appliquez à gagner ceux qui leur étoient suspects, au commencement de leur ré-

 E Paganisme représentoit Janus avec deux visages, ce qui signifioit la connoissance parfaite qu'il avoit du passé & de l'avenir. L'image de ce Dieu, prise en un sens allégorique, peut très-bien s'appliquer aux Princes. Ils doivent, comme Janus, voir derriére eux:

(* Plusieurs Questions de Politique.)

régne. Les uns ont bâti des Forteresses, d'autres les ont démolies ; & bien qu'on ne puisse rien décider sur toutes ces choses, à moins que de considérer séparément la nature de chaque Etat où l'on a à prendre de telles délibérations ; néanmoins, je parlerai de tout cela en général, autant que la matière le pourra permettre.

Il n'est jamais arrivé qu'un Prince nouveau ait désarmé ses sujets ; au contraire, quand il les a trouvez désarmez, il a toûjours pratiqué de les armer ; car, lorsqu'il les arme, ces armes font toutes à lui, ceux qui lui font suspects lui deviennent fidè-

eux dans l'histoire de tous ces siécles qui se font écoulez, & qui leur fournissent des leçons salutaires de conduite & de devoir ; ils doivent, comme Janus, voir en avant par leur pénétration, & par cet esprit de force & de jugement, qui combine tous les rapports, & qui lit dans les conjonctures présentes, celles qui doivent les suivre.

Machiavel propose cinq questions aux Princes, tant à ceux qui auront fait de nouvelles conquêtes, qu'à ceux dont la politique ne demande qu'à

(1. les)

fidèles , & ceux qui l'étoient , continuent de l'être , & ses sujets se font ses Partisans.

Il est vrai , que tous les sujets ne se peuvent pas armer ; mais , si tu fais du bien à ceux que tu armes , tu peux être en sûreté du côté des autres. Outre que ceux que tu emploies te font obligez , à cause de la préférence a , & que les au-

a. Comme cette quatorzième Légion , qui fut toûjours fidèle à Néron , & affectionnée à sa mémoire , en reconnoissance de l'honneur qu'il lui avoit fait de la choisir , comme la plus vigilante pour réduire l'Angleterre, qui s'étoit révoltée. *Addiderat* (*quarta decumanis*) *gloriam Nero, eligendo ut potissimos ; unde longa illis erga Neronem*

qu'à s'affermir dans leurs possessions : voïons ce que la prudence pourra conseiller de meilleur en combinant le passé avec le futur , & en se déterminant toujours par la raison & la justice.

Voici la premiére question : Si un Prince doit désarmer des peuples conquis, ou non ?

Il faut toujours songer combien la maniére de faire la guerre a changé depuis Machiavel. Ce sont toujours des Armées disciplinées , plus ou moins fortes , qui défendent leur Païs ; on mépriseroit beaucoup une troupe de Païsans armés. Si quelquefois

autres t'excufent, fup-
pofant plus de mérite
en ceux qui courent
plus de danger. Mais,
quand tu les defar-
mes, tu les offenfes,
en leur donnant lieu de
croire que tu te défies
d'eux ; ce qui leur
fait concevoir de la
haine contre toi : &
comme tu ne peux pas
demeurer défarmé,
il faut que tu aïes
recours à la Milice
mercenaire, dont j'ai
dit ci - deffus le fort
& le foible. Quand
même elle feroit bon-
ne, elle ne le fera
jamais affez, pour
te pouvoir défendre
contre des ennemis
puiffans, & des fu-
jets fufpeĉts.

C'eft

nem fides, & erecta in
Othonem ftudia. (Par-
ce que Othon reffem-
bloit d'humeur à Né-
ron.) Hift. 2.

fois dans des fiéges
la Bourgeoife prend
les armes, les af-
fiégeans ne le fouf-
frent pas ; & pour
les en empêcher,
on les menace du
bombardement &
des boulets rouges.
Il parait d'ailleurs
qu'il eft de la pru-
dence de défarmer,
pour les premiers
tems, les Bourgeois
d'une ville prife,
principalement, fi
l'on a quelque cho-
fe à craindre de
leur part. Les Ro-
mains, qui avoient
conquis la Grande-
Bretagne, & qui
ne pouvoient la re-
tenir en paix, à
caufe de l'humeur
turbulente & belli-
queufe de ces Peu-
ples, prirent le
parti de les efférni-
ner, afin de modé-
rer

C'est pour cela qu'un Prince nouveau, dans une Principauté nouvelle, a toûjours pris une Milice domestique, ainsi que l'Histoire en fournit mille exemples. Mais quand tu acquiers un Etat nouveau, que tu unis à un Etat héréditaire, alors il faut désarmer tes nouveaux sujets, excepté ceux qui se sont déclarez pour toi avant l'acquisition. Encore faudra-t-il, dans la suite du tems, les énerver & les amollir, ensorte que toute la force des armes consiste dans la Milice propre, que tu as coutume d'entretenir dans ton Etat héréditaire.

Nos anciens, & par-

rer en eux cet instinct belliqueux & farouche ; ce qui réüssit comme on le desiroit à Rome. Les Corses font une poignée d'hommes, aussi braves & aussi délibérés que ces Anglais ; on ne les domptera, je crois, que par la prudence & la bonté. Pour maintenir la Souveraineté de cette Isle, il me parait d'une nécessité indispensable de desarmer les habitans, & d'adoucir leurs mœurs. Je dis, en passant, & à l'occasion des Corses, que l'on peut voir, par leur exemple, quel courage, quelle vertu, donne aux hommes l'amour de la liberté, & qu'il

particulièrement ceux qui paſſoient pour les plus ſages du tems, tenoient pour maxime, qu'il falloit des factions domeſtiques, pour garder Piſtoie, & des Fortereſſes, pour garder Piſe ; &, ſelon ce principe, ils fomentoient les diviſions dans quelques villes, pour les conſerver plus facilement : ce qui en effet étoit bon pour ce tems-là, que toute l'Italie étoit comme en balance. Mais je ne crois pas que cela fût bon aujourd'hui; car, bien loin que les diviſions produiſent jamais rien de bon, il faut que les villes diviſées périſſent, quand l'ennemi en approche, parce que le parti le plus

qu'il eſt dangereux & injuſte de l'opprimer.

La ſeconde queſtion roule ſur la confiance qu'un Prince doit avoir après s'être rendu maître d'un nouvel Etat, ou en ceux de ſes nouveaux ſujets qui lui ont aidé à s'en rendre le maître, ou en ceux qui ont été fidèles à leur Prince légitime.

Lorſqu'on prend une ville par intelligence, & par la trahiſon de quelques Citoïens, il y auroit beaucoup d'imprudence à ſe fier aux traîtres qui probablement vous trahiront; & on doit préſumer que ceux qui ont été fidèles à leur an

lus foible se join-
ra toûjours avec
ui ; & que l'autre
e pourra plus ré-
ster. Les Vénitiens
mentoient 'les Guel-
es & les Gibelins
ans leurs villes : &
ien qu'ils ne les
aissassent jamais ve-
ir aux mains, ils
ourrissoient pour-
ant des quérelles
ntr'eux, pour oc-
uper, à ce que je
rois, le loisir de
eurs sujets à rai-
onner de ces diffé-
ends, & pour ôter
ar-là le tems de
enser à se soulever ;
e qui tourna depuis
leur dommage.
Car, après qu'ils
urent été défaits à
Vaïla *, une de ces
fac-

* C'est un Bourg, si-
ué dans la Contrée de
Ghiarra-d'Adda.

anciens-maîtres, le
feront à leurs nou-
veaux Souverains :
car ce font d'ordi-
naire des esprits
sages, des hom-
mes domiciliez, qui
ont du bien dans le
Païs, qui aiment
l'ordre, à qui tout
changement est nui-
sible : cependant il
ne faut se confier
légerement à per-
sonne.

Mais supposons
un moment, que
des Peuples oppri-
mez & forcez à
secoüer le joug de
leurs Tirans, ap-
pellassent un autre
Prince pour les gou-
verner, je crois
que le Prince doit
répondre en tout
à la confiance qu'on
lui témoigne, &
que s'il en man-
quoit en cette oc-
ca-

factions leva le mas-
que, & les dépouil-
la de tout leur E-
tat.

Je dis donc, que
cette conduite mon-
tre la foiblesse d'un
Prince, & qu'un
qui sera puissant,
ne souffrira jamais
ces divisions 1 *, qui*
véritablement lui ser-
vent en tems de paix
à amuser ses sujets,
mais aussi qui nui-
sent en tems de guer-
re.

Sans

1. Témoin le Roi de
France, (dit Machia-
vel) qui ne souffriroit
jamais que personne
se dît être du parti du
Roi, parce que cela
signifieroit qu'il y au-
roit un autre parti que
le sien ; au lieu que le
Roi ne veut point de
partis. *Dans le Chapi-*
tre 27. du Livre 3. de
ses Discours.

casion, envers ceux
qui lui ont confié
ce qu'ils avoient
de plus prétieux,
ce seroit * le trait
le plus indigne d'u-
ne ingratitude qui
ne manqueroit pas
de flétrir sa mémoi-
re. Guillaume,
Prince d'Orange,
conserva jusqu'à la
fin de sa vie son
amitié & sa con-
fiance à ceux qui
lui avoient mis en-
tre les mains les
rênes du Gouver-
nement d'Angle-
terre, & ceux qui
lui étoient opposez
abandonnérent leur
Patrie, & suivirent
le Roi Jacques.
Dans les Roïau-
mes Electifs, où
la

(* une ingratitude fu-
neste à son pouvoir &
à sa gloire.)

Sans doute, les Princes deviennent grands, quand ils surmontent les difficultez & les oppositions qu'on leur fait. * *Aussi la fortune, lorsqu'elle veut aggrandir un Prince nouveau, qui a plus besoin de réputation, qu'un Prince héréditaire, elle lui suscite des ennemis & des ligues, pour exercer son courage & son industrie, &, par cette échelle, le faire monter à un plus haut degré de puissance* 2.
C'est

*[Ou] *Aussi, lorsque la fortune veut, &c.*
2. Comme elle fit à Tibére, dont la vie, avant qu'il parvint à l'Empire, fut pleine de dangers & de traverses. *Casus prima ab infantia ancipites....*
Ubi

la plûpart des Elections se font par brigues, & où le Trône est vénal, quoiqu'on en dise, je crois que le nouveau Souverain trouvera la facilité, après son élévation, d'acheter ceux qui lui ont été opposez, comme il s'est rendu favorables ceux qui l'ont élu.

La Pologne nous en fournit des exemples; on y trafique si grossiérement du Trône, qu'il semble que cet achat se fasse aux Marchez publics * La libéralité d'un Roi de Pologne écar-

(* On y trafiqua si souvent du Trône, qu'il sembloit que cet achat se fit aux Marchés publics.)

C'est pour cette raison, que plusieurs croïent, qu'un Prince sage doit, par finesse, se susciter quelques ennemis, selon qu'il en trouve l'occasion, pour en de-

Ubi domum Augusti privignus introiit, multis æmulis conflictatus est, dùm Marcellus & Agrippa, mox Caius Lutiusque Cæsares viguere... Sed maximè in lubrico egit, accepta in matrimonium Julia, impudicitiam uxoris tolerans, aut declinans. Tac. Ann. 6. Et à Caractacus, quem multa ambigua, multa prospera extulerant, ut cæteros Brittannorum Imperatores præmineret. Ann. 12. Et à ce Capitaine Romain, qui devint intrépide à force d'avoir éprouvé la bonne & la mauvaise fortune. *Cæcina secundarum ambiguarumque rerum sciens, eòque interritus. Ann. 1.*

écarte de son chemin toute opposition, il est le maître de gagner les grandes familles, par des Palatinats, des Starosties, & d'autres Charges qu'il confére ; mais comme les Polonois 1 ont sur le sujet des bienfaits la mémoire très-courte, il faut revenir souvent à la charge : en un mot, la République de Pologne est comme le tonneau des Danaïdes ; le Roi le plus généreux répandra vainement ses bienfaits sur eux, il ne les remplira jamais. Cependant, comme un Roi de Pologne

(hommes)

devenir plus estimé & plus puissant, quand il les aura opprimez 3.

Les Princes, & particuliérement les Princes nouveaux, ont trouvé plus de fidélité & d'utilité dans les hommes, qui, au commencement de leur régne, leur étoient suspects, qu'en ceux, à qui alors ils se fioient le plus. Pandolfe Petrucci, Prince de Sienne, se servoit plus volontiers de ceux qui lui avoient été suspects, que des autres. Mais, comme cela change, selon les occasions, je dirai

3. C'est en ce sens, que Diogène disoit, qu'il étoit nécessaire d'avoir de rudes ennemis.

gne a beaucoup de graces à faire, il peut se ménager des ressources fréquentes, en ne faisant ses libéralités que dans les occasions où il a besoin des familles qu'il enrichit.

La troisiéme question de Machiavel regarde proprement la sûreté d'un Prince dans un Roïaume héréditaire : S'il vaut mieux qu'il entretienne l'union ou la mesintelligence parmi ses sujets ?

Cette question pouvoit peut-être avoir lieu du tems des ancêtres de Machiavel à Florence, mais à présent je ne pense pas qu'aucun Politique l'adoptât *toute cruë*

&

rai seulement , que si les hommes que le Prince avoit au commencement pour ennemis , sont tels ; qu'ils aïent besoin d'appui pour se maintenir , le Prince les pourra toûjours gagner aisement ; & qu'ils lui seront d'autant plus fidèles , qu'ils voudront effacer , par leurs services , la mauvaise opinion qu'il avoit conçûë d'eux * ; au lieu que ceux qui n'ont rien à craindre de lui , ont moins de soin de culti-

* [Ou] Et ces gens-là sont d'autant plus fidèles , qu'ils connoissent le besoin qu'ils ont de détruire , par leurs bonnes actions , l'opinion sinistre que l'on avoit d'eux.

& sans la mitiger. Je n'aurois qu'à citer * la belle Apologie , si connuë , de Menenius Agrippa , par laquelle i il réünit le peuple Romain. Les Républiques cependant doivent en quelque façon entretenir de la jalousie entre leurs membres ; car si aucun parti ne veille sur l'autre , la forme du Gouvernement se change en Monarchie.

Il y a des Princes qui croïent la désunion de leurs Ministres nécessairé pour leur intérêt ; ils pensent être moins trompez

(* le bel Apologue, si connu, 1. par lequel)

river fa bien-veillance 4.

A ce propos, je ne saurois me paffer d'avertir le Prince, qui vient d'acquérir un Etat par la faveur de ceux du Païs, de bien confidérer les motifs qu'ils ont eus de le favoriser, & fi ce n'a point été en haine du précédent Gouvernement, plûtôt que par inclination pour

pez par des hommes qu'une haine mutuelle tient réciproquement en garde : mais fi ces haines produifent cet effet, elles en produifent auffi un fort dangereux ; car, au lieu que ces Miniftres dévroient concourir au fervice du Prince, il arrive que, par des vûës de fe nuire, ils fe contrecarent continuellement, & qu'ils confondent dans leurs quérelles particuliéres l'avantage du Prince & le falut des Peuples.

Rien ne contribue donc plus à la force d'une Monarchie, que l'union intime & inféparable

4. Témoin ce Marius Celfus, qui fut fi fidèle à Othon, quoiqu'il eût été ami inviolable de Galba. *Marium Celfum Conf. Galbæ ufque in extremas res amicum fidumque.* Hift. 1. *Otho intra intimos habuit. . . . . Manfitque Celfo velut fataliter etiam pro Othone fides integra.* Ibid.

N

pour lui 5, qu'ils l'ont fait ; auquel cas il lui sera très-difficile de se les conserver amis, parce qu'il sera impossible de les contenter.

S'il veut parcourir les exemples anciens & modernes, il verra qu'il est beaucoup plus facile de gagner l'amitié de ceux qui se contentoient de l'administration précédente, & qui, par conséquent, étoient ses ennemis, que de ceux, qui, faute d'en être contens, se sont faits ses amis, & l'ont aidé à s'emparer de l'Etat.

La

ble de tous ses membres, & ce doit être le but d'un Prince sage de l'établir.

Ce que je viens de répondre à la troisiéme question de Machiavel, peut en quelque sorte servir de solution à son quatriéme Problême : examinons cependant, & jugeons en deux mots, si un Prince doit fomenter des factions contre lui-même, ou s'il doit gagner l'amitié de ses sujets ?

C'est forger des Monstres pour les combattre, que de se faire des ennemis pour les vaincre ; il est plus naturel, plus raisonnable, plus humain, de se faire des

---

5. *Multi odio præsentium, & cupidine mutationis.* Ann. 3. *Privatas spes agitantes, sine publica cura.* Hist. 1.

La coutume des Princes a été de bâtir des Forteresses, pour tenir les mutins en bride, & pouvoir soutenir le premier effort d'une révolte. Je loue cette méthode, parce qu'elle a été en usage chez les Anciens; mais, de nôtre tems, nous avons vû Nicolas Vitelli démolir deux Forteresses de Città-di-Castello, pour conserver cette Place. Guibaud, Duc d'Urbin, aiant recouvré son Duché, d'où César Borgia l'avoit chassé, rasa toutes les Forteresses de cette Province 6, per-

6. Au Chapitre 24. du Livre 2. de ses Discours, il dit, que le Duc d'Urbin les démolit.

des amis. Heureux sont les Princes qui connaissent les douceurs de l'amitié ! Plus heureux sont ceux qui méritent l'amour & l'affection des Peuples !

Nous voici à la derniére question de Machiavel, savoir : Si un Prince doit avoir des Forteresses & des Citadelles, ou s'il doit les raser ?

Je crois avoir dit mon sentiment dans le Chapitre dixiéme pour ce qui regarde les petits Princes ; venons à présent à ce qui intéresse la conduite des Rois.

Dans le tems de Machiavel, le monde étoit dans une fer-

persuadé qu'il seroit plus difficile de la reperdre, quand il n'y auroit plus de Citadelles. Les Bentivoles firent la même chose à Bologne, après y être retournez. 7.

Les Forteresses sont donc utiles, ou non, se-

lit, parce qu'étant aimé de ses sujets, il craignoit de s'en faire haïr, en montrant de se défier d'eux, & que d'ailleurs il ne pouvoit pas défendre ces Forteresses contre les ennemis, à moins que d'avoir une armée en campagne.

7. Les Bentivoles devinrent sages aux dépens du Pape Jules II., qui, aïant fait une Citadelle à Bologne, & mis un Gouverneur, qui faisoit assassiner les Bourgeois, perdit, & la Forteresse, & la Ville, aussi-tôt qu'ils se furent soulevez. *Ibid.*

fermentation générale; l'esprit de sédition & de révolte régnoit par tout; l'on ne voïoit que des factions & des tirans; les révolutions fréquentes & continuelles obligérent les Princes de bâtir des Citadelles sur les hauteurs des Villes, pour contenir par ce moïen l'esprit inquiet des habitans.

Depuis ce Siécle barbare, soit que les hommes se soient lassez de s'entredétruire, soit plûtôt parce que les Souverains ont dans leurs Etats un pouvoir plus despotique, on n'entend plus tant parler de séditions & de révoltes, & l'on di-

selon les tems , & si d'un côté elles servent , elles nuisent d'un autre ; par exemple , le Prince, qui a plus de peur de ses Peuples , que des Etrangers , doit faire des Forteresses ; mais celui qui craint plus les Etrangers , que ses sujets , s'en doit passer. Le Château , que François Sforce a bâti à Milan , a déja fait & fera plus de mal à la Maison de Sforce , que pas un autre desordre de cet Etat 8.

M

8. Parce que les Sforces en devinrent plus hardis , & par conséquent plus violens. Si tu fais des Forteresses, dit-il au même Chapitre, elles te servent en tems de paix , parce qu'elles te.

diroit que cet esprit d'inquiétude , après avoir assez travaillé , s'est mis à present dans une assiette tranquille : de sorte que l'on n'a plus besoin de Citadelles pour répondre de la fidélité des Villes & du 1 Païs. Il n'en est pas de même des Fortifications , pour se garantir des ennemis , & pour assurer davantage le repos de l'Etat.

Les Armées & les Forteresses sont d'une utilité égale pour les Princes ; car , s'ils peuvent opposer leurs Armées à leurs Ennemis , ils peuvent fau-

(1. d'un.)

N. 3

Il n'y a donc point de

te rendent plus hardi à maltraiter tes fujets ; mais, en tems de guerre, elles ne te ſervent de rien, parce qu'elles ſont attaquées, & par les ennemis, & par tes fujets, & qu'il eſt impoſſible qu'elles tiennent contre les uns & les autres... Et ſi tu veux recouvrer un Etat perdu, ce ne ſera point par tes Fortereſſes que tu le recouvreras, ſi tu n'as une Armée qui puiſſe combattre celui qui t'a dépouillé. Or, ſi tu as une Armée, tu le peux recouvrer, quand même tu n'aurois point de Fortereſſes. Quant au Château de Milan, Machiavel ajoute, qu'il ne ſervit dans l'adverſité, ni aux Sforces, ni aux François ; mais, au contraire, leur nuiſit, l'orgueil de la Fortereſſe leur aïant fait négliger, aux uns & aux autres, de traiter plus honnête-ment le Peuple.

ſauver cette Armée ſous le canon de leurs Fortereſ-ſes en cas de bataille perduë, & le ſiége que l'enne-mi entreprend de cette Fortereſſe leur donne le tems de ſe refaire & de ra-maſſer de nouvel-les forces, qu'ils peuvent encore, s'ils les amaſſent à tems, emploïer pour faire lever le ſiége à l'ennemi.

Les derniéres guerres en Flandre, entre l'Empereur & la France, n'avançoient preſque point, à cauſe de la multitude des Places fortes ; & des batailles de cent mille hommes *rem-portées ſur cent mil-le hommes*, n'étoient ſuivies que par la pri-

de meilleure Forterefse, que de n'être point haï du peuple; car, fi tu en es haï, quelque Forterefse que tu aïes, tu n'eft point en fûreté, attendu que le peuple ne prendra pas plûtôt les armes, qu'il fera fecouru des Etrangers.

Il ne fe voit point que les Forterefses aïent fervi à d'autres Princes de nôtre tems, qu'à la Comtefse de Forli *, à qui la fienne, après le meurtre du Comte Jérôme, fon mari †, donna le moïen d'attendre le fe-

* Catherine Sforce, fille de François, & fœur de Louïs lé More, Ducs de Milan.

† *Jérôme Riari, neveu de Sixte IV.*

prife d'une ou de deux Villes. La Campagne d'après, l'adverfaire, aïant eu le tems de réparer fes pertes, reparaifsoit de nouveau, & l'on remettoit en difpute ce que l'on avoit décidé l'année auparavant 1. Dans des Païs, où il y a beaucoup de Places fortes, des Armées qui couvrent deux milles de terre feront la guerre trente années, & gagneront, fi elles font heureufes, pour prix de vingt batailles, dix milles de terrein.

Dans des Païs ouverts, le fort d'un combat, ou de deux cam-

(1. d'auparavant.)

N 4

secours de Milan, & de recouvrer son Etat, & ce, dans une conjonclure d'affaires, où les Etrangers ne pouvoient pas secourir le peuple. Mais depuis, quand elle fut attaquée par César Borgia, & que ses sujets se joignirent avec l'Etranger, elle éprouva qu'elle eût mieux fait de se faire aimer du peuple, que d'avoir des Forteresses. Je loüe donc, & ceux qui en font, & ceux qui n'en font point; mais je blamerai toûjours ceux, qui, s'y fiant trop, se soucièront peu d'être haïs de leurs sujets.

campagnes, décide de la fortune du Vainqueur, & lui soumet des Roïaumes entiers. Alexandre, César, Gengisckam, Charles douze, devoient leur gloire à ce qu'ils touvérent peu de Places fortifiées dans les Païs qu'ils conquirent; le Vainqueur de l'Inde ne fit que deux siéges en ses glorieuses campagnes; l'Arbitre de la Pologne n'en fit jamais davantage. Eugène, Villars, Marlborough, Luxembourg, étoient de grands Capitaines; mais les Forteresses émoussèrent

en quelque façon le brillant de leurs succès. Les Français connaissent bien l'utilité des Forteresses; car depuis le Brabant jusqu'au Dauphiné, c'est *comme* *me* une double chaîne de Places fortes ; la frontiére de la France, du côté de l'Allemagne, est comme une gueule ouverte de Lion, qui présente deux rangées de dents menaçantes, * qui a l'air de vouloir tout engloutir. Cela suffit pour faire voir le grand usage des Villes fortifiées.

(* prête à tout engloutir.)

CHAPITRE XXI.

COMMENT LE PRINCE DOIT SE GOUVERNER POUR SE METTRE EN ESTIME.

 IEN ne fait tant estimer un Prince , que les grandes entreprises & les actions extraordinaires. Nous avons aujourd'hui Ferdinand , Roi d'Espagne , lequel nous pouvons presque appeller le Prince nouveau, attendu que de petit Roi d'Arragon qu'il étoit , il est devenu , par sa réputation , & par sa gloire , le premier Roi de la Chrétienté. Si nous considérons ses actions , nous

E Chapitre de Machiavel contient du bon & du mauvais. Je releverai premiérement les fautes de Machiavel ; je confirmerai ce qu'il dit de bon & de loüable , & je hazarderai ensuite mon sentiment sur quelques sujets qui appartiennent naturellement à cette matiére.

L'Auteur propose la conduite de Ferdinand d'Arragon , & de Bernard

nous trouverons qu'elles ont toutes été grandes, & quelques-unes extraordinaires. Au commencement de son régne, il tourna ses armes contre le Roïaume de Grenade, & cette guerre fut le fondement de sa grandeur, d'autant que les Grands de Castille ne pensant qu'à combattre, il n'avoit rien à craindre d'eux, qui ne s'apperçevroient pas même de l'autorité, qu'il acquéroit à leurs dépens, en nourriffant, avec les deniers de l'Eglise & du Peuple, des Armées, qui le rendirent depuis si célébre.

Outre cela, pour pouvoir entreprendre de plus grandes choses, nard de Milan, pour modèle à ceux qui veulent se distinguer, par de grandes entreprises, & par des actions rares & extraordinaires. Machiavel cherche ce merveilleux dans la hardieffe des entreprises, & dans la rapidité de l'exécution. Cela est grand, j'en conviens ; mais cela n'est louable qu'à proportion que l'entreprise du Conquérant est juste. »Toi qui te van- »tes d'exterminer »les voleurs, di- »soient les Am- »baffadeurs Scy- »thes à Alexan- »dre, tu es toi- »même le plus »grand voleur de »la

N 6.

ſes , il ſe ſervit du prétexte de la Religion , & , par une piété cruelle , il chaſſa les Maranes de ſes Etats. Il ne ſe peut pas trouver un exemple plus rare.

Sous le même prétexte , il attaqua l'Affrique , puis l'Italie , & enfin la France , ourdiſſant toujours de nouveaux deſſeins , qui tenoient les eſprits dans l'attente de l'événement , & ne leur laiſſoient pas le tems de raiſonner d'autre choſe , ni par conſéquent de machiner contre lui.

Il eſt encore très-utile à un Prince , de donner des exemples ſinguliers , ſoit de punition , ou de récompenſe , deſquels on ait à parler long-tems , comme étoient
ceux

» la terre ; car tu » as pillé & ſacca- » gé toutes les Na- » tions que tu as » vaincuës : ſi tu » es un Dieu , tu » dois faire le bien » des mortels , & » non pas leur ra- » vir ce qu'ils ont; » ſi tu es homme , » ſonge toujours à » ce que tu es. «

Ferdinand d'Arragon ne ſe contentoit pas toujours de faire ſimplement la guerre ; mais il ſe ſervoit de la Religion, comme d'un voile , pour couvrir ſes deſſeins : il abuſoit de la ſoi des ſermens ; il ne parloit que de juſtice , & ne commettoit que des injuſtices. Machiavel louë en lui tout ce qu'on y blâme.

M.

veux qu'on vous ra-
conte de Barnabé,
Seigneur de Milan 1.

Mais, sur-tout,
un Prince doit s'étu-
dier à paroître ex-
cellent dans toutes ses
actions 2. *Il se fait*
en-

1. Et ceux que Phi-
lippe de Commines rap-
porte de Louis on-
ziéme, son Maître. *Il*
faisoit, dit-il, *d'âpres*
punitions, pour être
craint, & de peur de
perdre obéissance. Il ren-
voioit Officiers, & cas-
soit Gendarmes, rognoit
pensions, & passoit tems
à faire & défaire gens;
& faisoit plus parler de
lui parmi le Roïaume,
que ne fit jamais Roi.
Dans ses Mém. Liv. 6.
Chap. 8.

2. *Præcipua rerum ad*
famam dirigenda, dit
Tac. Ann. 4. Il doit être
comme Mucien, qui sa-
voit donner de l'agré-
ment à tout ce qu'il di-
soit, & à ce qu'il fai-
soit.

Machiavel allé-
gue en second lieu
l'exemple de Ber-
nard de Milan,
pour insinuer aux
Princes, qu'ils doi-
vent récompenser
& punir d'une ma-
niére éclatante, a-
fin que toutes leurs
actions voïent 1 un
caractére de gran-
deur imprimée en
elles. Les Princes
généreux ne man-
queront point de
réputation, prin-
cipalement lorsque
leur libéralité est 2.
une suite de leur
grandeur d'ame, &
non de leur amour-
propre.

La bonté *de leurs*
cœurs peut les ren-
dre plus grands
que

(1. aïent 2. sera))

encore *eſtimer*, *quand il eſt grand ami*, & *grand ennemi* ; *c'eſt-à-dire*, *quand il ſe déclare nettement en faveur de quelqu'un contre un autre*, *qui eſt toûjours un meilleur parti*, *que d'être neutre.*

Car, *ſi deux puiſſans Voiſins de ton Etat en viennent aux mains*, *ſoit que tu aïes à craindre de celui qui ſera vainqueur*, *ou non* ; *dans l'un & l'autre cas il te ſera toûjours plus avantageux de te déclarer*, & *de faire une bonne guerre. Si tu ne te déclare pas*, *tu ſeras toûjours la proïe du*

ſoit. *Omnium quæ diceret*, *atque ageret*, *arte quadam oſtentator.* Hiſt. 2.

que toutes les autres vertus. Ciceron diſoit à Céſar, » Vous n'avez rien » de plus grand » dans votre fortu- »ne , que le pou- » voir de ſauver » tant de Citoïens, » ni de plus digne » de votre bonté , » que la volonté de » le faire. « Il faudroit donc que les peines qu'un Prince inflige fuſſent toujours au-deſſous de l'offenſe, & que les récompenſes qu'il donne fuſſent toujours au-deſſus du ſervice.

Mais voici une contradiction : le Docteur de la Politique veut, en ce Chapitre, que ſes I Prin-

(1. les)

du Vainqueur, au grand contentement du vaincu, & tu n'auras perfonne qui te plaigne, ni qui te protége; car le Vainqueur ne veut point d'amis fufpects, ni incapables de le fecourir dans l'adverfité; & celui qui perd, ne veut point de toi, après que tu n'as pas voulu être le compagnon de fa fortune dans les armes.

Lors qu'Antiochus paffa en Gréce, où les Etoliens l'appelloient pour chaffer les Romains, fes Ambaffadeurs prièrent ceux d'Achaïe, qui étoient amis des Romains, d'être neutres; au contraire, les Romains demandoient qu'on fe déclarât pour eux. Il en fut

Princes tiennent leurs Alliances, & dans le dix-huitiéme Chapitre il les dégageoit formellement de leur parole. Il fait comme ces difeurs de bonne-avanture, qui difent blanc aux uns, & noir aux autres.

Si Machiavel raifonne mal fur tout ce que nous venons de dire, il parle bien fur la prudence que les Princes doivent avoir, de ne fe point engager légerement avec d'autres Princes plus puiffants qu'eux, qui, au lieu de les fecourir, pourroient les abîmer 1.

C'eft

(1. accabler.

fut délibéré dans le Conseil d'Achaïe : & comme l'Ambassadeur d'Antiochus les exhortoit à la neutralité, celui des Romains leur dit : On vous dit, que le meilleur parti, que vous puissiez prendre, est de ne vous point embarquer dans notre guerre ; & moi je vous dis, que vous n'en sauriez prendre un pire ; car, si vous vous tenez neutres, vous resterez à la discrétion du Vainqueur, sans que personne vous soit obligé 3.

Il

3. *Quippe sine dignitate præmium victoris eritis.* Livius, Lib. 35. La neutralité n'est bonne, que pour le Prince qui est plus fort que ceux

C'est ce que savoit un grand Prince d'Allemagne, également estimé de ses amis & de ses ennemis. Les Suédois entrérent dans ses Etats, lorsqu'il en étoit éloigné avec toutes ses troupes, pour secourir l'Empereur au bas du Rhin, dans la guerre qu'il soutenoit contre la France. Les Ministres de ce Prince lui conseilloient, à la nouvelle de cette irruption soudaine, d'appeller le Czar de Russie à son secours : mais ce Prince, plus pénétrant qu'eux, leur répondit, que les Moscovites étoient comme des ours, qu'il ne falloit point déchaîner,

Il arrivera toû-
jours que celui , qui
n'est point ton ami ,
te priera d'être neu-
tre , & l'autre de
ne l'être pas. Les
Princes mal résolus
embrassent d'ordi-
naire la neutralité ,
pour se tirer de l'em-
barras présent , &
le plus souvent ils se
perdent.

Mais quand tu
te déclares hautement
en faveur de l'une
des parties , si ton
ami reste Vainqueur ,
il t'est obligé , &
même affectionné ,
quoique tu sois à sa
dis-

ceux qui se battent ; car
il se fait , quand il veut ,
leur Arbitre & leur Ju-
ge ; au contraire , elle
nuit toûjours aux petits
Princes. C'est pourquoi
il faut être, ou le plus
fort, ou avec le plus
fort.

ner , de crainte de
ne pouvoir remet-
tre leurs chaînes.
Il prit généreuse-
ment sur lui les
soins de la vengean-
ce , & il n'eut pas
lieu de s'en repen-
tir.

Si je vivois dans
le siécle futur , j'al-
longerois sûrement
cet article , par quel-
ques réflexions qui
pourroient y con-
venir ; mais ce n'est
pas à moi à juger
de la conduite des
Princes modernes ,
& dans le monde
il faut savoir par-
ler & se taire à
propos.

La matière de la
neutralité est aussi-
bien traitée par
Machiavel , que cel-
le des engagemens
des Princes. L'ex-
périence a démon-
tré

difcrétion ; car les hommes ne font jamais fi malhonnêtes , qu'ils veuillent opprimer , avec tant d'ingratitude , celui qui les a obligez : outre que les victoires ne font jamais fi entières , que le Vainqueur n'ait encore befoin de garder quelques mefures de bienféance. Si ton ami eft vaincu , tu deviens le compagnon d'une fortune qui fe peut relever , & tu as un ami qui te fert quand il peut.

Si ceux qui fe battent enfemble , font tels , que tu n'aïes rien à craindre de celui qui vaincra , tu fais d'autant plus fagement de te déclarer , parce que tu concours à la ruine d'un voifin ,

tré depuis longtems , qu'un Prince neutre expofe fon Païs aux injures des deux parties belliqueufes 1 , que ces Etats deviennent le Théâtre de la guerre , & qu'il perd toujours par la neutralité , fans que jamais il * ait rien de folide à y gagner.

Il y a deux maniéres , par lefquelles un Prince peut s'aggrandir ; l'une, eft celle de la conquête , lorfqu'un Prince guerrier recule par la force de fes armes les limites de fa domination : l'autre , eft celle du bon gouvernement , lorfqu'un

(1. belligérantes; *y)

fin , avec celui qui le dévroit sauver , s'il étoit sage , d'autant qu'il reste à ta discrétion , si tu démeures Vainqueur , comme il est impossible que tu ne le sois.

C'est ici qu'il faut avertir le Prince de ne s'associer jamais avec un plus puissant que lui , pour en offenser d'autres , si ce n'est , que la nécessité l'y contraigne , comme je l'ai dit ci - dessus * ; car , s'il vient à vaincre , tu te mets à sa discrétion , qui est ce que les Princes doivent toûjours éviter. Les Vénitiens s'associérent , sans nul besoin , avec la France , contre

*Au Chapitre XIII.

qu'un Prince laborieux fait fleurir , dans ses Etats, tous les Arts , & toutes les Sciences , qui les rendent plus puissants & plus policés.

Tout ce Livre n'est rempli que de raisonnemens , sur cette première manière de s'aggrandir : disons quelque chose de la seconde , plus innocente , plus juste , & toute aussi utile , que la première.

Les Arts , les plus nécessaires à la vie , sont , l'Agriculture , le Commerce , & les Manufactures ; ceux qui sont le plus d'honneur à l'esprit - humain , sont, la Géométrie , la Philosophie , l'Astronomie , l'Eloquen-

tre le Duc de Milan, d'où s'ensuivit la ruine de leur Etat.

Mais quand on ne peut pas s'exempter de cette compagnie, ainsi qu'il arriva aux Florentins, lorsque le Pape & le Roi d'Espagne assaillirent la Lombardie ; le Prince doit alors se joindre avec les autres, pour les raisons que j'ai dites.

Ne t'imagines point qu'il y ait de parti plus sûr ; au contraire, sois assûré que tu n'en prendras que de hazardeux ; car il est fatal de ne fuir jamais un inconvénient, sans tomber dans un autre. Or, la prudence consiste à bien connoitre la na-

quence, la Poësie, la Peinture, la Musique, la Sculpture, l'Architecture, la Gravure, & ce qu'on entend sous le nom de Beaux-Arts.

Comme tous les Païs sont très-différents, il y en a où le fort consiste dans l'Agriculture, d'autres dans les Vendanges, d'autres dans les Manufactures, & d'autres dans le Commerce : ces Arts se trouvent même prospérer ensemble en quelque Païs.

Les Souverains, qui choisiront cette manière douce & aimable de se rendre plus puissants, seront obligez d'étudier principalement

nature des inconvé-
niens, & à prendre
le moindre mal pour
un bien 4.

Le Prince doit
encore honorer tous
ceux qui excellent
en leur art, sur-
tout si c'est dans le
Trafic, & dans l'A-
griculture, & les
exciter par des ré-
compenses à inven-
ter

4. Celui qui attend
toutes les commoditez,
(dit Machiavel, au
Liv. 2. de son Histoire,)
ou n'entreprend jamais
rien, ou ce qu'il entre-
prend tourne le plus
souvent à son desavan-
tage. J'ai observé, dans
toutes les affaires du
monde, dit un autre
Politique Italien, que
rien ne précipite plûtôt
dans le péril, que le
trop grand soin de s'en
éloigner, & que le trop
de prudence dégénére
ordinairement en im-
prudence. (*Frà Paolo*).

ment la constitu-
tion de leur Païs,
afin de savoir les-
quels de ces Arts
seront les plus pro-
pres à y réüssir,
& par conséquent
lesquels ils doivent
le plus encourager.
Les Français & les
Espagnols se font
apperçus que le
Commerce leur
manquoit, & ils
ont médité par cet-
te raison sur le
moïen de ruïner
celui des Anglais.
S'ils réüssissent, la
France augmente-
ra sa puissance plus
considérablement,
que la conquête de
vingt villes, & d'un
millier de villages,
ne l'auroit pu faire:
& l'Angleterre &
la Hollande, ces
deux plus beaux &
plus riches Païs du
mon-

ter tout ce qui peut enrichir sa Ville, ou son Etat, afin que les uns ne s'abstiennent point d'ouvrir un bon commerce par la crainte de païer des droits, ni les autres de cultiver leurs terres, de peur d'en être dépouillez après les avoir embellies *.

En-

* Mr. le Chevalier Temple observe très-bien, que le Commerce ne fleurit jamais dans un Gouvernement despotique, parce que personne n'est assûré de jouïr long-tems de ce qu'il possède; au lieu que cela n'est pas à craindre dans les Républiques. A raison de quoi il conclut, que leur Gouvernement est plus propre, que celui des Monarchies, à cultiver & conserver le Commerce, témoin Tyr, Carthage, Athènes, Siracuse, Agrigenti, Rhodes, où il com-

monde, dépériroient insensiblement, comme un malade qui meurt de consomption.

Les Païs dont les Bleds & les Vignes font les richesses, ont deux choses à observer; l'une est, de défricher soigneusement toutes les terres, afin de mettre jusqu'au moindre terrain à profit; l'autre est, de rafiner sur un plus grand, un plus vaste débit, sur les moïens de transporter ces marchandises à moins de frais, & de pouvoir les vendre à meilleur marché.

Quant aux Manufactures de toutes espéces, c'est peut-

Enfin, il doit, en certains tems de l'année, tenir le Peuple en réjouiffance, par des jeux & des fpectacles 5. Et comme

commença de décheoir, dès que ces *Villes furent tombées en la puiffance d'un Prince*, Chap. 6. de fes Remarques fur la Hollande.

5. Comme faifoient les Romains, qui, felon la remarque de Tacite, domptoient plus les Peuples par les voluptez, que par les armes. *Voluptatibus, quibus Romani plus adverfas fubjectos, quàm armis valent.* Hift. 4. Et Agricola, qui amollit le courage féroce des Anglois par le luxe, à tel point, qu'ils appelloient en lui douceur & modération, ce qui faifoit une partie de leur fervitude. *Ut homines difperfi ac rudes, eòque bello feroces, quiete & otio per voluptates affuefterent.... Idque apud im-*

peut - être ce qu'il y a de plus utile, & de plus profitable à un Etat, puifque par elles on fuffit aux befoins & au luxe des habitans, & que les voifins font même obligez de païer tribut à votre induftrie : elles empêchent, d'un côté, que l'argent forte du Païs, & elles en font rentrer de l'autre.

Je me fuis toujours perfuadé que le défaut de Manufactures avoit caufé en partie ces prodigieufes Emigrations des Païs du Nord, de ces Goths, de ces Vandales, qui innondérent fi fouvent les Païs méridionaux. On ne connaif-

me chaque Ville est partagée en divers corps de métier, il est bon qu'il assiste quelquefois à leurs assemblées 6, & qu'il y

imperitos humanitas vocabatur, cùm pars servitutis esset.

6. Comme faisoit Auguste. *Indulserat ei ludicro Augustus ... neque ipse abhorrebat talibus studiis, & civile rebatur misceri voluptatibus vulgi.* Ann. 1. Car le peuple, qui aime son plaisir, est ravi d'y avoir le Prince pour compagnon. *Ut est vulgus cupiens voluptatum, &, si eodem Princeps trahat, lætum,* Ann. 14. Et Vitellius, qui, dans l'élection des Consuls, se mêloit indifféremment parmi les prétendans, & tâchoit de se concilier l'affection & la voix du peuple, en présidant aux Spectacles du Théâtre & du Cirque. *Comitia consulum cum candidatis civiliter*

naissoit d'Art dans ces tems reculés, en Suéde, en Danemarck, & dans la plus grande partie de l'Allemagne, que l'Agriculture, ou la Chasse ; les terres labourables étoient partagées entre un certain nombre de Propriétaires, qui les cultivoient, & qu'elles pouvoient nourrir.

Mais comme la race humaine a de tout tems été très-féconde dans ces climats froids, il arrivoit qu'il y avoit deux fois plus d'habitans dans un Païs, qu'il n'en pouvoit subsister par le labourage : & ces Cadets de bonne Maison * s'at-

(* Les Indigens)

*, fasse parade de sa magnificence & de sa bonté, mais sans oublier jamais la majesté de Prince 7, qui le doit accompager par tout.

celebrans, omnem insimæ plebis rumorem in theatro, ut spectator; in Circo, ut fautor, affectavit. Hist. 2.

7. Ita ut nec illi, aut facilitas auctoritatem, aut severitas amorem diminuat. In Agricola.

s'attroupoient alors; ils étoient d'illustres brigands par nécessité, ils ravageoient d'autres Païs; & en dépossédoient les maîtres. Aussi voit-on dans l'Empire d'Orient & d'Occident, que ces Barbares ne demandoient pour l'ordinaire que des champs pour cultiver, afin de fournir à leur subsistance. Les Païs du Nord ne sont pas moins peuplés qu'ils l'étoient alors; mais comme le luxe a très-sagement 1 multiplié nos besoins, il a donné lieu à des Manufactures, & à tous ces Arts, qui font subsister des peuples entiers, qui autrement seroient obligez de chercher leur subsistance ailleurs.

Ces maniéres donc de faire prospérer un Etat, sont comme des talens confiez à la sagesse d'un Souverain, qu'il

(1. heureusement)

qu'il doit mettre à ufure & faire va-
loir. La marque la plus fûre qu'un Païs
eft fous un gouvernement fage & heureux, c'eft lorfque les beaux arts naiffent dans fon fein : ce font des fleurs
qui viennent dans un terrain gras, &
fous un Ciel heureux ; mais que la fé-
chereffe, ou le fouffle des aquilons, fait
mourir.

Rien n'illuftre plus un régne, que
les arts qui fleuriffent fous fon abri.
Le fiécle de Pericles eft auffi fameux
par les grands génies qui vivoient à
Athénes, que par les batailles que les
Athéniens donnérent alors. Celui d'Augufte eft mieux connu par Ciceron,
Ovide, Horace, Virgile, &c., que
par les Profcriptions de ce cruel Empereur, qui doit, après-tout, une grande partie de fa réputation à la lire
d'Horace. Celui de Louïs XIV. eft
plus célèbre par les Corneilles, les Racines, les Moliéres, les Boileau, les
Defcartes, les Le Bruns, les Girardon,
que par ce Paffage du Rhin, tant exa-
géré, par les Siéges où Louïs fe trouva en perfonne, & par la Bataille de
Turin, que Monfieur de Marfin fit
perdre au Duc d'Orléans, par ordre du
Cabinet.

Les

Les Rois honorent l'humanité, lorſqu'ils diſtinguent & récompenſent ceux qui lui font le plus d'honneur, & qu'ils encouragent ces eſprits ſupérieurs, qui s'emploïent à perfectionner nos connoiſſances, & qui ſe dévoüent au culte de la vérité.

Heureux ſont les Souverains qui cultivent eux-mêmes ces ſciences, qui penſent, avec Ciceron, ce Conſul Romain, Libérateur de ſa Patrie, & Pere de l'Eloquence ! » Les Lettres forment la jeu- » neſſe, & font le charme de l'âge avan- » cé : la proſpérité en eſt plus brillante, » l'adverſité en reçoit des conſolations ; » & dans nos maiſons, & dans celles » des autres, dans les voïages & dans » la ſolitude, en tout tems & en tous » lieux, elles font la douceur de notre » vie. «

Laurent de Médicis, le plus grand homme de ſa Nation, étoit le pacificateur de l'Italie, & le reſtaurateur des Sciences, ſa probité lui concilia la confiance générale de tous les Princes ; & Marc Aurele, un des plus grands Empereurs de Rome, étoit non moins heureux guerrier que ſage philoſophe, & joignoit la pratique la plus ſévére de la morale à la profeſſion qu'il en

O 2   faiſoit.

faisoit. Finissons par ces paroles : » Un
» Roi que la justice conduit , à l'Uni-
» vers pour son Temple , & les gens
» de bien en sont les Prêtres & les Sa-
» crificateurs.

CHA·

CHAPITRE XXII.

DES SECRETAIRES DES PRINCES.

CE n'est pas une chose de peu d'importance, que de choisir des Ministres ; car c'est par les gens que le Prince tient auprès de sa personne que l'on juge de son esprit & de sa prudence a.

Quand

2. Tacite dit, qu'on prit bon augure du régne de Néron, sur le choix qu'il fit de Corbulon pour Général de ses Armées ; ce choix montrant que la porte étoit ouverte au mérite, & qu'il se gouvernoit par un bon Conseil. *Daturam plano do-cu-*

IL y a deux espéces de Princes dans le monde ; ceux qui voïent tout par leurs propres yeux, & gouvernent leurs États par eux-mêmes ; & ceux qui se reposent sur la bonne-foi de leurs Ministres, & qui se laissent gouverner par ceux qui ont pris l'ascendant sur leur esprit.

Les Souverains de la première espéce, sont comme l'ame de leurs E-tats ; le poids de leur

gou-

Quand ils font ha-

umentum, honeftis, an fecus, amicis uteretur, fi ducem egregium, quàm fi pecuniofum & gratia fubnixum deligeret. Et, quelques lignes après, *Læti, quod Domitium Corbulonem præpofuerat, videbaturque locus virtutibus patefactus.* Ann. 13. Et me femble, (dit Commines, au Chapitre 3. du Livre 2. de fes Mémoires,) que l'un des plus grands fens que puiffe montrer un Seigneur, c'eft de s'acointer & approcher de lui gens vertueux & honnêtes; car il fera jugé à l'opinion des gens, d'être de la condition & nature de ceux qu'il tiendra les plus prochains de lui. Et, c'eft où le Prince d'Orange fe fondoit, quand il difoit, qu'il falloit juger de la cruauté du Roi Pilippe II. par toutes celles que le Duc d'Albe exerçoit impunément dans les Païs-Bas.

gouvernement repofe fur eux feuls, comme le monde fur le dos d'Atlas: ils réglent les affaires intérieures comme les étrangéres; ils rempliffent à la fois les poftes des premiers Magiftrats de la Juftice de Général des Armées, de Grands Threforiers. Ils ont, à l'exemple de Dieu, (qui fe fert d'intelligences fupérieures à l'homme pour opérer fes volontez,) des efprits pénétrans & laborieux, pour exécuter leurs deffeins, & pour remplir en détail ce qu'ils ont projetté en grand; leurs Miniftres font proprement des intrumens dans les mains

habiles & fidèles, on doit toûjours le croire sage, pour avoir sû connoître leur prix b. Mais, quand ils ne le sont pas, on ne peut jamais juger favorablement de lui après qu'il a fait un si mauvais choix. Tous ceux qui connoissoient Antoine da Venafro, reconnoissoient que Pandolfe Petrucci, Prince de Sien-

b. Car, comme l'on ne sauroit bien juger d'un Statuaire, d'un Peintre, ou d'un Sculpteur, sans être de son métier, on ne peut jamais bien connoître la sagesse d'autrui, sans être sage. *Ut enim de pictore, sculptore, fictore, ni artifex judicare, ita nisi sapiens non potest perspicere sapientem.* Plin. Ep. 10. Lib 1.

mains d'un sage & habile maître 1.

* [Les Souverains du

(1. Ouvrier.)
(* *Au lieu de ce qui est ici, jusqu'à la pag. 322. entre deux Crochets, il y a dans l'Edition publiée par Voltaire, ce qui suit:*
Les Souverains du second ordre, n'aïant pas reçu les mêmes talens de la Providence, peuvent y supléer par un choix heureux.
Le Roi qui a assez de santé, des organes en même-tems assez déliés pour soutenir le pénible travail du Cabinet, manque à son devoir s'il se donne un Premier Ministre; mais je crois qu'un Prince qui n'a pas ces dons de la nature, se manque à lui-même, & à son Peuple, s'il n'emploie pas tout ce qu'il a de raison à choisir un homme sage qui porte le fardeau, dont le poids seroit trop fort pour son

O 4

Sienne, étoit un très-prudent homme, pour avoir pris un si habile Ministre.

Or, il y a trois sortes d'esprits : les uns entendent par eux-mêmes ; les autres comprennent tout ce qu'on leur montre ; & quelques-uns n'entendent, ni par eux, ni par autrui. Les premiers sont très-excellens, les seconds sont bons, & les derniers inutiles c.

Si Pandolfe n'étoit pas du premier rang, sans doute qu'il étoit du second ; car toutes les fois qu'un Prin-

c. Un ancien Poëte a dit : Laudatissimus est, qui per se cuncta videbit. Sed laudandus & is, qui paret recta monenti.

du second ordre font comme plongez, par un défaut de génie ou une indolence naturelle, dans une indifférence létargique

son Maître. Tout homme n'a pas les talens ; mais tout homme, s'il veut, aura assez de discernement pour les reconnoître dans autrui, & pour en faire usage. La science la plus universelle des hommes, est de distinguer assez vite la portée du génie des autres ; on ne voit que faibles Artistes qui jugent très-bien les plus grands Maitres. Les moindres Soldats connoissent tout ce que valent leurs Officiers ; les plus grands Ministres font apréciés par leurs Commis. Un Roi seroit donc bien aveugle s'il ne distinguoit pas le génie de ceux qu'il emploïe. Il n'est pas si facile de connoître tout

Prince a l'esprit de discerner le bien & le mal que quelqu'un fait, on dit ; Quoique de lui-même il n'ait pas de pénétration, il connoit les bonnes & les mauvaises actions de son Ministre ; & pour approuver les unes, & blâmer les autres, il lui impose la nécessité d'être homme de bien d.*

Mais comment connoître bien un Minis-

[Ou] de faire son devoir.

d. C'est pour cela que Sejanus, qui connoissoit l'habileté & la pénétration de Tibére, mettoit au commencement tout son esprit à lui donner de bons conseils. *Sejanus, incipiente adhuc potentia, bonis confiliis noteftere volebat.* Ann. 4.

qué. Si l'Etat, prêt de tomber en deffaillance par la foiblesse du Souverain, doit être soutenu par la fagesse & la vivacité d'un Ministre, le Prince alors n'est qu'un fantôme, mais un fantôme nécessaire ; car il représente l'Etat : tout ce qui est à souhaiter, c'est qu'il fasse un choix heureux.

Il n'est pas aussi facile, qu'on le pen-

tout d'un coup l'étendue de leur probité : un Ignorant ne peut cacher son ignorance, mais un cœur faux peut en imposer long-tems à un Roi, qu'il a tant d'intérêt de tromper, & qu'il assiége par ses artifices.)

O 5

niſtre ? En voici la pierre-de-touche. Quand tu vois que ton Miniſtre penſe plus à lui, qu'à toi, & que toutes ſes actions tendent à ſon profit, tu ne dois jamais t'y fier e ; car celui

e. Après que Sejanus eut ſauvé la vie à Tibére dans la grotte de la Spélonque, Tacite dit que Tibére prit une entiére confiance en lui, comme en un homme qui avoit eu plus de ſoin de la vie du Prince, que de la ſienne. *Major ex eo, &, ut non ſui anxius, cum fide audiebatur.* Ann. 4. Et Tigellin, pour détruire les Rivaux, diſoit à Néron, qu'il ne faiſoit pas comme Burrhus, qui avoit des prétentions, & des eſpérances ; & que toute ſon ambition étoit de veiller à la ſûreté du Prince. *Non ſe, ut Burrhum, diverſas ſpes, ſed ſo-*

penſe, à un Souverain, de bien approfondir le caractère de ceux qu'il veut emploïer dans les affaires ; car les particuliers ont autant de facilité à ſe déguiſer devant leurs Maîtres, que les Princes trouvent d'obſtacles pour diſſimuler leur intérieur aux yeux du Public.]

Après-tout, ſi Sixte-cinq a pu tromper ſeptante 1 Cardinaux, qui devoient le connaître, combien à plus forte raiſon n'eſt-il pas plus facile à un particulier de ſurprendre la pénétration du Souverain, qui a manqué

(1. Soixante-&-dix.)

celui qui manie les affaires d'un Etat ne doit jamais penser aux siennes, ni même entretenir le Prince d'autre chose, que de ce qui regarde son Etat f.

Mais

solam incolumitatem Neronis spectare. Ann. 14. Tous les Ministres tiennent ce langage ; mais leur cœur & leurs actions démentent souvent leur bouche.

f. C'est pourquoi Tibére tourna en ridicule un Sénateur, qui osa parler des intérêts de sa famille dans le Sénat, disant, que le Sénat avoit été établi pour délibérer des affaires publiques, & non pas pour écouter les demandes impertinentes des particuliers. *Nec ideò à majoribus concessum est, egredi aliquandò relationem, & quod in commune conducat loco sententia proferre, ut privata*

qué d'ocasions pour le démêler ?

Un Prince d'esprit peut juger sans peine, du génie, & de la capacité de ceux qui le servent ; mais il lui est presque impossible de bien juger de leur désintéressement & de leur fidélité.

On a vu souvent que des hommes paraissent vertueux faute d'occasions pour se démentir, mais qui ont renoncé à l'honnêteté, dès que leur vertu a été mise à l'épreuve. On ne parla point mal à Rome, des Tibéres, des Nérons, des Caligula, avant qu'ils parvinssent au Trône, peut-être

Q 6

Mais aussi le Prince doit penser à son Ministre, pour l'obliger à bien faire g ; il le doit combler

vata negotia, res familiares nostras hic augeamus, ... Efflagitatio intempestiva & improvisa, cùm aliis de rebus convenerint Patres, consurgere. Ann. 2.

g. C'est comme Tibère l'entendoit, quand il disoit à Sejanus : *Ipse, quid intra animum volutaverim, quibus adhuc necessitudinibus immiscere te mihi parem ; omittam ad præsens referre. Id tantùm aperiam, nihil esse tam excelsum, quod non virtutes istæ, tuusque in me animus, mereantur, datoque tempore, vel in Senatu, vel in concione non reticebo.* Ann. 4. ; comme pour lui dire : Ne te mets point en peine des affaires de ta famille, j'y pense pour toi, & je ne t'en dirai pas davantage à cette heure, sinon

être que leur scéleratesse seroit restée sans effet, si elle n'avoit été mise en œuvre par l'occasion qui développa le germe de leur méchanceté.

Il se trouve des hommes, qui joignent à beaucoup d'esprit, de souplesse, & de talens, l'ame la plus noire & la plus ingrate ; il s'en trouve d'autres, qui possèdent * toutes les qualités du cœur.

Les Princes prudens ont ordinairement donné la préférence à ceux chez qui les qualitez du cœur prévaloient, pour les em-

(* un cœur bon & généreux.

bler d'honneurs, de charges, & de richeſſes, enſorte qu'il ne puiſſe deſirer, ni d'autres honneurs, ni d'autres richeſſes, & qu'il connoiſſe qu'il lui ſeroit impoſſible de ſe maintenir ſous un autre maître.

Le Prince & le Miniſtre, qui en uſeront ainſi, pourront ſe fier l'un à l'autre ; mais quand ils feront autrement, il en arrivera toûjours mal au Prince, ou au Miniſtre.

non qu'en tems & lieu je ne tairai point les ſervices que tu m'as rendus. Philippe II., Roi d'Eſpagne, diſoit à Ruy Gomez, ſon Premier Miniſtre, *Faites mes affaires, & je ferai les vôtres.*

emploïer dans l'intérieur de leur Païs. Ils leur ont préféré au contraire ceux qui avoient plus de ſoupleſſe, pour s'en ſervir dans des négociations. Car, puiſqu'il ne s'agit que de maintenir l'ordre & la juſtice dans leurs Etats, il ſuffit de l'honnêteté ; & s'il faut perſuader les Voiſins & noüer des intrigues, on ſent bien que la probité n'y eſt pas tant requiſe, que l'adreſſe & l'eſprit.

Il me ſemble qu'un Prince ne ſauroit aſſez récompenſer la fidélité de ceux qui le ſervent avec zèle ; il y a un certain ſentiment

timent de justice en nous, qui nous
pousse à la reconnaissance , & qu'il
faut suivre. Mais , d'ailleurs , les intérêts des Grands demandent absolument qu'ils récompensent avec autant
de générosité , qu'ils punissent avec
clémence ; car les Ministres qui s'ap-
perçoivent que la vertu sera l'instrument de leur fortune , n'auront point
assurément recours au crime , & ils
préféreront naturellement les bienfaits
de leur Maître aux corruptions étrangéres.

La voïe de la justice , & la sagesse
du monde , s'accordent donc parfaitement sur ce sujet , & il est aussi im-
prudent que dur , de mettre , faute de
récompenser 1 & de générosité , l'attachement des Ministres à une dangereuse épreuve.

Il se trouve des Princes qui donnent dans un autre deffaut , aussi dangereux : ils changent les 2 Ministres
avec une légéreté infinie , & ils punissent avec trop de rigueur la moindre irrégularité de leur conduite.

Les Ministres qui travaillent immédiatement sous les yeux du Prince ,
lors-

(1. récompense 2. de)

lorfqu'ils ont été quelque-tems en place, ne fauroient pas tout-à-fait lui déguifer leurs deffauts : plus le Prince eft pénétrant, & plus facilement il les faifit.

Les Souverains, qui ne font pas philofophes, s'impatientent bien-tôt; ils fe révoltent contre les faibleffes de ceux qui les fervent, ils les difgracient & les perdent.

Les Princes qui raifonnent plus profondément, connaiffent mieux les hommes; ils favent qu'ils font tous marqués au coin de l'humanité, qu'il n'y a rien de parfait en ce monde, que les grandes qualités font, pour ainfi dire, mifes en équilibre par des grands deffauts, & que l'homme de génie doit tirer parti de tout. C'eft pourquoi (à moins de prévarication) ils confervent leurs Miniftres, avec leurs bonnes & leurs mauvaifes qualitez, & ils préférent ceux qu'ils ont approfondis, aux nouveaux qu'ils pourroient avoir, à-peu-près comme d'habiles Muficiens, qui aiment mieux joüer avec des inftrumens, dont ils connaiffent le fort & le faible, qu'avec de nouveaux, dont la bonté leur eft inconnuë.

CHA-

CHAPITRE XXIII.

COMMENT IL FAUT FUIR LES FLATEURS.

JE ne saurois me passer de parler ici d'un mal que les Princes ont bien de la peine à éviter, à moins qu'ils n'aient beaucoup de prudence & de discernement ; & ce mal est la Flaterie, qui régne dans toutes les Cours a. Car les hommes ont tant d'amour-propre, & se trom-

a. Tacite dit, que la flaterie est un mal aussi ancien, que la domination. *Adulationes.... vetus id in Republica malum.* Ann. 2.

IL n'y a pas un Livre de Morale, il n'y a pas un Livre d'Histoire, où la faiblesse des Princes sur la flatterie ne soit rudement censurée : on veut que les Rois aiment la vérité ; on veut que leurs oreilles s'accoutument à l'entendre, & l'on a raison ; mais on veut encore, selon la coutume des hommes, des choses un peu contradictoires : on veut que les Princes aïent

trompent ſi fort dans la bonne opinion qu'ils ont d'eux - mêmes, qu'il leur eſt très-difficile de ſe préſerver de cette contagion; & d'ailleurs, ceux qui veulent s'en garantir, courent riſque de devenir mépriſables.

Car, comme tu n'as point d'autre moïen de te garder des Flateurs, ſinon, de faire croire que tu ne t'offenſes point d'entendre la vérité, ſi chacun a la liberté de te la dire, on te perd bien-tôt le reſpect b. C'eſt pourquoi

b. C'eſt pour cela que Tibére, qui haïſſoit la flaterie, ne pouvoit néanmoins ſouffrir la liberté; deſorte que l'on ne ſavoit comment parler devant lui. *Auguſta & lubrica oratio ſub*

aïent aſſez d'amour-propre pour aimer la gloire, pour faire de grandes actions, & qu'en même - tems ils ſoïent aſſez indifférens pour renoncer de leur gré au ſalaire de leurs travaux; le même principe doit le r pouſſer à mériter la loüange, & à la mépriſer. C'eſt prétendre beaucoup de l'humanité; on leur fait bien de l'honneur de ſuppoſer qu'ils doivent avoir ſur eux - mêmes plus de pouvoir encore, que ſur les autres.

Contemptus virtutis ex contemptu famæ.

Les Princes inſen-

(x. les)

quoi le *Prince* prudent doit tenir un milieu, en choisissant des gens *sages*, à qui seulement il donne toute permission de lui dire la vérité sur les choses qu'il leur demandera, sans se mêler du reste. *Mais* il doit les interroger de tout, entendre leurs avis, & puis en faire à sa mode, se gouvernant envers eux de manière que chacun connoisse & croie, que plus on lui parle librement, & plus on lui plaît *. *Après* ceux-

sensibles à leur réputation, n'ont été que des indolents ou des voluptueux abandonnez à la mollesse ; c'étoient des masses d'une matiére vile, qu'aucune vertu n'animoit. Des Tirans très - cruels ont aimé, il est vrai, la loüange ; mais c'étoit en eux vanité odieuse, un vice de plus ; ils vouloient l'estime, en méritant l'opprobre.

Chez les Princes vicieux, la flatterie est un poison mortel qui multiplie les semences de leur corruption: chez les Princes de mérite, la flatterie est comme une rouille qui s'attache à leur gloire,

&

sub *Principe*, qui libertatem metuebat, adulationem oderat. Ann. 2.
* A l'exemple de Jean II, Roi de Portugal, qui, prié par un de ses Courtisans de lui accorder une Charge vacante, répondit : Je la gar-

veux-là, il n'en doit plus écouter d'autres, mais demeurer ferme dans ce qu'il aura délibéré.

Si le Prince fait autrement, ou les Flatteurs le perdent, ou bien il varie souvent, selon la diversité des avis c ; *ce qui le fait mépriser.*

A ce propos, je veux rapporter ce que le Prêtre Luc disoit un jour de l'Empereur Maximi-

garde à un homme qui ne m'a jamais flatté.

c. Comme font les Princes imbéciles. *Ipse modò huc, modò illuc, ut quemque suadentium audierat, prompuus,* dit Tacite de Claudius, Ann. 12. *Huc illuc cirumagi, quæ jusserat vetare, quæ vetuerat jubere.* Hist. 3.

& qui en diminuë l'éclat. Un homme d'esprit se révolte contre la flatterie grossière, il repousse l'adulateur mal-adroit. Il est une autre sorte de flatterie ; elle est la sophiste des defauts, sa rhétorique les diminuë ; c'est celle 1 qui fournit des argumens aux passions, qui donne à l'austérité le caractère de la justice, qui fait une ressemblance si parfaite de la libéralité à la profusion, qu'on s'y méprend, qui couvre les débauches du voile de l'amusement & du plaisir ; elle amplifie surtout.

(1. elle)

332 EXAMEN DU PRINCE

milien, *son Maître,
qui régne aujour-
d'hui;* Qu'il ne pre-
nc it conseil de per-
sonne; & que néan-
moins il ne faisoit
jamais rien à sa
mode: *Et cela vient
de ce qu'il tient une
route contraire à cel-
le que je viens de
marquer ; car comme
il ne communique ses
secrets à personne,
quand on vient à dé-
couvrir ses desseins,
les gens de son Con-
seil y contredisent,
& lui, qui a l'hu-
meur facile, se rend
à leur avis; si bien
qu'il n'y a point de
fond à faire sur ses
délibérations, d'au-
tant que ce qu'il fait
un jour, il le défait
un autre d.*

Il

d. Défaut, que l'on
dit que l'Empereur
Léo-

tout les vices des
autres, pour en
ériger un trophée à
ceux de son Héros.
La plûpart des
hommes donnent
dans cette flatte-
rie, qui justifie
leurs goûts, & qui
n'est pas tout-à-
fait mensonge; ils
ne sauroient avoir
de la rigueur pour
ceux qui leur di-
sent un bien d'eux-
mêmes dont ils sont
convaincus. La
flatterie qui se fon-
de sur une baze so-
lide, est la plus sub-
tile de toutes; il
faut avoir le discer-
nement très-fin,
pour apperçevoir
la nuance qu'elle a-
joute à la vérité.
Elle ne fera point
accompagner un
Roi à la tranchée,
par des Poëtes qui
doi-

Il faut donc qu'un Prince prenne conseil de tout, mais quand il lui plaît, & non pas quand il plaît aux autres; ensorte que personne n'ose le conseiller, sans en être requis. Il doit être grand questionneur, & puis entendre patiemment tout ce qu'on lui répond; & s'il voit quelqu'un biaiser à lui dire la vérité, il doit en montrer du ressentiment.

Ceux-là se trompent fort, qui croient qu'un Prince, qui prend conseil, passe pour un homme qui n'est pas prudent par lui-même, mais seule-

doivent être les Historiens; elle ne composera point des Prologues d'Opéra remplis d'hiperboles, des Préfaces fades & des Epîtres rampantes; elle n'étourdira point un Héros du récit empoulé de ses victoires; mais elle prendra l'air du sentiment; elle se ménagera délicatement des entrées, elle paraîtra franche & naïve. Comment un grand homme, comment un Héros, comment un Prince spirituel, peut-il se fâcher de s'entendre dire une vérité, que la vivacité d'un ami semble laisser échapper? Comment Louïs quatorze, qui sentoit

Léopold, qui règne aujourd'hui, a hérité de Maximilien I.

lement par les bons conseils qu'on lui donne e.

Car c'est une règle générale & infaillible, que le Prince, qui n'est pas sage de lui-même, ne sauroit être bien conseillé, à moins que par

e. L'excellence du Ministre, dit un habile Espagnol, n'a jamais diminué la gloire du Maitre ; au contraire, tout l'honneur du succès retourne à la cause principale, & pareillement tout le blâme. La renommée s'addresse toûjours aux premiers auteurs ; elle ne dit jamais : *Cet homme a eu de bons ou de mauvais Ministres ; mais, il a été bon ou mauvais Ouvrier.* Il faut donc tâcher de bien choisir les Ministres, puisque c'est d'eux que dépend l'immortalité de la réputation. *Gracian, dans son Oracle Manuel.*

toit que son air seul en imposoit aux hommes, & qui se complaisoit dans cette supériorité, pouvoit-il se fâcher contre un vieil Officier, qui, en lui parlant, trembloit & béguaïoit, & qui, en s'arrêtant au milieu de son discours, lui dit : Au moins, Sire, je ne tremble pas ainsi devant vos ennemis.

Les Princes qui ont été hommes avant de devenir Rois, peuvent se ressouvenir de ce qu'ils ont été, & ne s'accoutument pas si facilement aux alimens de la flatterie. Ceux qui ont régné toute leur vie, ont toûjours été nourris d'en-

par hazard il se laif-
sat gouverner à un
homme qui fût très-
prudent, &, en ce
cas, il pourroit être
bien gouverné, mais
non pas se mainte-
nir, parce qu'un tel
Ministre le dépouil-
leroit bien-tôt de son
Etat.

Mais si un Prin-
ce, qui n'est pas sa-
ge, a plusieurs con-
seillers, il ne sera
pas capable de conci-
lier leurs divers a-
vis 1.; & ils ne pen-
seront tous qu'à leurs
intérêts 2, & mê-
me sans qu'il s'en
apperçoive. Et com-
me

1. Neque alienis confi-
liis regi, neque sua expe-
dire. Hist. 3.
2. Sibi quisque ten-
dentes. Hist. 1., quia
apud infirmum metu, &
majore præmie peccatur.
Ibid.

d'encens comme les
Dieux, & ils mour-
roient d'inanition,
s'ils manquoient de
loüanges.

Il seroit donc
plus juste, ce me
semble, de plain-
dre les Rois, que
de les condamner;
ce sont les flatteurs,
&, plus qu'eux en-
core, les calom-
niateurs, qui mé-
ritent la condam-
nation & la haine
du Public; de mê-
me que tous ceux
qui sont assez en-
nemis des Princes
pour leur déguiser
la vérité. Mais que
l'on distingue la flat-
terie de la loüange.
Trajan étoit en-
couragé à la vertu
par le Panégyrique
de Pline, Tibére
étoit confirmé dans
le vice par les flat-
te-

me c'eſt l'ordinaire teries des Séna-
des hommes d'être toû- teurs.
jours méchans, ſi l'on

ne leur impoſe une néceſſité d'être bons, le
Prince, qui ne ſe connoîtra pas en gens, ne
ſera jamais bien ſervi.

Je conclus donc, que c'eſt la prudence
du Prince qui produit les bons conſeils, &
non les bons conſeils qui font la prudence du
Prince.

CHA-

CHAPITRE XXIV.

POURQUOI LES PRINCES D'ITALIE ONT PERDU LEURS ETATS.

E Prince nouveau, qui observera prudemment les choses que j'ai dites, en paroitra un ancien, & sera même plus en sûreté dans son Etat, que s'il étoit Prince héréditaire ; car comme l'on épluche de plus près les actions d'un Prince nouveau, que celles d'un Prince successif ; quand on vient à reconnoître qu'il est sage, son merite lui concilie plus l'affection des sujets, que ne

A Fable de Cadmus, qui sema en terre les dents du serpent qu'il venoit de vaincre, & dont nâquit un Peuple de Guerriers qui se détruisirent, est l'emblême de ce qu'étoient les Princes Italiens du tems de Machiavel. Les perfidies, & les trahisons, qu'ils commettoient les uns envers les autres, ruina ¹ leurs affaires.

(1. ruinérent).

P.

ne feroit là succession de pere en fils, d'autant que les hommes s'arrêtent bien plus au present, qu'au passé, & ne cherchent point à changer, quand ils se trouvent bien. 1. Au contraire, ils défendent le Prince à toute force, pourvû qu'il ne manque point à son devoir dans les autres choses.

Et pour lors, le Prince aura une double gloire d'avoir donné commencement à une nouvelle Principauté, de l'avoir munie de bonnes loix, de bonnes armes, de de bons amis, & de bons

1. *Tuta & præsentia quàm vetera & periculosa malunt.* Ann. 1. *Anteponunt præsentia dubiis.* Hist. 1.

res. Qu'on lise l'Histoire d'Italie, de la fin du quatorziéme siécle jusqu'au commencement du quinziéme, ce ne sont que cruautez, séditions, violences, ligues pour s'entredétruire, usurpations, assassinats; en un mot, un assemblage énorme de crimes, dont l'idée seule inspire de l'horreur.

Si, à l'exemple de Machiavel, on s'avisoit de renverser la justice & l'humanité, on boulverseroit tout l'Univers; l'inondation de crimes réduiroit dans peu ce Continent dans une vaste solitude. C'étoit l'iniquité & la barbarie des Prin-

bons exemples ; au lieu que celui-là sera doublement infame, qui, étant né Prince, aura perdu son Etat par son peu de prudence.

Si l'on considére le Roi de Naples, le Duc de Milan, & d'autres, qui ont perdu le leur de nôtre tems, on trouvera prémièrement en eux un commun défaut, quant à la disposition de leurs armes, comme je l'ai montré amplement ci-dessus; & puis on verra qu'ils se sont perdus, ou pour s'être fait haïr du peuple, ou pour n'avoir pas sû s'assurer des Grands.

Car, à moins que de tomber dans quelqu'une de ces fautes, on

Princes d'Italie qui leur firent perdre leurs Etats, ainsi que les faux principes de Machiavel perdront à coup sûr ceux qui auront la folie de les suivre.

Je ne déguise rien; la lâcheté de quelques-uns de ces Princes d'Italie, peut avoir également, avec leur méchanceté, concouru à leur perte : la faiblesse des Rois de Naples, il est sûr, ruina leurs affaires; mais qu'on me dise d'ailleurs en Politique tout ce que l'on voudra argumentez, faites des systêmes, alléguez des exemples, employez toutes les subtili-

on ne perd point des Etats qui peuvent tenir une bonne Armée en campagne. *Philippe de Macédoine* *, non pas le *pere d'Alexandre - le - Grand*, mais celui qui fut vaincu par *Titus - Quintus*, n'avoit pas un grand Etat, en comparaison des *Romains*, & des *Grecs*, qui l'attaquoient ; néanmoins, comme il étoit homme - de - guerre, & qui favoit entretenir le Peuple, & s'affûrer des Grands, il foutint plufieurs années la guerre ; & fi, à la fin, il perdit quelques *Villes*, il conferva pourtant fon Roïaume.

Ce

* *Le pere de Perfée, dernier Roi de Macédoine.*

tilitez, vous ferez obligé d'en revenir à la juftice, malgré vous.

Je demande à Machiavel ce qu'il veut dire par ces paroles : » Si l'on » remarque en un » Souverain, nou- » vellement élevé » fur le Trône, (ce » qui veut dire, » dans un ufurpa- » teur,) de la pru- » dence & du mé- » rite, on s'atta- » chera bien plus » à lui, qu'à ceux » qui ne font re- » devables de leur » grandeur qu'à » leur naiffance. » La raifon de ce- » la, c'eft qu'on » eft bien plus tou- » ché du préfent » que du paffé, & » quand on y trou- » ve de quoi fe » fa-

Ce n'eſt donc point à la fortune que nos Princes ſe doivent prendre d'avoir perdu leurs États, mais à leur lâcheté ; car, faute d'avoir penſé au changement qui pouvoit arriver, (étant l'ordinaire des hommes de ne point craindre la tempête durant la bonnace), quand ils ont vu approcher l'ennemi, au lieu de ſe défendre, ils ont pris la fuite, ſur l'eſpérance, que leurs peuples, dégoûtez de l'inſolence du Vainqueur, ne manqueroient pas de les rappeller : parti, qui eſt bon à prendre, lorſqu'il n'y en a point d'autres ; mais qui eſt honteux, quand on a des moïens plus honnêtes.

C'eſt

» ſatisfaire, on ne » va pas plus » loin. «

Machiavel ſupoſe-t'il, que, de deux hommes également valeureux & ſages, toute une Nation préféra l'uſurpateur au Prince légitime ? Ou l'entend-il d'un Souverain ſans vertus, & d'un raviſſeur vaillant, & plein de capacité ? Il ne ſe peut point, que la première ſuppoſition ſoit celle de l'Auteur ; elle eſt opoſée aux notions les plus ordinaires du bon ſens ; ce ſeroit un effet ſans cauſe, que la prédilection d'un Peuple en faveur d'un homme, qui commet une action vio-

C'est folie à toi de vouloir bien tomber, parce que tu crois trouver quelqu'un qui te relevera; car, ou cela n'arrive pas, ou, si cela arrive, c'est à tes dépens, d'autant que tu es à la merci de celui qui te défend. Or, il n'y a point de bonnes ni de sûres défenses, que celles qui viennent de toi-même, & de ton propre courage.

violente pour se rendre leur maître, & qui d'ailleurs n'auroit aucun mérite préférable à celui du Souverain légitime.

Ce ne sçauroit être non plus la seconde supposition; car, quelque qualité qu'on donne à un usurpateur, on m'avoüera que l'action violente par laquelle il élève sa puissance est une injustice.

A quoi peut-on s'attendre d'un homme qui débute par le crime, si ce n'est à un gouvernement violent & tirannique ? Il en est de même que d'un homme qui se marieroit, & qui éprouveroit une infidélité de sa femme le jour même de ces nôces : je ne pense pas qu'il augurât bien de la vertu de sa nouvelle épouse pour le reste de sa vie.

Machiavel prononce sa condamnation en ce Chapitre. Il dit clairement ; que

que fans l'amour des Peuples , fans l'affection des Grands, & fans une Armée
bien difciplinée , il eft impoffible à un
Prince de fe foutenir fur le Trône. La
vérité femble le forcer de 1. lui rendre
cet hommage , à peu près comme les
Théologiens l'affurent des Anges mau-
dits , qui reconnaiffent un Dieu , mais
qui le blafphêment.

Voici en quoi confifte la contradiction. Pour
gagner l'affection des Peuples & des
Grands , il faut avoir un fond de vertu;
il faut que le Prince foit humain & bien-
faifant , & qu'avec ces qualitez du cœur
on trouve en lui de la capacité pour
s'acquitter des pénibles fonctions de fa
charge.

Il en eft de cette charge comme de
toutes les autres ; les hommes , quelqu'emploi qu'ils exercent , n'obtien-
nent jamais la confiance , s'ils ne font
juftes & éclairez : les plus corrompus
fouhaitent toujours d'avoir à faire à
un homme de bien , de même que les
plus incapables de fe gouverner s'en
raportent à celui qui paffe pour le plus
prudent. Quoi ! le moindre Bourge-
maître , le moindre Echevin d'une ville,

(1. à)

le, aura befoin d'être honnête - homme
& laborieux, s'il veut réüffir, & la
Roïauté feroit le feul emploi où le
vice feroit autorifé ? Il faut être tel
que je viens de le dire, pour gagner
les cœurs, & non pas comme Machiavel l'enfeigne dans le cours de cet
Ouvrage, injufte, cruel, ambitieux, &
uniquement occupé du foin de fon ag-
grandiffement.

C'eft ainfi qu'on peut voir démafqué
ce Politique, que fon fiécle fit paffer
pour un grand homme, que beaucoup
de Miniftres ont reconnu dangereux,
mais qu'ils ont fuivi, dont on a fait
étudier les abominables maximes aux Princes, à qui perfonne n'avoit encore ré-
pondu en forme, & que beaucoup de
Politiques fuivent, fans vouloir qu'on les
en accufe.

Heureux feroit celui qui pourroit détruire entiérement le Machiavélifme dans
le monde ! J'en ai fait voir l'incon-
féquence ; c'eft à ceux qui gouvernent
la terre à la convaincre par leurs exemples : ils font obligés de guérir le Public de la fauffe idée dans laquelle on
fe trouve fur la Politique, qui ne doit
être que le fiftême de la fageffe, mais
que l'on foupçonne communément d'ê-
tre

tre le Bréviaire de la fourberie. C'eſt à
eux de bannir les ſubtilitez & la mauvai-
ſe-foi des Traitez , & de rendre la vigueur à l'honnêteté & à la candeur , qui ,
à dire vrai , ne ſe trouve guéres entre
les Souverains. C'eſt à eux de montrer
qu'ils ſont auſſi peu envieux des Provinces de leurs Voiſins , que jaloux de la
conſervation de leurs propres Etats. Le
Prince qui veut tout poſſéder , eſt comme un eſtomac qui ſe ſurcharge de vian-
des , ſans ſonger qu'il ne pourra pas les
digérer. Le Prince qui ſe borne à bien
gouverner , eſt comme un homme qui
mange ſobrement , & dont l'eſtomac di-
gére bien.

CHA-

CHAPITRE XXV.

COMBIEN LA FORTUNE A DE POUVOIR DANS LES AFFAIRES DU MONDE, ET COMMENT ON LUI PEUT RESISTER.

JE *fai que plu-
fieurs ont cru,
& croient en-
core, que les affaires
du monde font gouver-
nées de telle maniére,
foit par la Providen-
ce Divine, ou par la
fortune, que la pru-
dence des hommes
n'y a point de part;
d'où il s'enfuit, qu'il
faut fe laiffer aller
au fort & à l'avan-
ture, fans fe foucier
de rien 1. Cette opi-
nion*

1. Tacite, qui étoit
Epicurien, dit quelque
cho-

LA queftion
fur la liberté
de l'homme,
eft un de ces Pro-
blêmes qui pouffe la
raifon des Philofo-
phes à bout, & qui
a fouvent tiré des
anathêmes de la bou-
che des Théolo-
giens. Les Partifans
de la liberté difent,
que, fi les hommes
ne font pas libres,
Dieu agit en eux,
que c'eft Dieu,
qui, par leur mi-
niftère, commet
les meurtres, les
vols,

nion a eu grand cours en

chose de semblable dans le 6. Livre de ses Annales. *In incerto judicium est , fato - ne res mortalium, & necessitate immutabili, an forte volvantur.* Et puis il ajoûte : Quelques - uns croient qu'il y a une fatalité inévitable , & que cette fatalité n'est autre chose , qu'une liaison des causes naturelles avec leurs effets, laquelle fait, que, depuis que nous avons choisi un certain genre de vie , nous ne saurions jamais éviter les accidens qui se rencontrent dans cet état. *Fatum quidem congruere rebus putant , sed non è vagis stellis, verum apud principia & nexus naturalium caussarum ; ac tamen electionem vitæ nobis relinquunt : quam ubi elegeris , certum imminentium ordinem.* Quant à ce que Machiavel dit, que la prudence humaine n'a point de

vols , & tous les crimes ; ce qui est manifestement opposé à sa sainteté. En second lieu , que si l'Etre suprême est le Pere des vices , & l'Auteur des iniquités qui se commettent , on ne pourra plus punir les coupables , & il n'y aura , ni crimes , ni vertus , dans le monde. Or , comme on ne sauroit penser à ce Dogme affreux , sans en appercevoir toutes les contradictions , on ne sauroit prendre de meilleur parti , qu'en se déclarant pour la liberté de l'homme.

Les Partisans de la nécessité absoluë disent au contraire,

en ces tems - ci , à caufe des révolutions étranges qui s'y font vuës , & qui arrivent encore de jour en jour tout à rebours

de part dans les affaires du monde , ou , du moins , très-peu , Tacite en donne un bel exemple, en parlant de Claudius , que la fortune deftinoit à l'Empire , pendant que les hommes penfoient à tout autre. *Mihi* , dit-il, *quàntò plura recentium, feu veterum revolvo , tantò magis ludibria rerum mortalium cunctis in negotiis obverfantur , quippe fama , fpe , veneratione , potius omnes deftinabantur imperio , quàm quem futurum Principem fortuna in occulto tenebat.* Ann. 3. La fortune, dit Gracian , fi célèbre & fi peu connuë , n'eft autre chofe , que cette grande mere d'accidens , & cette grande fille de la fouveraine Pro-

re, que Dieu feroit pire qu'un Ouvrier aveugle , & qui travaille dans l'obfcurité , fi , après avoir créé ce monde , il eut ignoré ce qui devoit s'y faire : un orloger, difent - ils , connait l'action de la moindre rouë d'une montre , puis qu'il fait le mouvement qu'il lui a imprimé, & à quelle deftination il l'a faite , & Dieu , cet Etre infiniment fage , feroit le fpectateur curieux & impuiffant des actions des hommes ! Comment ce même Dieu , dont les ouvrages portent tous un caractére d'ordre , & qui font tous affervis à de certaines loix immua-

bours de la pensée des hommes *, & quelquefois que j'y pense, je me sens du penchant à cette opinion.

Mais, comme notre franc - arbitre n'est pas encore perdu, il me semble que l'on pourroit dire, que la fortune est la maî-

Providence, qui concourt avec toutes les causes secondes, soit en les mouvant, soit en permettant qu'elles agissent. C'est cette Reine si absolue, si impénétrable, si inexorable, qui rit aux uns, tourne le dos aux autres, tantôt mere, tantôt marâtre, non pas par un effet de la passion, mais par un secret incompréhensible des jugemens de Dieu. Dans le *Chap*. 10. de son Héros.

* De toutes les conjectures humaines.

muables & constantes, auroit - il laissé jouïr l'homme seul de l'indépendance & de la liberté ? Ce ne seroit plus la Providence qui gouverneroit le monde, mais le caprice des hommes. Puis donc qu'il faut opter entre le Créateur & la créature, lequel des deux est l'automate ? Il est plus raisonnable de croire que c'est l'Etre en qui réside la faiblesse, que l'Etre en qui réside la puissance : ainsi la raison & les passions sont comme des chaînes invisibles, par lesquelles la main de la Providence conduit le genre - humain, pour concourir aux
évé-

maîtresse de la moitié de nos actions, & nous en laisse presque gouverner l'autre 2.

Pour moi, je la compare à un fleuve rapide, qui, venant à se déborder, inonde le plat-païs, déracine les arbres, entraîne les maisons, & transporte le terrein d'un endroit à un autre, sans que personne ose, ni puisse s'opposer à sa fureur : ce qui n'empêche pas, que lorsqu'il est tranquille, l'on ne puisse faire des chaussées, & des digues, qui une autre

2. Le succès, dit Sénèque, Epit. 14. n'est pas de la jurisdiction du sage ; nous commençons les choses, la fortune les acheve.

événemens que sa sagesse éternelle avoit résoluë 1 qui devoient arriver dans le monde, pour que chaque individu remplît sa destinée.

C'est ainsi que, pour éviter Charibde, on s'approche *trop* de Scilla, & que les Philosophes se poussent mutuellement dans l'abîme de l'absurdité, tandis que les Théologiens ferraillent dans l'obscurité, & se damnent dévotement par charité. Ces Partis se font la guerre, à peu près comme les Carthaginois & les Romains se la faisoient. Lorsqu'on appréhendoit de voir

(1. résolus.)

trefois arrêtent ses inondations, ou du moins retardent l'impétuosité de son cours.

Il en est de même de la fortune ; elle exerce toute sa puissance, lorsqu'elle ne trouve rien de prêt à lui résister ; elle jette toute sa violence sur les lieux, où elle sait, qu'il n'y a, ni digue, ni barriére pour la retenir.

Si vous considérez l'Italie, qui est le théâtre de ces révolutions & qui leur a donné le branle, vous verrez que c'est une campagne sans défense ; au lieu que, si elle eût été sur ses gardes, comme l'Allemagne, l'Espagne, & la France, elle n'eût pas été inondée des Etrangers, ou, du moins,

voir les Troupes Romaines en Afrique, on portoit le flambeau de la guerre en Italie ; & lorsqu'à Rome on voulut se défaire d'Hannibal, que l'on craignoit, on envoïa Scipion à la tête des Légions assiéger Carthage. Les Philosophes, les Théologiens, & la plûpart des héros d'argumens, ont le génie de la Nation Françaiſe : ils attaquent vigoureuſement ; mais ils ſont perdus s'ils ſont réduits à la guerre défenſive. C'eſt ce qui fit dire à un bel eſprit, que Dieu étoit le pere de toutes les Sectes, puiſqu'il leur avoit donné à tou-

moins, cette irruption n'eût pas fait de si grands progrès ⋆.

Je n'en dirai pas davantage, quant à ce qui est de résister à la fortune en général. Mais, pour entrer dans le particulier, d'où vient qu'un Prince, que l'on voit prospérer aujourd'hui, périt demain, sans qu'il ait changé d'esprit, ni de conduite ? C'est, à mon avis, comme je l'ai déjà montré, parce que le Prince, qui ne s'appuïe que sur la fortune, tombe aussi-tôt qu'elle change.

Je crois aussi que celui-là est heureux, qui

⋆ [Ou] *ou, du moins, ils n'y eussent pas fait de si grands progrès.*

toutes des armes égales, de même qu'un bon côté & un revers. Cette question, sur la liberté & sur la prédestination des hommes, est transportée par Machiavel, de la Métaphisique dans la Politique ; c'est cependant un terrain qui lui est tout étranger & qui ne sauroit le nourrir ; car, en Politique, au lieu de raisonner si nous sommes libres, ou si nous ne le sommes point, si la fortune & le hazard peuvent quelque chose, ou s'ils ne peuvent rien, il ne faut proprement penser qu'à perfectionner sa pénétration & sa prudence.

La

qui régle sa conduite selon les tems, & que, par conféquent, il n'arrive que malheur à celui qui ne fait pas s'accorder avec le tems; car il se voit, que les hommes, pour arriver à la fin qu'ils se proposent, (qui est toûjours d'acquérir de la gloire & des richesses.) tiennent tous une route différente.

L'un garde des mesures, l'autre n'en garde point; l'un emploie la force, l'autre la rusé; l'un la patience, l'autre l'impétuosité; moïens, par où les uns & les autres peuvent réüssir. Il se voit aussi, que de deux, qui vont par un même chemin, l'un arrive à sa fin, & l'autre non;

La fortune & le hazard font des mots vuides de sens, qui, selon toute apparence, doivent leur origine à la profonde ignorance, dans laquelle croupissoit le monde lorsqu'on donna des noms vagues aux effets dont les causes étoient inconnuës.

Ce qu'on appelle vulgairement la fortune de Céfar, signifie proprement toutes les conjonctures qui ont favorisé les desseins de cet ambitieux. Ce que l'on entend par l'infortune de Caton, ce sont les malheurs inopinez qui lui arrivérent, ces contre-tems où les effets suivirent si subitement les cau-

non ; & que deux
autres , qui auront
été d'esprit tout con-
traire ; l'un modéré ,
l'autre impétueux ;
prospéreront tous deux
également : ce qui ne
sauroit venir que de
la diversité des tems ,
qui sont favorables ,
ou contraires , à leur
conduite.

D'où il arrive
ce que j'ai dit , que
deux , qui procèdent
diversement , ont u-
ne même issuë , &
que deux , qui pro-
cèdent également pour
une même fin , ont
un succès tout con-
traire. C'est enco-
re de-là que dépend
le bien , ou le mal ;
car , si à un , qui se
gouverne avec patien-
ce & circonspection ,
les tems & les affai-
res viennent si à
point , que son gou-
ver-

causes , que sa pru-
dence ne put , ni
les prévoir , ni les
combattre.

Ce qu'on en-
tend par le hazard ,
ne sauroit mieux
s'expliquer que par
le jeu des dez. Le
hazard , dit-on , a
fait que mes dez
ont porté plûtôt
douze que sept.
Pour décomposer
ce Phénoméne phi-
siquement , il fau-
droit avoir les yeux
assez bons pour
voir la manière
dont on a fait en-
trer les dez dans le
cornet , les mou-
vemens de la main
plus ou moins forts ,
plus ou moins réï-
térés , qui les font
tourner , & qui im-
priment aux dez un
mouvement plus
vif ou plus lent :
ce

vernement soit bon, il prospére ; mais si les tems & les affaires changent, il se perd, d'autant qu'il ne change pas de conduite 3.

Or, il n'y a point d'homme si prudent, qu'il

3. Pierre Sodérin, dit Machiavel, procédoit en toutes choses avec douceur & patience, & lui, & sa Patrie, s'en trouvérent bien, tandis que son procédé fut convenable au tems. Mais, quand vint le tems qu'il falloit user de rigueur, il ne s'y put résoudre, d'où s'ensuivit sa perte, & celle de sa Patrie. Liv. 3. de ses Discours, Chap. 9. & 3. C'est que s'il eût voulu se servir de toute l'autorité que lui donnoit la dignité de Gonfalonier à vie, il eût pu ruiner tous les Médicis, & par conséquent, maintenir sa Patrie en liberté.

ce sont ces causes, qui, prises ensemble, s'appellent le hazard.

Tant que nous ne serons que des hommes ; c'est-à-dire, des êtres très-bornez, nous ne serons jamais supérieurs à ce qu'on appelle les coups de la fortune. Nous devons ravir ce que nous pouvons au hazard, dès l'événement 1 ; mais notre vie est trop courte pour tout appercevoir, & notre esprit trop étroit pour tout combiner.

Voici des événemens 2 qui feront voir clairement qu'il

(1. des événemens. 2. des faits.

qu'il sache toujours accorder la sienne avec les tems, soit parce que l'on ne sauroit résister à son propre penchant, ou parce que l'on ne peut guères se résoudre à quitter une route par où l'on est toûjours arrivé à bon port : de-là vient aussi que l'homme posé ne sait pas être impétueux quand il le faut être, ce qui le perd ; au lieu que, s'il changeoit de conduite, selon les affaires, la fortune ne changeroit pas 4.

Le

4. Ce qui fait, (ajoute Machiavel au même Chap. 9), que la fortune abandonne un homme, c'est qu'elle change les tems, & que lui ne change pas ses mesures, ni ses brisées. Comme l'on accusoit un Roi de Sparte d'être chan-

qu'il est impossible à la sagesse humaine de tout prévoir. Le premier évènement est celui de la surprise de Crémône par le Prince Eugène, entreprise concertée avec toute la prudence imaginable, & exécutée avec une valeur infinie. Voici comment ce dessein échoüa : le Prince s'introduisit dans la Ville vers le matin, par un canal à immondices que lui ouvrit un Curé avec lequel il étoit en intelligence ; il se seroit infailliblement rendu maître de la Place, si deux choses inopinées ne fussent arrivées.

Premiérement un Régiment Suisse 1,

*Le Pape Jules II.
procéda toûjours im-
pétueusement, & ce-
la lui réüssit toû-
jours, parce que le
tems & les affaires
le demandoient ainsi;
témoin la première
entreprise qu'il fit
sur Bologne, du vi-
vant de Jean Ben-
tivole.*

*Les Vénitiens en
prenoient ombrage,
les Rois de France
&* ....
....
changeant: *Ce n'est pas
moi qui change,* dit-il,
ce sont les affaires. Ce
qui montre qu'il faut
s'accommoder au tems,
*morem accommodari,
prout conducat.* Ann. 12.
*Remissum aliquid &
mitigatum, quia expe-
dierit.* Ann. 5. L'on a
toûjours estimé sages
ceux qui ont sû céder
au tems, dit Cicéron,
*Tempori cedere, id est,
necessitati parere, semper
sapientis est habitum.*

se 1, qui devoit fai-
re l'exercice le mê-
me matin, se trou-
va sous les armes
plûtôt qu'il ne de-
voit y être, & lui
fit résistance, jus-
qu'à ce que le reste
de la garnison s'as-
semblât. En second
lieu, le guide qui
devoit mener le
Prince de Vaude-
mont à une porte
de la Ville, dont
ce Prince devoit
s'emparer, man-
qua le chemin; ce
qui fit que ce dé-
tachement arriva
trop tard.

Le second évè-
nement dont j'ai
voulu parler, est
celui de la paix par-
ticulière que les
Anglais firent avec
.... la

(1. le Régiment des
Vaisseaux.

& d'Espagne en rai-
sonnoient , & néan-
moins il alla lui-mê-
me à Bologne , sans
que Venise , ni l'Es-
pagne , osassent bran-
ler ; l'une aïant peur ,
& l'autre songeant
à recouvrer tout le
Roiaume de Naples :
d'ailleurs , le Roi de
France , qui vouloit
se concilier Jules ,
pour humilier les Vé-
nitiens , n'osa lui re-
fuser du secours , de
peur de l'offenser.

Desorte que Ju-
les , avec son humeur
féroce & impétueu-
se , fit ce qu'un
autre Pape n'eût ja-
mais fait avec toute
la prudence humai-
ne ; au lieu que , s'il
eût attendu à partir
de Rome , jusqu'à ce
qu'il eût fait tous
les préparatifs né-
cessaires , comme tout
autre

la France, vers la fin
de la guerre de la
succession d'Espa-
gne. Ni les Mi-
nistres de l'Empe-
reur Joseph , ni les
plus grands Philo-
sophes , ni les plus
habiles Politiques ,
n'auroient pû soup-
çonner qu'une pai-
re de gands chan-
geroit le destin de
l'Europe ; cela ar-
riva cependant au
pied de la lettre.

La Duchesse de
Marlborough exer-
çoit la charge de
Grande Maîtresse
de la Reine Anne
à Londres , tandis
que son époux fai-
soit dans les Cam-
pagnes de Brabant
une double mois-
son de lauriers &
de richesses. Cette
Duchesse soutenoit
par sa faveur le
par-

autre Pape auroit fait, son entreprise eût échoué; car la France eût trouvé mille excuses; & les autres lui eussent fait mille peurs.

Je ne parlerai point de ses autres actions, qui ont toujours été semblables, & toutes également heureuses; la mort ne lui a pas donné le loisir de voir un changement 5 : car, s'il fût venu un tems qu'il

5. Nardi dit, que tout lui réussit plûtôt par bonheur, que par prudence, & qu'il ne pouvoit jamais mourir dans un tems plus heureux, ni plus glorieux, pour son Pontificat. Livre 6. de son Histoire. C'est de lui qu'il est vrai de dire le mot de Patercule, Vir inquies, & ultra fortem temerarius.

parti du Héros, & le Héros soutenoit le crédit de son épouse par ses victoires. Le parti des Toris, qui leur étoit opposé, & qui souhaitoit la paix, ne pouvoit rien, tandis que cette Duchesse étoit toute puissante auprès de la Reine. Elle perdit cette faveur par une cause assez légére : la Reine avoit commandé des gands, & la Duchesse en avoit commandé en même-tems, l'impatience de les avoir lui fit presser la gantière de la servir avant la Reine. Cependant Anne voulut avoir ses gands : une Dame (*), qui étoit en ne-

(*) Madame Masham.

qu'il eut fallu procé-
der avec ménage-
ment, il étoit perdu,
d'autant qu'il n'eût
jamais pu se défai-
re de sa violence na-
turelle.

Je conclus donc,
que les hommes, qui
s'obstinent à tenir toû-
jours la même route,
font heureux, tant
que leur conduite
s'accorde avec la for-
tune ; mais font mal-
heureux, quand elle
vient à changer, &
qu'ils ne veulent pas
changer aussi.

Au reste, je tiens,
qu'il vaut mieux ê-
tre impétueux, que
circonspect ; parce
que la fortune est
une femme, de qui
l'on ne sauroit venir
à bout, qu'on ne la
batte, & qu'on ne
la tourmente ; &
l'on voit par expé-
rience

nemie de Miladi
Marlborough, in-
forma la Reine de
tout ce qui s'étoit
passé, & s'en pré-
valut avec tant de
malignité, que la
Reine dès ce mo-
ment regarda la
Duchesse comme
une favorite dont
elle ne pouvoit plus
supporter l'insolen-
ce. La gantiére
acheva d'aigrir cet-
te Princesse par
l'histoire des gands,
qu'elle lui conta a-
vec toute la noir-
ceur possible. Ce
levain, quoique le-
ger, fut suffisant
pour mettre tou-
tes les humeurs en
fermentation, &
pour affaisonner
tout ce qui doit
accompagner une
disgrace. Les To-
ris, & le Maré-
chal

rience, qu'elle se laisse bien plus dompter aux esprits féroces, qu'aux gens froids, & qu'elle est toûjours amie des jeunes gens, parce qu'ils sont moins circonspects, plus violens, & plus hardis 6.
chal de Tallard à leur tête, se prévalurent de cette affaire, qui devint un coup de parti pour eux.

La Duchesse de Marlborough fut disgraciée peu de tems après, & avec elle tomba le Parti des Wighs & celui des Alliez de l'Empereur. Tel est le jeu des choses les plus graves du monde ; la Providence se

6. Témoin ce que Tacite dit de Cerialis, l'un des parens, & des Généraux de Vespasien. *Cerialis parum temporis ad exequenda imperia dabat, subditus consiliis, sed eventu clarus; adetat fortuna, etiam ubi artes defuissent.* (Hist. 5.) c'est-à-dire : Cerialis donnoit très-peu de tems pour exécuter ses ordres : quoique ses entreprises fussent toûjours précipitées, elles lui réüssissoient presque
toûjours. La fortune le favorisoit, jusques dans les choses où l'expérience lui manquoit. C'est pourquoi Hannibal avoit raison d'appeller la fortune la marâtre de la prudence. Le Marquis de Marignan disoit à Charle-Quint, qu'elle n'étoit pas seulement inconstante comme la femme, mais folle & badine comme la jeunesse. *Gracian, Chap.* 14. *de son Héros.*

Q

se rit de la sagesse & des grandeurs
humaines : des causes frivoles & quelquefois ridicules , changent souvent la
fortune *des Etats & des* Monarchies entières.

Dans cette occasion , des petites misé-
res de femmes sauvérent Louïs quatorze
d'un pas, dont sa sagesse , ses forces , & sa
puissance ne l'auroient peut-être pû tirer,
& obligérent les Alliez à faire la paix malgré eux.

Ces sortes d'évènemens arrivent ;
mais j'avouë que c'est rarement , &
que leur autorité n'est pas suffisante
pour décréditer entièrement la prudence & la pénétration ; il en est comme
des maladies qui altérent quelquefois
la santé des hommes, mais qui ne les
empêchent pas de jouïr la plûpart du
tems des avantages d'un tempérament
robuste.

Il faut donc nécessairement que ceux
qui doivent gouverner le monde cultivent leur pénétration & leur pruden-
de : mais ce n'est pas tout ; car s'ils
veulent captiver la fortune , il faut
qu'ils apprennent à plier leur tempérament sous les conjonctures , ce qui est
très-difficile.

Je ne parle en général que de deux
sor-

fortes de tempéraments , celui d'une vivacité hardie , & celui d'une lenteur circonfpecte ; & comme ces caufes morales ont une caufe phifique , il eft prefqu'impoffible qu'un Prince foit fi fort maître de lui-même , qu'il prenne toutes les couleurs comme un Caméléon. Il y a des fiécles qui favorifent la gloire des Conquérans , & de ces hommes hardis & entreprenans , qui femblent nez pour opérer des changemens extraordinaires dans l'Univers , des révolutions , des guerres , & principalement je ne fçai quels efprits de vertige & de défiance , qui brouillent les Souverains , fourniffent à un Conquérant des occafions de profiter de leurs quérelles. Il n'y a pas jufqu'à Fernand - Cortez , qui , dans la conquête du Mexique , n'ait été favorifé par les guerres civiles des Américains.

Il y a d'autres tems , où le monde , moins agité , ne paraît vouloir être régi que par la douceur , où il ne faut que de la prudence & de la circonfpection ; c'eft une efpèce de calme heureux dans la Politique , qui fuccéde ordinairement après l'orage : c'eft alors que les négociations font plus

effi-

efficace que les batailles ; & qu'il faut
gagner par la plume ce que l'on ne sauroit acquérir par l'épée.

Afin qu'un Souverain pût profiter de
toutes les conjonctures , il faudroit qu'il
apprît à se conformer au tems , comme
un habile pilote.

Si un Général d'Armée étoit hardi
& circonspect à propos, il seroit pres-
qu'indomptable. Fabius minoit Hannibal par ses longueurs. Ce Romain n'i-
gnoroit pas que les Carthaginois manquoient d'argent & de recrues , & que,
sans combattre , il suffisoit de voir tran-
quillement fondre cette Armée pour la
faire périr , pour ainsi dire d'inanition.
La politique d'Hannibal étoit au contraire de combattre : sa puissance n'é-
toit qu'une force d'accident, dont il falloit tirer avec promptitude tous les
avantages possibles, afin de lui donner
de la solidité par la terreur qu'impri-
ment les actions brillantes & vives , &
par les ressources qu'on tire des conquêtes.

En l'an 1704 , si l'Electeur de Baviére & le Maréchal de Tallard n'é-
toient point sortis de Bavière pour s'a-
vancer jusqu'à Blenheim & Hoghstet,
ils seroient restez les maîtres de toute
la

la Suabe ; car l'Armée des Alliez , ne pouvant subsister en Baviére faute de vivres , auroit été obligée de se retirer vers le Mein , & de se séparer. Ce fut donc manque de circonspection , lorsqu'il en étoit tems , que l'Électeur confia au sort d'une bataille , à jamais mémorable & glorieuse pour la Nation Allemande , ce qui ne dépendoit que de lui de conserver. Cette imprudence fut punie par la défaite totale des Fançais & des Bavarois , & par la perte de la Baviére , & de tout ce Païs qui est entre le Haut - Palatinat & le Rhin.

On ne parle point d'ordinaire des téméraires qui ont péri , on ne parle que de ceux qui ont été secondez de la fortune. Il en est comme des rêves & des prophéties , entre mille qui ont été fausses , & que l'on oublie , on ne se ressouvient que du très - petit nombre qui a été accompli. Le monde dévroit juger des évènemens par leurs causes , & non pas des causes par l'évènement.

Je conclus *donc* , qu'un peuple risque beaucoup avec un Prince hardi ; que c'est un danger continuel qui le menace ; & que le Souverain circonspect , s'il n'est pas propre pour les grands

Q 3   ex-

exploits, femble plus né pour le Gouvernement. L'un hazarde ; mais l'autre con-
ferve.

Pour que les uns & les autres foient
grands hommes , il faut qu'ils viennent
à propos au monde , fans quoi leurs talens leur font plus pernicieux que profi-
tables. Tout homme raifonnable , &
principalement ceux que le Ciel a deftinés pour gouverner les autres , dévroient fe faire un plan de conduite
auffi - bien raifonné & lié , qu'une dé-
monftration géométrique ; en fuivant en
tout un pareil fiftême, ce feroit le moïen
d'agir conféquemment , & de ne jamais
s'écarter de fon but : on pourroit ramener par - là toutes les conjonctures
& tous les évènemens à l'achemine-
ment de fes deffeins , tout concoureroit
pour exécuter les projets que l'on auroit médité.

Mais qui font ces Princes , defquels nous prétendons tant de rares
talens ? Ce ne feront que des hommes,
& il fera vrai de dire que felon leur
nature il leur eft impoffible de fatisfai-
re à tant de devoirs ; on trouveroit
plûtôt le Phœnix des Poëtes , & les
unités des Métaphificiens , que l'homme de Platon. Il eft jufte que les peuples

ples se contentent des efforts que font les Souverains pour parvenir à la perfection. Les plus accomplis d'entr'eux seront ceux qui s'éloigneront plus que les autres du Prince de Machiavel. Il est juste que l'on supporte leurs défauts lorsquils sont contrebalancés par des qualités de cœur, & par de bonnes intentïons; il faut nous souvenir sans cesse qu'il n'y a rien de parfait dans le 1 monde, & que l'erreur & la faiblesse sont le partage de tous les hommes. Le Païs le plus heureux est celui où une indulgence mutuelle du Souverain & des sujets répand 2 sur la société cette douceur, sans laquelle la vie est un poids qui devient à charge, & le monde une vallée d'amertumes, *au lieu d'un théâtre de plaisirs.*

(1. au 2. répandroit.)

Q 4   *CHA-*

CHAPITRE XXVI.

EXHORTATION A DELIVRER L'ITALIE DES BARBARES. DES DIFFE'RENTES SORTES DE NE'GOCIATIONS, ET DES RAISONS QU'ON PEUT APPELLER *JUSTES* DE FAIRE LA GUERRE.

 EPASSANT dans mon esprit tout ce que j'ai dit dans les précédens Chapitres, & ruminant si la conjoncture présente seroit favorable pour un Prince nouveau, qui voudroit introduire en Italie une forme de Gouvernement qui fît honneur à sa personne, & profit à toute la Nation ; je trouve tant de choses qui con-

OUS avons vu dans cet Ouvrage la fausseté des raisonnemens, par lesquels Machiavel a prétendu nous donner le change, en nous présentant des scélérats sous le masque de grands hommes.

J'ai fait mes efforts pour arracher aux crimes le voile de la vertu, dont Ma-

concourent en faveur
de cette entreprise,
que je ne sai pas s'il
pourroit jamais ve-
nir un tems qui fût
plus propre à l'exé-
cuter.

S'il falloit que le
peuple d'Israël fût
esclave en Egypte,
pour savoir ce que
valoit Moïse ; que
les Perses fussent o-
primez par les Me-
des, pour juger du
courage de Cirus, &
que les Athéniens
fussent errans & va-
gabonds, pour bien
connoitre l'excellence
de Thésée * : il fal-
loit aussi, pour voir
toute l'étenduë d'un
esprit Italien, que
l'Italie fût aujour-
d'hui

*Voïez le Chapitre 6.,
où il parle de ces trois
personnages.

Machiavel l'avoit
envelopé, & pour
désabuser le monde
de l'erreur où sont
bien des personnes
sur la Politique des
Princes. J'ai dit
aux Rois, que leur
véritable Politique
consistoit à surpas-
ser leurs sujets en
vertu, afin qu'ils
ne se vissent point
obligez de condam-
ner en d'autres ce
qu'ils autorisent en
leur personne. J'ai
dit, qu'il ne suffi-
soit point d'actions
brillantes pour éta-
blir leur réputation,
mais qu'il faut des
actions qui tendent
au bonheur du gen-
re-humain.

J'ajoûterai à ce-
ci deux considé-
rations ; l'une re-
garde les Négocia-
tions,

Q 3

d'hui si misérable., qu'elle fût plus mal-traitée que les Per-ses ; plus dispersée que les Athéniens ; qu'elle fût sans chef & sans loix, mépri-sée, déchirée, pil-lée, & asservie par les Etrangers.

Quoique de tems en tems on ait vû quelque grand cou-rage, que l'on croïoit être envoïé de Dieu pour la délivrer ; si est-ce qu'il est arri-vé que la fortune l'a toûjours aban-donné dans le plus beau de sa course.

Ainsi l'Italie, qui n'a plus qu'un sou-fle de vie, attend qu'il vienne quel-qu'un qui mette fin aux souffrances de la Lombardie, du Roïaume de Na-ples a,

tions, & l'autre les sujets d'entre-prendre la guer-re, qu'on peut a-vec fondement ap-peller justes.

Les Ministres des Princes aux Cours étrangéres sont des espions privilégiés, qui veillent sur la conduite des Sou-verains, chez les-quels ils sont en-voïez ; ils doivent pénétrer leurs des-seins, approfondir leurs démarches, & prévoir leurs actions, afin d'en informer leurs Maî-tres à tems. L'ob-jet principal de leur mission est, de res-serrer les liens d'a-mitié entre les Sou-verains : mais, au lieu d'être les arti-sans de la paix, ils font

ples a, & de la Tof-
cane b, & qui gué-
riffe fes bleffures &
fes ulcéres, que le
tems a renduës pref-
que incurables ; elle
prie Dieu de lui en-
voïer quelqu'un qui
l'affranchiffe du joug
infuportable des E-
tran-

a. Il eft à propos de
remarquer, que Ma-
chiavel parle ici à fon
Patron Laurent de Mé-
dicis, felon les Pré-
dictions que les Aftro-
logues lui avoient fai-
tes les premiers mois du
Pontificat de Léon X.,
que Julien, fon frére,
deviendroit Roi de Na-
ples, & Laurent, fon
neveu, Duc de Milan.
Nardi, Livre 6. de
fon Hiftoire de Floren-
ce.

b. Le même Hifto-
rien dit en deux endroits
du même Livre, que
Laurent vouloit fe ren-
dre Souverain de Flo-
rence.

font fouvent les
organes de la guer-
re. Ils emploient
la flatterie, la ru-
fe, & la féduction,
pour arracher les
fecrets de l'Etat
aux Miniftres : ils
gagnent les fai-
bles par leur ad-
dreffe, les or-
gueilleux par leurs
paroles, & les in-
téreffez par leurs
préfents ; en un
mot, ils font quel-
quesfois tout le mal
qu'ils peuvent ; car
ils peuvent 1 pécher
par devoir, & ils
font fûrs de l'im-
punité.

C'eft contre les
artifices de ces ef-
pions, que les Prin-
ces doivent pren-
dre

(1. penfent.)

Q 6

trangers ; on la voit
toute prête de suivre
un étendard, pour-
vû qu'un homme de
valeur le prenne en
main.

Mais il n'y a per-
sonne maintenant,
sur qui elle puisse
faire plus de fond,
que sur vôtre illus-
tre Maison, qui,
tenant aujourd'hui le
Pontificat, & étant
si visiblement favo-
risée de Dieu, peut,
avec sa prudence &
sa bonne fortune, se
faire chef de cette
glorieuse entreprise.
Quant à vous, cela
ne vous sera pas fort
difficile, si vous en-
visagez l'exemple de
ceux de qui j'ai
parlé ; car, bien que
et fussent des hom-
mes extraordinaires
& admirables, ils
n'étoient pourtant
qu'hom-

dre de justes me-
sures. Lorsque le
sujet de la négo-
ciation devient plus
important, c'est a-
lors que les Princes
ont lieu d'exami-
ner à la rigueur
la conduite de
leurs Ministres,
afin d'approfondir
si quelque pluïe
de Danaë n'auroit
point amolli l'aus-
térité de leur ver-
tu.

Dans ces tems
de crise, où l'on
traite d'Alliance,
il faut que la pru-
dence des Souve-
rains soit plus vi-
gilante encore qu'à
l'ordinaire. Il est
nécessaire qu'ils dis-
séquent avec atten-
tion la nature des
choses qu'ils doi-
vent permettre 1,
pour

(1. promettre)

*qu'hommes , & pas un d'eux n'a eu une si belle occasion, que celle d'aujourd'hui. Outre que leur cause n'étoit pas meilleure que la vôtre, ni Dieu pour eux plus que pour vous, il n'y a ici que de la justice *.*

Car toute guerre , qui est nécessaire, est juste : & les armes qui se prennent pour la défense d'un Peuple, qui n'a point d'autre ressource, sont miséricordieuses. Tout concourt à ce dessein, & il n'y sauroit avoir de grandes difficultés.

*[Ou] & c'est pieté, que de prendre les armes en faveur d'un Peuple, qui ne sauroit trouver son salut ailleurs.

pour qu'ils puissent remplir leurs engagements.

Un Traité , envisagé sous toutes ses faces, déduit avec toutes ses conséquences, est tout autre chose que lorsqu'on se contente de le considérer en gros. Ce qui paraissoit un avantage réel , ne se trouve , lorsqu'on l'examine de près , qu'un misérable palliatif, qui tend à la ruine de l'Etat. Il faut ajouter à ces précautions , le soin de bien éclaircir les termes d'un Traité , & le Grammairien pointilleux doit toujours pré-
cé-

ficultez, où il y a
de grandes difpofi-
tions, à moins que
l'on ne s'écarte de
la route de ceux que
j'ai propofez à imi-
ter. De plus, il fe
voit des fignes ex-
traordinaires; la Mer
s'eft ouverte, une
nuée a montré le che-
min, une pierre a
jetté de l'eau, la
Manne eft tombée
d'en-haut; enfin,
tout a concouru à vô-
tre agrandiffement.
C'eft à nous de fai-
re le refte, Dieu ne
voulant pas faire
tout, pour ne nous
pas ôter nôtre franc-
arbitre, ni la part
de la gloire qui nous
appartient.

Ce n'eft pas mer-
veille, fi pas un des
Italiens, que j'ai
nommez, n'a encore
pû faire ce que l'on
ef-

céder le Politique
habile, afin que
cette diftinction
frauduleufe de la
parole & de l'èfprit
du Traité ne puif-
fe point avoir lieu.

En Politique, on
dévroit faire un
Recueil de toutes
les fautes que les
Princes ont faites
par précipitation,
pour l'ufage de
ceux qui veulent
faire des Traitez
ou des Alliances :
le tems qu'il leur
faudroit pour le
lire, leur donne-
roit celui de faire
des réflexions, qui
ne fauroient que
leur être falutai-
res.

Les négociations
ne fe font pas tou-
tes par des Minif-
tres accréditez; on
envoïe fouvent des
per-

espére que fera votre illustre famille ; ni, si l'Italie a été si malheureuse dans ses guerres, qu'il sembleroit que la vertu militaire en fût bannie ; car cela ne vient, que de ce que l'ancien usage militaire qu'elle observoit n'étoit plus de saison, & que personne n'a su en inventer un nouveau.

Rien ne fait tant d'honneur à un homme qui vient de monter à la Principauté, que de faire de nouvelles Loix & d'inventer une nouvelle Discipline, d'autant que ces Ordonnances le rendent vénérable, lorsqu'elles sont bien fondées, & qu'elles donnent une idée de grandeur.

Or,

personnes sans caractère dans des lieux tiers, où ils font des propositions, avec d'autant plus de liberté, qu'ils commettent moins la personne de leur Maître. Les Préliminaires de la derniére paix, entre l'Empereur & la France, furent conclus de cette manière, à l'insçu de l'Empire & des Puissances Maritimes : cet accommodement se fit chez un Comte *, dont les terres sont au bord du Rhin.

Victor - Amédée, le Prince le plus habile & le plus

* Le Comte de Neuwied.

Or , il y a en Ita-
lie assez de matière
propre à recevoir telle
forme qu'on voudra.
Ce ne sont pas les
membres qui y man-
quent de valeur , mais
les Chefs ; témoin les
duels , & les autres
combats particuliers ,
où l'on voit que les
Italiens sont les plus
adroits & les plus
forts , au lieu qu'ils
ne sont rien dans les
Armées ; ce qui vient
de la foiblesse des
Chefs , à qui ceux
qui savent leur mé-
tier ne veulent pas
obéir. Or , chacun
se flatte de le savoir ;
& il ne s'est encore
vû personne , à qui
les autres aïent vou-
lu céder , quelque
grand mérite qu'il
eût.

C'est pour cela
que , dans toutes les
guer-

plus artificieux de
son tems, sçavoit
mieux que person-
ne , l'art de diffi-
muler ses desseins.
L'Europe fut abu-
sée plus d'une fois
par la finesse de
ses ruses : entre
autres , lorsque le
Maréchal de Cati-
nat , dans le froc
d'un Moine , &
sous prétexte de
travailler au salut
de cette ame Roïa-
le , retira ce Prin-
ce du Parti de l'Em-
pereur , & en fit
un Prosélite à la
France. Cette né-
gociation entre le
Roi & le Général
fut conduite avec
tant de dextérité ,
que l'Alliance de
la France & de la
Savoïe , qui s'en-
suivit , parut aux
yeux de l'Europe ,
com-

guerres que nous a-
vons eûës depuis
vingt ans en-çà, les
Armées, qui n'ont
été compofées que d'I-
taliens, n'ont jamais
rien fait qui vaille;
témoin le Tar, A-
lexandrie, Capouë,
Gennes, Vaïla, Bo-
logne, Meftre. Si
donc la Maifon de
Médicis veut fuivre
les traces de ces ex-
cellens hommes, qui
ont délivré leur Païs
de l'oppreffion étran-
gére, il faut, avant
toutes chofes, com-
me c'eft le vrai fon-
dement de toutes les
entreprifes, avoir u-
ne Milice propre,
n'y en aïant point,
ni de meilleure, ni
de plus fidèle. Et
quoique chaque fol-
dat en foit bon, tous
enfemble ils devien-
dront meilleurs, quand
ils

comme un phéno-
mène de Politique,
inopiné & extraor-
dinaire.

Ce n'eft point 1
pour juftifier * la
conduite de Vic-
tor-Amédée, que
j'ai propofé fon
exemple aux Rois;
il s'en faut de beau-
coup: je n'ai pré-
tendu loüer en fa
conduite que l'ha-
bileté & la difcré-
tion, qui, lorf-
qu'on s'en fert pour
une fin honnête,
font des qualités
abfolument requi-
fes dans un Sou-
verain.

C'eft une régle
générale, qu'il faut
choifir les efprits
les plus tranfcen-
dants, pour les em-
ploïer

(1 ni *, ni pour blâ-
mer)

ils verront leur propre Prince leur commander , les honorer , & les récompenser.

Il est donc nécessaire de se pourvoir d'armes domestiques, pour être en état de résister aux étrangères. L'Infanterie Suisse & l'Infanterie Espagnole sont estimées terribles ; mais l'une & l'autre a ses défauts ; & par conséquent une Milice mitoïenne pourroit, non-seulement leur résister, mais encore les vaincre, les Espagnols ne pouvant soutenir la Cavalerie, & les Suisses étant sujets à avoir peur des fantassins, quand ils en rencontrent d'aussi obstinez qu'eux à combattre.

ploïer à des négociations difficiles ; qu'il faut non-seulement des sujets rusez pour l'intrigue, souples pour s'insinuer, mais qui aïent encore le coup d'œil assez fin pour lire sur la phisionomie des autres les secrets de leur cœur, afin que rien n'échappe à leur pénétration, & que tout se découvre par la force de leur raisonnement.

Il ne faut point abuser de la ruse & de la finesse ; il en est comme des épiceries, dont l'usage trop fréquent dans les ragoûts émousse le goût, & leur fait à la fin perdre ce piquant, qu'un palais qui s'y ac-

En

En effet, il s'est vû, & il se verra encore, que les Espagnols ne sauroient tenir contre la Cavalerie Françoise, & que les Suisses sont battus par l'Infanterie Espagnole : & bien qu'il ne s'en soit pas vû une entiére expérience, quant aux Suisses, toutefois il s'en vit un échantillon à la Bataille de Ravenne, quand l'Infanterie Espagnole en vint aux prises avec les Allemands, qui gardent le même ordre que les Suisses, en ce que les Espagnols, moïennant leur agilité & leurs boucliers, s'étant jettez au travers des piques des Allemands, ceux-ci furent battus.

accoutume ne sent à la fin plus.

La probité au contraire, est pour tous les tems ; elle est semblable à ces aliments simples & naturels, qui conviennent à tous les tempéraments, & qui rendent le corps robuste sans l'echauffer.

Un Prince, dont la candeur sera connuë, se conciliera infailliblement la confiance de l'Europe ; il sera heureux sans fourberie, & puissant par sa seule vertu. La paix & le bonheur de l'Etat sont comme un centre, où tous les chemins de la Politique doivent se réünir, & ce doit être le

tus, fans pouvoir fe défendre, & alloient être entiérement défaits, fans la Cavalerie, qui vint fondre fur les Efpagnols.

Connoiffant donc le défaut de l'une & de l'autre Infanterie, l'on pourroit en inventer une nouvelle, qui tint contre la Cavalerie, & ne craignît point l'Infanterie ; & , pour cela, il n'y auroit qu'à changer la manière de combattre. Et ce font ces fortes d'inventions qui donnent de la réputation & de l'autorité à un Prince nouveau.

Il ne faut donc pas laiffer échapper cette occafion ; il eſt tems que l'Italie, après de fi longues fouf-

le but de toutes fes négociations.

La tranquillité de l'Europe fe fonde principalement fur le maintien de ce fage équilibre, par lequel la force fupérieure d'une Monarchie eft contrebalancée, par la puiffance réünie de quelques autres Souverains. Si cet équilibre venoit à manquer, il feroit à craindre qu'il n'arrivât une révolution univerfelle, & qu'une nouvelle Monarchie ne s'établît fur les débris des Princes que leur défunion rendroit trop faibles.

La Politique des Princes de l'Europe femble donc exiger d'eux, qu'ils ne négligent jamais les

souffrances, voïe enfin son libérateur. Je ne puis exprimer avec quelle tendresse, & quelle reconnoissance, il seroit reçu dans toutes ces Provinces, qui ont été inondées du torrent des armes étrangéres, & qui, depuis tant d'années, ne respirent que vengeance. Où seroient les Villes qui lui fermeroient leurs portes, & les Peuples qui refuseroient de lui obéïr? Quelle envie auroit-il à surmonter? Y auroit-il un seul Italien qui hésitât à lui rendre hommage? Chacun est las de cette domination barbare. Que votre illustre Maison prenne donc cette cause en main, avec toutes les espérances

les Alliances & les Traitez, par lesquels ils peuvent égaler les forces d'une Puissance ambitieuse, & ils doivent se méfier de ceux qui veulent semer parmi eux la désunion & la zizanie. Qu'on se souvienne de ce Consul, qui, pour montrer combien l'union étoit nécessaire, prit un cheval par la queuë, & fit d'inutiles efforts pour la lui arracher; mais lorsqu'il la prit crin à crin, en les séparant, il en vint facilement à bout. Cette leçon est aussi propre pour certains Souverains de nos jours, que pour les Légionaires Romains: il n'y

rances que l'on peut concevoir de la réüſſite d'une juſte entrepriſe, afin que nôtre Nation refleuriſſe ſous ſon étendard, & que, ſous ſes auſpices, il ſoit vrai de dire avec Pétrarque:

Virtù contra'l fu-
rore
Prendra l'arme, &
ſia il combatter
corto;
Che l'antico valore
Nell' Italici cruor
non è ancor
morto.

C'eſt-à-dire:

*La Juſtice au com-
bat défiera la
fureur,
Et ſaura lui donner
une ſi rude at-
teinte,
Que*

a que leur réünion qui puiſſe les rendre formidables, & maintenir en Europe la paix & la tranquillité.

Le monde ſeroit bienheureux, s'il n'y avoit d'autres moïens que celui de la négociation, pour maintenir la juſtice, & pour rétablir la paix & la bonne harmonie entre les Nations. L'on emploïeroit les raiſons au lieu d'armes, & l'on s'entre - diſputeroit ſeulement, au lieu de s'entre - égorger. Une fâcheuſe néceſſité oblige les Princes d'avoir recours à une voïe beaucoup plus cruelle. Il y a des occaſions où il faut deſ-

Que l'on verra bien-tôt, que l'ancienne valeur
Du cœur Italien n'est pas encore éteinte.

deffendre par les armes la liberté des Peuples qu'on veut opprimer par injuf-tice ; où il faut ob-tenir par violence ce que l'iniquité refuse à la douceur ; où les Souverains doivent commettre la caufe de leur Nation au fort des batailles. C'eft dans un de ces cas pareils que ce para-doxe devient véritable , qu'une bonne guerre donne & affermit une bonne paix.

C'eft le fujet de la guerre qui la rend jufte ou injufte. Les paffions & l'ambition des Princes leur offufquent fouvent les yeux , & leur peignent a-vec des couleurs avantageufes les ac-tions les plus violentes. La guerre eft une reffource dans l'extrêmité , *ainfi il* ne faut s'en fervir *qu'avec précaution &* * dans des cas defefpérez , & bien exami-ner fi l'on y eft porté par une illufion d'orgueil , ou par une raifon folide *& indifpenfable.*

Il y a des guerres deffenfives , & ce font fans contredit les plus juftes.

Il y a des guerres d'intérêt , que les Rois font obligez de faire , pour main-te-

(* que)

tenir eux-mêmes les droits qu'on leur
conteste; ils plaident les armes à la main,
& les combats décident de la validité de
leurs raisons.

Il y a des guerres de précaution,
que les Princes font fagement d'entreprendre. Elles font offenfives à la vérité,
mais elles n'en font pas moins juftes. Lorfque la grandeur exceffive d'une Puiffance
femble prête à fe déborder, & menace
d'engloutir l'Univers, il eft de la prudence de lui oppofer des digues, & d'arrêter le cours *orageux*, d'un 1 torrent, lors
encore qu'on en eft le maître. On voit
des nuages qui s'affemblent, un orage qui
fe forme, les éclairs qui l'annonçent; &
ce 2 Souverain que ce danger menace,
ne pouvant tout feul conjurer la tempête,
fe réünira, s'il eft fage, avec tous ceux
que le même péril met dans les mêmes
intérêts. Si les Rois d'Egypte, de Syrie,
de Macédoine, fe fuffent liguez contre la
Puiffance Romaine, jamais elle n'auroit pu
boulverfer ces Empires; une Alliance fagement concertée, & une guerre vi-
vement entreprife, auroit fait avorter ces
deffeins ambitieux, dont l'accompliffe-
ment enchaîna l'Univers.

II

(a. du 2. le)

Il eſt de la prudence de préférer les moindres maux aux plus grands, ainſi que de choiſir le parti le plus ſûr, à l'excluſion de celui qui eſt incertain. Il vaut donc mieux qu'un Prince s'engage dans une guerre offenſive, lorſqu'il eſt le maître d'opter entre la branche d'olive & la branche de laurier, que s'il attendoit à des tems déſeſpérés, ou une déclaration de guerre ne pourroit retarder que de quelques momens ſon eſclavage & ſa ruine. C'eſt une maxime certaine, qu'il vaut mieux prévenir que d'être prévenu : les grands hommes s'en ſont toujours bien trouvez, *en faiſant uſage de leurs forces, avant que leurs ennemis aïent pris des arrangemens capables de leur lier les mains, & de détruire leur pouvoir.*

Beaucoup de Princes ont été engagez dans les guerres de leurs Alliez par des Traitez, en conſéquence deſquels ils ont été obligez de leur fournir un nombre de troupes auxiliaires. Comme les Souverains ne ſauroient ſe paſſer d'Alliances ; puiſqu'il n'y en a aucun en Europe qui puiſſe ſe ſoutenir par ſes propres forces, ils s'engagent à ſe donner un ſecours mutuel en cas de beſoin : ce qui contribuë à leur ſûreté & à leur conſervation. L'événement dé-

R   cide

cide lequel des Alliez retire les fruits de l'Alliance ; une heureuse occasion favorise une des parties en un tems ; une conjoncture favorable seconde l'autre partie contractante *dans un tems different.* L'honnêteté, & la sagesse du monde, exigent donc également des Princes, qu'ils observent religieusement la foi des Traitez, & qu'ils les accomplissent même avec scrupule ; d'autant plus, que par les Alliances ils rendent leur protection plus efficace à leurs Peuples.

Toutes les guerres donc, qui n'auront pour but que de repousser les usurpateurs, de maintenir des droits légitimes, de garantir la liberté de l'Univers, *& d'éviter les opressions & les violences des ambitieux,* seront conformes à la justice. Les Souverains qui en entreprennent de pareilles, n'ont point à se reprocher le sang répandu : la nécessité les fait agir ; & dans de pareilles circonstances, la guerre est un moindre malheur que la paix.

*   [Ce sujet me conduit naturellement
ment

(* *Au lieu de ce qui est ici entre deux Crochets, il y a, dans l'Edition publiée par* Voltaire:

Autrefois quelques Princes, sans songer à se faire des Alliés, ne pensoient qu'à vendre leurs soldats, & à trafiquer du sang de leurs sujets.)

ment à parler des Princes , qui , par un négoce inoüi dans l'Antiquité, trafiquent du fang de leurs Peuples : leur Cour eft comme un encan , où leurs troupes font vendues à ceux qui offrent le plus de fubfides.]

L'inftitution du Soldat eft pour la deffenfe de la Patrie ; les loüer à d'autres , comme on vend des dogues & des taureaux pour le combat, c'eft, me femble , pervertir à la fois le but du négoce & de la guerre. On dit qu'il n'eft pas permis de vendre les chofes faintes : Eh ! qu'y a-t-il de plus facré que le fang des hommes ?

Pour les guerres de Religion , fi ce font des guerres civiles , elles font prefque toujours la fuite de l'imprudence du Souverain , qui a mal-à-propos favorifé une Secte aux dépens d'une autre ; qui a trop refferré ou trop étendu l'exercice public de certaines Religions ; qui , fur-tout, a donné du poids à des quérelles de Parti, lefquelles ne font que des étincelles paffagéres quand le Souverain ne s'en mêle pas, & qui deviennent des embrazements quand il les fomente.

Maintenir le Gouvernement civil avec vigueur , & laiffer à chacun la liberté de confcience ; être toujour

R 2   Roi

Roi, & ne jamais faire le Prêtre, est le sûr moïen de préserver son Etat des tempêtes, que l'esprit dogmatique des Théologiens cherche toujours 1 à exciter.

Les guerres étrangères de Religion sont le comble de l'injustice & de l'absurdité. Partir d'Aix-la-Chapelle pour aller convertir les Saxons, le fer à la main, comme Charles-magne, ou équipper une flotte pour aller proposer au Soudan d'Egipte de se faire Chrétien, sont des entreprises bien étranges. La fureur des Croisades est passée ; fasse le Ciel qu'elle ne revienne jamais !

La guerre en général est si féconde en malheurs, l'issuë en est si peu certaine, & les suites en sont si ruineuses pour un Païs, que les Princes ne sauroient assez réfléchir avant que de s'y engager. Les violences que les troupes commettent dans un Païs ennemi, ne font rien en comparaison des malheurs qui rejaillissent directement sur les Etats des Princes qui entrent en guerre ; *c'est un acte si grave & de si grande importance de l'entreprendre, qu'il est étonnant que tant de Rois en aïent pris si facilement la résolution.*

Je

(1. souvent)

Je me perfuade que fi les Monarques voïoient un tableau vrai & *fidèle* des miféres qu'attire fur les Peuples une feule déclaration de guerre , ils n'y feroient point infenfibles. Leur imagination n'eft pas affez vive , pour leur reprefenter au naturel des maux qu'ils n'ont point connus , & defquels leur condition les met à l'abri *. Comment fentiront-ils ces impôts qui accablent les Peuples ; la privation de la jeuneffe du Païs , que les recruës emportent ; ces maladies contagieufes qui défolent les Armées ; l'horreur des batailles , & ces fiéges plus meurtriers encore ; la défolation des bleffez , que le fer ennemi a privé de quelques-uns de leurs membres , uniques inftrumens de leur induftrie & de leur fubfiftance ; la douleur des orphelins , qui ont perdu , par la mort de leur pere , l'unique foutien de leur faibleffe ; la perte de tant d'hommes utiles à l'Etat , que la mort moiffonne avant le tems ?

Les Princes , qui ne font dans le monde que pour rendre les hommes heureux , dévroient bien y penfer avant que de les expofer , pour des caufes frivoles & vaines , à tout ce que l'humanité a de plus à redouter.

Les

(* & l'abri defquels les met leur condition.)

R 3

Les Souverains qui regardent leurs fujets comme leurs efclaves, les hazardent fans pitié, & les voient périr fans regret; mais les Princes, qui confidérent les hommes comme leurs égaux, & qui envifagent le peuple comme le corps dont ils font l'ame, font économes du fang de leurs fujets.

Je prie les Souverains, en finiffant cet Ouvrage, de ne fe point offenfer de la liberté avec laquelle je leur parle; mon but eft de dire la vérité, d'exciter à la vertu, & de ne flatter perfonne. La bonne opinion que j'ai des Princes qui régnent à préfent dans le monde, me les fait juger dignes d'entendre la vérité. C'eft aux Nérons, aux Alexandres VI, aux Céfars Borgia, aux Louïs XI, qu'on n'oferoit la dire: graces au Ciel, nous ne comptons point de tels hommes parmi les Princes de l'Europe; & c'eft faire leur plus bel éloge, que de dire, qu'on ofe hardiment blâmer devant eux * tous les vices qui dégradent la Roïauté, & qui font contraires aux fentiments d'humanité & de juftice.

(* tout ce qui dégrade la Roïauté, & ce qui offenfe la juftice.)

F I N.

ECRITS

ÉCRITS

CONCERNANT

L'Anti - Machiavel,

ou

L'ÉXAMEN

DU PRINCE

DE

MACHIAVEL.

ÉCRITS

CONCERNANT

L'ANTI-MACHIAVEL,

OU

L'ÉXAMEN

DU PRINCE

DE

MACHIAVEL.

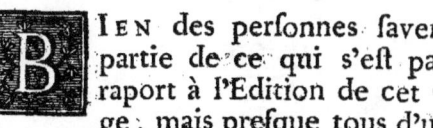

AVIS DU LIBRAIRE *.

BIEN des personnes savent une partie de ce qui s'est passé par raport à l'Edition de cet Ouvrage ; mais presque tous d'une manière différente. Il y en a peu qui soient véri-

* JEAN VAN DUREN, dans l'édition de 1741. en 2. Vol. *in-octavo.*

R 5

véritablement au fait : quelques-uns ont
même hazardé des accufations odieufes ,
comme fi j'euffe permis de faire des *omif-
fions* & des *interpollations* dans l'Original ,
ce qui en effet ne pourroit être que très-
blâmable , puifque le Manufcrit d'un Auteur doit être un dépôt inviolable & facré pour un Imprimeur , qui eft comp-
table au Public. Auffi les perfonnes qui
m'ont imputé ces altérations font-elles
dans une erreur qu'il m'eft aifé de dé-
montrer.

Je pourrois me contenter de dire qu'on
peut vérifier chez moi la fidélité de l'édition fur le Manufcrit même ; mais l'imputa-
tion eft publique & férieufe , & je ne puis
me difpenfer de publier les témoignages
authentiques qui me juftifient , étant d'ailleurs averti de cette néceffité par des
Journaliftes , que je fais avoir de grands
rapports avec *M. F. de Voltaire.*

LETTRE

LETTRES
DE Mr. H. D. S. *** §.
AU LIBRAIRE *.

Amsterdam, ce 12. Décembre 1740.

*N dit qu'il va paroître une quatrié-me Edition de l'Anti-Machiavel; c'est sans doute vous qui l'avez faite, & je vous félicite du succès de ce Livre. Vous ferez part apparemment au Public de l'Histoire du Manuscrit; car vous n'ignorez pas qu'on vous attribuë certains changemens odieux qui ont été faits dans cet Ouvrage, & qu'on tâche de vous noircir de tous côtés. Je ne doute pas qu'il ne vous soit facile de vous justifier. En pareil cas je n'y manquerois pas, si j'étois innocent.*

Je vous offre mes services.

§ HENRI DU SAUZET. * JEAN VAN DUREN.

R 6   AUTRE

AUTRE LETTRE
DU MÊME.

Amsterdam, ce 22. Décembre 1740.

CE que je vous ai écrit, Monsieur, n'étoit nullement pour vous faire de la peine, & je suis persuadé que vous n'avez eu aucune part aux changemens faits dans ce Livre. Mais on a pû être fondé à le croire sur ce que M. de Voltaire a jugé nécessaire de le réimprimer à ses dépens. Il n'indique que des différences peu essentielles ; mais en comparant son Edition & les vôtres, on y en trouve de telles. Vous exigez que je vous indique un seul passage altéré ; le voici, pour vous satisfaire uniquement.

Dans le Chapitre VI. page 57. de votre Edition , on lit ; Trois ou quatre Juifs, qui se sont dits Messies, n'ont-ils pas péri par le dernier supplice , &c. On lit dans l'Edition de M. de Voltaire, page 34 ; Trois ou quatre Juifs qui se sont dits Messies, DEPUIS LA DESTRUCTION DE JERUSALEM , n'ont-ils pas péri, &c. On sent bien pourquoi on a retranché

ces

ces paroles, destruction de Jérusalem ⁎ ,
*& je ne ferai point de Commentaire sur ce
passage. Conférez vous-même lès différentes
Editions, & vous trouverez nombre de changemens & d'altérations. Qui peut les avoir faites ? C'est ce qui ne me regarde point. On
est du moins fondé à croire que vous avez
imprimé sur un Manuscrit altéré, non
tel qu'il est sorti dès mains de son illustre
Auteur. Et puisque l'Editeur le dit hautement, pourquoi d'autres ne le diroient-ils
pas après lui ? Quoiqu'il en soit, le Livre
se débite bien, puisque vous voilà à la troisième Edition, & je vous en fais mon com-
pliment......*

(⁎ Ces paroles n'ont point été retranchées ,
elles ne se trouvent point dans le Manuscrit original, qui a été fourni par M. F. DE VOL-
TAIRE. *Voïez ci-après, à la suite des Lettres
de ce Poëte, le* MÉMOIRE DES CHAN-
GEMENS , &c.

REMARQUE A CE SUJET.

Un Auteur avec lès intentions les plus droi-
tes & les plus innocentes, n'est presque jamais
à l'abri d'interprétations caustiques & de Critiques, bien ou mal fondées, sur-tout quand l'Ouvrage obtient de la réputation.
Le savant & judicieux Auteur de L'HIS-
TOIRE DU DROIT PUBLIC-ECCLE-
SIASTIQUE FRANÇOIS , (*imprimé en*
1737.

1737. *en 2. vol.* 8°.) remarque là malignité avec laquelle on interprêta les premiers Sermons de Luther contre l'abus des Indulgences, furent là cause primitive des extrémitez où ce Docteur se porta ensuite par degrez, étant naturellement impétueux & inflexible. *Lisez, au Tome II. de cet Ouvrage, la Vie du Pape Léon X.*

AVER-

AVERTISSEMENT *.

L'IMPRIMEUR de cette Bibliothéque se croit obligé d'avertir
ici, que c'est sans sa participation
que M. *Van Duren*, Libraire à
la Haye, a publié deux Lettres qu'il lui
avoit écrit, & dont il a grossi le Recueil
des Piéces inutiles qui se trouvent dans
la derniére Edition de l'ANTI-MACHIA-
VEL, *in* 8°. 2. *Vol.* Il ne peut mieux de-
sabuser ceux qui pourroient croire qu'il
approuve la conduite du Libraire de la
Haye, qu'en donnant ici la Lettre, qu'il
lui a écrit sur une manœuvre aussi deso-
bligeante & aussi odieuse.

* On a jugé à propos, pour rendre ce Recueil d'Ecrits plus complet, de mettre, à la suite des deux Lettres de Mr. *H. du Sauzet* à
Mr. *J. Van Duren*, cet Avertissement, & la
Lettre qui le suit, qui se trouvent à la tête de
la seconde Partie du Tome XXXII. de la *Bibliothéque Françoise*, imprimée à *Amsterdam*
chez *Henri du Sauzet*, in 8°.

LETTRE

LETTRE
A MONSIEUR
JEAN VAN DUREN,
Ecrite d'Amfterdam le 4. Avril 1741. à la Haye,
PAR
H DU SAUZET.

MONSIEUR,

J'AI reçu votre nouvelle Edition de l'Anti-Machiavel, & j'ai vû avec une furprife extrême que vous y avez inféré fort mal-à-propos les deux Lettres que je vous écrivis au mois de Décembre. Trouvez bon que je vous dife que ce procédé n'eft point d'un galant homme, & que j'en fuis très-choqué. Je n'ai que faire d'être mêlé dans vos quérelles avec M. de
Vol-

*Voltaire, & vous n'avez qu'à vous louer de
mon Journal fur votre Livre , parce qu'on
n'auroit pas manqué de relever les traits libertins & indécens qui y font en nombre , &
que vous avez jugé à propos de conferver
fcrupuleufement. Vous avez très-bien réüffi à
prouver , que vous avez imprimé fur une copie altérée & falffiée , & perfonne n'en dou-
tera. Pour moi je ne faurois croire , qu'un
pareil Ouvrage foit forti de la plume de l'illuftre Auteur , à qui on ofe l'attribuër ; il a
trop de religion & de probité. Voici ce qu'un
homme de grande confidération dans une Cour
étrangère m'a écrit fur votre fujet , après m'a-
voir parlé d'un autre de vos Livres.*

Le Sr. Van Duren auroit pû fe paffer
auffi de l'impreffion de l'Anti-Machiavel ,
où il y a des horreurs contre des Princes refpectables par leur mérite , quand
ils ne le feroient pas par l'élévation de
leur rang.

*Au refte , je ne trouve point dans les Nou-
velles de Berlin ce que vous voudriez
qu'on y vit. On n'y parle que de votre Edition , mais on ne dit point qu'elle foit meilleure que l'autre. Quand cela feroit , le fuffra-
ge du Nouvellifte ne feroit pas d'un fort grand
poids , & n'en impoferoit pas à des gens fen-
fés. Vous êtes le maître , Monfieur , de pu-*
blïer

blier cette Lettre, si vous le jugez à propos.
Je suis, &c. &c.

On pourra dans la suite parler de l'Anti-
Machiavel dans ce Journal; mais, en recon-
noissant qu'il y a de bonnes choses dans ce Livre, on n'en dissimulera pas les défauts.

EXTRAIT

EXTRAIT

D'UN

ECRIT PÉRIODIQUE,

INTITULÉ

NOUVELLE BIBLIOTHEQUE †.

MACHIAVEL publia son *Prince*, environ l'an 1515. & le dédia à *Laurent* DE MEDICIS, neveu du Pape LEON X. Ce Pape, loin de savoir mauvais gré à MACHIAVEL d'avoir réduit en art la méchanceté des hommes, l'engagea à composer d'autres Ouvrages.

ADRIEN VI. & CLE'MENT VII, firent cas du Livre. CLE'MENT VII. accorda à l'Auteur un Privilège, daté du 23. Août mil cinq cens trente-&-un. Dix Papes consécutivement permirent

† *Mois de Novembre* 1740.

mirent le debit du *Prince* de MACHIA-
VEL, tandis que d'excellens Livres de
Morale étoient à l'*Index.* Enfin, CLE-
MENT VIII. condamna cet Ouvrage
dangereux lorſqu'il n'étoit plus tems, &
qu'il y avoit preſcription.

Il paroît enfin, après plus de deux
cens années, une Réfutation en forme de
cet Ouvrage.

M. DE VOLTAIRE, Editeur de
cette Réfutation, nous inſinuë dans ſa
Préface que l'Auteur eſt un homme
d'un très-haut rang, & dans une très-
grande place. Notre emploi de *Jour-*
naliſte conſiſte à rendre ſeulement
compte au Public des Ouvrages qui
peuvent l'inſtruire & lui plaire ; nous
ne prétendons pas jetter des regards
indiſcrets ſur ce qu'on croit devoir dé-
rober à nos yeux. Mais, s'il eſt vrai,
ce que l'on commence à dire, que
c'eſt un Prince qui a fait cet Ouvrage, qu'il nous ſoit permis de remer-
cier le Ciel d'avoir inſpiré de tels ſentimens à un homme, chargé du bonheur des autres hommes.

Nous ne connoiſſons aucun Livre
moral, comparable à celui que nous
annonçons. La plûpart des autres Livres peuvent former d'honnêtes Citoïens ;

toïens ; mais où font les Livres qui forment les Rois ? Depuis le fage Antonin, il n'a paru rien de pareil fur la terre. On apprend ailleurs à régler fes mœurs, à vivre en homme fociable ; ici on apprend à régner.

Nous fouhaitons que tous les Souverains ; & tous les Miniftres, lifent ce Livre, parce que nous fouhaitons le bonheur du genre-humain, fi pourtant la lecture d'un bon Livre peut fervir à rendre meilleur, & fi le poifon des Cours n'eft pas plus fort que cette nourriture falutaire que nous confeillons.

L'avant-propos de l'Auteur eft écrit avec cette éloquence vraïe, que le cœur feul peut donner; en voici un exemple.

» Combien n'eft point déplorable » la fituation des Peuples, lorfqu'ils » ont tout à craindre de l'abus du » pouvoir Souverain, lorfque leurs » biens font en proïe à l'avarice du » Prince, leur liberté à fes caprices, » leur repos à fon ambition, leur fûreté à fa perfidie, & leur vie à fes » cruautés ? C'eft-là le tableau tragi- » que d'un Etat où régneroit un Prin- » ce, comme Machiavel prétend le for- » mer. «

Ne

Ne fent-on pas fon cœur émû d'une tendreffe refpectueufe quand on lit ces paroles, & ne prodigueroit-on pas fon fang pour un Prince qui penferoit ainfi, qui parleroit des Souverains comme un Particulier, qui feroit pénétré de nos mêmes fentimens, qui éleveroit ainfi fa voix avec nous pour détefter la tyrannie ?

Ce qui nous a étonnés, c'eft ce langage fi pur, cet ufage fi fingulier d'une Langue qui n'eft pas, dit-on, celle de l'Auteur. Plufieurs morceaux nous ont femblé écrits dans des termes fi énergiques ; le mot propre nous a paru fi fouvent emploïé, & fi fouvent mis à fa place, que nous avons douté quelque-tems que l'Ouvrage fût d'un Étranger. Pour nous en inftruire, nous avons confulté l'Editeur lui-même, & nous avons vû entre fes mains la preuve évidente que ces traits, dont nous parlons, font en effet de la main refpectable dont nous doutions.

L'Essai *de Critique fur Machiavel* a autant de Chapitres, que l'Ouvrage de cet Italien intitulé *le Prince :* mais ce n'eft pas une Réfutation continuelle, ce font fouvent des réflexions à l'occafion de celles de l'Italien : ce font mille

mille exemples, tirés de l'Hiſtoire ancienne & moderne ; c'eſt un raiſonne-
ment fort & ſuivi ; c'eſt par tout la
vertu la plus pure, par tout la preuve
que la meilleure Politique eſt d'être
vertueux.

Une de ces choſes qui nous a le plus
frappés, c'eſt ce que nous avons trouvé
au Chapitre III.

» Si aujourd'hui parmi les Chré-
» tiens il y a moins de révolutions,
» c'eſt que les principes de la ſaine
» Morale commencent à être plus ré-
» pandus : les hommes ont plus culti-
» vé leur eſprit ; ils en ſont moins fé-
» roces ; & peut-être eſt-ce une obliga-
» tion qu'on a aux gens de Lettres qui ont
» poli l'Europe, «

Il ſembleroit à la première lecture,
que c'eſt un homme de Lettres qui a
écrit ce paſſage, ſoit par un intérêt
particulier, ſoit par le goût que l'on
ſent toujours pour ſa profeſſion, & par
ce deſir naturel de la rendre plus re-
commandable. Il eſt pourtant très-
certain, & nous en ſommes convaincus par le témoignage de nos yeux &
par la confrontation la plus ſcrupuleu-
ſe, que ce n'eſt point un homme de
Lettres, un ſimple Philoſophe, qui par-

le

le ainfi ; c'eſt un homme, né dans un
rang où il eſt ordinaire de méprifer les
gens de Lettres, de les compter pour
rien dans un Etat, d'ignorer même
s'ils exiſtent.

Quelle bonté, & quelle magnanimité, dans tout le reſte de l'Ouvrage ! Comme la vertu, qui y régne,
eſt indulgente ! Qu'elle eſt éloignée
de cette fuperſtition pédenteſque qui
s'effarouche de tout ! Qu'on fent bien
que c'eſt un homme qui écrit, & non
pas un pédagogue qui veut fe mettre
au-deſſus de l'homme !

Plus d'un Prince, à la vérité, a ho-
noré les Sciences par des Ecrits qui
ont paſſé à la poſtérité. *Les Céſars de*
JULIEN, ce Philoſophe couronné, vi-
vront tant qu'il y aura du goût fur la
terre ; mais ce n'eſt qu'une fatyre in-
génieuſe. Ses autres Ecrits feront eſti-
més des Savans ; mais la vertu & l'é-
loquence, qui y régnent, font employées à foutenir une cauſe que nous
réprouvons. HENRI VIII. d'Angleterre écrivit contre LUTHER ; mais
on ne lit ni l'un ni l'autre. JAQUES I.
compoſa des Ouvrages ; mais, ni fon
régne, ni fes Ecrits, n'ont eu l'approbation univerſelle. Si nous remon-
tons

tons jufqu'à JULES CE'SAR , nous
avons perdu fa Tragédie d'Oedipe , &
nous avons fes Commentaires ; ils font
le Bréviaire, dit-on , des gens de guerre moins lûs peut-être qu'eftimés.
Après-tout , c'eft l'Ouvrage d'un Ufurpateur , & l'hiftoire des malheurs qu'il
a caufés , non moins que des belles
actions qu'il a faites ; mais il n'y a
pas une page dans le Livre que nous
annonçons , qui ne foit deftinée à rendre les hommes meilleurs & plus heureux.

L'Auteur d'un Roman , intitulé Se-
thos , a dit , que fi le bonheur du
monde pouvoit naître d'un Livre , il
naîtroit du Télémaque. Qu'il nous
foit permis de dire qu'à cet égard
l'*Anti-Machiavel* l'emporte peut-être
beaucoup fur le *Télémaque* même. L'un
eft principalement fait pour les jeunes
gens , l'autre pour des hommes. Le
Roman aimable & moral de *Télémaque*
eft un tiffu d'avantures incroïables , &
l'*Anti-Machiavel* eft plein d'exemples
réels , tirés de l'Hiftoire. Le Roman
infpire une vertu prefque idéale , des
principes de gouvernemens , faits pour
les tems fabuleux , qu'on nomme hé-
roïques. Il veut , par exemple , qu'on

S   divife

divife les citoïens en fept claffes ; il donne à chaque claffe un vêtement diftinctif; il bannit entièrement le luxe, qui eft pourtant l'ame d'un grand Etat , & le principe du Commerce. L'*Anti - Machiavel* infpire une vertu d'ufage ; fes principes font appliquables à tous les gouvernemens de l'Europe. Enfin , le *Télémaque* eft écrit dans cette profe poëtique , que perfonne ne doit imiter , & qui n'eft convenable que dans cette fuite de l'Odiffée , laquelle a l'air d'un Poëme Grec , traduit en profe Françoife.

Ici on voit un ftile uni , mais vigoureux & plein ; un langage mâle , fait pour les chofes férieufes que l'on traite. On y rencontre à tout moment de ces tours naïfs qui partent d'un cœur pénétré ; la vérité y eft fans art & fans détour.

Voici un de ces morceaux naturels qui nous ont frappés.

» Les Princes qui ont été hommes » avant de devenir Rois , peuvent fe » reffouvenir de ce qu'ils ont été , & » ne s'accoutument pas fi facilement » aux alimens de la flatterie. Ceux » qui ont régné toute leur vie , ont » toujours été nourris d'encens com-
» me

»me les Dieux , & ils mourroient
» d'inanition s'ils manquoient de loüan-
» ge. «

Nous avons été furpris de trouver
au commencement du Chapitre XXV.
des penfées fur la liberté de la néceffité , qui fuppofent une connoiffance
auffi profonde de la Métaphyfique que
de la Morale. Nous craignons de nous
laiffer emporter ici au plaifir que nous
a fait cette lecture : & qu'on ne penfe
pas que le nom de l'Auteur , auquel on
attribue l'Ouvrage , nous en a impofé ;
c'eft fur quoi nous nous fommes exa-
minés nous - mêmes avec fcrupule.
Nous fommes dans un païs libre , où
l'on n'a rien , ni à efpérer , ni à craindre , de ceux du rang de l'illuftre Auteur qu'on foupçonne. Nous fommes
inconnus , & nous nous flattons de l'ê-
tre toujours ; la feule vérité conduit notre plume.

Il a paru deux autres Editions fu-
breptices de cet Ouvrage , intitulées :
EXAMEN DE MACHIAVEL, ou ANTI-
MACHIAVEL : l'une à Londres , chez
Meyer , dans le Strand ; & l'autre , à la
Haye , chez J. *Van Duren* ; mais M.
DE VOLTAIRE les défavouë. Elles font
conformes , pleines de fautes groffières

S 2 &

& d'interpolatīons ; il y a des endroits
où on trouve des dix lignes entières
d'oubliées , & d'autres où le fens eſt
entiérement défiguré. Il en va paroître une quatrième. On traduit l'Ouvrage en Anglois &. en Italien. On ne fauroit trop multiplier une inſtruction faite
pour tous les tems & pour tous les
hommes.

EXTRAIT

EXTRAIT

DE LA

BIBLIOTHEQUE RAISONNE'E †.

U N Ouvrage publié *par M. de Voltaire*, & *imprimé à ses dépens*, en qualité de simple *Editeur*, annonce très-clairement au Public que l'Auteur en doit être fort au-dessus du commun. Le bruit général a confirmé cette idée. A peine la Pièce avoit-elle paru à la *Haye*, que toutes les voix se réunirent pour l'attribuer à une Personne du plus haut rang qu'il y ait dans le monde. Cette conjecture, si ce n'est autre chose, n'est point démentie, par ce que le célèbre Editeur a bien voulu nous en dire dans sa *Préface*. Ecoutons-le parler.

» Je crois rendre service aux hom-
»mes, *dit-il*, en publiant l'*Essai de*
»*Critique sur Machiavel*. L'illustre Au-
»teur de cette Réfutation est une de
» ces

» ces grandes ames , que le Ciel for-
» me rarement pour ramener le gen-
» re - humain à la vertu , par leurs pré-
» ceptes & par leurs exemples. Il mit
» par écrit ces penſées , il y a quel-
» ques années , dans le ſeul deſſein
» d'écrire des vérités que ſon cœur
» lui dictoit. Il étoit encore très - jeu-
» ne ; il vouloit ſeulement ſe former
» à la ſageſſe & à la vertu ; il comp-
» toit ne donner des leçons qu'à ſoi-
» même : mais ces leçons qu'il s'eſt
» données , méritent d'être celles de
» tous les Rois , & peuvent être la
» ſource du bonheur des hommes....
» On ſera ſans doute étonné , quand
» j'apprendrai aux Lecteurs , que ce-
» lui qui écrit en François d'un ſtile
» ſi noble , ſi énergique , & ſouvent
» ſi pur , eſt un jeune Etranger qui
» n'étoit jamais venu en France......
» C'eſt une choſe inouïe , je l'avouë ;
» mais c'eſt ainſi que celui , dont je
» publie l'Ouvrage , a réuſſi dans tou-
» tes les choſes auxquelles il s'eſt ap-
» pliqué. «

A ces traits , il ſemble que l'on ſoit
en droit de reconnoître un Prince , qui ,
appellé par ſa naiſſance à donner *aux
hommes des préceptes & des exemples*,
s'eſt

s'eſt attaché , étant encore *très - jeune* ,
à l'étude de la politique , pour *ſe former* lui - même *à la ſageſſe & la vertu* , eṇ
ſe preſcrivant des *leçons* , qui *méritent d'é-
ire celles de tous les Rois* , lorſqu'ils veulent faire *le bonheur des hommes ;* qui
d'ailleurs eſt encore *un jeune Etranger*
qui écrit la *Langue Françoiſe* , avec no-
bleſſe & avec pureté , quoiqu'il n'ait
jamais été en *France ;* & qui eſt enfin
un *Illuſtre* , une de *ces* grandes ames que
le *Ciel forme rarement* , un de ces génies extraordinaires , qui *réüſſit dans
toutes choſes auxquelles il s'applique.* On
vient de voir depuis peu , dans le
Nord , monter au Trône un jeune Monarque auquel tous ces caractères conviennent ; & qui dès les premiers jours
de ſon règne a juſtifié ce que nous
dit ici M. *de Voltaire* , du ſoin qu'il
avoit pris de bonne heure de ſe former
aux grandes vertus , qui font le véritable honneur des Rois , de même que
la félicité des Etats. Qu'il ſeroit à
ſouhaiter que tous ceux qui ſe deſti-
nent à conduire le genre-humain s'y
préparaſſent attentivement par l'acqui-
ſition de tous les talens de l'eſprit &
du cœur qui leur ſeront néceſſaires
pour fournir avec dignité une ſi bril-

lante

lante & si pénible carrière ! Cependant
on peut dire , & c'est une observation que
l'on ne sauroit faire sans une extrême
douleur , qu'il n'y a presque point d'é-
ducation plus vicieuse ou plus négli-
gée. Cela vient apparemment , en
grande partie , du penchant & des dispositions de ces Illustres Elèves , que
l'on ne peut guères porter au bien par
la contrainte , & qui par conséquent
n'y vont point , à moins qu'ils ne s'y
portent d'eux-mêmes. Mais s'il s'en
trouve.

Quibus arte benigna
Et meliore luto finxit præcordia Titan (a) ;

c'est-à-dire : qui , aïant reçu du Ciel ,
en naissant , une ame belle , un esprit élevé , un cœur véritablement
grand , cultivent & perfectionnent assez ces dons naturels , pour augmenter
le nombre des Rois savans & philosophes ,

Apparent rari nantes in gurgite vasto (b).

Quoiqu'il en soit néanmoins , &
sans

_____

(a) *Juvenal.* Sat XIV. vers. 34.
(b) *Virgil. Æneid.* I. vers. 122.

sans approfondir, ni les raisons du bruit public, ni la désignation mystérieuse que M. *de Voltaire* a faite de l'Auteur, il est certain que l'Ouvrage même est digne de la plus auguste naissance, & mériteroit d'être adopté de tous les Rois de la terre, si tous les Rois se connoissoient bien en véritable gloire & en solide grandeur. On en jugera sûrement, comme nous, sur les morceaux que nous nous proposons d'en extraire. Mais, avant que d'en venir-là, nous devons encore tirer de la *Préface* de l'Editeur quelques particularités, qui regardent l'histoire, la nature, & le but de l'Ecrit.

» L'illustre Auteur, *dit-il*, me fit
» l'honneur de m'envoïer son Manus-
» crit. Je crus qu'il étoit de mon de-
» voir de lui demander la permission
» de le publier. Le poison de Machia-
» vel est trop public, il falloit que
» l'antidote le fût aussi. On s'arra-
» choit à l'envi les copies manuscri-
» tes; il en couroit déjà de très-fau-
» tives, & l'Ouvrage alloit paroître
» défiguré, si je n'avois eu le soin de
» fournir cette copie exacte..... On
» trouvera que celui qui écrit s'expri-

S 5.   » me

» me beaucoup mieux qu'Amelot de
» la Houſſaye , que je fais imprimer
» à côté de la Réfutation...... Je
» crois ſon Livre mieux fait & mieux
» écrit que celui de Machiavel ; & c'eſt
» un bonheur pour le genre - humain ,
» qu'enfin la vertu ait été mieux ornée
» que le vice. «

» Maître de ce précieux dépôt ,
» j'ai laiſſé exprès quelques expreſ-
» ſions qui ne ſont pas Françoiſes ,
» mais qui méritent de l'être , & j'oſe
» dire que ce Livre peut à la fois
» perfectionner notre langue & nos
» mœurs. Au reſte , j'avertis que
» tous les Chapitres ne ſont pas au-
» tant de réfutations de Machiavel ,
» parce que cet Italien ne prêche pas
» le crime dans tout ſon Livre. Il
» y a quelques endroits de l'Ouvrage
» que je préſente , qui ſont plûtôt des
» réflexions ſur Machiavel , que con-
» tre Machiavel ; voilà pourquoi j'ai
» donné au Livre le titre d'*Eſſai de Cri-*
» *tique ſur Machiavel.* «

On trouve donc ici ſur deux colonnes dans la même page , mais en
caractères diſtincts , le *Prince* de *Ma-*
chiavel , de la Traduction de M. *de*
la Houſſaye , & la Réfutation que M.
de

de Voltaire en publie. On y a confervé toutes les Notes du premier , qui
font placées au bas de la page , &
dans lefquelles les Citations font nom-
breufes ; mais la Réfutation eft entiè-
ment dépourvuë de cette oftenta-
tion de lecture. Je ne faurois fup-
primer ce qu'a obfervé là-deffus M.
de Voltaire. » Le grand homme dont
» je fuis l'Editeur , *dit-il* , ne cite
» point ; mais je me trompe fort , ou
» il fera cité à jamais par tous ceux
» qui aimeront la raifon & la jufti-
» ce. « « Ce n'eft pas en effet qu'il n'al-
lègue quantité de faits , qu'il n'entre
quelquefois dans des difcuffions hiftoriques , ou qu'il ne faffe fouvent de fines allufions à ce qu'ont dit des Anciens & des Modernes. Il eft feulement vrai qu'il laiffe au Lecteur le foin
des vérifications , qu'il s'en tient au
raifonnement , comme à fon but principal , ou plûtôt , comme au feul moïen
qui foit victorieux , pour établir folide-
ment la vertu fur les ruïnes du crime.
Il ne s'agit réellement d'autre chofe
dans cet Ouvrage , & l'Auteur a exé-
cuté fon deffein avec tant d'efprit , tant
d'intelligence , tant de fageffe , qu'il
ne perd nulle part cette fin de vuë ,

qu'il

qu'il y en fait par-tout fon objet unique , & qu'il n'y eut jamais de Politique , écrite à l'ufage des Rois , qui
leur ait appris d'une manière plus
courte & plus vive le grand art de
règner en Peres des Peuples. Dès
l'entrée de fon *Avant-propos* , il nous
expofe lui-même fi-bien l'efprit de fon
Livre , que nous ne faurions en donner une idée plus jufte qu'en le co-
piant.

»Le Prince de Machiavel , *dit-il* ,
» eft en fait de Morale , ce qu'eft
» l'Ouvrage de Spinofa en matière de
» Foi. Spinofa fappoit les fondemens
» de la Foi , & ne tendoit pas à moins
» qu'à renverfer l'édifice de la Re-
» ligion. Machiavel corrompit la Po-
» litique , & entreprit de détruire les
» préceptes de la faine Morale.....
» J'ofe prendre la défenfe de l'huma-
» nité contre ce monftre qui veut la
» détruire ; j'ofe oppofer la raifon &
» la juftice au fophifme & au crime ;
» & j'ai hazardé mes réflexions fur le
» *Prince* de *Machiavel* , Chapitre à Cha-
» pitre , afin que l'antidote fe trouve
» immédiatement auprès du poifon. «

» J'ai toujours regardé le *Prince*
» de *Machiavel* comme un des Ou-
» vra-

» vrages les plus dangereux qui se
» soient répandus dans le monde ; c'est
» un Livre qui doit tomber naturelle-
» ment entre les mains des Princes ,
» & de ceux qui se sentent du goût
» pour la Politique. Il n'est que trop
» facile qu'un jeune homme ambitieux ,
» dont le cœur & le jugement ne sont
» pas assez formés pour distinguer sû-
» rement le bon du mauvais , soit cor-
» rompu par des maximes qui flattent les
» passions. «

» Mais s'il est mauvais de séduire
» l'innocence d'un particulier , qui
» n'influe que légèrement sur les affai-
» res du monde ; il l'est d'autant plus
» de pervertir des Princes , qui doi-
» vent gouverner des Peuples , admi-
» nistrer la justice , & en donner l'e-
» xemple à leurs sujets, pour être , par
» leur bonté , par leur magnanimité ,
» & leur miséricorde , les images vi-
» vantes de la Divinité. «

» Les inondations qui ravagent
» des contrées , le feu du tonnerre
» qui réduit les Villes en cendres, le
» poison de la peste qui désole des Pro-
» vinces , ne sont pas aussi funestes au
» monde , que la dangereuse Mora-
» le , & les passions effrénées des
» Rois.

» Rois. Les fléaux céleftes ne durent
» qu'un tems , ils ne ravagent que
» quelques contrées ; & ces pertes ,
» quoique douloureufes , fe réparent ;
» mais les crimes des Rois font fouf-
» frir bien long-tems des Peuples en-
» tiers. «

 » Ainfi que les Rois ont le pou-
» voir de faire du bien lorfqu'ils en
» ont la volonté , de même dépend-il
» d'eux de faire du mal lorfqu'ils l'ont
» réfolu ; & combien n'eft point dé-
» plorable la fituation des Peuples ,
» lorfqu'ils ont tout à craindre de l'a-
» bus du pouvoir fouverain , lorfque
» leurs biens font en proïe à l'avarice
» du Prince , leur liberté à fes capri-
» ces , leur repos à fon ambition , leur
» fûreté à fa perfidie , & leur vie à
» fes cruautés ? C'eft-là le tableau tra-
» gique d'un Etat , où règneroit un
» Prince comme Machiavel prétend le
» former. «

Quelque grand , quelque magnifique que foit ce début, & quelle que
foit la beauté des fentimens qu'il ex-
prime , il ne promet rien qui ne foit
exactement vrai , & l'Ouvrage entier
n'eft qu'un développement foutenu de
ces nobles idées. D'un bout à l'autre ,

on

on voit un Ecrivain, qui, comme *Marc*
Antonin, s'eſt *familiariſé avec la Philo-*
ſophie (a) & qui parle toûjours en grand
& en vrai Philoſophe. Mais la ſuite
& la concluſion de cet *Avant-propos*
répondent avec tant de majeſté à ſon
commencement, & renferment tant
de nouvelles beautés, que je ne ſaurois
me refuſer à moi-même le plaiſir de
les tranſcrire, perſuadé que le Public
ſera charmé de les lire. Voici donc de
quelle manière l'Auteur continue.

» Je ne dois pas finir cet Avant-
» propos, *dit-il*, ſans dire un mot à
» des perſonnes, qui croïent que Ma-
» chiavel écrivoit plûtôt ce que les
» Princes font, que ce qu'ils doivent
» faire. Cette penſée a plu à beau-
» coup de monde, parce qu'elle eſt ſa-
» tyrique.

» Ceux qui ont prononcé cet ar-
» rêt déciſif contre les Souverains, ont
» été ſéduits, ſans doute, par les
» exemples de quelques mauvais Prin-
» ces, contemporains de Machiavel,
» cités par l'Auteur, & par la vie de
» quelques Tyrans qui ont été l'op-
» pro-

(a) *Marc. Anton.* Lib. 1. §. VI. Παρὰ Διο-
γνητου... Τὸ οἰκειωθῆναι φιλοσοφία.

» probre de l'humanité. Je prie ces
» Censeurs de penser que, comme la
» séduction du Trône est très-puissan-
» te, il faut plus qu'une vertu com-
» mune pour y resister ; & qu'ainsi il
» n'est point étonnant que dans un or-
» dre aussi nombreux que celui des
» Princes il s'en trouve de mauvais
» parmi les bons. Parmi les Empe-
» reurs Romains, où l'on compte des
» Nérons, des Caligulas, des Tibè-
» res, l'Univers se ressouvient avec
» joie des noms consacrés par les ver-
» tus des Titus, des Trajans, & des
» Antonins.

» Il y a ainsi une injustice criante
» d'attribuer à tout un corps, ce qui
» ne convient qu'à quelques-uns de ses
» membres.

» On ne devroit conserver dans
» l'Histoire que les noms des bons
» Princes, & laisser mourir à jamais
» ceux des autres, avec leur indolen-
» ce, leurs injustices, & leurs cri-
» mes. Les Livres d'Histoire dimi-
» nueroient à la vérité de beaucoup,
» mais l'humanité y profiteroit, &
» l'honneur de vivre dans l'Histoire,
» de voir son nom passer des siécles
» futurs jusqu'à l'éternité, ne seroit
» que

» que la récompenſe de la vertu. Le
» Livre de Machiavel n'infecteroit
» plus les Ecoles de Politique ; on mé-
» priſeroit les contradictions dans leſ-
» quelles il eſt toujours avec lui - mê-
» me , & le monde ſe perſuaderoit que
» la véritable Politique des Rois , fon-
» dée uniquement ſur la juſtice , la
» prudence , & la bonté , eſt préféra-
» ble en tout ſens au fiſtême découſu
» & plein d'horreur , que Machiavel
» a eu l'impudence de préſenter au
» Public. «

J'obſerverai là - deſſus , en paſ-
ſant , que l'Auteur y décide une queſtion qui a été très - ſouvent agitée depuis plus de deux cens ans que le *Prin-*
ce de *Machiavel* a paru (*a*). Quelques - uns prétendent , & c'eſt le ſentiment de M. *de Wicquefort* , que cet
Italien a dit ce que les Princes font , &
non ce qu'ils doivent faire. D'autres
veulent que ſon deſſein ait été de leur
apprendre ce qu'ils doivent faire , &
de leur donner des leçons. On trouvera les raiſons des deux côtés dans le
Dic-

_____

(*a*) Cet Ouvrage fut imprimé pour la première fois en 1515.

Dictionnaire de M. *Bayle* (a), auquel on peut ajoûter M. *Stollius* dans son *Introduction à l'Histoire Litteraire* (b), & je m'assure qu'après les avoir consultés, on ne saura que penser de *Paul Jove*, qui fut contemporain de Machiavel, & qui se contente de dire, en parlant de ses Ecrits, qu'il étoit *rusé*, & que son *miel étoit détrempé d'un poison secret, lors même qu'il se proposoit de former un bon Prince, d'habiles Généraux, & d'excellens Ministres d'Etat* (c). On m'avoüera que ce jugement de l'Evêque de *Nocere* est des plus faux & des plus ridicules. Il est certain que *Machiavel* n'a jamais eu le dessein de former un *bon* Prince ; & que le *venin*, qu'il a répandu dans ses Ou-

(a) *Bayle, Dict. Hist. & Crit.* Art. *Machiavel* Tom. II. pag. 1959. Ed. 1702. Lett. E.

(b) *Stoll. Introd. ad Hist. Litter. De Prud. Civ.* Sect. V. Num. 36.

(c) *Paul Jovius, Elog. Doct. Vir.* N°. 87. pag. 205. Ed. Basil, *In Historia apprimè gravis & astutus.... egregia herclè cum laude, nisi.... prædulcis Eloquentiæ mella, occulto veneno illita, singulis operibus infudisset, & tum etiam quum optimum Principem formaret, quum bellicis præceptis Ducem instrueret, & denique traditis exacta prudentiæ documentis, in deliberando & consulendo eximium Senatorem effingeret.*

Ouvrages, n'eſt rien moins que *caché*.
Tout ce que l'on en peut dire de plus
favorable ſe réduit au ſentiment que
M. *de Wicquefort* a exprimé & ſuivi.
Mais il eſt ſûr auſſi, qu'après avoir bien
peſé toutes choſes, ce ſentiment ne paroît pas ſoutenable ; car il eſt inconteſ-
tablement démenti par les effets que
les Livres de *Machiavel* en général, &
que ſon *Prince* en particulier, ont produit dans le monde. Cette lecture n'a
jamais fait que des ſcélérats ; & comment cela ſeroit-il poſſible, ou ſeroit-
il arrivé, ſi les lecteurs n'y voïoient
pas la ſcélérateſſe érigée en ſaine Politique, & ſi les exemples de crime ne
leur y paroiſſoient pas donnés pour des
leçons de prudence ?

Nous nous rangeons donc volontiers à l'avis de l'Auteur de cet *Eſſai
Critique*, & nous félicitons notre ſiècle
de voir enfin un ſiſtême ſi pernicieux, & ſi déteſtable, réfuté d'une
façon ſi forte, ſi raiſonnée, ſi ſupé-
rieure, qu'il y a tout lieu de préſumer qu'il va tomber dans tout le mépris & dans toute l'exécration qu'il
mérite. Il y eut de *l'imprudence* à le
donner au Public ; il y aura deſormais
de l'infamie à l'eſtimer. Que la révolution

lution ſera heureuſe, & quelle obligation le genre-humain n'en aura-t'il
pas à l'*illuſtre* main qui y travaille, ſi
elle y réuſſit ! Mais pourquoi n'y réuſſi-
roit-elle pas, ſi tous les Princes pouvoient bien ſe convaincre qu'ils ne
ſont dignes de porter la couronne,
qu'autant qu'ils ſont revivre les vertus
des *Tites*, des *Trajans*, & des *Antonins*, & comment pourroient-ils n'en
être pas convaincus, ſi, au lieu d'étudier la fauſſe *Politique* de *Machiavel*,
ils daignoient prendre les Leçons de la
véritable dans ſon Critique ?

Ils y apprendroient d'abord, pour
maxime fondamentale, que les Rois
ont été faits par les Peuples, & pour
les Peuples. C'eſt le ſujet du premier
Chapître, que je tranſcrirai preſque
tout entier, parce qu'il ſert de principe à tout l'Ouvrage, & qu'il en renferme en quelque façon toute l'eſſen-
ce. » Avant de remarquer les diffé-
» rences des Gouvernemens, Machia-
» vel, *dit ſon Cenſeur*, auroit dû, ce
» me ſemble, examiner leur origine,
» & diſcuter les raiſons qui ont pu
» engager des hommes libres à ſe
» donner des Maîtres. Peut-être qu'il
» n'auroit pas convenu, dans un Li-

» vre

» vre où l'on se proposoit de dogmati-
» ser le crime & la tirannie., de met-
» tre au jour ce qui dévroit la détrui-
» re. Il y auroit eu mauvaise grace
» à Machiavel de dire que les Peuples
» ont trouvé nécessaire à leur repos.,
» & à leur conservation., d'avoir des
» Juges pour régler leurs différends.,
» des Protecteurs pour les maintenir
» contre leurs Ennemis dans la possef-
» sion de leurs biens, des Souverains
» pour réünir tous leurs différens in-
» térêts en un seul intérét commun ;
» qu'ils ont d'abord choisi ceux d'en-
» tre eux qu'ils ont cru les plus sages.,
» les plus équitables., les plus desinté-
» ressés., les plus humains, les plus
» vaillants., pour les gouverner.
» C'est donc la justice qui doit
» faire le principal objet d'un Prince :
» c'est donc le bien des Peuples qu'il
» gouverne, qu'il doit préférer à tout
» autre intérêt. Le Souverain, bien
» loin d'être le maître absolu des Peu-
» ples qui sont sous sa domination, n'en
» est que le premier Magistrat. «

C'est sur cette décision, qui fixe entièrement à l'avantage de l'humanité
l'origine & les fins de l'autorité souveraine, que l'Auteur bâtit constam-
ment

ment dans la fuite un fiftême de Politique, qui fe trouve dans une oppo-
fition diamétrale à celui de *Machiavel*.
Mais les belles chofes y font en fi grand
nombre, & fi fpirituellement dites,
que l'embarras ne feroit pas médiocre
à choifir le meilleur dans un tout excellent †. Contentons-nous donc, pour
donner quelque chofe à la curiofité du
lecteur, de copier quelques endroits
d'une partie des *Chapitres* fuivans.

(*a*) Dans les *Etats héréditaires* » ce
» n'eft pas affez que le Prince foit,
» comme dit Machiavel, *di ordinaria*
» *induftria* : je voudrois encore qu'il
» fongeât à rendre fon Peuple heu-
» reux. Un Peuple content ne fon-
» gera pas à fe révolter ; un peuple
» heureux craint plus de perdre fon
» Prince, qui eft en même-tems fon
» bienfaiteur, que ce Souverain ne
» peut appréhender pour la diminu-
» tion de fa puiffance. Les Hollan-
»   dois

† L I S E z *l'Extrait des Nouvelles de Berlin*, à
la tête de la préfente Edition, page XV. NB.
*Cet Extrait a paru environ un mois après cette
Piéce.* [Il fe trouve à la fin de cette nouvelle
édition.]
(*a*) Chap. I I.

» dois ne se seroient jamais révoltés
» contre les Espagnols, si la tyrannie
» des Espagnols n'étoit parvenuë à un
» excès si énorme, que les Hollandois
» ne pouvoient devenir plus malheu-
» reux. «

» (*a*) Par raport aux *Etats mixtes*,
» le quinzième siécle, où vivoit Ma-
» chiavel, tenoit encore à la barba-
» rie. Mais on préféroit la funeste
» gloire des Conquérans, & de ces
» actions frappantes qui imposent un
» certain respect par leur grandeur, à
» la douceur, à l'équité, à la clémen-
» ce, & à toutes les vertus. A pre-
» sent je vois qu'on préfére l'humani-
» té à toutes les qualités d'un Conqué-
» rant, & l'on n'a plus guéres la dé-
» mence d'encourager, par des
» loüanges, des passions cruelles qui
» causent le boulversement du mon-
» de..... Il n'y a rien de plus af-
» freux que certains moïens que Ma-
» chiavel propose pour conserver des
» Conquêtes.... *Vous devez, dit-il,*
» *éteindre la race des Princes qui régnoient*
» *avant votre conquête.* Peut-on lire
» de pareils preceptes sans frémir
» d'hor-

(*a*) Chap. III.

»» d'horreur ?.... La troiſiéme Maxi-
»» me.... eſt , qu'*il faut envoïer des Co-*
»» *lonies....* L'Auteur s'appuïe ſur la
»» pratique des Romains..... Les Ro-
»» mains , dans l'heureux tems de la
»» République , étoïent les plus ſages
»» brigands qui aïent jamais déſolé la
»» terre. Ils conſervoient avec pruden-
»» ce ce qu'ils acquirent avec injuſ-
»» tice........ Un Prince doit attirer
»» à lui & protéger les petits Princes
»» ſes voiſins , ſemant la diſſenſion par-
»» mi eux , afin d'élever ou d'abaiſſer
»» ceux qu'il veut. C'eſt la quatrième
»» Maxime de Machiavel , & c'eſt ainſi
»» qu'en uſa Clovis ; il a été imité par
»» quelques Princes , non moins cruels.
»» Mais quelle différence entre ces
»» Tyrans , & un honnête homme qui
»» ſeroit le Médiateur de ces petits
»» Princes , qui termineroit leurs diffé-
»» rends à l'amiable , qui gagneroit
»» leur confiance par ſa probité , & par
»» les marques d'une impartialité en-
»» tière dans leurs démêlés , & d'un
»» deſintéreſſement parfait pour ſa per-
»» ſonne ! Sa prudence le rendroit le
»» Pere de ſes voiſins , au lieu de leur
»» oppreſſeur ; & ſa grandeur les pro-
»» tégeroit , au lieu de les abîmer....

»» Je

» Je conclus donc, que l'Ufurpateur
» ne méritera jamais de gloire ; que
» les affaffinats feront toujours ab-
» horrés du genre-humain ; que les
» Princes qui commettent des injuf-
» tices & des violences envers leurs
» nouveaux fujets, s'aliéneront tous
» les efprits, au lieu de les gagner ;
» qu'il n'eft pas poffible de juftifier le
» crime, & que tous ceux qui en
» voudront faire l'apologie, raifon-
» neront auffi mal que Machiavel.
» Tourner l'art du raifonnement contre
» le bien de l'humanité, c'eft fe blef-
» fer d'une épée qui ne nous eft don-
» née que pour nous défendre. «

(a) A l'égard des *Etats conquis*, il
» n'eft point, felon Machiavel, de
» moïen bien affûré pour conferver
» un Etat libre qu'on aura conquis,
» que de le détruire..... Je ne parle
» point d'humanité, avec Machiavel,
» ce feroit profaner la vertu. On
» peut confondre Machiavel par lui-
» même, par cet intérêt, l'ame de
» fon Livre ; ce Dieu de la Politique
» & du Crime..... La force d'un
» Etat ne confifte point dans l'éten-
                              » duë

(a) Chap. V.

T

» duë d'un Païs , ni dans la poſſeſſion
» d'une vaſte ſolitude , ou d'un im-
» menſe deſert ; mais dans la richeſſe
» des habitans , & dans leur nombre.
» L'intérêt d'un Prince eſt donc de
» peupler un Païs , de le rendre flo-
» riſſant , & non de le dévaſter & de
» le détruire...... Inſenſés que nous
» ſommes ! nous voulons tout con-
» quérir , comme ſi nous avions le
» tems de tout poſſéder , & comme ſi
» le terme de notre durée n'avoit au-
» cune fin ! Notre tems paſſe trop
» vîte , & ſouvent , lorſqu'on ne croit
» travailler que pour ſoi-même , on
» ne travaille que pour des ſucceſſeurs
» indignes & ingrats. «

(a) Au ſujet de *ceux qui ſont devenus Princes par des crimes.* » Si Machiavel
» enſeignoit le crime dans un Séminai-
» re de Scélérats, s'il dogmatiſoit la per-
» ſidie dans une Univerſité de traî-
» tres , il ne ſeroit pas étonnant qu'il
» traitât des matières de cette natu-
» re ; mais il parle à tous les hommes ,
» & s'adreſſe principalement à ceux
» d'entre les hommes qui doivent être
» les plus vertueux , puiſqu'ils ſont
» deſti-

(a) Chap. VIII.

» deftinés à gouverner les autres.
» Qu'y a-t-il de plus infame, de plus
» infolent, que de leur enfeigner la
» perfidie & le meurtre ?...... Il
» y a quelque chofe d'épidémique
» dans la façon de penfer, qui fe com-
» munique d'un efprit à l'autre. Cet
» homme extraordinaire ; ce Roi,
» dont toutes les vertus outrées dé-
» généroient en vices, Charles XII,
» en un mot, portoit avec lui, dès fa
» plus tendre enfance, la vie d'A-
» lexandre le grand ; & bien des per-
» fonnes, qui ont connu particuliè-
» rement cet Alexandre du Nord,
» affurent que c'étoit Quinte-Curce qui
» ravagea la Pologne, que Staniflas
» devint Roi d'après Abdolomine, &
» que la bataille d'Arbelles occafion-
» na la défaite de Pultawa...... Quand
» même le crime pourroit fe commet-
» tre avec fécurité, quand même le
» Tyran ne craindroit point une mort
» tragique, il fera également mal-
» heureux de fe voir l'opprobre du
» genre-humain. Il ne pourra point
» étouffer ce témoignage intérieur de
» fa confcience qui dépofe contre lui ;
» fupplice réel, fupplice infupporta-
» ble, qu'il porte toujours dans le

T 2   » fond

» fond de fon cœur. Non, il n'est
» point dans la nature de notre être
» qu'un fcélérat foit heureux..........
» Quand même donc il n'y auroit
» point de juftice fur la terre, &
» point de Divinité au Ciel, il fau-
» droit d'autant plus que les hommes
» fuffent vertueux, puifque la vertu
» feule les unit, & leur eft abfolu-
» ment néceffaire pour leur confer-
» vation, & que le crime ne peut que
» les rendre infortunés, & les détrui-
» re. «

(*a*) Sur la *Principauté Civile*, après
avoir obfervé » qu'il n'y a point de
» fentiment plus inféparable de notre
» être, que celui de la liberté «, l'Auteur ajoûte que » Machiavel donne en
» ce Chapitre de bonnes maximes de
» Politique à ceux qui s'élevent à la
» puiffance fuprême, par le confente-
» ment libre des Chefs d'une Républi-
» que « ; & continuë de la manière
fuivante. » Voilà prefque le feul
» cas où il (Machiavel) permette d'ê-
» tre honnête-homme; mais, malheu-
» reufement, ce cas n'arrive jamais.
» L'efprit Républicain, jaloux à l'ex-
» cès

_____

(*a*) Chap. IX.

»cès de sa liberté, prend ombrage
»de tout ce qui peut lui donner des
»entraves, & se révolte contre la
»seule idée d'un Maître........ Plu-
»sieurs Républiques font retombées,
»par la suite des tems, fous le Despo-
»tisme ; il paroît même que ce soit
»un malheur inévitable qui les attend
»toutes : car comment une Républi-
»que résisteroit-elle éternellement à
»toutes les causes qui minent sa liber-
»té ?...... Ces mêmes Athéniens,
»qui, du tems de Démostène, ou-
»trageoient Philippe de Macédoine,
»rampèrent devant Alexandre ; ces
»mêmes Romains, qui abhorroient
»la Roïauté, après l'expulsion des
»Rois, souffrirent patiemment, après
»la révolution de quelques Siécles,
»toutes les cruautés de leurs Empe-
»reurs ; & ces mêmes Anglois, qui
»mirent à mort Charles I. parce qu'il
»avoit usurpé quelques foibles droits,
»plièrent la roideur de leur courage
»sous la tyrannie fière & adroite de
»leur Protecteur. Ce ne font donc
»point ces Républiques, qui se font
»données des Maîtres par leur choix ;
»ce font des hommes entreprenans,
»qui, aidés de quelques conjonctures

T 3   » fa-

» favorables , les ont foumifes contre
» leur volonté........ Tout a fon pé-
» riode ; les plus grandes Monarchies
» même n'ont qu'un tems. Les Ré-
» publiques fentent toutes que ce
» tems arrivera , & elles regardent
» toute Famille trop puiffante com-
» me le germe de la maladie qui doit
» leur donner le coup de la mort. On
» ne perfuadera jamais à des Républi-
» cains vraiment libres de fe donner
» un Maître , je dis le meilleur Maî-
» tre ; car ils vous diront toujours,
» *Il vaut mieux dépendre des Loix , que*
» *du caprice d'un feul homme. Les Loix*
» *font juftes de leur nature , & l'hom-*
» *me eft né injufte : elles font le re-*
» *mède à nos maux , & ce remède*
» *peut trop aifement fe tourner en poifon*
» *mortel entre les mains de celui qui n'a*
» *qu'à vouloir. Enfin , la liberté eft un*
» *bien qu'on apporte en naiffant : par*
» *quelles raifons , diront les Républi-*
» *cains , nous dépouillerions-nous de notre*
» *bien ?* Autant donc qu'il eft criminel
» de fe révolter contre un Souverain
» établi par les Loix, autant l'eft-il de
» vouloir afservir une République. «

En voilà fans doute affez pour
donner une idée de cet Ouvrage aux
per-

perſonnes qui ne le connoiſſent pas
encore par elles-mêmes. C'eſt en général par tout le même goût, le même eſprit, la même beauté. On ne ſait ce que
l'on y doit admirer le plus, ou la no-
bleſſe héroïque de tous les ſentimens,
également humains, & raiſonnables, ou
la manière non moins forte que délicate
dont ils ſont exprimés. Pour montrer
qu'en quelque endroit que l'on prenne le
Livre, il n'y a point d'inégalité, ni pour
la ſupériorité des principes, ni pour celle des penſées, nous allons finir cet Extrait par la Concluſion du dernier Chapitre, qui traite *des differentes ſortes de Négociations, & des raiſons, qu'on peut appeller
juſtes, de faire la guerre.*

Après avoir expoſé ce qu'il penſe des
Négociations entre Princes, l'Auteur re-
connoit *qu'une fâcheuſe néceſſité les oblige
ſouvent d'avoir recours à une autre voïc.* »Il
»y a des occaſions, *dit-il,* où il faut dé-
»fendre par les armes la liberté des Peu-
»ples qu'on veut opprimer par injuſtice,
»où il faut obtenir par violence ce que
»l'iniquité refuſe à la douceur, où les
»Souverains doivent commettre la
»cauſe de leur Nation au ſort des ba-
»tailles...... C'eſt le ſujet de la
»guerre, qui la rend juſte ou injuſ-

» te......... La guerre est une res-
» source dans l'extrémité ; il ne faut
» s'en servir que dans les cas désespé-
» rés , & bien examiner si l'on y est
» porté par une illusion d'orgueil , ou
» par une raison solide...... Pour les
» guerres de Religion , si ce sont des
» guerres civiles , elles sont presque
» toujours la suite de l'imprudence du
» Souverain , qui a mal-à-propos favori-
» sé une Secte aux dépens d'une autre...
» qui sur-tout a donné du poids à des
» querelles de Parti , lesquelles ne sont
» que des étincelles passagéres quand le
» Souverain ne s'en mêle pas , & qui de-
» viennent des embrasemens quand il les
» fomente.

» Maintenir le Gouvernement Ci-
» vil avec vigueur , & laisser à cha-
» cun la liberté de conscience ; être
» toujours Roi , & ne jamais faire
» le Prêtre , est le sûr moïen de pré-
» server son Etat des tempêtes que
» l'esprit dogmatique des Théologiens
» cherche souvent à exciter. Les
» guerres étrangères de Religion sont
» le comble de l'injustice & de l'ab-
» surdité........ La guerre en général
» est si féconde en malheurs , l'issuë en
» est si peu certaine , & les suites en
» sont

»font fi ruineufes pour un Païs, que
»les Princes ne fauroient affez réflé-
»chir avant que de s'y engager........
»Les Souverains qui regardent leurs
»fujets comme leurs efclaves, les ha-
»zardent fans pitié, & les voient
»périr fans regret ; mais les Princes
»qui confidérent les hommes comme
»leurs égaux, & qui envifagent le
»Peuple comme le Corps dont ils font
»l'Ame, font œconomes du fang de leurs
»fujets.

»Je prie les Souverains en finif-
»fant cet Ouvrage, de ne fe point
»offenfer de la liberté avec laquelle
»je leur parle ; mon but eft de dire
»la vérité, d'exciter à la vertu, &
»de ne flatter perfonne. La bonne
»opinion que j'ai des Princes qui rè-
»gnent à prefent dans le monde, me
»les fait juger dignes d'entendre la
»vérité. C'eft aux Nérons, aux Céfars
»Borgia, aux Louïs XI. qu'on n'o-
»feroit la dire. Graces au Ciel, nous
»ne comptons point de tels hommes par-
»mi les Princes de l'Europe ; & c'eft
»faire leur bel éloge, que de dire qu'on
»a ofé hardiment blâmer devant eux
»tout ce qui dégrade la Roïauté & ce
»qui offenfe la Juftice. «

T 5   EXTRAIT.

EXTRAIT

DES

NOUVELLES PRIVILÉGIÉES

DE BERLIN,

N°. LXX. Jeudi 8. Décembre 1740.

Imprimées chez AMBROISE HAUDE,
Libraire de la Cour, & de la Société
des Sciences.

» LA Haye, chez Jean van Du-
» ren, est imprimé, EXAMEN
» DU PRINCE DE MACHIA-
» VEL, AVEC DES NOTES
» HISTORIQUES ET POLITIQUES,
» in - *Octavo*.

» Cet excellent Ouvrage est parta-
» gé en 26. Chapitres. On ne peut
» en rapporter de passage pour en
» faire connoître la beauté, puisque
» rien ne seroit plus difficile que d'en
» extraire le meilleur. «

» Il y a peu de personnes qui ju-
» gent d'une chose comme ils doivent
» en

» en juger ; mais il est incontestable
» que l'Auteur de cet Ouvrage mérite
» le premier rang dans ce petit nom-
» bre : & rien ne prouve mieux le pro-
» grès de notre siécle , que cet Ou-
» vrage, qui n'a point pour objet une pro-
» fonde & inutile érudition , mais le
» bien-être de tout le genre-humain. «

» La plûpart des Princes , en quel-
» que Païs que ce soit , sont très-éloi-
» gnés de la connoissance de leurs de-
» voirs : au milieu du luxe & du bril-
» lant d'une Cour , ils sont environ-
» nés d'un brouillard épais , qui offus-
» que même la plûpart de ceux qui en
» devroient être le plus à l'abri. La
» fausse Politique , un cœur épris d'u-
» ne gloire imaginaire , ont de tout
» tems produit des Perturbateurs du
» repos Public ; & des Tyrans , à qui
» rien ne coute moins que le sang hu-
» main , comme si la grandeur d'ame
» consistoit à subjuguer des peuples, & à
» ravager des Païs. «

» Dans cet Ouvrage , le Prince se
» voit tel qu'il doit être ; il apprend
» le vrai moïen de s'acquérir de l'es-
» time & du respect : sa grandeur n'est
» pas à charge , & sa bonté ne peut
» passer pour foiblesse. Une profon-

» de connoiſſance du cœur de l'hom-
» me, conduit l'Auteur dans toutes ſes
» réflexions ; c'eſt à lui qu'il étoit ré-
» ſervé d'enſeigner le véritable art du
» Gouvernement : *Qui veut gouverner les*
» *hommes, doit les connoître.* «

» La première leçon qu'on peut
» donner à un Prince, eſt celle-ci,
» qu'on doit pouvoir dire de lui, qu'il
» eſt prudent & juſte. C'eſt la pier-
» re de touche de la poſtérité ; c'eſt
» ſur cette preuve qu'elle fonde ſon
» jugement ; & quelles eaux pures ne
» produit pas cette ſource ? Perſonne
» n'a ſi bien ſû l'art d'inſtruire, que
» l'Auteur de cet Ouvrage ; perſonne
» ne pouvoit parvenir à un ſi haut
» point, que celui qui a prouvé ſi
» bien à tout l'Univers la force de ſon
» eſprit & la droiture de ſon cœur. Il
» eſt bien remarquable auſſi, que,
» quand dans les tems à venir on fe-
» ra mention de cet Ouvrage pour
» l'Inſtitution des Souverains, on ſe
» ſouviendra auſſi-tôt d'un Prince qui
» a ſû même ſurpaſſer les excellentes
» maximes contenuës dans ce Livre.

LETTRES

LETTRES

DE

M. F. DE VOLTAIRE.

LETTRE I.*

A Bruxelles, rüe de la groſſe Tour, 1. Juin 1740.

*V*OUS m'avez envoïé, Monſieur, les Vers Latins de quelques gens de l'Académie Françaiſe ; choſe dont je ſuis peu curieux †, & vous ne m'avez point envoïé la Chimie de Stahl, dont j'ai un très-grand beſoin. Je vous prie inſtamment

* L'adreſſe de cette Lettre, ainſi que des ſuivantes, étoit, à MONSIEUR, MONSIEUR VAN DUREN, LIBRAIRE A LA HAYE.

† C'eſt un Recueil choiſi de Poëſies Latines & Grecques, publié par les ſoins de Mr. l'Abbé OLIVET, intitulé Poëtarum ex Academiâ Galli-câ, qui Latinè aut Græcè ſcripſerunt, Carmina. Edition très-belle, à la Haye 1740.

ment de me la faire tenir par la même
voïe que vous avez prise pour le premier
Ballot.

J'ai en main un Manuscrit singulier,
composé par un des hommes des plus considérables de l'Europe : c'est une espèce de
réfutation du Prince de Machiavel, Chapitre par Chapitre. L'Ouvrage est nourri de faits interressants & de réflexions
hardies, qui picquent la curiosité du Lecteur, & qui font le profit du Libraire. Je
suis chargé d'y retoucher quelque petite
chose, & de le faire imprimer. J'enverrais
l'exemplaire que j'ai entre les mains, à
condition que, ou vous le ferez copier à
Bruxelles, ou vous le ferez copier, & que
vous me renverrez mon Manuscrit ; j'y
joindrais une Préface, & je ne vous de-
manderois d'autre condition que de le bien
imprimer, & d'en envoïer deux douzaines
d'exemplaires magnifiquement reliés en
maroquin à la Cour d'Allemagne qui vous
seroit indiquée ; vous m'en ferez tenir aussi
deux douzaines en veau. Mais je voudrois que le Machiavel, soit en Italien,
soit en Français, fût imprimé à côté de la
réfutation, le tout en beau caractère, &
avec grande marge.

J'apprends, dans le moment, qu'il y
a trois petits Livres imprimés contre le
                                        Prin-

Prince de Machiavel. Le premier est l'Anti-Machiavel ; le second, Discours d'Etat contre Machiavel ; le troisième, Fragments contre Machiavel *.

Il s'agiroit à présent, Monsieur, de chercher ces trois Livrets, & si vous pouvez les trouver, aïez la bonté de me les faire tenir. Vous pouvez trouver des occasions ; en tout cas, la Barque s'en chargera. Si ces Brochures ne se trouvent point, on s'en passera aisément. Je ne crois pas que l'Ouvrage dont je suis chargé ait besoin de ces petits secours. Je suis, Monsieur, votre très-humble & très-obéïssant Serviteur,

VOLTAIRE.

A Bruxelles, ce †.

* Voïez le *Mémoire* sur la Vie & les Ouvrages de *Machiavel*, qui est à la tête de la présente édition, [& de cette nouvelle.]

† Ceci se trouve de cette façon dans l'Original.

LETTRE.

LETTRE II.

I L est nécessaire que vous me fassiez, Monsieur, la réponse la plus prompte & la plus précise. Si vous saviez de quelle main est le Manuscrit, vous m'auriez une obligation très - singulière, & vous ne tarderiez pas à en profiter. C'est tout ce qu'il m'est permis de vous dire. Mais si vous ne me répondez pas, trouvez bon que je gratifie un autre de ce présent. Je suis votre très - humble Serviteur,

VOLTAIRE.

A Bruxelles, ruë de la grosse Tour, ce 5.* Juin 1740.

LETTRE III.

A Bruxelles, ce 13. Juin 1740.

 J E crois que vous trouverez bon, Monsieur, que je vous envoïe par la poste ce que j'ai déjà fait transcrire de la Réfutation du Prince de Machiavel. Je pense qu'il est de votre intérêt de l'imprimer

* Cette Lettre ne fut renduë que le 13.

mer fans délai. Je vous confeille de tirer
les deux douzaines d'exemplaires que vous
devez envoïer en Allemagne fur le plus
beau papier , avec la plus grande marge. ★ ; & pour ne vous pas laiffer dans
l'incertitude , fachez que c'eſt à . . . . . .

. . . .

qu'il faut adreſſer le paquet , en mains
propres. Cela vous voudra probablement ,
outre un préſent , l'honneur. . . . . . Ne
manquez donc pas de préparer le plus beau
maroquin pour la relieure , à laquelle vous
mettrez fes armes.

Ne perdez pas un moment pour cette
édition : le reſte fuivra immédiatement.
Imprimez à côté le texte de la traduction du Prince de Machiavel , par Amelot de la Houſſaïe , & les mêmes titres courants des Chapîtres. Cependant ,
Monſieur , faites - moi tenir un Exemplaire de cette traduction , afin que je me régle fur elle pour compofer la Préface † dont
on m'a fait l'honneur de me charger.

Je vous prie de joindre dix Exemplaires
de mes Oeuvres in - Octavo à cette traduction

---

* Pour les 46. Exemplaires demandés , il a été
fait exprès une édition en grand , fur Papier
Roïal.

† La Préface ne fut envoïée que le 24. Août ,
telle

tion de Machiavel, & de me les envoïer par
la Barque, à mon adreſſe.

J'ai lû avec plaiſir le premier Tome
de l'Hiſtoire de Louïs XIV. †. Quand
pourrai-je avoir la ſuite ? Je ſuis auſſi fort
content du Mörery, quoiqu'il y ait encore bien
des fautes. Je ſuis, Monſieur, votre très-humble & très-obéïſſant Serviteur ,

     VOLTAIRE.

telle qu'elle ſe trouve à la tête de la préſente
édition [& de cette nouvelle], quoique cependant M. F. DE VOLTAIRE l'aïe datée du 24.
Juin. Cette Piéce a été emploïée depuis pour l'é-
dition du Manuſcrit refondu, avec les changemens
& additions qui l'y approprioient.

 † C'eſt l'Hiſtoire de Louïs XIV. enrichie des
Médailles, qui ont été frappées pour les principaux
événemens. M. F. DE VOLTAIRE renouvella
ſes témoignages d'eſtime pour cet Ouvrage ,
lorſqu'il fut arrivé à la Haye au mois de Juillet ſuivant ; diſant que ce Livre lui avoit ſi fort
plû , qu'il l'avoit lû juſqu'à trois fois : qu'il a-
voüoit n'avoir guères vû d'Hiſtoire plus judicieu-
ſement écrite, ni plus intéreſſante, & qu'il avoit
trouvé l'édition auſſi nette & auſſi exacte. Que c'é-
toit la raiſon pourquoi il s'étoit adreſſé à celui
qui l'avoit imprimé , & qu'aucun autre, que ce
Libraire , n'imprimeroit ſon Hiſtoire Littéraire du
ſiécle de Louïs XIV , qui ſeroit prête bien-tôt, &
comprendroit 3. vol. in-Octavo.

         LETTRE

LETTRE IV.

15. Juin à Bruxelles.

Je reçois votre billet & le duplicata ; accusez-moi la réception des deux paquets *.

JE vous envoïe aujourd'hui jusqu'au dix-huitième Chapitre inclusivement, Monsieur ; je crois que vous me remercierez de vous avoir donné un tel Ouvrage. Je vous recommande encore de ne rien épargner, pour que l'impression vous en fasse autant d'honneur, que le Livre en doit faire à son illustre & respectable Auteur, tel qu'il soit.

C'est sur la réputation de votre probité & de votre intelligence que je vous ai préféré. Je vous recommande la diligence la plus prompte, & je vous prie de m'envoïer la première feuille imprimée par la poste. J'attends l'envoi des dix Exemplaires de mes Œuvres, par la Barque, avec un

* Cela se trouve de cette façon dans l'Original.

un *Volume du Machiavel d'Amelot de la Houssaïe. Votre très - humble & très - obéïssant Serviteur,*

VOLTAIRE.

LETTRE V.

19. Juin.

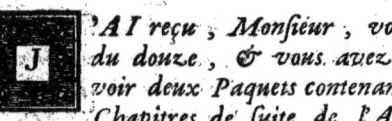

J'AI reçu, Monsieur, votre Lettre du douze, & vous avez dû recevoir deux Paquets contenant plusieurs Chapitres de suite de l'Anti - Machiavel, jusqu'au dix - huitième.

Voici aujourd'hui les 19e. 20e. & 21e. Il n'y en a que vingt - six, ainsi vous ne devez pas perdre de tems.

Faites vos efforts, je vous prie, pour trouver un Machiavel d'Amelot de la Houssaïe. Si vous n'en trouvez pas, envoïez - moi imprimé l'Italien à côté de la Réfutation. C'est un Livre fait pour être éternellement lû par tous les Politiques & par tous les Ministres : ils entendent tous l'Italien, &, de plus, cet assemblage des deux Langues sera quelque chose de nouveau en fait de littérature. Le Machiavel a été imprimé en Italien en trois Volu-

lu-

lumes, peut-être même chez vous; vous
pouvez aisément en détacher le Prince.
Mandez-moi à quoi vous vous résolvez,
afin que j'y conforme la Préface, dont on
m'a fait l'honneur de me charger. Du reste, gardez-moi le secret, comme je le garde à l'illustre Auteur de cet Ouvrage *.
Je suis entièrement, Monsieur, votre très-
humble & très-obéissant Serviteur,

VOLTAIRE.

LETTRE VI.

Ce 23. Juin, à Bruxelles.

VOICI, Monsieur, les 22. & 23me.
Chapitres. J'attends les trois derniers avec impatience. Plus je relis
cet Ouvrage, plus j'en augure un
succès grand & durable, & plus je me félicite
de contribuer à le publier. Si vous n'avez
point d'Amelot de la Houssaïe, ne balancez
pas à imprimer l'Italien à côté du Français.
Vous devez avoir commencé déjà. Vous
de-

* M. F. DE VOLTAIRE le divulgua par tout
lui-même peu après.

devez trouver à la Haïe les armes . . . ;
. . . . . qui veut bien protéger cet
Ouvrage, & auquel vous devez en faire
tenir deux douzaines d'exemplaires. Au
reste, je vous manderai à qui il faudra les
adresser en droiture : ce sera, je crois, à
son . . . . . ; & ce ne sera pas un mau-
vais service que je vous aurai rendu, si
vous pouvez par cette occasion fournir la
Bibliothéque de . . . .

   Votre très-humble Serviteur,

                    VOLTAIRE.

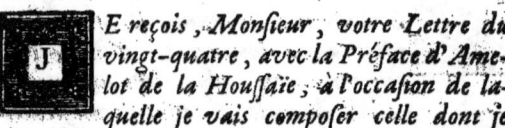

LETTRE VII.

A Bruxelles, rüe de la grosse Tour, ce 27. Juin.

JE reçois, Monsieur, votre Lettre du
vingt-quatre, avec la Préface d'Amelot de la Houssaïe, à l'occasion de laquelle je vais composer celle dont je
suis chargé. Voici la fin de l'Ouvrage en deux
Paquets ; celui qui est marqué A devoit
partir par le dernier ordinaire ; B n'a été
prêt qu'aujourd'hui.

  Puisque vous avez la Traduction d'A-
melot, ne manquez pas de l'imprimer à
côté de mon Auteur. Ma Préface précé-
                        dera

dera celle d'*Amelot* & celle de *Machia-vel*, qu'*Amelot* a traduite, & annoncera l'œconomie de tout le *Livre*.

Je vous prie de m'envojer la première feuille imprimée. Votre très - humble Serviteur,

VOLTAIRE.

LETTRE VIII.

A Bruxelles, ce 3. Juillet 1740. au soir : la poste part le 4.

E vous accuse, Monsieur, la réception des dix Exemplaires de mes Ouvrages qui me sont parvenus.

Je suis fort inquiet de ne recevoir point de vos nouvelles : vous avez dû recevoir par la poste une Lettre d'avis, & deux Paquets, qui contiennent le reste de l'Anti-Machiavel *. J'espérois, que non - seulement je serois instruit aujourd'hui de leur réception, mais que je pourrois encore avoir la première feuille ou demi - feuille de votre Ouvrage.

La

* Dans ce tems - là les postes étoient dérangées ; les Lettres retardoient de quelques jours.

La Préface eſt toute prête , je n'attends qu'un conſentement néceſſaire , pour vous l'envoïer *. Je vous conſeille de travailler avec la plus extrême diligence , ſi vous prétendez à fournir une Bibliothéque qui doit être l'une des plus belles de l'Europe. Je ſuis, Monſieur , votre très-humble & obéiſſant Serviteur ,

VOLTAIRE.

* Voïez la Note pour la Lettre du 13. Juin.

LETTRE

LETTRE IX.

OILA qui va bien, *Monsieur.*
Hâtez-vous ; mais que votre Cor-
recteur soit un peu plus attentif.
  Je vois une énorme faute, page
10, en haut.

> On n'entendoit & on ne voïoit que
>   des larmes.
> *Entendre des larmes, cela est trop*
>   *ridicule* †.

Il doit doit y avoir dans le Manuscrit, on
n'entendoit que des regrets, on ne
voïoit que des larmes.
 Au reste, Monsieur, ne perdez pas
un instant, afin que l'Ouvrage puisse être
présenté dans un tems convenable à celui
auquel on doit l'offrir. Ce ne sera pas la
peine de mettre des Armes sur la reliure,
       de

---

† Le Manuscrit ne portoit pas autrement.
Depuis M. F. DE VOLTAIRE l'a corrigé,
par *On n'entendoit que des cris, on ne voïoit que*
des larmes.

de beau maroquin suffira ; un petit filet d'or n'y nuira pas.

J'attends qu'on me renvoie la Préface pour vous la faire tenir. Je suis , &c. votre très-humble Serviteur,

V......

Brux. 8. Juillet 1742.

LETTRE

LETTRE X.

A Bruxelles, ce 10. Juillet 1740.

JE reçois votre Lettre, Monsieur; & dans le moment je reçois auſſi d'ailleurs un énorme paquet, contenant des corrections, additions, & notes *. Je vais faire tranſcrire le tout, & vous l'envoïer. Je vous prie de ne pas aller en avant que vous n'aïez reçu mon paquet. Les notes commencent au cinquième Chapitre : aïez la bonté, Monsieur, de me renvoïer le cinquième & le dixième, que je n'ai point par devers moi, & ſans leſquels je ne puis rien arranger. Je préparerai tout le reſte, deſorte que vous n'attendrez pas un moment. Je ne ſçais qu'obéïr exactement aux ordres que je reçois. Je vous prie de vous conformer à ma ponctualité, afin que ni vous ni moi n'aïons point de reproches.

Si vous aviez déja imprimé le cinquième Chapitre qu'il faut réformer, j'ai ordre de vous païer tous vos frais; & s'il y a dans le cours de l'Ouvrage des Cartons à faire, vous
en

* On n'a point vu juſqu'à préſent ces Notes.

en ferez païé. Je compte faire partir dans quelques jours un homme chargé d'acheter beaucoup de Livres à la Haye & à Amsterdam ; je vous l'adresserai. Je suis entièrement, Monsieur, votre très-humble & très-obéissant Serviteur,

VOLTAIRE.

Je vous prie de m'envoïer par la poste la seconde & la troisième feuille imprimées, si-tôt la présente reçuë, & de me mander où vous en êtes de l'impression †.

† Lisez L'AVIS PRÉLIMINAIRE à la tête de la présente édition, [& se trouve aussi à la tête de cette nouvelle.]

ME'MOIRE

MÉMOIRE

DES

CHANGEMENS,

Omiſſions , & Interpollations ,

Que M. F. DE VOLTAIRE a fait aux
quatre premiéres feuilles imprimées
de l'Edition originale.

A Bruxelles , ruë de la groſſe Tour , ce
20. Août 1740. †.

 L faut OMETTRE *toute l'introduc-*
tion , juſques & inclus le mot s'en-
ſuivre.

Page 2 , *ligne* 5.	*Liſez, Avant*
Au lieu de, Avant de marquer les différences des Etats , Machiavel auroit dû ,	*les differences des Gouvernemens , Machiavel auroit dû ,*

† C'eſt la date de la Lettre qui accompagnoit
ces changemens , & elle porte en propres termes. ›› *Vous vous aperçevrez aiſément combien*
» *les changemens que j'ai faits étoient néceſſaires.* «

dû, me semble, exa-
miner l'origine des
Princes.

Page 2, dans le se-
cond paragraphe, li-
gne 7, au lieu de fai-
re mention de,

Ibid. sept lignes plus
bas, au lieu de pour
leur repos & leur
conservation,

Page 3, ligne 6.
au lieu de dans la
possession de leurs
biens, des Souve-
rains,

Ibid. 5, lignes plus
bas, au lieu de qu'ils
ont d'abord choisi
d'entr'eux ceux,

Ibid. dans le troi-
sième paragraphe, li-
gne 5, au lieu de Sou-
verain,

Ibid. deux lignes
plus bas, il faut OMET-
TRE, Que devien-
nent alors ces idées
d'intérêt, de gran-
deur,

dû, me semble,
examiner leur o-
rigine.

Lisez, *mettre*
au jour.

Lisez, *à leur*
conservation & à
leur repos.

Lisez, *enfin un*
Chef, ou plusieurs
Chefs.

Lisez, *ils ont*
donc d'abord choi-
si ceux d'entr'eux.

Lisez, *Prince.*

Li-

deur, d'ambition, & de despotisme ? Il se trouve que :

Page 4, ligne 2, au lieu de n'en est lui-même que le premier domestique,

Lisez, *n'en est lui-même en un sens que le premier domestique.*

Ibid. Il faut OMETTRE *les sept lignes qui suivent;* & puis, au lieu de ce que j'ai rapporté de l'origine des Souverains, rend l'action des Usurpateurs plus atroce qu'elle ne le seroit,

Lisez, *Cette origine des Souverains rend l'action des Usurpateurs plus atroce encore qu'elle ne le seroit,*

Ibid. 3, lignes plus bas, au lieu de puisqu'ils contreviennent entiérement à l'intention des peuples qui se sont donnés des Souverains, pour qu'ils les protégent, & ne se sont soumis qu'à cette condition:

Lisez, *ils foulent aux pieds cette premiére Loi des hommes, qui les réünit sous un Gouvernement pour en être protégez, & c'est contre les Usur-*
pa-

V 4

tion : au lieu qu'en obéïssant à l'Usur-pateur, ils se sacrifient eux & tous leurs biens pour assouvir l'avarice & tous les caprices d'un Tiran,

pateurs que cette Loi est établie.

Ensuite, au lieu de il n'y a donc que trois manières,

Lisez, il n'y a que trois maniè-res.

*Ibid. Il faut O-*METTRE *les trois lignes & demie du dernier paragraphe de ce Chapitre, & dire,*

Ensuite, après ces mots, mes réflexions.

Voilà le pivôt. AJOUTEZ *dans le cours des recherches suivantes.*

CHAP. II. *page 6, vers la fin, il faut* OMETTRE & les Armées puissantes que,

Page 7, ligne 15, au lieu de songeât à rendre,

Lisez, rendit.

Ibid. 7, lignes plus bas

Li-

bas il faut OMET-
TRE ces mots, fon
Prince, qui eft en
même-.tems.

Page 8, ligne 10,
il faut OMETTRE ces
mots, qu'ils étoient;
& quinze lignes plus
bas,

Lifez, toujours
trouver.

Pag. 9, ligne 12,
OMETTEZ le mot flo-
riffant.

Pag. 12, ligne 15,
La 16. ligne plus bas,
OMETTEZ ces mots,
ni plus riches.

Lifez, s'a-
grandir? en vertu.

Page 13, ligne 5,
OMETTEZ ces mots,
& qui n'ont que
peu de réalité pour
les Princes qui les
ont fait faire;

Page 15, au lieu
de On doit, dit ce
méchant homme,

Lifez, On doit,
dit-il,

7. lignes plus bas,
OMETTEZ ces mots,
& d'indignation :
& encore deux lignes
plus

Li-

V 5

plus bas, OMETTEZ *aussi* de Saint &

Page 20, *ligne* 19, OMETTEZ, & vous chassez un grand nombre de vos nouveaux sujets,

Page 24, *ligne* 3, *au lieu de* deux exemples,

Lisez, *des exemples.*

& puis OMETTEZ, l'un est celui de Charles douze, qui éleva Stanislas sur le trône de Pologne, & l'autre est plus récent.

Page 35, *ligne* 27, *au lieu de* n'étoit fondé,

Lisez, *n'est fondé.*

& à la fin de la page, OMETTEZ *le mot* rigoureusement.

Page 36, *ligne* 13, *au lieu de* ce qui fortifioit les partis & ce qui fomentoit,

Lisez, *forti-fioit les partis, & fomentoit.*

Page 37, *au lieu de* par des Moines, ou

Lisez, *par des Fanatiques,* & OMET-

ou par des Monſtres que des Moines avoient formez,

Page 37 , *preſque vers la fin , au lieu de* de-là vient la différence d'un 'Moine Italien , & d'un Chinois lettré.

Liſez , de - là vient qu'un *Moine Italien paraît d'une autre eſpèce qu'un Chinois lettré.*

Page 38 , *ligne* 14 , *au lieu de* étoit un eſprit de conſtance pour leurs pratiques & leurs anciennes coutumes.

Liſez , *eſt un eſprit de conſtance dans leurs anciennes coutumes ,* & puis omettez ces mots , *dont ils ne ſe départent preſque jamais.*

Page 42 , *ligne* 11 , OMETTEZ *ces mots,* mille occupations frivoles ,

Page 49. *vers le milieu , au lieu de* cinq cens,

Liſez , *ſix cens.*

CHAP. VI. *vers la fin de la page* 51 , *au lieu de* les choſes n'en ſont point-là effectivement ; car

Liſez , *Les choſes n'en ſont point-là , aucun homme.*

OMETTEZ LE RESTE.

Li-

V 6

car aucun homme,

Page 52, *vers la fin*,

Lifez, *il eſt inſenſible pour le préſent, il n'exiſte.*

Page 53, *ligne* 3, OMETTEZ *la Conjonction, ainſi qu'à la ligne* 17.

Page 54, *vers la fin*, OMETTEZ, & que les Jéſuites du Paragaï me permettent de leur offrir ici une petite place, qui ne peut que leur être glorieuſe, les mettant au nombre des Légiſlateurs.

Page 55, *ligne* 5, OMETTEZ, il eſt bon de découvrir toutes les fineſſes & toutes les ruſes de ce Séducteur.

Page 57, *ligne* 2, *après ces mots*, ſe font dits Meſſies,

AJOUTEZ, *depuis la deſtruction de Jéruſalem.*

& enſuite, au lieu de

Lifez, *n'ont-ils*

de n'ont-ils pas péri par le dernier supplice ?

Ibid. à la derniére ligne, au lieu de; Ou Moïse étoit inspiré, ou il ne l'étoit point ;

& ensuite, au lieu de s'il ne l'étoit point, (ce qu'on n'a garde de supposer)

Page 58, *au lieu de* Moïse étoit d'ailleurs si peu habile, (à raisonner humainement) qu'il conduisit le Peuple Juif, pendant quarante années, par un chemin qu'ils auroient très-commodément fait en six semaines. Il avoit très-peu profité des lumiéres des Egyptiens, & il étoit en ce sens-là beau-

ils pas péri dans les derniers supplices?

Lisez, Moïse étoit inspiré.

Lisez, s'il ne l'avoit pas été, OMETTEZ LE RESTE.

Lisez, Moïse, regardé comme un instrument unique de la Providence, ainsi qu'il l'étoit, n'a rien de commun avec les Législateurs, qui n'ont eu que la Sagesse humaine en partage. Mais Moïse, envisagé seulement comme hom-

beaucoup inférieur à Romulus, à Thé-fée, & à ses Héros. Si Moïse étoit ins-piré de Dieu, com-me il se voit sans doute, on ne peut le regarder que comme l'organe a-veugle de la toute-puissance divine ; & le Conducteur des Juifs étoit en ce sens bien infé-rieur, comme hom-me, au Fondateur de l'Empire Romain , au Monarque Per-san , & aux Héros, qui faisoient par leur propre valeur , & par leurs pro-pres forces, de plus grandes actions, que l'autre n'en faisoit avec l'assistance im-médiate de Dieu

Page 60 , *au lieu de* , & de conduite pour

homme, n'est pas comparable aux Cyrus , aux Thé-fées , aux Hercu-les. Il ne con-duisit son Peuple que dans un dé-sert ; il ne bâtit point de Ville; il ne fonda point de grand Empire ; il n'institua point de Commerce ; il ne fit point naître les Arts, ne ren-dit point sa Na-tion florissante ; & loin de songer à multiplier son Peuple , il en fit périr vingt - trois mille par les mains d'une de ses Tributs.

Lisez , pour égapour égaler les hommes dont nous venons de parler ; mais je ne sais point si,

Ibid. 12, *lignes plus bas*, *au lieu de* le voleur ordinaire est un faquin obscur.

Ibid. & *suivante*, *au lieu de*, Il est vrai que toutes les fois qu'on voudra introduire des nouveautez dans le monde, il se présentera mille obstacles pour les empêcher, & qu'un Prophête, à la tête d'une Armée, fera plus de Prosélytes, que s'il ne combattoit qu'avec des Arguments. Il est vrai que la Religion Chré-

égaler les Thésées, les Cyrus, les Romulus, les Mahomets ; mais je ne sçai si,

Lisez, *l'autre est obscur* ; ensuite après *lauriers*, Ajoutez & *de l'encens.*

Lisez, *Quiconque veut assujettir ses égaux, est toujours sanguinaire & fourbe. Les Chefs des Fanatiques des Cevennes se disoient inspirez de l'Esprit-Saint & faisoient massacrer sur l'heure ceux que l'Esprit avoit condamnez. Ces scélérats, qui dans*

Chrétienne , ne se soutenant que par les disputes , fut faible & opprimée , & qu'elle ne s'étendit en Europe qu'après avoir répandu beaucoup de sang ; il n'en est pas moins vrai, que l'on a pù donner cours à des nouveautez avec peu de peine. Que de Religions , que de Sectes , ont été introduites avec une facilité infinie ! Il n'y a rien de plus propre que le Fanatisme pour accréditer des nouveautez, & il me semble que Machiavel a parlé d'un ton trop décisif sur cette matière.

Pag. 63, ligne 10.

&

dans leurs montagnes se joüoient ainsi de Dieu & des hommes , étoient très-valeureux ; ils eussent été regardez comme des Dieux , du tems ne Fohé & de Zoroastre.

Lorsque les hommes étoient sauvages, un Roland, un Cavalier , un Jean de Leyde , auroient été des Alcides & des Oziris. Aujourd'hui un Oziris , un Alcide, ne trouvent pas à se signaler.

OMETTEZ, tous ceux qui abhorrent

rent l'ingratitude & qui font affez heureux pour connaitre l'amitié, ne refteront point à fec fur cette matière.

& deux lignes plus bas.

Page 63, vers la fin, AJOUTEZ, à la fuite du paragraphe, Les Italiens appellent la Mufique, la Géométrie, *la Virtu*; mais *la Virtu* chez Machiavel, c'eft la perfidie.

CHAP. VII, au lieu de de Mr. Fenelon.

Ibid. 7 lignes plus bas,

deux lignes après,

OMETTEZ, *le Lecteur.*

Lifez, *de Fenelon.*

OMETTEZ, *de l'équité.*

OMETTEZ, *en un mot, pouffées à un degré éminent.*

AVIS

AVIS

DE

L'ÉDITEUR*.

ANS le tems qu'on finiſſoit cette édition †, il en a paru deux autres : l'une eſt intitulée de Londres , chez *Jean Mayer ;* l'autre à la Haïe chez *van Duren* ‡. Elles ſont très - différentes

* C'eſt l'Avis que M. F. DE VOLTAIRE a placé à la fin de l'*Edition* qu'il a faite *à ſes dépens.*

† Cette Edition du Manuſcrit refondu par M. F. DE VOLTAIRE ne fut miſe ſous preſſe que plus de deux mois après que l'Edition originale ſe diſtribuoit déjà avec un ſuccès éclatant.

‡ M. F. DE VOLTAIRE n'a pas eu le tems de lire les Editions dont il parle ; c'eſt ce qui eſt cauſe de l'erreur qui ſe trouve ici. LISEZ Chez *Guillaume Meyer* ...... Chez *Jean van Duren.*

tes du Manuſcrit original ; ce qu'il eſt aiſé de reconnaitre aux indications ſuivantes.

1. Dans ces éditions, le Titre eſt A N T I-M A C H I A V E L, O U E X A M E N D U P R I N-C E, &c. , & celle-ci eſt intitulée, A N T I-M A C H I A V E L, O U E S S A I D E C R I T I-Q U E S U R L E P R I N C E D E M A C H I A V E L.

2. Le premier Chapitre dans ces éditions a pour titre, *Combien il y a de ſortes de Principautez,* &c., & ici le Titre eſt, *Des differens Gouvernemens.* Le ſecond Chapitre de ces éditions eſt, *Des Principautez héréditaires,* & ici *Des Etats héréditaires.*

Il y a d'ailleurs des omiſſions conſidérables, des interpollations, des fautes en très-grand nombre dans ces éditions que j'indique *. Ainſi, lorſque les Libraires, qui les ont faites, voudront réimprimer ce Livre, je les prie de ſuivre en tout la préſente Copie †.

* Voyez ci-devant le Mémoire des Changemens, *Omiſſions, & interpollations,* que M. F. *de Voltaire* a fait aux 4. premières feuilles de l'Ouvrage original.
† Liſez L'A V I S P R É L I M I N A I R E, à la tête de la préſente édition.
[NB. *Ces Remarques ſont de Mr.* Jean van Duren, *dans l'édition de* 1741. *en* 2. *Vol.* 8.]

AVER-

AVERTISSEMENT

DU LIBRAIRE.*

'O n fera peut-être furpris de voir paraître une cinquiéme édition de l'*Anti-Machiavel*, dans un tems fi près des quatre premières, qu'à peine auroit-il fuffi à faire connoître un autre Livre. Mais cet étonnement ceffera, fi l'on fait attention que l'édition de *Londres*, & celle de *la Haye* du Sr. *van Duren*, ne font qu'une feule & même édition ; que celle que Mr. *de Voltaire* a donné lui-même dans cette derniére Ville n'a pas fuffi à contenter les curieux ; & que le Livre en lui-même méritoit que l'on s'empreffat à le rechercher. Cet Ouvrage ne fe trouvant donc plus chez les Libraires,

&

* De l'édition de *Marfeille*, chés les fréres *Colomb*, en 1741.

& étant demandé de tous côtés ; j'ai cru trouver mon intérêt en répondant aux empreſſemens du Public, & en le mettant auſſi à la ſuite de ſes Œuvres. Voici en peu de mots la nature de cette nouvelle Edition.

J'ai ſuivi l'Edition de M. *de Voltaire*, laquelle, comme il l'atteſte lui-même dans ſa *Préface*, eſt *conforme en tout au Manuſcrit original*. Je me ſerois fait un ſcrupule de m'éloigner en quoi que ce ſoit de cette Copie, puiſqu'il enjoint à tous les Libraires de la ſuivre exactement, comme étant la ſeule authentique ; ce qui m'a obligé de la joindre ici ; & dont je me flâte que le Public me ſaura gré.

La différence qu'il y a entre cette édition originale & les trois autres, eſt ſi conſidérable, que quiconque ſe donnera la peine de les comparer, s'appercevra aiſément qu'elles n'ont point été faites ſur le même Manuſcrit. Ceux qui ont fait cette comparaiſon en ont été ſurpris, & ont été embarraſſée, quand il s'eſt agi d'en rendre raiſon. D'où vient cette différence entre ces deux Manuſcrits ? Comment

ſe

se peut-il que, venant de la même source, ils soient si différens ? Par quel hazard le Manuscrit est-il tombé entre les mains du Libraire de la Haye ? Pourquoi M. *de Voltaire*, qui s'étoit chargé d'en donner une édition, en a-t-il laissé tirer des Copies, toûjours différentes de l'Original ? Ce n'est pas à moi à résoudre toutes ces difficultés. Il suffit que l'édition que je donne aujourd'hui soit conforme en tout à celle de M. *de Voltaire*.

Mais, afin que l'on ne croïe pas que j'en impose, en assûrant que la différence des éditions est très-considérable, j'ai eu soin de les représenter l'une, & l'autre dans celle que je donne aujourd'hui. L'on y verra jusques aux moindres petites différences qu'il y a entre elles ; ce qui mettra les lecteurs en état de juger par eux-mêmes de la supériorité de l'édition de M. *de Voltaire*, sur l'autre qui a paru en même-tems. L'on m'aura sans doute obligation d'avoir facilité cette comparaison. Jusques ici l'on n'a pû la faire qu'en achetant l'une & l'autre édition, & en les comparant ligne après ligne. Mais quel

quel embarras pour les lecteurs ? Quelque envie que l'on eût d'être instruit de cette différence, la peine passoit le plaisir, & bien des personnes s'en sont tenuës à l'une ou à l'autre de ces éditions. Cependant, ceux qui ont celle de *Londres* & du Sr. *van Duren*, ne sont point assurés d'avoir le véritable Ouvrage de l'illustre Auteur de l'*Anti-Machiavel* ; & ceux qui ont celle de M. *de Voltaire* n'ont pas tout ce qu'il y avoit dans le Manuscrit sur lequel celle-là a été imprimée. L'idée seule qu'il y a une autre édition de cet Ouvrage, qui renferme quelque chose de plus que celle que l'on a en main, fait que l'on n'en est pas content.

Celle que je donne ici n'aura aucun de ces inconvéniens. Le texte, comme je l'ai déjà dit, représente l'édition de M. *de Voltaire*. J'ai mis en caractéres Italiques toutes les différences qu'il y a entre cette édition & l'autre. Enfin, j'ai mis au bas de la page les changemens, les additions, & les interpollations, (qu'on reconnoitra à ces lettres E. de L.) qui ont été faites au
Manus-

Manufcrit original dans l'Edition de *Londres* & du Sr. *van Duren.* Je me flatte que l'on fera content du foin que je me fuis donné pour cela, & que l'on fera la juftice à cette édition de lui donner la préférence fur toutes fes autres.

F I N.